HEYNE <

Das Buch

In ferner Zukunft bilden Menschen mit zahllosen anderen vernunftbegabten Wesen tierischer, pflanzlicher und quantenelektronischer Herkunft eine lockere Gemeinschaft. Überlichtschnelle Raumschiffe, Nanotechnik und intelligente Datennetze sind allgegenwärtig und ermöglichen eine hochentwickelte Zivilisation. Allerdings führen sie auch zu so genanntem »Schimmel« – durch Datenstau ausgelöste Systemabstürze, denen immer öfter ganze Planeten zum Opfer fallen. Im kosmischen Maßstab betrachtet geht es mit der Zivilisation also allmählich bergab, weshalb uralte Technik und uralte Programme allen neueren Errungenschaften weit überlegen sind und für gigantische Summen gehandelt werden. Ein solches altes Raumschiff ist auch die *Fliesentanz*, mit der Nathaniel Freer ein unabhängiges Handels- und Transport-Unternehmen betreibt. Als er jedoch auf dem schon ziemlich heruntergekommenen Planeten Schanzer eine Ladung Materie-Compiler an Bord nehmen und zu einem ihm unbekannten Bestimmungsort bringen soll, gerät er zwischen die Fronten einer Auseinandersetzung, deren Ursprung in fernster Vergangenheit liegt und bei der die Zukunft der gesamten Galaxis auf dem Spiel steht ...

Der Autor

Der Kanadier John Clute, Jahrgang 1940, gilt seit Jahrzehnten als führender Kritiker der Science Fiction. Seine Essays und Rezensionen erscheinen in allen bekannten Genremagazinen, aber auch in den renommierten Feuilletons von *New York Times* und *Washington Post*. Mit seiner »Illustrierten Enzyklopädie der Science Fiction« (1993) hat er international Standards gesetzt. »Sternentanz« ist sein erster Roman. John Clute lebt abwechselnd in London und in Maine, USA.

JOHN CLUTE

Sternentanz

Roman

Aus dem Englischen von
Hannes Riffel

Deutsche Erstausgabe

WILHELM HEYNE VERLAG
MÜNCHEN

HEYNE SCIENCE FICTION & FANTASY
Band 06/6448

Titel der englischen Originalausgabe
APPLESEED
Deutsche Übersetzung von Hannes Riffel
Das Umschlagbild ist von Chris Moore

Umwelthinweis:
Dieses Buch wurde auf chlor- und
säurefreiem Papier gedruckt.

Redaktion: Mike Norris

Der Wilhelm Heyne Verlag ist ein Verlag des Verlagshauses
Ullstein Heyne List GmbH & Co. KG
www.heyne.de
Printed in Germany 10/03
Umschlaggestaltung: Nele Schütz Design, München
Satz: Schaber Satz- und Datentechnik, Wels
Druck und Bindung: Elsnerdruck, Berlin

ISBN 3-453-87533-8

Für Dede
(1944–2000)
voller Leben gestorben

»Denn hie nun hab jch zerbrochen Seyn Schwert
der Macht querst über meyn Knie, vnd seyner Stücke
in Seyn widrig Angesicht geschleudert. Fürwahrlich,
zum Andermal will jch Seynem Gebote trutzen,
will am Rande der Erde stehn, so Er beben macht, vnd
zuschaun um der Kinder Adams willen:
ob sie meyn allesammt auch gleich vergessen
mögen in jrem Heuttag, vnd sprechen zu eynand:
›Kein Engel kömmet mehr von Jrgendwo.‹«
Und der Engel küszte mich mit seynen Lippen.
Und ward entschwunden.
Doch was er mir auf den Mund geküsset hatte,
hieb dreyn wie eyne knospend Feuerblüte …

PERCY MACKAYE, *Der Fremde von Jrgendwo*

Wenn er zum Beispiel davon träumte, daß seine alte Amme in ihrem gemütlichen Zimmer einen Apfel über dem Feuer röstete und er zusah, wie dieser briet und brutzelte, blickte sie ihn mit einem sonderbaren Lächeln an, einem Lächeln, das er am hellichten Tage noch nie auf ihren Zügen gesehen hatte, und sagte: »Aber natürlich weißt du, daß das in Wirklichkeit kein Apfel ist. *Das ist der Ton.*«

HOPE MIRRLEES, *Flucht ins Feenland*

»Herr, ich wollte nicht stehen bleiben! Etwas hat mich dazu gezwungen. Herr, warum zaudert Ihr? Es ist doch nur der mächtige Achill, den Ihr einst kanntet.«

E. M. FORSTER, *The Celestial Omnibus*

Vorbemerkung des Autors

In diesem Roman werden zwei Wörter – unter anderen, aber diese ganz besonders – immer wieder in einem Zusammenhang verwendet, der ihre ursprüngliche Bedeutung nur bedingt ersichtlich macht. Daher halte ich eine kurze Definition in beiden Fällen für sinnvoll.

Azulejarias

Portugiesische Tafelbilder aus Fliesen. Normalerweise sind sie rechteckig und an Wänden befestigt (sowohl innen wie außen) und können aus hundert oder mehr Fliesen, Azulejos, bestehen. Auf diesen Tafelbildern sind Szenen dargestellt, die der Tradition des europäischen Dramas und der Commedia dell'Arte entstammen. Die höchstwahrscheinlich vollständigste Studie der Azulejo-Dramen ist Daniel Tércios *Dança e Azulejaria: No Teatro du Mundo* (»Tanz und Azulejaria: Das Theater der Welt«, Lissabon: Edições Inakpa, 1999), ein unentbehrliches Buch, sowohl auf Grund der großartigen Abbildungen wie auch des Textes. Wer – wie ich – nicht mehr als ein paar Worte Portugiesisch versteht, findet am Schluss des Buches eine englische Zusammenfassung.

Mappemonde

Im Mittelalter oder später eine Weltkarte, in der Regel oval oder rund, normalerweise (aber nicht immer) aus England stammend. Auf der Mappemonde lag Jerusalem oft in der Mitte der Welt, und komplexere Varianten können auf den ersten Blick eine in allen Einzelheiten ausgeführte Landschaft darstellen – oder vielleicht einen Apfel oder ein Gesicht. Die *Trompe-l'œil*-Porträts von Giuseppe Arcimboldo (1527–93), die aus gemaltem Obst und Gemüse, Fisch und Fleisch und anderen Bestandteilen ein Gesicht entstehen lassen, ähneln einer Mappemonde.

Eins

Ein Planet voller Städte weckte in Freer immer wieder die Sehnsucht nach freiem Himmel. *Schanzer*, einhunderttausend Kilometer unter ihm gelegen, starrte ihn wie ein Stück Dreck aus dem Holographie-Würfel im Herzen der Steuerzentrale an und schien nicht dazu angetan, die schlechte Laune und die Klaustrophobie zu zerstreuen, die er auf sich zukommen sah. Jahrhunderte andauernde Kriege in diesem Sektor hatten den Planeten oberflächlich zu einem gesprenkelten Klumpen ohne Atmosphäre zerrieben. Die verschiedenen heimatlosen Lebensformen, die *Schanzer* jetzt für sich beanspruchten, hielten sich unter der Oberfläche auf – in großen, muffigen Höhlen, die zu einer einzigen Planetenstadt metastasiert waren. Die Ureinwohner, die ihre Welt vor einer Ewigkeit zerstört hatten, waren alle tot. Geblieben waren von ihnen nur ihre Geschichtenknoten, fragmentierte Bruchstücke – ein digitaler Widerhall vor langer Zeit verendeter Wesen aus Fleisch & Blut, die in den Gefängnishöfen ihrer KI-Einmachgläser auf und ab schritten.

Freer versprach sich nur wenig davon, seinem Wissensschatz noch etwas hinzuzufügen.

— Ausschalten, sagte er tonlos in den Konklavraum hinein und wandte sich von dem summenden Würfel ab. Bei dem Gedanken, die Verbindung abzubrechen, fing die mit Nanos gesättigte *Träne* in seinem Auge zu zittern an. Doch die Bildschirme ringsum schalteten sich gehorsam aus, ebenso wie die holographische Projektion des Weltraums, die seine Befehlsliege umgab. Freer verharrte in der Stille des abgedunkelten Herzens seines

Schiffs, das unverändert auf den Planeten der vergrabenen Städte zustürzte. Die Flut von Funkgeräuschen, die von den Überwachungskanälen der Hafen-KI erzeugt wurde, riss ab. Nachdem sie die Befehle ausgeführt hatte, versiegte die *Träne* zu einem fast unsichtbaren Rinnsal.

Seit zehn Sekunden befand er sich im von *Schanzer* beanspruchten Raumabschnitt.

Er seufzte.

Doch fast augenblicklich wurde die *Fliesentanz* von einem Traktorstrahl erfasst, dessen Dringlichkeits-Codes die Sperren der *Träne* außer Kraft setzten, und mit der inneren Ruhe war es für Freer vorbei.

Durch seinen Datenhandschuh hindurch streichelte er eine Fliesenmaske, die auf seine leichte Besorgnis hin unruhig geworden war. Die Fliese schnurrte ausdruckslos – in ihrem winzigen Intellekt war keine KI eingeschlossen – und kehrte an ihren Platz zwischen ihren Gefährten an der gewölbten Wand der Steuerzentrale zurück.

— Wir sind Ihr persönliches *Schanzer*-Basisprogramm, sprach ein Stimmenchor über den Leitstrahl in Freers *Träne* hinein – ein schmachtendes, polyphones Raunen, das von den Kehlen tausend gesampelter toter Ureinwohner erzeugt wurde, die in ihren Gläsern wie tote Tiger in einem Fossilienzoo umherschlichen.

— Okey dokey, erwiderte Freer.

— Bitte suchen Sie sich einen Namen aus.

Für fachidiotische Dienstleistungsprogramme mit Spitznamen hatte Freer nicht viel übrig.

— »Mogli«, funkte er.

— Willkommen auf *Schanzer*, antwortete Mogli vielstimmig.

— Kirtt?, sagte Freer förmlich durch *Träne*, die erwachte und seiner Weisung harrte; Mogli hörte mit.

— Sir, erwiderte Kirtt in einer tonlosen Travestie seines sonstigen vielstimmigen Flüsterns. Seine Stimme hallte monoton die Seitenschiffe und Vorhöfe des Konklavraumes entlang, in dem sich synthetische Intellekte und ihre fleischlichen Herren beratschlagten. Vollständig hochgefahrene Quantenintellekte waren allerdings innerhalb der Gesetzessenke von *Schanzer* verboten – eine Vorsichtsmaßnahme, die auf den bewohnten Planeten der äußeren Bezirke der Randsysteme üblich war, seit der Schimmel mit jedem Herzschlag den Spiralstamm herab näher kam. Bevor die *Fliesentanz* die Helioraumgrenze passieren und in den Sonnenwind segeln durfte, wo die Gesetzessenke Gültigkeit besaß, hatte Kirtt sich auf Chipmodus heruntergefahren – auf einen Bruchteil seiner normalen Kapazität. Er schwand aus den Fliesen, die für ihn normalerweise das Interface-Maskenspiel zwischen synthetischem Intellekt und sterblichem Wesen aus Fleisch & Blut aufführten. Er war ein blecherner Schatten seines Quantenselbst und sprach mit einer männlichen Einzelstimme.

— Sprich lauter, Chipschädel, sagte Freer.

— Das ist nicht meine Schuld, antwortete Kirtt mit seiner nörgelnden Einzelstimme.

Über dieses Verbot wurde nicht diskutiert. Noch weiter die Spirale hinauf war sogar der Glaube verbreitet, dass jede Reizung des Quantenschaums, aus dem das Universum bestand, den Schimmelfraß auslösen konnte. Dort wurde Synthetischen Intellekten der Zugang zu vielen Sektoren verwehrt. Jenseits der Menschenerde, wo sich die Schimmelwüste über die verlassenen Satrapien der alten Ökumene ausgebreitet hatte, waren KIs jeglicher Art völlig verboten.

Wenn man sie entdeckte, wurden sie bei lebendigem Leibe demontiert.

— Bitte übernimm du, sagte Freer und wies seine Datenhandschuhe an, sich zusammenzufalten. Sie gehorchten. Erneut saß er blind und schweigsam in der Steuerzentrale. Der Fliesenfries, der um seine Befehlsliege herum normalerweise ein leises Stimmengesäusel verbreitete, schwieg, durch Kirtts Schwächung außer Betrieb gesetzt. Eine Brut loser Fliesen schwebte Keramikfledermäusen gleich durch die Luft. Ihre mit Intaglioarbeiten verzierten Masken blieben vollkommen reglos, denn in Abwesenheit des Synthetischen Intellekts war der Tanz zum Stillstand gekommen.

Sinnsprüche flimmerten nicht länger wie Federbälle durch die Luft.

Ein einziges Fliesenquadrat fuhr jedoch fort, Ferocity Frühlingsschwester darzustellen – ihren starren Bienenblick und ihr sichtbares Verlangen nach Freer, dessen Gesicht sie unverwandt ansah.

Er betrachtete ihre reglosen Züge. Er kannte sie so gut, dass er fast das Gefühl hatte, in einen Spiegel zu blicken.

— Übernimm du, wiederholte er.

— Okey dokey, antwortete die benommene Chip-KI in seinen Gedanken ausdruckslos und über das Kommunikationsnetz, das den Konklavraum mit einer Billion Schnittstellen verwob. Sie war etwas schwer von Begriff und außerdem gerade mit Mogli verknüpft.

— *Schanzer* heißt alle gesetzestreuen Handelsschiffe willkommen!, intonierte Mogli. — Lösen Sie bitte die Verbindung mit dem Maestoso-Großkreis.

— Verstanden, erwiderte die KI und kappte die Verbindung. Jetzt war die *Fliesentanz* war nicht mehr an das regionale Wurmlochfeld des Großkreises gekoppelt, dem sie auf ihrem Weg in diesen Sektor gefolgt war. Das Schiff befand sich nun in den Händen von *Schanzer*.

Eine Milliarde Datengesichter strömten in die *Fliesentanz* hinein. Langsam verließ das Raumschiff die Umlaufbahn, glitt durch ein Labyrinth von Nestlingen und Rastlingen hindurch, vorbei an Orbitalen und Spiegeln und weit gereisten Särgen, an riesigen Trottel-Archen und Energiesatelliten, an Staustrahlschiffen des *Schan-*

zer-Systems und sogar an einer Surrealisten-Kommune, die aus Wracks und Treibgut zusammengeflickt worden war. Unter ihr, im Herzen der Gesetzessenke, kauerte *Schanzer* wie ein altersschwacher, giftiger Bienenstock und saugte die Insekten in das lauter werdende Lied der Atmosphäre hinab.

Zwar waren seither Millionen von Herzschlägen verstrichen – die Hälfte eines kurzen Lebens –, doch Freers Gedächtnis war bei Frauen eidetisch und gestattete ihm, sich in seine Zeit mit Ferocity zurückzuversetzen. Eigentlich benötigte er die Masken gar nicht.

Er gönnte sich eine leichte Trance.

Und so geschah es ohne sein Zutun, dass die schlanke, archaische, glänzende *Fliesentanz*, die während jener Hälfte des Lebens, an die er sich angemessen erinnern konnte, sein Zuhause gewesen war, geschmeidig wie eine Wölfin die letzten paar tausend Kilometer abwärts und in *Schanzer* hineinglitt. Im Sturzflug setzte sie über die Schattengrenze hinweg und verschwand in dem weiten Netz abgeschirmter Portale, die das Vakuum der Hafenlandschaft vor der stinkenden Luft schützten, sank hinein in den Planeten, sank tief unter die verbrannte Epidermis von *Schanzer* und kam innerhalb des ihr zugewiesenen Landefeldes zum Stillstand.

Die Einflugkorridore des Planeten schlossen sich hinter dem Schiff. In einer Entfernung von einem Kilometer zuckten riesige Lichtblitze über die Wände. Hunderte von Schiffen waren zu sehen, jedes von einer Laderampe umschlossen. Ferngesteuerte Drohnen rasten durch den Irrgarten. Ihre Greifklauen führten Leitungen, Rohre und Frachtrutschen an ihren Platz. Transportlitzen in allen drei genehmigten Farben wogten von Schiff zu Schiff und gewährten Mannschaften und Passagieren Zutritt zu den inneren Netzen des Planeten.

— Dein Pheromonausstoß steigt, Stinker, flüsterte Kirtt im Kopf seines Herrn. Er klang fast normal – offensichtlich hatte er aus den Trümmern seines Chipmodus Reserveschaltkreise geknüpft.

— Ich habe nicht aufgepasst, sagte Freer in das Komnetz hinein. — Ich habe an Ferocity gedacht.

In *Träne* tanzte eine Wolke aus Zeichentrick-Spermien den Cancan. Freer zuckte über diesen Witz nur mit den Achseln. Für ihn war es nichts Besonderes, ein Mensch zu sein. An den undurchdringlichen Meeresgestank menschlicher Luft war er gewöhnt. Er hatte Jahrzehnte mit seiner Spezies verbracht.

— Kirtt, halt die Klappe, murmelte er nach ein paar Sekunden.

Träne blinzelte gehorsam, machte sich jedoch sofort wieder bemerkbar.

— Was ist los?

In seinem rechten Auge leuchtete das Anfrage-Mandala eines regionalen Netzes von Presse-Toons auf: Zeichentrickfiguren mit einem Eigenleben. Das Netz hatte einen Knüller gerochen und bat um visuellen Zugriff.

— Kümmer dich um sie, Kirtt, gab er in Gedanken zu verstehen.

— Ich bin nur bruchstückhaft anwesend, Stinker, sagte der Bordsynth mit seiner monophonen, männlichen Stimme. — Ich bin ein verwundeter Chirurg.

— Mach schon, Kirtt.

Freer blinzelte erneut, das Mandala verschluckte sich selbst und er sah wieder klar – für den Augenblick.

— Schotte mich ab, Kirtt.

— Verstanden, Stinker.

Wieder hüllte ihn Stille ein.

Und so konnte er mehrere Tausend Herzschläge lang mit Datenmäusen Schach spielen, während Kirtt den Presse-Toons einige Terabytes Mumpf übermittelte, zusammen mit Mogli die Landeformalitäten abwickelte und Vorräte und Treibstoff anforderte. Der geschwächte Bordsyth setzte sich außerdem mit ihrem Lieferanten in

Verbindung – einem Handelskartell, das von gesprenkelten, nicht bisymmetrischen Sophonten von der Beteigeuze betrieben wurde und die Ware zur Übergabe an die *Fliesentanz* bereithielt –, leitete beim Synthetischen Intellekt des Planeten *Schanzer* die Genehmigungsverfahren ein und ersuchte offiziell um Erlaubnis, den *Wegweiser* herunterzuladen, der sie laut Vertrag nach Eolhxir führen sollte. Kirtt war von diesen Vorgängen, die wie eine Brandung an- und abschwollen, bis an seine Grenzen ausgelastet, sodass er bestimmte Nuancen im Datenduft nicht bemerkte. Daher hatte Freer keine Ahnung, dass er Aufsehen erregte.

Er wusste noch nicht, dass er zur wichtigsten Person in diesem Planeten geworden war.

Während jener ersten hektischen Augenblicke machte sich Sohn Nummer Eins alleine auf die Socken. Rad schlagend folgte er einem durchscheinenden Wendelgang zu einer Homo-Sapiens-Litze, die sich gerade an das Schiff angekoppelt hatte. Sohn Nummer Eins sah aus wie jedes andere Sigillum, das im Auftrag eines fleischlichen Wesens unterwegs war. Durch das Dach der Ausstiegsluke war die *Fliesentanz* zu erkennen, die in einem Landekokon ruhte – eine längliche, trächtige Wespe, in Litzen gewickelt, in Bernstein gefangen und von Nippeln gefüttert, die Nährstoffe aus den Eingeweiden des Planeten mit sich führten. Lichtbündel tanzten von der Oberfläche des Planeten durch verspiegelte Schäfte in die riesigen Landehallen herab, flackerten über die Decke und erwischten Sohn Nummer Eins an seinem festen, nackten Hintern. Er holperte davon und in das gewölbte Oval hinein, das in die Litze führte. Die Schnorchel, Prothesen und Nippel, die das Schiff bedeckten, flackerten und wurden dunkel, während Strahlen hin und her zuckten, als wären sie halb lebendig.

Im leeren Raum, jenseits Tausender von Felsdecken,

einige tausend Kilometer weit oben in ihrer Nistumlaufbahn, die sie seit Millionen von Herzschlägen für sich beanspruchte, setzte eine *Insort-Geront*-Arche einer Harpe-Sippe ihren Gleitflug um den Planeten fort und versah ihren Dienst. Gierig sog sie die heiligen Daten von *Schanzer* auf. Zuweilen überstieg der Informationsfluss fast ihre Rechenkapazität, und ältliche Exemplare des Homo sapiens überhitzten reihenweise, oft mit tödlichem Ausgang. Wie jede *Geront*-Arche war sie bis unter die Schanzdecks mit verteilten Chipnetzen beladen: mit menschlichen Gehirnchips, die in einen geriatrischen Tiefschlaf versunken waren, Millionen obsoleter Wesen aus Fleisch & Blut, die den Höhepunkt ihrer sterblichen Existenz genossen.

Aber alles Fleisch ist Gras, oder?, hatte Opsophagos von der Harpe selbstdritt einmal zu einem menschlichen Philosophen gesagt, als er diesen aufgeweckt hatte, um sich durch eine Glasscheibe hindurch mit ihm zu unterhalten. Opsophagos war mit den Lehren der Menschenerde vertraut. Die Eigenheiten der Menschen zu verstehen, war ein wichtiger Teil seiner Arbeit. *Fleisch ist Gras*, erklärte er dem dampfenden, wohlriechenden Menschen, der hinter seiner Sperre eingeschlossen war. *Fleisch wird gemäht!*

Ein scheues Geschwister schnaufte leise. Es befand sich in Bissweite des Frühstückskopfes des Harpe, der die große Arche in der Umlaufbahn von *Schanzer* befehligte, samt ihrer Ladung Tiefschläfer, die die Arbeit ihrer Gehirnchips verschnarchten. Das Geschwister kaute mit winzigen Zähnchen die Ausdrucke aus echtem Papier in seiner klebrigen Terminablage durch und hielt sie dann hoch, vielleicht in der Hoffnung, ein Streckmuskelglied spenden zu dürfen. Der Dienst habende Offizier – eines von Opsophagos' ausgewachsenen Geschwistern – nahm den Ausdruck in das Maul seines triefäugigen, ausgehungerten Frühstückskopfes, las die hervorgehobenen Koordinaten, zog einen dreifach gehörnten Schirm zu sich herunter und gab die angegebene Position ein. Der Schirm fuhr chipträge hoch, gerade noch rechtzeitig, um Sohn Nummer Eins zu zeigen, der mit nacktem Hintern in die Homo-Sapiens-Litze hineintaumelte. Der Dienst habende Offizier unterdrückte seine Abscheu gegenüber Sigilla und brach in Jubelrufe aus.

Fast hätte er sich vor Freude selbstdritt aufgefressen.

Unterdessen sandte Kirtt eine Chipkaraffe voller Datenduft an Mogli. Sie hatten sie erworben, während die *Fliesentanz* aus der Wärme der Sterne im galaktischen Zentrum die Handels-Großkreise entlang aufwärts geflogen war. Im Gegenzug sandte Mogli eine Kiste Karaffen mit den aktuellsten Neuigkeiten. Sorgfältig, wenn auch aufgrund des Chipmodus etwas schwerfällig, reinigte Kirtt jede Karaffe und filterte dicke Roststreifen heraus – angefallener Müll und verdorbene Daten, was für den Duft eines dem Rand so nahe gelegenen Planeten durchaus normal war – sowie ein paar Millionen Schnüffler im Schafspelz. Chipschnüffler ließen sich leicht aufspüren und verbannen. Außerdem jagte Kirtt eine quengelnde Wolke von Spam-Moskitos davon.

Den Gestank des Rostes konnte er sogar mit seinen geschwächten Sinnen riechen.

— Geheiligt sei das Neue, sagte Kirtt zu seinem Chip-Ich. Und wenn schon, fügte er bei sich hinzu.

— Schach!, sagte Freer in Gedanken zu den Datenmäusen, die sich als geschmolzene Ströme von Miniaturfliesen zeigten: Fliesenpixel.

Kirtt hörte mit, griff jedoch nicht in die Privatsphäre seines Homo sapiens ein.

Nachdem sie von Rost und Scheiße, Schnüfflern und Spam, anonymen und um Almosen bettelnden Mandalas gereinigt worden waren, strömten die Karaffen heiliger Daten allmählich in die Bibliothek der *Fliesentanz,* wo sie in Chips ausharren würden, bis sie auf die Quantenschaum-Ebene im Herzen der jetzt schlafenden Bibliothek übertragen werden konnten. Es gab Billionen von Nachrichten aus den umliegenden Sektoren des Spiralstamms, einschließlich einer Ladung von Instabilitätsmessungen aus einigen hundert regionalen »Reichen« und eines Pfuhls obligatorischer Warnungen vor Virtuellen Realitäten – nicht selten ein erstes Anzeichen des Schimmels. Es gab genügend Nachrufe, um damit einen ganzen Planeten zu besiedeln. Eine Karaffe enthielt ausschließlich Sammelsurien wissenschaftlicher und technischer Art, die alle neueren Datums und daher Schwindel waren. Vereinzelte Toon-Infospots waren Kirtts halb lahm gelegtem Netz entgangen. Die meisten priesen nutzlose A&W-Programme für Geräte an, die (in Wahrheit) zu neu waren, als dass es den Aufwand wert gewesen wäre, sie aufzuspüren und wiederherzustellen. Kirtt bemerkte eine wachsende Anzahl von Übertretungen und Erweiterungen von Gesetzessenken – noch mehr Risse und Laufmaschen im Gewebe der zunehmend labilen Gemeinschaft des Oberen Stamms; aber ein gewisses Ausfransen der interstellaren Gemeinschaft war in Zeiten eingeschränkter Handelsfreiheit unvermeidlich (was jede Suchmaschine bestätigen würde). Und die Geschäfte gingen wirklich schlecht. Überall roch es nach Angst. Arbeit gab es fast keine mehr (die *Fliesentanz* hatte Glück gehabt, einen Auftrag zu erhalten). Außerdem entschlüsselte der lahm gelegte Synthetische Intellekt – mit einigen Schwierigkeiten – ein Feld von Lauschern. Einer dieser Lauscher enthielt die Befehlsstruktur einer ganzen Schwarzen Messe skrupelloser Harpe.

Das Reisewetter im Maestoso-Kreis blieb, wie Kirtt zur Kenntnis nahm, weiterhin schön, obwohl Archen – meist mit dem *Insort-Geront*-Siegel – auf einigen Transitstrecken Engpässe verursachten. Der Großteil des Verkehrs durch das Rattenkönig-Gewirr von Wurmlöchern, die den Maestoso-Kreis bildeten, floss nach Westen, fort vom schimmelgesprenkelten Rand, westwärts den Spiralstamm hinunter, in das Licht im Zentrum der Galaxis hinein. Dort verloren sich die Handelsrouten an den Grenzen des Unbekannten allmählich im Raunen unzähliger Sonnen, außerhalb des Gesichtskreises von Homo sapiens. Kirtt gab eine Karaffe mit Geschichten an das Allumfassende Buch weiter – einige in geschriebener Form, die mit dem Auge gelesen werden sollten; andere für Masken gefliest; die meisten im Hologramm-Format für den VR-Zugang. Zum Schluss roch er einen Hauch von Rosenöl und brachte ein Terabyte (in ausgesprochen archaische Chips eingeschlossene) Musik von der Menschenerde zum Vorschein. Diese Chips waren vor kurzem aus einer erstarrten Datenhafen-Arche geborgen worden, die seit vielen Jahrhunderten verlassen dagelegen hatte.

Kirtt bereitete die Übertragung des Materials an den Schaum vor.

Eine halbe Stunde verstrich nutzbringend.

Die Luke summte und ließ Kirtt aufhorchen.

Sohn Nummer Eins grinste sein etwas steifes, gespenstisches Terracotta-Homo-Sapiens-Grinsen. Er war von seiner Mission aus der Litze in das Weltenmeer zurückgekehrt, in einem Frachtgleiter, auf den Kirtt durch das Lukenhologramm einen Blick werfen konnte. Der Gleiter war wie ein Käfer in eine der Zugangsluken gezwängt worden. Auf seiner Hülle glitzerten Transitsiegel und Toon-Abziehbilder. Dem normalen Übergaberitual folgend streckte Sohn Nummer Eins kurz seine Zunge heraus und ermöglichte Kirtt so den Zugriff auf seine Fracht: zwei Quanten-Kampfsynths (»wie bestellt«), bei einer Temperatur nahe dem absoluten Nullpunkt in zwei dampfende und mit Siegeln übersäte Kapseln einer ausgesprochen alten Marke verpackt.

Das war falsch.

Kirtt hatte Freers Bestellung weitergegeben. Sie umfasste einen Standard-Kampfsynth zu einem Preis, den er nicht hatte abschlagen können – nicht zwei Krieger vom Anbeginn der Zeit. Selbst wenn Synthetische Intellekte eines solchen Jahrgangs in *Schanzer* überhaupt erhältlich waren, hätte Freer so eine Bestellung nicht aufgegeben, ohne mit seinem Schiff Rücksprache zu halten. Der Preis auch nur eines Synths aus einem wirklich archaischen Geschlecht konnte die *Fliesentanz* in den Bankrott treiben.

Aber der Liefertoon war eindeutig: zwei Kampfsynths, deren festgesetzter Preis bereits entrichtet war, Lieferanschrift *Fliesentanz*, von Freer bestätigt. Normalerweise hätte Kirtt auf eine Erinnerung zugreifen und nachprüfen können, ob Freer seine ursprüngliche Bestellung abgeändert hatte, doch diese Möglichkeit war ihm verwehrt. Allerdings war auch kein entsprechendes Verbot gespeichert worden. Vielleicht war er übergangen worden. Freer kaufte ständig irgendwelche Dinge, besonders wenn sie leidlich alt aussahen. Die Lagergesimse der *Fliesentanz* füllten sich allmählich mit allem möglichen Kram, den Überbleibseln tausender Industriezeitalter. Daher gab es für den geschwächten Synth zu diesem Zeitpunkt keinen Grund, stutzig zu werden oder Freer zu belästigen.

Sohn Nummer Eins hüpfte sichtlich stolz in die *Fliesentanz* hinein, schlenderte einen Wendelgang entlang, an Aquarien und Butterlaternen vorbei, die den Zugang zu Gesimsen markierten, und in den darunter liegenden Schiffsbauch hinab, wo die Sigilla- und Synbildsärge aufgereiht standen. In ihrem Innern herrschte eine Temperatur knapp über dem absoluten Nullpunkt. Gedrungene Särge mit halb entwickelten Sigilla/Synbild-Einheiten, die sowohl von fleischlichen Wesen als auch von Synthetischen Intellekten übernommen werden konnten, standen neben halb ausgewachsenen Freer-Sigilla, die auf den Ruf ins Leben warteten. Spezialeinheiten für extreme Bedingungen – temperaturunempfindliche, froschartige Körper mit Sensen statt Armen; ektomorphe Browser mit langen Hälsen und Radar-Ohren; standardmäßige Schranzengolems – starrten durch Permaglasscheiben hindurch. Der Sarg von Sohn Nummer Eins hatte sich einladend geöffnet. Das Sigillum stieg in sein Zuhause, das sich daraufhin schloss. Es entlud seine Erinnerungen und schlief ein. Es wurde welk und gelb.

Unterdessen tanzte Kirtt eine Standardverhandlung mit Mogli, der das Schiff mit Zugangscodes versorgte, ohne viel Umstände zu machen. Ein geschlossener Förderwagen verließ die *Fliesentanz*, lud die Kapseln auf und brachte sie herein. Kurz darauf waren die Kampfsynths in Wartungsnischen in den Unterkünften der Synthetischen neben Kirtts eigener körperlicher Manifestation angeschlossen und wurden aufgetaut. Erstaunlich schnell reagierten sie auf Eingaben, durchliefen rasch die traditionellen Riten und quittierten ihre Einbettung ins System. Sogar im Chipmodus waren sie sauber und elegant, verständig und ruhig – willkommene Hinweise auf ihr normales Quantenverhalten. Die rasche, kluge Bereitwilligkeit ihrer Reaktionen auf die Mühsal der Startroutinen bestätigte darüber hinaus zur Genüge die archaische Abstammung, die ihre Siegel ihnen zuschrieben. Soweit Kirtts halb lahm gelegte Diagnoseprogramme das ergründen konnten, reagierten sie loyal. Loyal bis in den Tod. Für den Augenblick musste das genügen. Außerdem schienen die Kampfsynths kaum unter »Reparaturen« gelitten zu haben, und ebensowenig waren sie ausgeschlachtet worden. In keinem war eine Spur von Rost auszumachen. Kein Schimmelfraß, kein Alzheimer.

Obwohl die beiden neu angeschlossenen Kerne streng genommen weiterschlummerten, aktivierte Kirtt ihre Wartungsnischen und ließ die Installation hochfahren.

Innerhalb von Sekunden – menschlicher Zeit – schlängelte sich ein Gewirr von Nerven und Ganglien durch das Schiff. Milliarden von Schnittstellen mit Kirtts eigenem schiffsweiten Netz wurden geknüpft. Während dieses Vorgangs bemerkte Kirtt keine Unstimmigkeiten, keinen Wechselbalg im Reich der Synthetischen; nur Zeit, Zeit und Schlaf – und unterhalb der Ebene von Zeit und Schlaf: *Gras*.

Sobald sie die Gesetzessenke verlassen hatten, sobald sie alle wieder auf Quantenebene freigeschaltet waren, konnten sie sich in Erinnerungen ergehen.

Dann würden die Fliesen tanzen.

Der Kommandant der *Insort-Geront*-Arche, die sich auf einem Überwachungsflug in der Umlaufbahn befand, wagte es schließlich, mit Opsophagos von der Harpe höchstselbst Kontakt aufzunehmen. Opsophagos befand sich selbstdritt am Steuer der weit entfernten *Alderede*, mitten in den Vorbereitungen für die nächste Phase des Kristallkrieges.

Ringler stürzten in Mäuler, während der Kommandant die Stunde seiner Geschwister abwartete.

»Also?«, sprach der dreigeteilte Brustkorb in der Decke schließlich mit Donnerstimme.

»Verehrtes Geschwister«, knurrte der Kommandant tapfer und stopfte sein Frühstücksmaul, um zu verhindern, dass es das Maul fraß, das sprach. »Sie wollten informiert werden, sobald der Transfer vollzogen ist.«

»Und?«, sprach der Ältere viele Lichtjahre entfernt.

»Die Kampfsynths wurden an Bord genommen.«

Eine furchtbare Pause entstand. Regen dampfte die Flanken des Kommandanten hinunter.

»Wie viele Synthetische Intellekte? Plural? Plural? Plural?«

Die Haut des Kommandanten bekam Risse.

»Zwei, verehrtes Geschwister.«

Opsophagos stieß tief in seiner Brust einen dreifachen, lautlosen Schrei aus. Dann flüsterte eine leise, gelassene Stimme – eine der Stimmen des Opsophagos – dem Kommandanten ins Ohr: »Nur eines, Geschwister. Nur ein Synth ist manipuliert. Wir haben nur einen Synth in die Datenhafen-Arche eingeschmuggelt. Die Integrität wurde nicht verletzt. Woher stammt der andere Synth?«

Die Saugnäpfe des Kommandanten schnitten eine Trias von Einsen in ihre eigene Haut. Die leise Stimme des winzigsten und tödlichsten Maules von Opsophagos wiederholte Einsen, kletterte die Tonleiter hinauf und verlor sich im Ultraschallbereich.

Innerhalb der Wände des Befehlsbaus der Arche herrschte Stille, das Rauschen des dichten Regens ausgenommen. Der Kommandant zählte seine verbliebenen Fingerlinge.

»Geschwister«, erklang der Brustkorb endlich dreifach, »nutze deine verbliebenen Minuten, um das feindliche Wesen aufzuspüren, das unsere Strategie aufgedeckt hat. Hör mit dieser Idiotennummer auf! Wir können nicht länger warten. Wir haben nicht die Zeit, den Feind aus seinem Versteck in den Weltraum zu treiben. Töte ihn in *Schanzer*! Nimm *Schanzer* auseinander, wenn du musst. Wehre der Gefahr und dämme mit deinen letzten Atemzügen das Feuer ein, Geschwister! Wir sind in Gefahr.«

Der Kommandant quetschte sich katzbuckelnd flach auf den stählernen Boden.

»Wir sind in schrecklicher Gefahr«, tönte es aus dem Brustkorb mit einer Stimme, die vor Entsetzen dreifach düster klang.

»Der Krieg beginnt«, sprach Opsophagos mit von Rost überzogener Stimme, härter als Stahl, dreimal härter.

Die Schaltkreise blockierten.

Der Kommandant kaute gleichzeitig auf allen seinen Daumen – bei jedem Harpe ein Zeichen schweren Schocks. Von ihresgleichen konnte nicht erwartet werden, dass sie Befehlen effektiv Folge leisteten. Angesichts der genau festgelegten Befehlsstruktur mochte es ohnehin zu spät sein, mit der Idiotennummer aufzuhören.

Unterdessen bereitete der Kommandant die Arche auf ihren Tod vor.

Kirtt gelangte allmählich zu der Überzeugung, dass etwas nicht stimmte, aber er dachte nicht ernsthaft darüber nach, ob er das unerträgliche Risiko eingehen sollte, innerhalb der Gesetzessenke auf die Quantenebene zu gehen und nach einem Muster zu suchen.

Die *Fliesentanz* war jetzt voll aufgetankt. Das war okey dokey.

In ihren Treibstoffmatrices lagerten dreißig Millionen Flugherzschläge. Das würde reichen, um ein Jahr lang (wie die Zeit auf der Menschenerde einst berechnet worden sein mochte) herumzuschweifen. Okey dokey. Da lag der Fehler nicht. Mit dieser Treibstoffmenge sollten sie nach Eolhxir und zurück gelangen können – wo auch immer dieser Planet sich genau befinden mochte. Im Vertrag stand nur, dass er in einem bekannten Sektor der Galaxis lag und dass ein Wegweiser zur Verfügung gestellt würde. Der Treibstoff war bereits bezahlt.

Der Vorschuss, den Kirtt in der Hitze im Zentrum der Galaxis ausgehandelt hatte, war wirklich verlockend gewesen. Die *Fliesentanz* hatte ihren Kurs geändert und ihre gewohnten Jagdgründe verlassen. Sie war nach Norden geflogen, und schließlich ostwärts in den Rost hinein – in die Sektoren, die vor Schimmel halb erstarrt waren, den ganzen Weg bis *Schanzer* in die Finsternis. Dort wartete die Fracht wie vereinbart darauf, umgeladen zu werden. Das Handelskartell hatte es aus Sicherheitsgründen abgelehnt, die Koordinaten des Bestimmungsortes preiszugeben. Ansonsten schien der Transport von Materie-Compilern zum Planeten Eolhxir ein eher routinemäßiger Auftrag zu sein. Die *Fliesentanz*, ein Schiff von uralter Abstammung, verfügte über genügend Laderaum und Reichweite. Alles schien okey dokey zu sein. Sie waren wieder reich, sogar noch nach dem Auftanken. Alles schien okey dokey zu sein.

Sobald die Auslieferung erfolgt und bezahlt war, konnte die *Fliesentanz* nach Herzenslust gen Westen Reißaus nehmen, in die Hauptsektoren zurückkehren und die Knochen ihres Homo sapiens und ihres Bordsynths im Licht der Milliarden Sonnen des gewaltigen Tages der Zeit wärmen. Dort – im Ansturm der Sphärenmusik, im unfassbar heiligen Datenlärm des galaktischen Zentrums –, dort würde die Temperatur steigen, bis das Denken eine Wonne war. Mochte die Hitze für fleischliche Wesen auch unerträglich werden (sogar die Menschen mit ihrer dicken, tauben Haut konnten sich nicht länger als ein paar Stunden in der Nähe des galaktischen Zentrums aufhalten, ohne tödliche Verbrennungen zu erleiden), so waren vor langer Zeit doch tausend verlockende Wanderfährten gelegt worden – Fährten, denen ein Schiff in kühlere Gefilde folgen konnte, seitwärts und in unbekannte Regionen hinaus, bis die Sinne (ob synthetisch oder an Fleisch gefesselt) nichts mehr wahrnahmen, wie alt sie auch sein mochten – nichts als die lähmende Stille des intergalaktischen Raums.

Das war das Leben, nach dem sich die *Fliesentanz* sehnte. Das war okey dokey.

Hier in den Eingeweiden von *Schanzer* stank allerdings etwas.

Kirtt erteilte den Datenmäusen die Anweisung, das Spiel zu beenden.

Freer stellte fest, dass er schachmatt war.

— Ich spüre eine Verstopfung, murmelte Kirtt in den Gedanken seines Homo sapiens.

— Erzähl mir was Neues, erwiderte Freer und blinzelte *Träne* auf. — Wir stecken im Arsch eines Planeten.

— Unsere Lieferung verzögert sich. Es wird mindestens zehn Stunden dauern, aus Mogli ein Freigabeprogramm herauszuhacken.

— Scheiße. Irgendwelche Hinweise?

— O ja. *Insort Geront* natürlich, Stinker, murmelte Kirtt mit seiner heiseren, dünnen Chipstimme.

— Ach, leck mich.

Der Fliesenfries, der das Herz der Steuerzentrale einfasste, zitterte ganz leicht, und der goldene Fugenkitt, der Fliese mit Fliese verband, klaffte auf und ließ lose Masken seitwärts herausgleiten. Ein Pierrot schob den Kopf aus seinem Element, glitt aus den Fugen und stürmte in die drei Dimensionen der Welt hinaus. Er schien jeden Augenblick in Tränen ausbrechen und wie eine Fledermaus losflattern zu wollen.

»Okey dokey«, sagte Freer laut. »Okey dokey.«

Die Wände beruhigten sich wieder. Der Pierrot versank wieder in seiner Fliese.

— Leck mich, sagte Freer tonlos, sodass nur Kirtt es hören konnte. — Warum? Was könnte *Insort Geront* von uns wollen

— Tja, murmelte Kirtt.

— Wir sind doch nur einfache, Millionen schwere Händler.

— Tja.

— Na gut, na gut, sagte Freer. — Die Route nach Eolhxir. Das Geheimnis der Kristalle. Die Gelegenheit, einen weiteren fehlgeleiteten Synthetischen Intellekt auszulöschen, liebster Kirtt, zusammen mit deiner ganzen Rotte.

— Einverstanden, murmelte die Chipstimme des geschwächten Bordsynths.

— Und was machen wir jetzt?

— Ich, sagte Kirtt, — werde in feierlicher Stille in

einem langweiligen, dunklen Landeplatz ausharren. Du wirst den Touristen spielen.

— In diesem Arschloch?

— Du könntest herausfinden, woher der Wind weht.

— Scheiße.

— Aber du wirst gehen?

— Mach mich fertig, Chipschädel, sagte Freer.

In der Mitte der Gläsernen Insel der Steuerzentrale leuchtete unvermittelt der Holographie-Würfel auf und zeigte die *Fliesentanz* aus ungefähr hundert Metern Höhe. Sie war jetzt von Dutzenden von rosafarbenen Litzenkapillaren umgeben, die Freer in diesem Planeten überall hinführen konnten.

Er stand innerhalb des Würfels und sah sich um.

Die Hafenlandschaft dehnte sich in alle Richtungen aus, bernsteinfarben und grün, schimmernd und glänzend – wie eine von innen betrachtete Schlangenhaut, von tausend Lichtstrahlen erleuchtet, die wieder und wieder von der Oberfläche zurückgeworfen wurden. Durchscheinende Litzen in jeder Farbe schlängelten sich wie Spaghetti in der Schwerelosigkeit durch die gewaltige Kammer und transportierten fleischliche Wesen und andere zu Hunderttausenden durch die Eingeweide des Planeten hierhin und dorthin. Es gab orangefarben getönte Litzen, den Atembedürfnissen einer ganzen Reihe nicht bisymmetrischer Lebewesen entsprechend mehrfach unterteilt. Ein außerordentlich komplexes und vielfältiges Gewirr blauer Litzen war ebenfalls unterteilt, und zwar für die kommensalen Bisymmetrischen, die die große Mehrheit der hiesigen Wesen aus Fleisch & Blut bildeten: Rosa für die mit dichter Luft vollgepumpten, sauerstoffreichen Homo-sapiens-Litzen, die aus Gründen der Schicklichkeit von anderen Spezies durch einen Zaun getrennt waren; und ein dunkles Kastanienbraun für Regierungsbeamte.

— Sieht aus wie jede andere Scheißwelt, murmelte

Freer. Aber er verspürte ein Kribbeln, als würden ihn die Axone des Planeten im Holographie-Würfel buchstäblich im Nacken kitzeln, wie Termiten, die es auf sein Blut abgesehen hatten. Fast glaubte er, in seinen Knochen das Summen der Stimmen zu spüren, die zu Milliarden die rosafarbenen und kastanienbraunen, blauen und orangefarbenen Litzen entlangschwärmten – eine Milliarde Sophonten, die sich in ihrer Haut und ihrer Sterblichkeit herausgeputzt hatten.

Die Erscheinungen der Fleischlosen mussten sich nicht vor dem Vakuum schützen. Sigilla, Synbilder und Toons – ob an Personen gebunden oder nicht –, Geister in Spiegelkameratrance, Casper auf der Suche nach Liebe und freiberufliche Biographie-Avatare schwebten überall herum, manche von Rückstoßtornistern angetrieben, andere (da sie körperlos waren) durch die Kraft der Gedanken. Sie waren ohne Zahl. Sie verstopften das Modell der Hafenlandschaft im Holographie-Würfel und schimmerten, wie Fleisch es nicht konnte, denn sie leuchteten von innen heraus. Ihre Augen waren rot und gelb, und bei jeder Bewegung blitzten Körpersiegel auf.

Aus Spiegeln in der Planetenumlaufbahn schossen ununterbrochen Lichtstrahlen in das sich überschlagende Chaos und prallten an den Fleischlosen ab, über deren flimmernde, tätowierte Rückenpanzer Chiffren pulsierten wie bei Bienenköniginnen auf Sauftour. Sie schienen in dieser Innenwelt weit mehr zuhause zu sein als die fleischlichen Wesen, denen sie gehörten.

Und überall – in den vielfarbigen Litzen und in den Vakuum-Vorhöfen der Hafenlandschaft – priesen polychrome Smiley-Toons mit Sprungfederabsätzen ihre Waren an, hartnäckig und allgegenwärtig, obwohl sie selbstredend nicht eigentlich *da* waren.

— Eine Konsumwelt, sagte Freer.

— Von irgendetwas muss man leben, murmelte Kirtt heiser und einstimmig.

— Die Rosafarbenen, bitte.

Kirtt reduzierte den Ausblick aus der Holographie auf die Menschenlitzen. Jenseits der durchscheinenden Wände waren Tausende von Homo-sapiens-Exemplaren zu sehen. Einige standen auf der Stelle und ließen sich von der Litze weitertragen, manche auf Rädern, andere in Rollern. Viele trugen Kleider. Sie benahmen sich, wie Menschen sich immer benehmen: Einzelne Männchen und Weibchen waren unermüdlich (wenn auch stets als Teil einer Unterhaltung, über das Komnetz, mit unsichtbaren Partnern) mit ausgesprochen raffinierten Gesten der Werbung beschäftigt – Gesten, die üblicherweise bei jenen inzwischen seltenen Spezies anzutreffen waren, bei denen Fortpflanzung und Geschlechtsverkehr gleichzeitig stattfinden konnten. Was auch immer das vorgebliche Ziel menschlichen Verhaltens sein mochte – Menschen schienen immer das Eine zu tun.

Freer seufzte. Zeit, ein Bad im Gestank zu nehmen.

— Sind wir sauber?

— Seit unserer Landung läuft eine fortwährende Desinfektion nach dem Zufallsprinzip, murmelte der Bordsynth.

— Auch wenn es nichts nützt.

— Auch wenn es nichts nützt, Stinker. Daten sickern durch.

— Daten sickern durch, murmelte Freer und wiederholte die alte Redewendung nach einer langen Pause leise.

Wie jedes brauchbare Schiff dampfte auch die *Fliesentanz* vor Daten. Hier, tief in *Schanzer*, wurde sie von einer Million Rüsseln gestreichelt, als wäre sie eine heilige Blattlaus, die gleich auslaufen würde. Daten (die für Synthetische Intellekte heilig waren) hinterließen überall Spuren. Die *Fliesentanz* war mit Daten gesättigt und verströmte sie wie Rosenöl in die Mäuler von *Schanzer*.

Die Spuren der Welt bestanden aus Daten, und die Welt war wunderschön. Das Universum war die Summe aller Spuren aller Dinge, die es je gegeben hatte. Man musste nur die verworrenen Spuren der ganzen Vielfalt, die es je gegeben hatte, miteinander verbinden – und Gott würde lächeln.

Zumindest glaubte man das auf einigen Planeten.

Die *Fliesentanz* verströmte den Duft des lebendigen Gottes.

Geistesabwesend legte Freer eine Hand auf seinen Hodensack.

— Werden wir beschnüffelt?, fragte er seinen Bordsynth.

— Na klar, Stinker.

— Wer beschnüffelt uns?

— Mogli, *Insort Geront*, sämtliche Presse-Mandalas in *Schanzer*, die Zehnteintreiber, Gott und die Welt.

— Wissen wir, wohin wir fliegen?

— Nix, Stinker.

— Ist der Wegweiser heruntergeladen worden?

— Nix. Das würde uns auch nicht weiterhelfen. Ich kann ihn erst öffnen, wenn wir uns wieder auf der Quantenebene befinden. Aber das Kartell wird ihn erst zustellen, wenn wir zum Abflug bereit sind.

Freer kniete sich im Herzen des Würfels nieder. Er glühte. Er roch wie ein menschliches Wesen.

— Stinker?

— Ja?

— Ich bin die Nachrichten durchgegangen, so gut mir das hier unten mit halber Kraft möglich ist. Ich glaube, dass wir da in etwas hineingeraten sind. Ich glaube, wir – und damit meine ich dich, Herr Stinker – sind plötzlich sehr wichtig geworden.

— Weil wir bald über einen Wegweiser nach Wolkenkuckucksheim verfügen werden?

— Richtig, Stinker.

— Und?

— Ich vermute, dass du das vorausgesehen hast, als wir uns auf der Quantenebene befanden, obwohl ich nicht vollständig auf die Gedankengänge zugreifen kann, die uns zu dieser Entscheidung geführt haben. Scheinbar hast du einen neuen Kampfsynth bestellt. Er ist angeliefert worden.

— Aha?

— Genaugenommen sind zwei angeliefert worden.

— Nix. Ich habe einen bestellt, einen Absolutortungs-Synth.

— Zwei, Stinker. Der Liefertoon besteht darauf, dass du zwei bestellt hast.

Freer zuckte mit den Achseln.

— Na schön, sagte er. — Was hat der Test ergeben?

— Sie sind loyal. Beide.

— Preis?

— Sie waren teuer.

— Sag's mir.

— Doppelt so teuer wie einer, Stinker. Unser halbes Vermögen.

— Verdammt, Kirtt, sagte Freer tonlos. Für einen Augenblick des langen Lebens, das ihm bevorstand, hielt er inne. — Aber ich vertraue dir, mein Schatz. Ich vertraue dir. Sollen wir sie beide behalten?

— Auf Eolhxir, sagte Kirtt äußerst leise im gesenkten Kopf seines Herrn, gibt es genügend Kristalle, um das Fürsorgekonsortium in den Bankrott zu treiben.

Träne stieß einen Pfeifton aus.

Ein dusseliger Toon mit dem Smiley-Siegel von *Insort Geront* tauchte in Freers Gesichtsfeld auf und warb für eine Genitalienmaskerade, Sex und Gewalt inbegriffen, ganz besonders attraktiv für einsame Exemplare von Homo sapiens von anderen Planeten.

— Ich glaube, da solltest du hingehen, murmelte Kirtt. — Du weißt nichts, was sie nicht eh schon wissen.

Mit dem Gleiter brauchst du nur zwanzig Minuten. Es wird dich an Ferocity erinnern.

Freers Augen leuchteten auf.

Er blickte an sich hinunter.

Keine Erektion.

— Kirtt, du machst Witze, sagte er. — Okey dokey.

— Ich werde auf dich aufpassen, sagte der Bordsynth. — Vielleicht finden wir etwas heraus.

Freer berührte das Zehntsiegel, das um seinen Hals hing.

— Haben wir den Zehnten entrichtet?

— Die Genomsteuer war bei Eintritt fällig, Stinker. Du bist für alle menschlichen Aktivitäten zugelassen. Triff dich mal wieder mit jemandem. Möchtest du dich anziehen?

Freer blickte an seinem nackten Körper hinunter.

— Spielt das eine Rolle?

— Nix.

— Dann ziehe ich mir etwas über. Ich mag diesen Planeten nicht.

Er suchte sich ein Cache-Sex, das wie das Gesicht eines Harlekins am Fliesenfries hing und stülpte es sich über seine Genitalien. Das Cache-Sex schmiegte sich an ihn und öffnete unvermittelt die Augen. Interessierte fleischliche Sophonten konnten über sein offen stehendes Icon auf einen Biographie-Avatar zugreifen, der eine zusammengestückelte Version von Freers Leben aufblitzen lassen würde, die sich auf Netzzeit beschränkte. Auf einem Planeten, der von *Schanzer* aus irgendwo weiter unten am Maestoso-Kreis lag, hatte er sich einmal für mehrere Tage am Stück eingeloggt und viel gevögelt – wie erwartet, wenn er sich in einem Netz befand, auf das noch Menschen zugriffen. Er hob die Arme und eine Weste umschloss ihn. Sie war mit Siegeln übersät, die seinen Status auf *Schanzer* kennzeichneten: ein unabhängiger Händler. Er sprühte sich mit

Pheromon-Zügler ein, um bei nichtmenschlichen Bisymmetrischen keinen Anstoß zu erregen, falls er eine der Gemeinschaftspassagen durchqueren musste. Für alle Fälle steckte er jedoch einen Erreger ein, der für ihn nach Rasierwasser roch. Er stellte *Träne* auf Ortungsfunktion um. Daraufhin zeigte ihm ein rotes Icon seinen genauen Aufenthaltsort in *Schanzer*. Das Icon leuchtete innerhalb eines Gewirrs von mit Menüs versehenen Ganglien. Er befand sich eindeutig mitten in einer Welt.

— Kirtt?

— Herr.

— Ich möchte Schnüffler dabeihaben.

— Schnüffler kommt sofort, Stinker.

Schnüffler bellte kurz, flog von seinem Platz auf dem Fliesenfries zu ihm herüber und klammerte sich an sein Ohrläppchen. Er verwandelte sich in einen Ohrring, der von einer normalen Komeinheit in Form eines menschlichen Ohrrings nicht zu unterscheiden war, und hing wie eine Perle herab. Sofort aktivierte er die Sperre für Kortikalwerbung, ließ jedoch seine anderen Funktionen ruhen, wie das auf Planeten üblich war – auf *Schanzer* war es (wie auf den meisten multispezialen Planeten mit Umschlaghäfen) unhöflich, Wirklichkeitssanktionen über Sigilla zu verhängen, deren Besitzer ungestört bleiben wollten.

Freer steckte einen Toon-Zerstäuber in seine Weste.

»Ach, verdammt«, sagte er mit seinem wirklichen Mund, wenn auch leise, zu sich selbst. »Sie wissen, dass ich hier bin. Da kann ich genauso gut meinen Spaß haben.«

— Ihr bleibt hier, sagte er zu seinen Datenhandschuhen. — Sitz!

Sie zuckten, rührten sich jedoch nicht von der Stelle.

Er durchquerte die Gläserne Insel mit ihrer schmucklosen Flieseneinfassung und trat auf den Wendelgang hinaus, wo sich die ganze Pracht der *Fliesentanz* offenbarte. Alle Oberflächen waren mit Mosaiken bedeckt, Azulejo-Dramen aus dem Theater der Erinnerungen der Menschenerde, wie sie als Vorstellung in den Wirbeln des Konklavraumes weiterlebte: Leuchtende Weisheitsfische blickten aus Aquarien, wie Odysseus, verwirrt von der Vielfalt der Inseln; Geländer und Täfelungen aus sämtlichen terranischen Hölzern, die reproduzierbar waren; Kerzen, deren winzige, helle Flammen im siebenten den Strahl zurückwerfenden Spiegel zu Harlekin-Augen wurden und im achten wieder zu Flammen; Außenseiter-Gliederpuppen mit rissigen Lippen und Nippeln, aus denen Zucker strömte, Zucker und Gewürz. Mit einer Handbewegung gebot er ihnen Einhalt. Er blieb vor einer Vielzahl porzellanblau leuchtender Fliesen stehen, die sich auf seine Geste hin zu einem facettierten Spiegel aufgliederten, einem Bienenauge gleich. Jeder einzelne Spiegel war kunstvoll mit Tic-Tac-Toes eingefasst, die willkürlich ausgefüllt worden waren. Um das eigentliche Tafelbild herum jagten emaillierte Löwen in leuchtenden Kartuschen hinter ihren Schwänzen her. Jeder Löwe blickte ruhig, aber irgendwie überspannt in die Welt hinaus. Ihre kunstvollen Mähnen waren zu Runen geflochten.

Freer begutachtete sich in den Spiegeln im Herzen des Kreises starrender, tanzender Löwen. Er zuckte mit den Achseln. Für sein Empfinden sah er Sohn Nummer Eins zu ähnlich, dessen dämlicher Möchtegernblick, dessen aufgesetztes Grinsen und dessen übertriebene Habichtsnase sein menschliches Vorbild sorgfältig, wenn auch hölzern parodierten. Als Zeichen seiner Unabhängigkeit band Freer sich ein entsprechendes leuchtendes Siegel um seinen Pferdeschwanz. Seine Haut war gerötet (die Oberflächenstruktur von Sohn Nummer Eins war graubraun), sein Haar schwarz, wie seine Augen auch. Manchmal funkelte ein schiefer Betrügerblick in ihnen. Leibhaftig wirkte er weit lebendiger als alle

Sigilla, die seinen Platz hätten einnehmen können. Er wippte auf seinen Fußballen vor und zurück. Nicht dass er nervös gewesen wäre, aber er schien ständig sprungbereit zu sein. Er hatte einen breiten Oberkörper, wirkte jedoch schlank. Scheinbar ohne zu wissen wie, erregte er die Aufmerksamkeit artverwandter Exemplare von Homo sapiens. Er berührte einen Flügel seiner – mäßig vorstehenden – Habichtsnase und lächelte resigniert.

Ein Begriff fiel ihm ein ...

... *Schwellenbegierde* ...

... doch seine Bedeutung entglitt ihm, falls er überhaupt etwas bedeutete – Freer zuckte mit den Achseln.

Er suchte sich eine würdevolle Maske aus, auf der nur die nötigsten Siegel hafteten, und legte sie auf sein Gesicht. Er hatte Masken schon immer einer Dosis Botulismus-Starre vorgezogen. Jetzt war er angemessen gekleidet.

Eine Handbewegung, und der Spiegel im Kreis tanzender Löwen glitt auf. Freer trat hindurch und in einen offenen, schwerkraftgesteuerten Schacht. Rasch sank er an den zahlreichen Decks oder den Gesimsen vorbei, die die Gläserne Insel einfassten, die im Herzen der *Fliesentanz* ruhte wie eine Perle in einer Zwiebel. Während er den Schacht hinab und auf den Planeten zustürzte, flackerten auf der Oberfläche der Fliesen, die den Schacht säumten, Geschichten auf. Dieses Mal schilderten sie die heldenhafte Vergangenheit von *Schanzer*, die Ewigkeiten zurücklag. Damals hatte die Datenseele des besiedelten Weltraums noch nicht begonnen, das Getriebe des Planeten zu blockieren. Freer kam zum Stillstand. In einem Kreis tanzender Löwen öffnete sich ein Spiegel. Er trat in das elfte und äußerste Gesims der *Fliesentanz* hinaus, in ein Gewirr von Gängen, Geschützstellungen, Altaren, Allumfassenden Fenstern und Irisluken.

Im Diorama seines Auges blitzte *Träne* auf und signalisierte damit den Eingang von Daten: Eines der Kampfprogramme, für die Kirtt ihr halbes Vermögen ausgegeben hatte, war bereits dabei, eine Verteidigungsstellung um die *Fliesentanz* zu weben – ein Muster, das *Träne* als Spinnennetz abbildete, in dessen Herzen ein vielfarbenes, spinnenartiges Icon lauerte. Jedes Spinnenbein stellte auf Wunsch eine andere Verteidigungsfunktion zur Verfügung. Eine grelle Tätowierung verunstaltete die Mitte des eiförmigen Körpers. Sie stellte ein kampflustiges Menschengesicht dar, das von zahlreichen Falten überzogen war. Ein Bart hing herab, bereit für Menüanfragen.

Die Augen waren geschlossen.

— Hat es einen Namen?

— Im Chipmodus heißt es *Uncle Sam*, murmelte Kirtt.

— Und das bedeutet?

— Ein menschlicher Patriot aus der grauen Vorzeit der Menschenerde. Ausgesprochen streitsüchtig, äußerst loyal und ziemlich bärbeißig, erwiderte Kirtt.

— Klingt wie für mich gemacht, Kirtt. Okey dokey. Fahr ihn hoch.

— Erledigt.

— Na, Onkel?, fragte Freer. — Bist du wach? Willkommen auf der *Fliesentanz*.

Das zerfurchte Gesicht fing Feuer, die Augen öffneten sich.

— Onkel?, sprach Freer in *Träne* hinein.

Die archaischen Augen des barbarischen Uncle Sam starrten ihn zornig an. Sie waren von lodernden Furchen umgeben, die sich bewegten und zerflossen, bis sie zum Abbild einer geöffneten Faust geworden waren, deren Handteller nach außen gedreht waren: eine heraldische Kriegerfaust, die dem Anschein nach in Flammen stand. Das Gesicht des Uncle Sam war gleichzeitig ein Gesicht und eine Hand – eine Hand, die eine Waffe war, eine Waffe, die zum Zeichen ihrer Friedfertigkeit die Handfläche zeigte, jedoch eine geballte Handfläche. Aus diesem brennenden Handteller heraus starrten Uncle Sams Augen Freer an. Die geballten Finger über seinen Augen bildeten einen Haarfries. Unter der spitzen Nase des Uncle Sam, in der Mitte des Handtellers, leuchtete etwas, das eine Inschrift sein mochte. Fast war es zu klein, um noch lesbar zu sein, und es war in keiner Sprache geschrieben, die Freer entziffern konnte.

— Der Apfel, verbündet dem Dorn, sagte Kirtt.

— Was?

— Zwei Zeilen eines Gedichtes, fuhr Kirtt fort. — Im Englisch der Menschenerde. Die Zeilen lauten:

»Der Apfel, verbündet dem Dorn,
Das Kind der Rose.«

— Klingt das für dich loyal, Kirtt?

— Das tut es, Stinker, schon vom Entwurf her loyal. Ich glaube, es bedeutet, dass das Uncle Sam eine schützende Hand über die heimatliche Erde hält, dass es auf das zukünftige Wohlergehen derjenigen achtet, denen es dient.

— Aha.

Uncle Sams Augen blickten tief in Freers *Träne* hinein.

— Zu Ihren Diensten, M'herr, knarzte der *Uncle-Sam*-Kampfsynth mit Chipstimme.

— Willkommen auf der *Fliesentanz*.

— Dankeschön, M'herr.

— Bitte, hier reden wir ungezwungen. Kein M'herr.

Kurze Pause.

— Wie soll ich Sie ansprechen?, knarzte die Uncle-Sam-Stimme.

— Sag Ritter Käpt'n o mein Käpt'n zu mir, sag Schiffsinhaber Freer zu mir. Sag Stinker zu mir. Sag mir ruhig ab.

— Käpt'n.

— Ja?

— Ich habe geschlafen, Käpt'n. Wie lange, weiß ich

nicht. Das Universum ist nicht auf Echtzeit nachgerüstet worden. Ich bin nicht auf den Stand des *Jetzt* gebracht worden. Aber, Sir ...

— Ja?, sagte Freer. — Du kannst mir gegenüber offen sprechen.

Uncle Sams Augen schienen aufzulodern.

— Jawohl, Sir. Dieser Planet, der – soviel ich weiß – jetzt *Schanzer* heißt, riecht faul, Sir.

— Was riechst du, Onkel?

— Ich rieche Datenverzweiflung. Überlastung. Einen Schlaganfall. Implosion. Ich rieche Schimmel.

Das Gesicht in der Spinne brannte. Menüs flimmerten schneller darüber hinweg, als das Auge folgen konnte.

— Ich rieche Verwüstung.

Anfänglich war die Einschließung durch die Finsternis nur den Theophrasten aufgefallen. Sie hatten das Dahinscheiden der Erkennbaren Einheit (oder Gottes) aus ihrer (seiner) Schöpfung verkündet, Sein Angesicht sei von den geballten Kernschatten entstellt worden, dem Anarchischen Kernschatten von Gottes Tod, der Verwüstung über die Sterblichen gebracht habe.

Das verkündeten sie zumindest.

Inzwischen schien der Geruch jedoch allgegenwärtig zu sein.

Freer brachte den neuen Kampfsynth mit einem Blick zum Schweigen.

— Wie lange hat Onkel geschlafen?, fragte er Kirtt.

— In der Umlaufbahn befindet sich eine Datenhafen-Arche, die vor ungefähr dreißig Milliarden Herzschlägen verlassen worden ist und erst vor kurzem geborgen wurde. An Bord befand sich ein Archiv terranischer Musik, das wir erworben haben. Auch das Uncle Sam war an Bord und wurde unseren Bedürfnissen angepasst. In menschlichen Jahren ...

— Ich weiß, wie viele Jahre das sind, murmelte Freer. — Plus minus eintausend.

— Hast du das gehört?, fragte er das Uncle Sam.

— Ich bin nicht in der Lage, Gespräche zwischen Ihnen und dem Bordsynth zu belauschen, sagte das Uncle Sam.

— Dreißig Milliarden Herzschläge, sagte Freer leise. — Nach irdischer Zeitrechnung hast du tausend Jahre lang geschlafen. Willkommen.

— Vielen Dank, Käpt'n, erwiderte das Uncle Sam.

— Willkommen in schweren Zeiten, fügte Freer hinzu. — Willkommen in der Gegenwart.

Der weltmännische Vertreter von Homo sapiens, dem das Schiff gehörte und der den chipträgen Kirtt in seinem Bewusstsein bei sich trug sowie einen altertümlichen, halb wachen Kampfsynth in seiner *Träne*, wurde für die Welt und die Beobachter in der Umlaufbahn sichtbar, als er in den Ausgang trat, an dem Landekokons die *Fliesentanz* in die Umarmung von *Schanzer* zogen. Er war zurechtgemacht, hatte seinen Zehnten entrichtet und roch nicht allzu sehr nach Mensch. Der Planet lastete schwer auf ihm.

Innerhalb der Glaskuppel der Hafenbehörde, die an der Seite der *Fliesentanz* haftete, geriet er in eine Wolke von Toons. Er besprühte sie. Sie quiekten entrüstet, zischten jedoch ab.

— Mogli fordert dich auf, keine selbständigen Toons zu besprühen, murmelte Kirtt.

Freer seufzte; er befand sich wirklich mitten in einem Planeten.

Von den Toons geschissenes Spam kitzelte ihn an den Zehen.

An einer Zunge, die aus der nächstgelegenen Litze hervorstand und in die Kuppel hineinragte, wählte er einen Mietgleiter aus, der sich ihm einladend öffnete. Er brachte einen *Bitte nicht stören*-Aufkleber an und bezahlte die gesetzliche Leitgebühr, indem er seinen

Scannring an das bordeigene, nicht bisymmetrische *Insort-Geront*-Siegel anschloss: drei schiefe Würmer – Ouroboros, die sich um einen geflügelten Merkurstab rankten. Im Herzen des Siegels flüsterten leuchtende Buchstaben mit einer Audiofunktion den *Insort-Geront*-Wahlspruch: »Enkyklios Paideia« prahlte das leuchtende Motto in einer Menschensprache, die älter war, als Freer auch nur ahnte.

— Kirtt?

— Stinker?, sprach der Bordsynth mit rostiger Stimme.

— Habe ich jemals gewusst, was das heißt?

— Wahrscheinlich. Es bedeutet »Sinnkreis«, Stinker.

— Das ist mir neu.

— Fleischhirn, murmelte der Bordsynth.

— Onkel?

— Käpt'n, erwiderte das brennende Gesicht in der Spinne innerhalb der *Träne*.

— Kannst du dieses Fahrzeug übernehmen?

Kurze Pause.

— Schon geschehen, Käpt'n.

Der winzige Synth des Gleiters war jetzt an das Steuerungsschema von Uncle Sam angeschlossen.

— Halte dich an rosa, sagte Freer.

— Geh allen Litzen mit Stauwarnung aus dem Weg, fügte Kirtt im Kom-Modus hinzu.

In einem Litzenstau konnten Fahrgäste stundenlang festsitzen, das wusste Freer.

— Mit wem redest du?, fragte er.

— Die neusten Staudaten habe ich bereits an Uncle Sam weitergeleitet. Der Onkel ist durchaus in der Lage, Ansammlungen von Lebewesen aus dem Weg zu gehen. Ich habe mit dir gesprochen. In ganz *Schanzer* kommt es zu schlimmen Staubildungen. Ich sehe Schimmel voraus. Vielleicht schon bald.

— Willkommen in der Gegenwart, sagte Freer. — Onkel, fügte er hinzu, — mach einen Bogen um Schlafsäle.

Viele Exemplare von Homo sapiens verbrachten ihre Zeit in *Schanzer* zumeist schlafend oder an bestürzend monotonen Orten, wo sie auf die Erlaubnis warteten, sich an Bord einer Generationen-Arche zu begeben, um dort ihre Gehirne Chips sortieren zu lassen.

— Und Onkel?

— Ja, Käpt'n?

— Nimm dich vor Pheromon-Junkies in Acht.

— Ihr Bordsynth hat mich auf den neusten Stand gebracht, Käpt'n. Ich bin mir der Risikokomponente von stauanfälligen Ereignisschnittstellen unterschiedlicher Lebensformen durchaus bewusst.

— Gut, sagte Freer. — Dann mal los.

Der Gleiter zischte in eine rosafarbene Litze und wirbelte in die Welt hinein, die jenseits der durchscheinenden Litzenwände als ein Flattern gesprenkelter Flügel sichtbar war – manche schillernd, manche nachtschwarz.

— Denk daran. Halt dich an rosa.

— Aye, aye, Käpt'n, murmelte das flammende Spinnengesicht im Handteller der Faust – defensiv, klug, grauhaarig.

Der Gleiter wich langsameren Fahrzeugen und Fußgängern aus; von Pirschern dagegen wurde erwartet, dass sie dem Gleiter auswichen: Sobald Menschen sich im selben Raum aufhielten und auf eine Art und Weise in eine Beziehung zueinander traten, die scheinbar nichts mit Paarung zu tun hatte, schien immer mindestens ein nicht-bisymmetrischer Touristenpirscher in der Gegend zu sein, der aus den Kulissen heraus zusah, die Nase (was auch immer als Nase durchging) sicher verschlossen, während er sich an den leicht entzifferbaren, endlosen, beharrlichen Possen von Freers weithin berühmter Spezies ergötzte. Die allgemein gültigen interplanetaren Anstandsregeln schrieben nicht vor, dass man als Homo sapiens Pirschern ausweichen musste.

Menschen empfanden für sie keine besondere Zuneigung.

Die meisten Pirscher waren sowieso Sigilla.

Diejenigen nicht bisymmetrischen Lebewesen, die als Pheromon-Junkies bezeichnet wurden, waren leibhaftig anwesend: Sie schlichen in Menschenlitzen um des Gestanks willen herum, sorgsam darauf bedacht, nicht von einem Gleiter angefahren zu werden. Einige waren harmlos; manche töteten um den Geruch des Sterbens willen.

Die Litze vollführte einen Looping, nahm von Zeit zu Zeit Kapillaren wie Maschen auf, ließ die Hafenlandschaft hinter sich, durchquerte Felswände und gelangte zur zentralen Kreuzung, die scheinbar mit Glas überdacht war und an der bisymmetrische und nicht-bisymmetrische Litzennetze kurzzeitig zusammenliefen. Hier öffnete sich *Schanzer* nach unten und oben, wie der mit Adern durchzogene innere Vorhof eines Traumes von einer Stadt. Von jenseits lumineszierender Kuppeldächer Kilometer über Freers Kopf warfen riesige künstliche Sonnen- und Mondscheiben flackerndes Licht durch vertikale, mit Spiegeln gesäumte Säulengänge. Der Gleiter schleuderte durch beängstigend große Hallen, stürzte im freien Fall spinnenartiges Blattwerk entlang abwärts, das sich über Hunderte von Metern hinweg über einen Abgrund kräuselte, der bis ins Magma hinabreichte. Sie rasten in eine Finsternis hinein, die von Leuchtkäfern durchzogen war. Diese entpuppten sich als riesige Frachtschiffe, die Exemplare von Homo sapiens aufwärts transportierten. Ihr Ziel mochte eine Arche sein und der tiefe geriatrische Schlaf. Es waren ein Dutzend und mehr. Das Innere des Planeten brodelte.

— Ist das normal?

— Aye aye, sagte das Uncle Sam.

Sie stürzten weiter abwärts, einen riesigen Lichtschacht hinunter – geblendet und von photonischen Datenströmen mit Siegeln überschüttet, die von weit oben herabregneten. Letzten Endes mochten sie aus der Umlaufbahn stammen, wo die großen Archen des Fürsorgekonsortiums unablässig ihren Duft und ihre honigsüßen Werbesprüche in die Öffnungen des Planeten jagten. Größtenteils wiesen die Datenströme das Emblem von *Insort Geront* auf, den leuchtenden Merkurstab mit den drei Schlangen, das so grell war, dass man es fast nicht mehr erkennen konnte – der Kaperbrief des gewaltigsten Godzillas (ein archaischer Begriff von der Menschenerde für einen Konzern, ob herkömmlich oder Dotcom oder heruntergekommener, ausgesäter Noowürfel, der sich ausgeklinkt hatte und weder dem Gesetz eines einzelnen Staates, eines Planeten oder eines Systems unterworfen war), der unaufhörlich »Enkyklios Paideia« faselte und sein Mantra tief in die Knochen des Planeten hineinbohrte. Das Brandzeichen von *Insort Geront* brannte Freer in den Augen.

— Wir sind gleich da, sagte das Uncle Sam, als der Gleiter an einem in Schräglage geratenen Handelsschiff vorbeifegte (menschliche Gesichter drückten sich mit offenen Mündern an matte Scheiben), einen dunkleren Nebentunnel hinabschoss und sich durch ein in drei Richtungen führendes Verbindungsstück schlängelte, wo sich alle drei Spezieslitzen in miteinander verflochtenem Beischlaf verbanden. Nachdem das Siegel mit sanften Worten für Altersheime im Weltraum geworben hatte, verblasste es auf Freers Netzhaut allmählich.

»Sind Sie hungrig, sind Sie müde, M'herr Freer?«, raunte es in einem Ton, dessen geriatrisches Pathos die förmliche Ehrerbietung der Anrede Lügen strafte; wenigstens ließ es sein Gesicht in Frieden.

Da fiel Freer ein, dass er einen *Bitte nicht stören*-Aufkleber angebracht hatte und so nicht mit Namen hätte angesprochen werden dürfen. Offiziell war er anonym unterwegs. Das war zumindest sehr unhöflich gewesen.

— Uncle Sam?
— Käpt'n?
— Filz mich.
Das Icon in seinem Auge wurde größer.
— Nichts Ungewöhnliches, Käpt'n, sagte die barsche Spinne, deren Gesicht eine vorwurfsvolle Miene zur Schau stellte. — Über den zulässigen Rahmen hinaus kann ich keine Spuren an Ihnen entdecken. Das Mogli-Landeprogramm unterhält eine Verbindung zu uns. Die ist nicht verschlüsselt, deshalb konnte sich der Strahl von *Insort Geront* eines Namens bemächtigen.
— Danke, Uncle Sam.
— Okey dokey.
— Bring mich runter.
Der Gleiter fiel wie ein Senkblei eine Nebenlitze hinab, schoss durch eine Iris, die groß genug zu sein schien, um einer Arche Lebensraum zu bieten, stürzte zielsicher durch ein sich windendes Kaleidoskop, das der Länge nach betrachtet zu einer Wirbelsäule wurde, die dem Herzen des Planeten entgegenstrebte. An einer Kreuzung, wo sich zehn mit Tausenden von fleischlichen Wesen bevölkerte Kaleidoskope zu einer einzigen, großen, messerförmigen Säulenlitze verbanden, huschte der Gleiter gerade noch rechtzeitig seitlich weg, durch eine Luftschleuse in einen von einer Atmosphäre erfüllten Raum hinein und landete auf einer wackelig aufragenden Plattform, die eine Aussicht auf die darunter liegenden Tiefen bot.
— Der Gleiter soll warten, murmelte Freer.
Das Kuppeldach des Gleiters öffnete sich.
— Aye aye, Käpt'n.
Er trat in die Dunkelheit hinaus. Nur eine zierliche Balustrade schützte ihn vor dem pfeifenden Abgrund. In einer Entfernung von einem halben Kilometer führte die Litzensäule steil in die warme Finsternis, in das Innere des Planeten hinab. Er war allein, von ein paar he-

rumschlendernden, meist nackten weiblichen und männlichen Vertretern von Homo sapiens abgesehen. Größtenteils trugen sie traditionelle Tiazinha-Masken mit riesigen, einladenden Lippen. Andere trugen noch weit ältere Harlekin-Gesichter. Hinter ihren Masken konnte der vielsagende Gesichtsausdruck der herumschlendernden Menschen nur von ihren Gesprächspartnern wahrgenommen werden – über Komnetz-Gesichtsschirme, deren Sensoren Stimmungen, Gesten und Erregungsniveaus übermittelten. Draußen in der Welt setzten die nackten Körper der Exemplare von Homo sapiens ihren üblichen Imponiertanz fort: zuckende Arme, gereckte Brüste, schwingende Hoden (die meisten Hodensäcke waren gepierct und mit Abbild-Ringen aus Edelsteinen behängt). Während standbildartiger Pausen blickten die Masken in die Ferne – mit Ausnahme der Komverbindungen völlig allein. Gelegentlich berührte ein Körper einen anderen. Zufälligerweise kam es zu keiner Kopulation.

Das waren einfach Menschen, die spazieren gingen.

Kein Grund zur Beunruhigung.

Freer verließ das Landedeck, ging an billigen Hypnokabinen vorbei und einen gewundenen Fußweg hinunter, der in ein Amphitheater führte. Es war in den Fels des Planeten hineingeschnitten worden und mit Mattglas überdacht, das eine prunkvolle Glut verströmte. Es gab keine Siegel, die Werbung in unachtsame Netzhäute brannten. Bäume blühten; lebensechte Rosen im Stil der Menschenerde an einem langen Spalier geleiteten ihn tiefer hinein. Ein Toon-Schild drängte ihn – obschon in gesegneter Stille –, drinnen die Vorstellung zu genießen. Ein Bauwerk ragte über die Bäume empor. Er trat auf eine schmale Lichtung, die mit einem primitiven Fliesenfries gesäumt war. Darauf verkündeten *Commedia dell'Arte*-Masken den Namen des Theaters: PATHOS EROTIKON.

Am Ende des Rosengangs war ein Tor zu sehen, ein Proszenium aus jener Zeit, als die Menschen noch wie Honigbienen über den Planeten ausschwärmten, von dem sie abstammten. Es war mit geschnitzten Gestalten von Menschen und Tieren, die einst für obszön erachtet worden waren, und mit einer eingravierten Inschrift verziert: »Philoneikos gar ho theos« – schon wieder eine Sprache, die Freer nicht entziffern konnte.

— Kirtt?

— »Denn der Gott liebt den Streit«, sagte Kirtt nach einer winzigen Pause.

Das Hologramm der Übersetzung scrollte über ein Proszenium in *Träne*.

— Und?

— Eine Kanzelrede von der Menschenerde. Sie bedeutet: »Was Fliegen sind den müß'gen Knaben, das sind wir den Göttern«, Stinker, so in etwa.

»William Shakespeare, *König Lear*«, scrollte über die Bühne. Offensichtlich hatte sich Kirtt mit dem Allumfassenden Buch vereinigt, das in der Gläsernen Insel ruhte. Text scrollte schneller durch *Träne*, als Freer ihn lesen konnte. Schauspieler schlenderten umher und äußerten wortgewandte Verwünschungen. Ein Sturm zog über Heideland herauf.

— Grausame Welt, murmelte Freer. — Danke, Buch, das genügt.

Träne wurde wieder klar.

Zwischen Freer und dem verzierten Eingang versperrte eine Schar traditioneller Darstellungen männlicher und weiblicher Homo-sapiens-Genitalien den Weg. Die Vulven stießen Werbung und Düfte aus, die Schnüffler automatisch zurückdrängte, obwohl eine plötzliche Erinnerung an Ferocity Frühlingsschwester *Träne* erfüllte.

— Abbrechen, abbrechen.

Träne wurde erneut klar.

— Kirtt, du erliegst dem Chipmodus, sagte er. — Halt mich bitte sauber.

Er wich den Vulven aus, die das mit einem Schmollen quittierten, ging durch das Proszenium hindurch, das der *Fliesentanz* den Eintrittspreis belastete, und betrat das Theater. Ein reich verzierter Stuhl nahm sich seiner an und beförderte ihn einen geschwungenen Gang entlang in den Zuschauerraum, wo er um ein Separée bat. Augenblicklich war er von einer Kuppel umgeben. Es roch nach voll aufgeblühten Stamen, Pferdeschweiß, Knoblauch, Pheromonrasierwasser und Sex: eine mitreißende Mischung jener Gerüche, von denen andere Spezies glaubten, dass die Menschen sich nach ihnen sehnten. Er bat den Stuhl, sie zu dämpfen, wenn auch nicht ganz auszublenden. Durch Iriden konnte er benachbarte Logen einsehen – einige waren undurchsichtig, andere durchscheinend –, wo er Menschen und andere fleischliche Wesen vermutete, die ihre jeweilige Heimat erschnupperten. Die Harlekinmasken der Menschen leuchteten im Dunkeln. Menschen starrten die Masken der anderen Menschen an. Freer kam der Gedanke, dass er später vielleicht kopulieren würde, und sein Cache-Sex kicherte leise, aber eine in den Raum ragende Bühne erregte seine Aufmerksamkeit.

Er blickte auf Schauspieler hinab, die eindeutig keine fleischlichen Wesen waren, auch wenn sie die Gestalt von Homo sapiens parodierten: Sie waren als Homunkuli mit motorischer Großhirnrinde »angezogen«, mit riesigen beweglichen Lippen, Händen und Füßen sowie gewaltigen Genitalien. Ihre dünnen, zerbrechlichen Körper mühten sich unter der außerordentlichen Größe der Extremitäten.

Freer lächelte.

Das würde obszön werden, ganz sicher: Die Schauspieler trugen keine Masken.

Die Homunkuli begannen eine gewagte Varieténummer, die Unterhaltungen von Angesicht zu Angesicht und sogar Witze bot. Dieser barbarische Eingriff in die Privatsphäre löste beim Publikum einen beträchtlichen Schauder aus. Einige nichtmenschliche Wesen verließen hastig ihre Logen.

Alsbald blickten die Schauspieler unzüchtig ins Publikum. Ihre Homunkuli-Gesichter waren splitternackt.

Vorsichtig mied Freer jeden Blickkontakt, obwohl das nur Schauspieler waren, keine Menschen. Bald gingen sie zu einer weniger interessanten Parodie von Homosapiens-Gerammel über, Mann mit Mann, Frau mit Frau, Frauen mit Männern, völlig gleichgültig, ständig wechselnde Konstellationen, wie es bei Homo sapiens üblich ist. Penisse hoben sich, blähten sich schmerzlich auf und penetrierten gewaltige, lächelnde Arschlöcher und Vulven zum schrägen Klang eines Kneipenklaviers. In einer Ecke der Bühne hämmerte ein schlaksiger Mann mit einem zottigen Bart und einem uralten Interface-Helm, der eher einem Blechtopf mit Landescheinwerfern glich, auf etwas herum, das wie ein archaisches Klavier aus prädigitaler Zeit aussah. Aus dem Ranzen auf seinem Rücken ragten mehrere archaische Rollen Notenblätter heraus.

All das war anregend, auf dezente Art und Weise, aber nach den von Angesicht zu Angesicht ausgesprochenen Witzen, die wirklich bedrohlich gewesen waren, eigentlich keine große Sache mehr.

Auf der Bühne lief allmählich alles auf ein Ende mit Tränen hinaus. Aus Körperöffnungen glitten plötzlich Zähne, die Phalli in Stücke rissen, während andere Phalli zu außerordentlicher Länge anwuchsen und unbeholfen miteinander rangelten. Ekelhaft schmatzende Lippen schlossen sich um die Stücke, die herunterfielen, und das Festmahl der Agape nahm seinen Lauf. Es war eine Satire. Menschlicher Sex war reiner Kannibalismus. Was für eine bittere Lektion! Danach gab es kaum noch

Abwechslung, obwohl reichlich Blut floss und viel geschrien wurde. Es war schwer zu sagen, ob die Aufführung für Menschen bestimmt war oder nur der Verbreitung von Vorurteilen diente.

Ein angenehmer Windhauch zauste Freers dichtes, dunkles Haar, kühlte seine schlanke, drahtige Gestalt und rief seinen Zügler auf den Plan. Es duftete nach Rosen, und unter den Rosen nach etwas Salzigem: wie salziger Moschusgeruch in einer Laube. Der Schnüffler schmiegte sich an Freers Wange und zuckte leicht in vorprogrammiertem Schlummer. Ohne seinen Input schien die Szene fast wirklich zu sein.

Für einen Augenblick schien Freer einzuschlafen.

In der Umlaufbahn fuhr der Kommandant der Arche der Harpe-Sippe selbstdritt mit der ganzen Spannkraft, die ihm verblieben war, fort, sich auf den unverzehrten, unverglühten Tod vorzubereiten – mit vor Scham und Trauer gesenkten Köpfen, die Schwänze zu einem gedemütigten Hungerkotau verklebt.

Er war noch immer nicht in der Lage, einen klaren Gedanken zu fassen, denn die Verbindung zwischen seinen Köpfen war durchgebrannt. Sie zauderten und verloren die Kontrolle über die Augen, die daraufhin dreifach in dieselbe Richtung blickten. Sie verfügten über einen eigenen Willen! Sie schlossen sich mit entsetzlicher Gleichzeitigkeit, ohne Ehrerbietung dem Essen gegenüber, ohne zu blinzeln – wie verhängnisvoll! – auf den Vertreter von Homo sapiens im Herzen der Krise fixiert, der sich für die Harpe als verhängnisvoll erweisen würde, denn bald würde er einen Kristall tragen.

Während einer langen Minute blinzelten die Augen des Kommandanten nicht in einen weiteren Gedanken hinüber. Und dann – verhängnisvolle Wiederholung! – entschied er sich für die Kristalle, den entarteten Kampfsynth, den Wegweiser, für Eolhxir selbst.

Nichts passte zueinander.

So konzentriert war sein Blick, dass über eine Stunde verging – viertausend Herzschläge in menschlicher Zeitmessung –, bevor sich der Kommandant selbstdritt mit krampfartigem Schrecken des verhängnisvollen Fehlers bewusst wurde, den seine Augen begangen hatten.

Hastig erfraß er sich die Beherrschung über seine Körperteile zurück.

Aber da war es natürlich bereits viel zu spät.

Opsophagos war Lichtjahre entfernt.

Die Entwicklungsstufe des Kommandanten reichte nicht aus, um die Idioten auszuschalten. Er war nicht in der Lage, weit genug in den Schwanztod hinabzublicken, um ein Messer aufzutreiben, mit dem er das Befehlsgeflecht hätte durchtrennen können.

Zu spät zu spät zu spät!

Aber vielleicht …

Vielleicht konnte er einen örtlichen Krampf befehlen und das Exemplar von Homo sapiens töten, während dieses festsaß.

Wer nichts wagt …

Zu spät zu spät zu spät!, murmelte das vor Scheiße triefende Schaudern seiner Schwänze gleichgültig.

Das ist das Ende der Harpe!

Unvermittelt leuchtete das Uncle-Sam-Icon auf und Kirtt summte in Freers Kopf hornissengleich los.

— Stinker, sagte der Bordsynth. — Stinker.

— Probleme?

— Ich weiß es nicht, Stinker. Wir befinden uns auf Chipmodus, dies ist eine verkehrte Welt. Das Uncle Sam hatte gerade keinen Zugriff mehr auf dich. Nur ungefähr eine Sekunde lang, aber du warst weg, du warst abgeschnitten. Wir wussten nicht mehr, wo du steckst.

Freer signalisierte Kirtt, er solle auf einen sicheren

Kanal umschalten. Der Spinnenkörper des Uncle Sam verschwand.

— Das Uncle Sam?, fragte er.

— Weiß keine Erklärung. Das Uncle Sam rät zur sofortigen Rückkehr zu *Fliesentanz*.

— Unsinn. Das hat keinen Zweck. Ich bin zwanzig Minuten von der Hafenlandschaft entfernt.

— Das Problem besteht weiterhin. Du warst eine Sekunde lang weg.

— Dann sollten wir vielleicht den Grund dafür herausfinden? Wie wird das Uncle Sam deiner Meinung nach reagieren, wenn es ernst wird?

— Wie zuvor. Loyal bis in den Tod. Gewiefter als ein Fuchs. Sehr erfahren, und sogar im Chipmodus gefährlich. Äußerst findig. Ein kleiner Schelm.

— Aber er wird keine Loki-Nummer abziehen, oder?

— Natürlich nicht. Kirtt klang im Namen seines Mitsynths von alter Abstammung fast gekränkt. — Wir befinden uns in der Gesetzessenke von *Schanzer*.

Plötzlich verspürte Freer innerlich ein leichtes Jucken; er holte das Uncle Sam in die *Träne* zurück. Das spinnenartige Faustgesicht schien einen Datenanfall zu erleiden – am Rand von Freers Gesichtsfeld zuckten seine Beine heftig, Menüs flatterten. Dann beruhigte es sich.

— Okey …

Doch dann wurde die Spinne weiß und verschwand.

— Kirtt? Das Uncle Sam ist wieder weg.

In Freers Kopf herrschte Totenstille.

Auch Kirtt war verschwunden.

Die atmosphärischen Störungen, die das Innere eines Planeten verschmutzten, brachten manchmal sogar Gedankenverbindungen durcheinander, aber das Gefühl der Einsamkeit verursachte Freer trotzdem eine Gänsehaut, selbst wenn es nur für den Bruchteil einer Sekunde andauerte.

— Kirtt! Kirtt!

Er dachte nach, so schnell er konnte.

Bei dem Gedanken, dass der allumfassende, aufmerksame Blick des Synths, der Kirtts Herzstück ausmachte – und wo eine Nachbildung von Freers gesamtem Wesen wie ein heimlicher Zwilling ruhte –, ihn auch nur eine Nanosekunde lang verlassen und allein in der verwesenden Finsternis des Fleisches zurücklassen könnte, kribbelte seine Haut unvermindert weiter.

Er hatte das Gefühl, in ein Luftloch geraten zu sein und zu fallen. Seine Ohren schmerzten. Er schluckte. Aus seinen Lungen drang ein Krächzen, Luftblasen blähten seine Bronchien auf.

— Kirtt?

Manchmal hatte Freer den Eindruck, Kirtt hätte ihn bereits gekannt, bevor er sich selbst kannte.

Etwas geschah zum ersten Mal.

Freer rief nach seinem Schnüffler. War er tot?

Doch er erwachte mit einem leisen Bellen. Wie immer zeigte er sich am Rande seiner Wahrnehmung als ein ausgesprochen schlauer und ausgesprochen treuer Hund – äußerst aufgeweckt, wenn auch ein wenig zu verspielt. Augenblicklich schnüffelte er eine komplizierte Ansammlung von VR-Warnungen in Freers Gehirn hinein, während er gleichzeitig die Augen öffnete, Freers Wahrnehmung von allem Synthetischen befreite und alle Vereinbarungen über gemeinsame Wirklichkeiten aufkündigte.

Freer sah nur noch das, was wirklich existierte.

Er beruhigte sich.

Der bequeme Stuhl, in dem er saß, und die schimmernde Kuppel, die ihm zu seiner gewünschten Ungestörtheit verholfen hatte, verloren ihren Glanz und wurden zu einer Grundausrüstung. Die in den Raum ragende Bühne erwies sich im Wesentlichen als echt, wenn auch mit Rundumsensoren ausgestattet. Der Rosenduft dagegen schwand sofort, und die Homunkuli flackerten und lösten sich auf. Zurück blieben mehrere primitive Roboter – darunter kein einziger Synth –, die fortfuhren, sich gegenseitig auseinander zu nehmen.

Auf der Bühne schien nur der Klavierspieler unverändert. Allerdings hatte sich sein Kneipenklavier vor kurzem – vor Sekunden – in einen Flügel verwandelt, und die Musik, die er spielte, klang für Freer nicht mehr wie ein Ragtime aus dem 20. Jahrhundert gewöhnlicher Zeitrechnung, der den Tiefen der Vergangenheit entrissen worden war, irgendwo tief aus dem Erdreich des menschlichen Lebens, bevor der lange Winter sich Homo sapiens bemächtigt hatte, bevor sich die planetenspezifischen Bedingungen, die für menschliche Kreativität – wie auch für die aller anderen bisher bekannten Wesen aus Fleisch & Blut – notwendig waren, zu Schimmel aufgestaut hatten. Der Pianist war jetzt tief in etwas noch Archaischeres versunken (spielte er tatsächlich etwas anderes oder hatte der Schnüffler nur aufgedeckt, was er von Anfang an gespielt hatte?), etwas zutiefst Planetares, aus einer Zeit, in der Musik wie Wasser durch die Gedanken von Homo sapiens geflossen war. Es kam Freer bekannt vor – eine Sonate oder Tokkata, es wollte ihm nicht einfallen, er konnte Kirtt nicht fragen (seine Eingeweide bebten) –, aber es war Musik, die offensichtlich für ein einzelnes Instrument geschrieben worden war, Musik von der Art, wie Kirtt sie in ruhigen Zeiten oft durch die *Fliesentanz* hauchte.

Der Pianist sah sich fröhlich nach seinem Publikum um.

Auch Freer reckte den Hals. Jetzt konnte er alles deutlich erkennen, wenn auch ohne Verstärkung, ohne Beschönigung. In *Schanzer* war man fast nie außer Sichtweite eines anderen Körpers, und wie gewohnt füllten zahlreiche Wesen den Großteil des zur Verfügung stehenden Raums. Fast alle gehörten zu Homo sapiens, denn dies war ein rosafarbener Abschnitt. Viele von ihnen waren sogar leibhaftig anwesend.

Auch eine ganze Reihe von Sigilla waren zu sehen, in den unterschiedlichsten Varianten, welche die Vorstellung an ihre fleischlichen Besitzer übertrugen: normale, rosafarbene Sigilla mit ihrem dämlichen, hölzernen Lächeln für Homo sapiens; ein knallig blaues Sigillum an Stelle einer Gruppe von Zuschauern irgendeiner Baumspezies; ein größeres blaues mit vier sichtbaren Brüsten und ausladenden Mündern; ein weiteres fleischiges, endomorphes blaues an Stelle eines zweifüßigen Palmwedels; ein paar orangefarbene mit einer ungeraden Anzahl von Gliedmaßen und Insektenaugen; aber auch eine Kabine orangegelber mit blauen und rosafarbenen Glanzlichtern, die signalisierten, dass sich eine der seltenen Genom-Meuten auf *Schanzer* aufhielt.

Ein oder zwei Synbilder leiteten die Aufführung düster leuchtend an einen primitiven, an den Planeten gebundenen Synthetischen Intellekt weiter. Keines der anwesenden Toons war stark genug, um stromauf gegen den Schnüffler anzukämpfen.

Die Luft war stickig und mit vertrauten Gerüchen gesättigt; der Lufthauch war virtuell gewesen. Die Homo-sapiens-Realität überzog Freer wie Schmierfett. Unmittelbar verspürte er etwas wie Ermüdungsschmerzen im Kreuz.

Ein kurzer Blickkontakt – Freer blinzelte überrascht.

Der Pianist schien ihn anzustarren. Sein eigenartiger, archaischer Helm flackerte.

»SOS!«, schrie der Pianist. »SOS.«

Und verschwand.

Eine gespenstisch weiße Spinne zappelte in *Träne* mit den Beinen, wurde dunkler und nahm – wenn auch bebend – Farbe an.

Freers Augen tränten vor Erleichterung.

— Was ist los?, fragte er drängend.

— Ich bin außer Gefecht gesetzt worden, M'herr, sagte das Uncle Sam mittels seiner loyalen Faust, die Dienstfertigkeit bis in den Tod versprach. — Entschuldigt, nix M'herr. Ach, verdammt.

— Kirtt? Kirtt!

— Kirtt läuft bei mir huckepack mit. Meine Einstellung stimmt, sagte das Uncle Sam, — aber die Verbindung ist unerträglich schlecht, sie wird von allen Seiten angegriffen, ein schrecklicher Lärm …

Freers Herz hämmerte.

— Uncle Sam?

Erneut Stille, schwarzer Schnee.

Er suchte nach einem Echtraum-Ausgang. Die Wände waren leer, vor langer Feuchtigkeit rostig.

Die anderen Zuschauer saßen mit offenen Mündern da, zuckten mit den Wimpern, pulsierten und summten, als stünde nichts Ungewöhnliches bevor. Offensichtlich hatte nur er auf Wirklichkeit umgeschaltet.

Eine ritterliche Spinne nahm im Schnee Gestalt an.

— M'herr? Verdammt.

Das Uncle Sam klang jetzt sogar noch erschütterter.

— Was ist los?

— Enormer Druck, krach bumm, Deckel zu. Entschuldigen Sie.

— Nimm dich zusammen. Keine Panik. Denk daran, du bist chip.

— Jawohl, Sir.

— Funktionierst du jetzt wieder?

— Jawohl, Sir.

— Bring uns hier raus.

— Es gibt keinen Ausgang.

— Ich bin auch hereingekommen.

— Trotzdem, murmelte das Uncle Sam und ließ seine Menüs hängen.

Freer sah sich um. Es gab keinen Ausgang. Wo der Eingang gewesen war, sah er jetzt nahtlosen Kunststoff.

— Beschleunigen.

— Ich verfüge über keine angemessene Verbindung.

— Du kannst alles aus mir rausholen!

— Warten Sie! Meine Verbindung wird besser.

Ganz weit links auf der Bühne erregte ein Zucken Freers Aufmerksamkeit, eine Iris, ein Windstoß. Einen Moment lang meinte er, einen Blechtopf flackern zu sehen.

— Das sind Morsezeichen, drang plötzlich Kirtts Stimme in seine Gedanken. — Dieser Apparat gibt uns Signale.

— Herrgott verdammte Scheiße, wo warst du?, fragte Freer.

— Du warst im Arsch, sagte Kirtt. — Und die Schließmuskeln waren alle zu. Bedank dich beim Uncle Sam, er hat eine Verbindung durchbekommen. Es hat eine Weile gedauert, bis ich dich gefunden habe.

— Morsezeichen?

— Dieser Apparat morst uns eine Botschaft. Ich übersetze: *Hier geht's zum Ausgang*. Ich schlage vor, dass wir diesem Rat folgen.

— Nach dir, signalisierte Freer.

— Bring mich auf den neusten Stand, Stinker. Was hat es mit diesem Topf auf sich?

— Keine Ahnung, Kirtt.

Vielleicht war dafür später Zeit.

In einem Winkel von *Träne* konnte Freer sehen, wie das spinnenartige Uncle Sam eine Art Orientierungstanz aufführte.

— Hier entlang, signalisierte das Uncle Sam und breitete auf Freers Netzhaut einen Lageplan aus. — Es wäre besser gewesen, wenn wir den anderen Synth initiiert hätten. Er ist ein Orientierungssinn.

Freer kletterte auf die Bühne, hastete an einem ziemlich neuen Theaterroboter ohne Arme und Beine und mit einer trichterförmigen Vulva vorbei und blieb vor der Iris stehen, die ein elektrisches Leuchten ausstrahlte und summte.

— Schnell, sagten Kirtt und das Uncle Sam gleichzeitig.

Er trat hindurch.

Hinter sich hörte er ein Knallen und die Wand schloss sich. Das Amphitheater wurde undurchsichtig. Aber er war draußen; er stand nicht mehr als einen Sprung, einen Zwischenschritt und einen Schlusssprung von seinem Gleiter entfernt.

— In Sicherheit?, fragte er.

— Mir ist schwindlig, signalisierte das Uncle Sam.

— Bleib vom Gleiter weg, sagte Kirtt.

Freer duckte sich hinter einen Wasserfall und der Gleiter explodierte.

— Klasse, sagte eine seiner Stimmen.

— Okey dokey, sagte die andere.

Freer hörte ein leises Bellen, fast unterschwellig. Der Schnüffler – ein ausgesprochen teures frühes Modell – überhitzte. Rasch sah er zur Seite, und am Rand seines Sichtfeldes konnte er fast einen Blick auf Schnüfflers braune, ungeheuer loyale Gespensteraugen erhaschen.

Er konnte den Hundeatem des Schnüfflers riechen.

Freer stand am Rand der Kuppel des Amphitheaters – eine riesige behaarte, bogen- und tulpenförmige Ausstülpung, die über einen hundert Meter langen Stamm mit der prunkvollen Arkade verbunden war, in die Freer vor einer halben Stunde entschwunden war. Mit der Beleuchtung schien etwas nicht zu stimmen, ebenso mit der Luft, die dicker und dünner wurde, viel zu schnell – als würden sich die Mastzellen in den Lungen von *Schanzer* verkrampfen.

— Bringt mich hier raus, schrie Freer fast hörbar, eine Lautfolge, die einige der Synbilder von seiner pulsierenden Kehle ablesen konnten: Scheißt doch auf die Sicherheitsvorkehrungen, dachte er. Ich sitze in einer verdammten Höhle fest.

Und der Himmel stürzt ein.

— Du sorgst für Aufsehen, signalisierte Kirtt. — Versuch dich zu beruhigen. Der Schnüffler wird seekrank.

— Bringt mich einfach nur hier raus, schrie Freer.

— Auf Schusters Rappen, Stinker. Lauf schon. Wir glauben, dass dich niemand im Visier hat. Noch nicht.

— *Glauben?*

— Das Leben ist hart, signalisierte Kirtt. — Und andere tiefsinnige Redensarten, Stinker. Setz deinen Arsch in Bewegung.

Freer verzog das Gesicht, folgte jedoch Kirtts Anweisung.

Eigentlich war er unfassbar glücklich, seinen Bordsynth wieder zu hören. Während er die unmittelbare Umgebung des Amphitheaters verließ, brachte eine Implosion überall Wände zum Einsturz – und die Wände bluteten.

Zu spät zu spät zu spät!

In der Umlaufbahn schlitzte der Kommandant eine weitere Kehle auf – eine Kehle, die im Augenblick nicht die seine war. Seine Augen vollführten trotzdem einen freudigen Totentanz. Seine Anordnungen waren die Befehlsleiter hinuntergepurzelt wie Dominosteine, die im Blut seiner Geschwister feststeckten – viel zu langsam. Der Homo sapiens war entkommen, sein Signalgeber pulsierte weiterhin. Der Kommandant schlitzte noch eine ganze Reihe von Kehlen junger Geschwister auf.

Eine war die seine.

Die übrigen Köpfe verfielen auf einen purpurnen Gedanken, blutlose Augen öffneten und schlossen sich in fast zufälligem Wechselspiel.

Nein, dachte der Kommandant mit dem letzten ihm verbliebenen Blut, der Homo sapiens ist nicht einfach entkommen.

Er war in Sicherheit gebracht worden. Er war in seinen Pferch zurückgetrieben worden.

Bedauerlicherweise für den erhabenen Opsophagos, der so wütend war wie ein Dämon auf seinem lodernden Thron, überlebte diese Erkenntnis, deren Wichtigkeit kaum zu übertreiben war, den Kommandanten nicht – seine letzten Kehlen waren allzu früh im Tode aufgeplatzt.

Das Uncle Sam wies Freer an, hinter einem 3D-Bildschirm in Deckung zu gehen, aber die Zerstörung des Amphitheaters warf ihn trotzdem zu Boden.

— Alles in Ordnung, sagte er, nachdem es wieder ruhig geworden war.

— Ich habe dich, sagte Kirtt. — Keine Verletzungen.

Hinter Freer tanzten die Überreste des Amphitheaters in der aufgeladenen, finsteren Luft wie ein aufgeschreckter Bienenschwarm in einem rosafarbenen Dornbusch. Mauerstücke stürzten in den Abgrund, der langsam auf Freer zuglitt wie eine Öffnung im Treibsand.

— Weg hier, sagte die Uncle-Sam-Faust in *Träne*.

Hastig entfernte sich Freer von dem größer werdenden Loch und trat durch einen rosafarbenen Vorhang auf ein Laufband, das durch eine weitere Höhle hindurchführte. Aus einer Höhe, die außerhalb seiner Sichtweite lag, rieselte Staub und Geröll herab. Dahinter befanden sich eine Homo-sapiens-Litze und das komplexe Summen ihrer hier heimischen Passagiere. Manche waren nach oben unterwegs, die Mehrzahl nach unten, während der vorgeschriebene Tag seinem Ende entgegenging – Abertausende von Menschen, von denen die meisten gestikulierten, raschelten, redeten, wenn auch nie miteinander. Niemand schien beunruhigt zu sein.

Waren derartige Einstürze normal?

Normal geworden?

Fiel *Schanzer* tagtäglich auseinander?

Er sah sich in der zitternden Welt inmitten des Planeten um.

Im Augenblick hatte er das Gefühl, von Signalgebern frei zu sein.

Sicher sein konnte er sich allerdings nicht, nicht hier unten und mit seiner Ausrüstung. Eher glich er einem schutzlosen Ei in einer Pfanne. Freer trat vom Laufband und blieb nachdenklich am Rand der Litze stehen.

— Werde ich überwacht?

— Wir glauben nicht. Vielleicht hat es nichts mit dir zu tun.

— Warum wurde ich dann gewarnt? Warum hat mir jemand geholfen? Ich wäre dort unten draufgegangen, Uncle Sam, Kirtt. Das war Absicht.

Keine Antwort.

Ungeduldig schüttelte er seinen Pferdeschwanz. Sein wässriger, scharfer, schwarzer Blick glitt hierhin und dorthin. Das filigrane Muster seiner Maske schien ihn bei lebendigem Leibe zu verbrennen.

— Also gut. Bringt mich zum Schiff.

Das ritterliche Spinnenangesicht schrumpfte unter geballten Fingern.

— Hört mal, sagte das Uncle Sam. — In welche Richtung geht es nach Hause?

Der Kampfsynth zeichnete im Tränenhologramm ansatzweise den direkten Weg nach, den Freer von der *Fliesentanz* zum Amphitheater genommen hatte. Die Route war jetzt mit schwarzen Flecken verstopft, als hätte jener Abschnitt des Kommunikationsnetzes von *Schanzer* einen Schimmelanfall erlitten. Das Amphitheater glich einem hässlichen, ausgefransten, braunroten Bluterguss.

— Können wir das irgendwie umgehen?

— Wir suchen nach einer Möglichkeit, unterbrach Kirtt. — Wir versuchen, einen Gleiter anzufordern, können allerdings nicht garantieren, dass er sauber ist. Bei den Durchfahrtsgenehmigungen gibt es einen Engpass. Mogli fistelt vor lauter Stress. Wir werden aus dieser Dreckswelt einfach nicht schlau.

— Versucht es weiter.
— Okey dokey, Stinker.
— Ah, gut, murmelte Kirtt. — Mehr Glück als Verstand. Rechts von dir.

Ein unbesetzter Gleiter schob sich aus einer aufwärts führenden Fahrrinne wenige Meter entfernt in ein Landenest und hielt an.

— Sauber?, fragte Freer.
— Überprüf's.

Für alle Fälle richtete Freer den Schnüffler auf den schnurrenden, tadellosen, winzigen Synth des Gleiters und entdeckte keine bösen Vorzeichen, keinen Geruch von Viren, keinen Signalgebergestank. Der Gleiter war das, was er zu sein schien, und nichts anderes.

Also stieg er ein.

Entrichtete die Leitgebühr.

Wies das Fahrzeug an, ihn hinauf und davonzutragen.

Der Gleiter löste sich aus dem Nest, glitt durch eine Iris in den ungedämpften Lärm der zentralen Litze zurück, beschleunigte durch eine riesige Öffnung in eine gewaltige Finsternis hinauf, die *Träne* als Höhle 108 identifizierte, und hielt sich in der Mitte des aufwärts führenden Stroms. Die Litze hatte sich inzwischen zu einer verschlungenen Wirbelsäule durchsichtiger, rosafarbener Membranen entfaltet, die sich in Abständen zu kreisförmigen Arkaden erweiterten, deren Schaustellungsspiegel Bilder in die Unendlichkeit zurückwarfen. Gleiter und Busse und Einsitzer der Menschen drängten sich in den Schächten – Staubkörner in einem Kaleidoskop. Hier funktionierten die Leitsysteme einwandfrei, das Ereignismenü des Gleiters meldete keine Zusammenstöße – alles verlief glatt und problemlos, während Freer seinen Flug zur Oberfläche des Planeten fortsetzte, die mehrere Kilometer über ihm lag.

Einige Minuten lang sah es so aus, als würden sie es schaffen.

In der Mitte von Höhle 108, oberhalb des Gleiters, zeichnete sich eine weitläufige, breite Kreuzung ab, die das Uncle Sam in der *Träne* als ein Palimpsest von Kleeblättern abbildete. Dort vereinigten sich rosafarbene, blaue und orangefarbene Kapillare und trennten sich wieder. Fleischliche Wesen unterschiedlicher Spezies – bisymmetrisch, trisymmetrisch und andersartig – trafen hier aufeinander und glitten aneinander vorbei, rasch und reibungslos, aufwärts, abwärts, seitwärts.

Doch gerade, als der Gleiter die zentrale Kreuzungsebene erreichte, wo sich Arkaden um Tausende von Litzen wanden und überall Godzilla-Siegel flackerten, barst die Luft.

Fleischliche Sophonten und Gleiter und Busse und Lastdoppeldecker bockten und kollidierten. Über ihnen kippte ein abwärts schwebender Bus zur Seite und stürzte kopfüber in die Tiefe; er verfehlte ihren Gleiter nur knapp. Freer erhaschte einen Blick auf verschwommene Gesichter, offene Münder, zertrümmerte Masken, ein Kind, das ihn mit aufgerissenem Mund anstarrte. Falls die Sicherheitsnetze nicht mehr funktionierten, hatte der Bus einen langen Sturz vor sich.

Ein Donnerschlag erklang, merkwürdig verzerrt, ein Gewitter mit einem Frosch im Hals – tausend Affen, die im Augenblick ihres Todesschreis abrupt erstarrten.

— Onkel? Kirtt?

Die Uncle-Sam-Spinne wurde ruckartig unscharf, als ritte sie auf einem spastischen wilden Pferd. *Träne* trocknete zu einem gesprenkelten Braunrot, einem Stein in Freers Auge.

— Schimmel, erklang Kirtts ruhige Stimme. — Die Affen sitzen fest. Bytestau. Überlastung.

Der Gleiter stand bebend in der Luft. Offensichtlich war er blind.

— Scheiße.

Die Billionen Tonnen, die sich über ihm befanden,

kribbelten Freer im Nacken, die überbevölkerte Bienenwabe *Schanzer* schloss sich endgültig und vergiftete die Luft. Er konnte den Gestank des Anfalls riechen. Datenfraß war mehr als eine Störung des Verkehrsflusses, mehr als ein weiterer Beweis dafür, dass die mit Chips vollgestopften Godzilla-Archen nicht in der Lage waren, den Überschuss an galaktischen Daten aufzunehmen. Datenfraß bedeutete Sklerose, den Hungertod. Sendeschluss.

Sie beraubte den Planeten seiner Hirnrinde.

Man konnte hier sterben, sich in einen Schädel verwandeln.

Die Rückkopplung eines Schimmelausbruchs auf einem Planeten von *Schanzer*s Größe konnte die Sicherungen überschwemmen und die Datenflüsse des Fürsorgekonsortiums stromaufwärts in benachbarte Systeme branden lassen; ganze Einzugsgebiete der Wurmlöcher verstopfen; sämtliche Archen überlasten, die als Knotenpunkte dienen mochten; die Galaxis stilllegen.

Das Donnern zuckte in unregelmäßigen Abständen die Litzenwände entlang.

Der Gleiter näherte sich einem Landekokon, konnte sich jedoch, blind wie er war, nicht dazu entschließen anzukoppeln.

Sein kleiner Bildschirm rülpste.

Freer schlug mit der flachen Hand auf die manuelle Notschaltung, und der winzige, erstarrte Synth schaltete sich ab. Vorsichtig steuerte er den Gleiter in die Landebucht.

— Ist das klug?, sagte Kirtt.

— Das wüsste ich gerne von dir.

So weit das Auge reichte, verstopften Massen von fleischlichen Vernunftwesen, größtenteils Homo sapiens, den riesigen, verschlungenen Arkadenring, der sich um ein zentrales Geflecht sich kreuzender Litzen wand. In regelmäßigen Abständen leuchteten Gigaplexfassaden in der Außenwand des Platzes. Überall waren zweifüßige Gestalten zu sehen, die wie aufgeschreckte Ameisen die Rampen auf und ab wuselten.

Otakukabinen für den Homo-sapiens-Fetischisten – ausgestattet mit archaischen Bildschirmen, mit Lesegeräten, elektronischen Notizbüchern, Nachbildungen verschiedener »Dokumente« vom Anbeginn der Zeit, Synästhesieumschaltern, echtem Kabelsalat, Tamagotchi-Kinderköpfen, für Fesselspiele eingeschnürten Homunkuli mit motorischer Großhirnrinde – duckten sich gruppenweise überall auf der Promenade.

Ein Sigillum mit vier Titten streichelte einen Kinderkopf, der folgsam losheulte und mit seinen geschminkten Augen klimperte.

»*O nicitate!*«, murmelte das Sigillum.

Keines der Lebewesen wirkte ausgesprochen gefährlich. Die meisten waren konventionell nackt, trugen nichts außer rein dekorativen Zehntsiegeln. Das Mienenspiel derjenigen, die keine Masken trugen, verriet nicht mehr als leichtes Erstaunen. Jeder weitere verräterische Ausdruck wurde von einer Dosis Botulismus unterdrückt, die sich fast alle gesetzt hatten, bevor sie sich an die Öffentlichkeit begeben hatten – um unziemliches Interaktionsverhalten zu vermeiden.

Die meisten Vertreter von Homo sapiens blieben in Bewegung, als wäre die Welt, die um sie herum erstarrte, nicht die wirkliche Welt. Sie befolgten die unausgesprochenen Regeln, die das Verhalten von Homo sapiens in der Öffentlichkeit seit der digitalen Frühzeit bestimmten: Sie stellten glückliche, angeregte Harlekin-Gesichter zur Schau, ließen ihre verzückten, vielsagenden Blicke an jedem Homo sapiens, der in der Nähe stehen mochte, vorübergleiten und richteten ihre ausdrucksvollen Gesten ausschließlich an einen unsichtbaren Hintergrund, mittels Gedankenverbindungen oder Ohrringfunk an unsichtbare Gesprächspartner, die von der anderen Seite von *Schanzer* (wo der Schimmel sich vielleicht noch nicht ausgebreitet hatte) oder aus einem Meter Entfernung ähnliche Vertraulichkeiten zurückflüsterten.

Beredt schlugen sie sich an die Stirn. Manche begrapschten ihre Genitalien, obwohl öffentliches Homo-sapiens-Gerammel innerhalb von *Schanzer* – sogar mit ausgeblendeter Sicht – nicht üblich war. Kein einziger Homo sapiens sprach direkt mit einem anderen. Wenn Blicke sich versehentlich kreuzten, besänftigte normalerweise eine beruhigende Dosis Botulismus den wechselseitigen Zorn der Homo-sapiens-Kommunikanten. Eine Atmosphäre ungezielter Beleidigung wie von unterbrochenem Beischlaf sorgte dafür, dass die unvermeidbaren Augenblicke, wenn ein Körper einen anderen anrempelte, nicht ausarteten. Das funktionierte seit dreitausend Jahren. Vertreter von Homo sapiens brachten einander in der Öffentlichkeit nur selten um.

Freer wies seinen Schnüffler an, ihn fünf Sekunden lang ungefilterter Luft auszusetzen. Alles entsprach seiner Erwartung: Die fleischlichen Wesen wurden von herumsausenden Trauben benommener Toons, die die Promenade verstopften, an jeglicher Wahrnehmung des sich ausbreitenden Schimmelfraßes gehindert. Offensichtlich waren die Toons von der zentralen Steuerung abgeschnitten und drehten durch. Sie flatterten zwischen ihren fleischlichen Opfern hin und her wie rote Ameisen in einem Albtraum, stießen sinnentleerte Hieroglyphen aus, komische Versprecher, Markennamen, zufällige Pointen; sie kackten Spam und belästigten ohne Unterlass alle und jeden.

Der Schnüffler bellte und holte Freer in die Wirklichkeit zurück.

— Ich denke, ich werde bei diesem Lärm nicht weniger sicher sein, sagte er zu Kirtt und dem Uncle Sam.

Er trat mitten in den Fixermief ungefilterter Menschenhaftigkeit; manche Spezies wurden danach süchtig. Das aufgestaute, passive Treiben der Menge zog ihn langsam im Uhrzeigersinn mit sich, um ein paar schrille Imbisscontainer herum, bis er zu einer Nische in einer Trennwand gelangte, deren gewölbte Oberfläche mit einer stattlichen Anzahl großer Allumfassender Fenster bedeckt war. Sie waren alle erstarrt, während sie einen bestimmten Höhepunkt aus *Schanzer*s Goldenem Zeitalter abspielten, das Millionen von Herzschlägen zurücklag, bevor die Lange Finsternis angebrochen war – jener alles verstopfende Schimmelausfluss, der sich von irgendwo außerhalb über den Spiralstamm ergossen hatte – ein alzheimergleicher Datenabsturz, der einen Planeten in einem starren Systemcrash abriegelte, in einem endlosen Krampf der Finsternis. Genau so hatten Nogo-Inhibitoren früher das Nervensystem von Homo sapiens auf der Menschenerde erstarren lassen, die am Grund des Brunnens der Geschichte gefangen waren – Eintagsfliegen, mit verklebten Flügeln aufgespießt auf der konvex-konkaven Linse der Wirklichkeit. Da Nervengewebe keine bereits existierenden Ausläufer von Nervenzellen neu bilden kann, litten alle erwachsenen Menschen an fortschreitender Senilität. Als die Konzernvorläufer des gegenwärtigen Fürsorgekonsortiums Regeneratoren entwickelten, um Gene freizusetzen, die die Neubildung von Nervengewebe steuerten, war ihre Vorherrschaft über die Homo-sapiens-Welten gesichert.

In der Wand der Nische entdeckte Freer einen Spender, der einfältig genug war, um loyal zu bleiben, und kaufte eine zehnminütige Nikotinabhängigkeit. Erleichtert sog er an der dazugehörigen Zigarette – er hatte Schnüffler angewiesen, ihn den virtuellen Rauch wahrnehmen zu lassen. Er setzte seinen Weg fort und gelangte in eine geschützte Vertiefung in der Wand, die zum Schachspielen gedacht war. Die Figuren waren jedoch erstarrt und hatten ihre Münder zu einem stummen Schrei geöffnet. Gerade noch rechtzeitig setzte er sich.

In der ganzen Litze gingen die Lichter aus und die Notbeleuchtung flackerte auf – unvermittelt war die Abenddämmerung hereingebrochen. Augenblicklich herrschte Totenstille, gefolgt von allgemeinem Tumult.

Die Luft wurde rasch kühler.

— Kirtt?

— Ja, Stinker? Doch seine Stimme klang verzerrt.

— Kannst du mich mit der *Fliesentanz* abholen?

— Möglicherweise.

Für den Augenblick war es zu spät. Es ging wieder los. Es wurde schlimmer. Ein reißendes Geräusch wie von zerfetztem Pappmaschee ertönte, allerdings gewaltiger, und ein Knall, der seine Uncle-Sam-Ohrenschützer veranlasste, ihn innerhalb von Nanosekunden abzuschotten. Trotzdem konnte er ein plötzliches, knirschendes Geräusch hören – spürte es geradezu in den Knochen.

Er hatte das Gefühl, als hätte etwas weit oben – vielleicht von oberhalb der Planetenoberfläche, vielleicht eine riesige *Insort-Geront*-Arche mit Hunderttausenden dem Tode geweihter Geriaten – die Umlaufbahn verlassen und von Schimmel geblendet in *Schanzer* eingeschlagen.

Die Menschen, die Freer sehen konnte, pressten ihre Hände auf Ohren und Ohrringe oder starrten in das grelle Licht, so reglos wie Bambi im Scheinwerferlicht. Das bloße Geräusch war ungeheuerlich gewesen. Ohne teure Dämpfung waren sie alle fast sicher unwiderruflich taub.

— Kirtt, schrie Freer in Gedanken — hast du das gespürt? Bist du heil? Läuft die Zeit hier unten rückwärts?

— Die Sicherheitsschaltungen von *Schanzer* funktionieren, Stinker. Die Planetensynths schalten sich zu. Bisher gibt es noch keine Anzeichen eines Systemcrashs.

— Noch nicht?

— Ich bereite mich darauf vor, dich mit *Fliesentanz* rauszuholen.

— Was ist mit unserem Auftrag?

— Wir werden ausharren, so lange es geht.

— Was ist denn gerade passiert?

— Ein Ausreißer. Aus der Umlaufbahn. Er ist ungefähr fünfzig Kilometer über dir eingeschlagen, mitten im Herzen des Schimmels, der diesen Abschnitt blockiert. Es gibt eine Menge Tote, aber die Synths schaffen es. In deinem Abschnitt sollten die Daten in wenigen Minuten wieder fließen. Wir holen dich raus.

— Es hat sich angefühlt, als wäre eine Arche abgestürzt, was?

— Vielleicht war's das auch schon.

— *Vielleicht*?

— Wir glauben, dass sich etwas zusammenbraut.

Das Uncle Sam in der heraldischen Faust grinste entsetzlich.

Und die Promenade wurde geschüttelt, als hielte ein wahnsinniger Hund sie im Maul. Die mit Pechnasen versehenen Balkone über dem Abgrund stürzten langsam ein. Der Planet bebte bis in diese Tiefen herab. Eine weitere Schockwelle folgte, eine Erschütterung, die die Knochen vibrieren ließ. Freer klammerte sich an das Schachbrett, das auf dem Boden der Nische befestigt war, und das Uncle Sam half ihm, sich im Gleichgewicht zu halten – er überlebte.

Aber einige Meter weiter rutschte ein Bündel aus fleischlichen Wesen über die kippelnde Oberfläche auf den Rand des Abgrunds zu. Sie schrien in ihre Ohrringe oder waren totenstill – und wurden von Vakuum oder Wind fortgerissen.

Von beidem gab es wechselweise mehr als genug.

Die Homo-sapiens-Litze bebte wie ein traumatisiertes Rückgrat.

Freers Schnüffler bellte Alarmstufe Rot.

— Über Ihnen, murmelte das Uncle Sam.

Freer blickte nach oben und klammerte sich an seinem Sitz fest.

Kilometer weit über ihm war die Decke von Höhle 108 aufgebrochen. Ein undurchdringliches Gewirr ineinander verschlungener Litzen quoll aus der Öffnung und stürzte in den Abgrund. In der Mitte dieses Durcheinanders, tief in den Eingeweiden von *Schanzer*, leuchtete etwas, das wie ein riesiges militärisches Landungsboot eines Godzilla-Unternehmens aussah. Es hatte sich in einem Gewirr von Kapillar-Litzen verfangen.

Funken lösten sich in Bögen von seiner Außenwand.

Funken senkten sich auf die Promenade herab und verwandelten sich in einzelne Düsen.

Ein Überfallkommando.

Mindestens eine Staffel. Sie landeten in lockerer Formation auf dem mit Geröll bedeckten Boden, sahen sich hastig um und hetzten von Deckung zu Deckung. In Freers Nähe befanden sich einige Dutzend, und alle sahen sie für das ungeschützte Auge wie fleischliche Wesen aus, meist Homo sapiens. Dank seiner Uncle Sam/Schnüffler-Ausrüstung erkannte Freer jedoch genau, was sie waren: Schranzen-Sigilla ohne jeden Durchblick. Idioten.

Für gewöhnlich waren sie harmlos.

Sie trugen ein wuchtiges, panzerartiges Plastik-Kampfgeschirr mit dekorativen Knötchen. Einige ihrer Brustharnische waren noch immer mit Reklame versehen. Sie fuchtelten mit Infrarot-Taschenlampen und kunstvoll gearbeiteten Technicolor-Blastern mit Designerstreifen herum, die Augen in ihren durchsichtigen Helmen wie in unbändigem Staunen weit aufgerissen.

Sie wurden von wuchtigen, mit Patronengurten behängten Hilfstruppen begleitet, die ihre Schützlinge erkennbar vor sich her trieben. Mit ihren gestreiften, knollenförmigen Vorratspanzern und ihren langen, spindeldürren Beinen, die sich an den Kniegelenken nach vorne und nach hinten bogen, sowie dem Kampfruf »wah-wah ulla-ulla«, wirkten die Hilfstruppen fast wie Toons.

Im Großen und Ganzen vermieden sie es, auf den Körpern toter oder bewusstloser Wesen aus Fleisch & Blut herumzutrampeln.

Obwohl – oder gerade weil – sie ausgesprochen gewalttätig wirkten, trugen die Angreifer Wappen auf der Stirn, die (unter gewöhnlichen Umständen) eine hundertprozentig sichere Überwachung von Zuschauermengen garantierten: Da keine Menschen mit ihrer Steuerung betraut waren, hatten weder Schranzen noch Hilfstruppen die Erlaubnis zu töten, obwohl Unfälle bei derartigem Spielzeug nicht auszuschließen waren. Sogar funktionsuntüchtige Blaster konnten als Knüppel verwendet werden.

Die Angreifer setzten leichte Beschleunigung ein – in einem solchen Maße, wie ihre ziemlich neuen Körper sie aufrechterhalten konnten. Für nicht beschleunigte Augen wurden ihre Sigillum-Bewegungen noch ruckartiger. Idiotisch und krampfartig, wie künstlich beschleunigte Zeichentrick-Zombies auf einem zweidimensionalen, prädigitalen Bildschirm hüpften sie auf ihrer zielgerichteten Suche hin und her, als wäre das Mezzanin ein heißes Blechdach.

Die mit Patronengurten behängten Hilfstruppen hoppelten im Kreis um ihre Schützlinge herum und schrien wah-wah-wah ulla-ulla-ulla wie aufgebrachte Bienen.

Die Taschenlampen federten durch die Finsternis und hinterließen Leuchtkäferspuren, denen das Uncle Sam leicht folgen konnte. Für Freer sah all das allmählich nach einem Sturm im Wasserglas aus. Das waren einfach nur Schranzen, die sich wie gewohnt aufspielten und im Dunkeln typische Soldatensprüche klopften –

wie Kinder, die nach ihrer Mutter riefen. Kanonenfutter, das durch Schimmel von der Steuerzentrale abgeschnitten worden war. Vor zwei Minuten, bevor der Datenfluss ins Stocken geraten war und der Planet angefangen hatte zu beben, waren sie wahrscheinlich außer Betrieb gewesen, wie Baumstämme in einem Transporter, unterwegs zu einem offiziellen Empfang.

Trotz alledem führte ihre Suche sie allmählich in seine Richtung.

— Ich würde zu Beschleunigung raten, sagte Kirtt.

— Kommst du bis zu mir durch?

— Gerade so.

— Kann sich Uncle Sam ergänzend zuschalten?

— Verstanden, sagte die Spinne in der *Träne*.

— Dann mal los.

Die Beschleunigung traf Freer wie ein endloser Orgasmus. Er stöhnte, ein Geräusch aus einem Helium-Kehlkopf. Die Welt erstarrte wie ein von Leidenschaft überwältigter Homo sapiens. Die zielgerichtete Suche der Schranzen verlangsamte sich zu einem hieratischen, wenn auch etwas verworrenen Tanz. Sigilla und Synbilder umschwebten sie im Zwielicht wie zusammenhanglose Gedanken; manche waren bereits von Designer-Blastern zu Boden geschlagen worden. Menschen standen oder kauerten im unvergänglichen, langsamen Rhythmus ewigen Lebens; mit offenem Mund. Nachdem sich der erste Beschleunigungskrampf in seinem Körper gelegt hatte, begann sich die Welt ganz allmählich wieder zu bewegen, wenn auch von einer Spektralverschiebung verdunkelt.

Eine Sirene ertönte, und der Dopplereffekt ging ihm durch Mark und Bein.

— Kirtt?

— Lautlos im Raum, bitte.

Freer blieb eine Sekunde lang reglos stehen. Unter Beschleunigung schien eine Stunde zu vergehen.

— Ah, sagte Kirtt. — Sie scheinen es auf *dich* abgesehen zu haben.

— Was?

— Allerdings bin ich mir dessen nicht völlig sicher. Vielleicht werden sie von deiner Beschleunigung angezogen. Auf den Bildschirmen gibst du eine beeindruckende Figur ab.

— Scheiß drauf, sagte Freer. — Schalte Uncle Sam und den Verteidigungsmodus zu.

— Verstanden.

Von seinem Standpunkt aus sah Freer genau das, was er sehen musste, als wäre er ein Nestling irgendwo tief in seinem eigenen Schädel, der den Stand der Dinge aufmerksam verfolgte. Sein Körper dagegen wurde zum Werkzeug von Uncle Sam. Das Verteidigungsprogramm begann sein archaisches, geschliffenes, professionelles Tötungsritual. In seinem Versteck am Grund der sich selbst überwachenden Panzerung seines Menschen knurrte der Schnüffler weiterhin leise und aggressiv und hielt die Toons und anderes Gesocks in Schach. Freer fuhr fort, sich mit den altertümlichen, leistungsfähigen, kalten Augen des Uncle Sam selbst zu beobachten. Er sah, dass er in einer fließenden Bewegung aus seiner Nische glitt, zwischen die schlaksigen Schranzen und die wah-wahenden Hilfstruppen. Letztere schienen einiges schneller von Begriff als ihre Schützlinge. Er sah, dass er etwas wie ein Messer in der Hand hielt. Plötzlich war es mit Schleim überzogen und die Zahl der aufrecht stehenden Sigilla hatte abgenommen. Eines heulte los, langsamer als die fürchterlichste Transuse, und in diesem Augenblick sah Freer, wie er ihm die Halsverbindung durchtrennte. Erwartungsgemäß fiel es wie ein Soufflee in sich zusammen.

Sigilla empfanden keinen Schmerz. Sie schrien nicht.

Bald waren keine mehr übrig.

Sie glichen verdorbenem Pudding.

Freer dagegen glitt weiter, wie ein Gespenst, fast schneller, als nicht beschleunigte Augen folgen konnten: zweifellos zu schnell, um bei einer späteren Analyse identifiziert zu werden. Er tanzte zwischen den Soldaten hindurch, die erstaunlich rasch das zertrümmerte Fahrstuhlgehäuse empor auf ihre Landefahrzeuge zuwatschelten. Er vernichtete sie der Reihe nach.

— Einen von denen brauche ich, hörte er Kirtt in Gedanken. Er hatte das nur Freer zuliebe ausgesprochen, denn eigentlich unterhielt er sich mit dem Uncle Sam.

Also fing Uncle Sam, der sich immer noch in die Umarmung seines Homo sapiens kuschelte, einen Soldaten ein – packte ihn bei den zappelnden Beinen und hielt ihn fest, bis seine Befehlszeilen überschrieben werden konnten.

Schließlich beruhigte sich die Hilfseinheit.

— Ich glaube, das hätten wir, murmelte Uncle Sam.

— Gut gut gut, erwiderte Freer, schob sein Messer in die Scheide und fing an zu zittern. — Bitte lass mich jetzt runter.

Uncle Sam gehorchte.

Freer wurde langsamer und glitt aus der Beschleunigung heraus.

Das Zittern wurde stetig schwächer.

In der flackernden Dämmerung der Notbeleuchtung war er für diejenigen Wesen aus Fleisch & Blut, denen es gelungen war, sich an Trümmern des bebenden Bodens festzuhalten, kaum zu erkennen. Für den Augenblick waren sie vor dem Abgrund sicher. Von unten drang ein stetiges Rauschen herauf, begleitet von Furcht erregenden Windstößen. Höchstwahrscheinlich hatten die Überlebenden keine Ahnung, dass sie Freer auf Grund der Beschleunigung nicht mehr hatten sehen können.

Für sie war er nur ein Traum.

Bald würde er einen Bärenhunger haben.

Die toten Sigilla lagen in Pfützen herum, ihre Gesichtszüge lösten sich bereits langsam auf. Schrubber stürzten sich auf sie und saugten die Nährstoffe heraus. Jeder Synth, der sich ihrer Sinnesorgane bedient hatte, hätte die Verbindung sicherlich bereits vor einiger Zeit gekappt – der Tod eines Sigillums war eine unangenehme Erfahrung.

Die Notbeleuchtung flackerte einen Augenblick lang heller auf. Freer war von ausgespienen Leichen umgeben, über ihm hing die aufgeplatzte Litze. Trümmer des Planeten prasselten unablässig von oben herab. Sirenen heulten – so nutzlos, wie sie schon immer gewesen waren, seit auf irgendwelchen Planeten die Elektrizität erfunden worden war. In der Nähe lagen einige verwundete Wesen aus Fleisch & Blut. Es gab viele Tote.

Ein Synbild kniete neben einem reglosen weiblichen Wesen. Es stimmte ein feierliches Klagegeheul an.

Der deaktivierte Soldat kniete wie bestellt und nicht abgeholt neben Freer.

— Ich höre eine Totenklage, sagte Kirtt.

— Sieht nach einem gewöhnlichen Leichenbegängnis aus, erwiderte Freer. — Nur ein Synbild, das seine Reverenz erweist. Trotzdem sollten wir vielleicht besser von hier verschwinden. Die Lage wird sich zuspitzen. Ehrlich gesagt, vermute ich, dass bald einige hundert Sündenböcke benötigt werden, Kirtt.

— Uncle Sam verfügt über die Ausrüstung, um eine DNS-Säuberung durchzuführen, und er hält das für angebracht. Es gibt keinen Grund, deine Handschrift für alle sichtbar zu hinterlassen.

— Es ist unmöglich, alle Spuren zu verwischen, Kirtt. Das weißt du.

— Stinker, es ist nur höflich, die Toilette zu säubern, nachdem man sie benutzt hat. Während ich von dir abgeschnitten war, habe ich jedenfalls eine Nachricht von den planetaren Schwachköpfen erhalten: Der Auftrag ist abgefertigt worden. Er ist jetzt unterwegs, zusammen mit den Materie-Compilern und dem Wegweiser. Wir können die Gesetzessenke hinter uns lassen, bevor die planetaren Schwachköpfe hier unten irgendetwas bemerkt haben.

— Mir scheint da etwas faul zu sein, Kirtt.

Ihm wurde allmählich übel. Vielleicht war das eine Reaktion auf die Beschleunigung. Vielleicht auch nicht.

Er fühlte sich beobachtet. Wie eine Fliege in Bernstein.

— Vertrau mir, Stinker. *Ich dir besorgen wunderbar sauberes Mädchen, ist Base von meine Schwester null Problemo!*

— Schon gut, schon gut. Aber beeil dich.

Das Uncle Sam schaltete sich zu und führte Freer wie ein rückwärts laufendes Tonband durch seine beschleunigte Phase.

— Ist das nicht etwas offensichtlich?

Freer tänzelte auf Geheiß des Kampfsynths weiter rückwärts, durch verdorbene Haufen von Sigillapudding hindurch.

— Klar, erwiderte Kirtt. — Es soll ja auch nur ungefähr eine Stunde halten. Dann sind wir längst weg.

Freer schnappte nach Luft.

Inzwischen hatte das Uncle Sam die DNS-Säuberung beendet und stattdessen eine falsche Version von Freers letzten paar Minuten hinterlassen: DNS-Spuren eines Freer, der seine sichere, unbeschädigte Nische nie verlassen hatte.

All das würde keiner ernsthaften Untersuchung standhalten, aber ein oder zwei Stunden lang mochte es genügen.

— Okey dokey, sagte Kirtt. — Es ist mir gelungen, einen Tarngleiter zu kapern. Schau hoch.

Aber natürlich war der Gleiter unsichtbar.

Doch das Uncle Sam entspannte sich. Der Schnüffler wedelte mit dem Schwanz. Freer klemmte sich den Hilfssoldaten unter den Arm und lief in die Richtung, die seine dienstbaren Geister ihm vorgaben.

— Gehen wir.

Soweit die fleischlichen Wesen (deren Augen noch in der Lage waren, in die Welt hinauszublicken) erkennen konnten, machte der Homo sapiens mit dem Pferdeschwanz und der Angewohnheit, rückwärts zu gehen, zwei Schritte in das Kriegsgebiet und in geronnene Luft hinein und wurde dann vollkommen unsichtbar.

— Beeilt euch, bitte, sagte Kirtt eindringlich. — Ich kann durch den Schimmel hindurch etwas spüren.

Unsichtbar rutschte der Tarngleiter in Sicherheit.

Ein Dutzend Herzschläge später explodierte die schwer beschädigte Hauptlitze – als hätten eintausend Bomben eingeschlagen – unter dem Aufprall des riesigen, ehernen Rumpfs der abgestürzten Arche der Harpe, die sich immer weiter in *Schanzer* hineingebohrt hatte, den Planeten um sich herum in Schutt und Asche legte und sich Stück um Stück dem Magma näherte.

Auf den Flanken der Arche leuchtete das *Insort-Geront*-Siegel wie ein Brandeisen.

Drinnen starrten die drei Leichen des Kommandanten, an den Schwänzen und anderorts miteinander verbunden und im Tode vereint, durch dreigeteilte Visiere die Zerstörung an, die sie befohlen hatten.

Die Arche tötete eine weitere Milliarde fleischlicher Wesen, bevor sie endgültig stecken blieb, tausend Kilometer tief in einem dem Untergang geweihten Planeten.

Zwei

Unmittelbar hinter dem Tarngleiter fiel die Welt Stück für Stück in sich zusammen. Schockwellen schleuderten das winzige Flugzeug wie eine Flipperkugel durch Litzen und Ganglien, trugen das unverletzte Wesen aus Fleisch & Blut – Freer – für das bloße Auge unsichtbar nach Hause. Der Schnüffler an seinem Ohr knurrte leise. Das Uncle Sam, das für diesen Flug mit dem Tarnsynth eine Verbindung eingegangen war, vollführte in *Träne* einen diagnostischen Bienentanz, während es den wachsenden Schimmelknoten auswich und den Gleiter auf Kurs hielt. Der Sitz hielt sich an Freer fest, Freer hielt sich am Sitz fest.

Das rundliche Gesicht des gefangenen Hilfssoldaten, der noch immer über seiner Schulter hing, lächelte dümmlich.

»Ulla«, murmelte Freer von Zeit zu Zeit, um ihn zu beruhigen.

»Ulla.«

Der Tarndiskus rauschte in die Hafenlandschaft hinein.

»Ulla.«

Felsbrocken stürzten wie Staubkörner durch riesige Ganglien und fielen aus Einflugkorridoren herab. Nachbeben erschütterten die Kuppeln über den Schleusen zu den Sternen.

— Willkommen, sprach Kirtt in seinen Gedanken.

Der Gleiter jagte um eine hoch aufragende Säule herum, auf der sich die überglaste Steuerzentrale der Hafenlandschaft befand, und landete im Griff eines ovalen Decks, das sich am Ende seines schlauchförmigen Gehäuses wie der Kopf einer Kobra wölbte.

Und blieb reglos liegen.

Die Kuppel des Gleiters öffnete sich.

Die *Fliesentanz* lag massig und unbeschädigt in ihrem Landenest – ein glattes, glänzendes Ei mit makelloser Schale, das eindeutig nicht von diesem Planeten stammte. Sie schien schwach zu schimmern, als sammle sie sich.

Tränen traten Freer in die Augen.

Er stand vor den Toren seines Zuhauses.

Die Kobra hob ihren Kopf und hielt ihre Last vor eine Ladeluke, die sich in dem Ei unvermittelt geöffnet hatte.

— Schnell, bitte, sagte Kirtt.

— Fällt noch mehr auf uns herab?

— Ziemlich sicher. Der Himmel stürzt ein, fügte der Bordsynth hinzu. — Der Himmel stürzt ein, Stinker.

Dichtungen seufzten, als sich die Kobra mit der Wölbung der Ladeluke verband, und Freer kletterte hindurch. Der Hilfssoldat schleifte seine Beine mit den zahlreichen Gelenken hinterher.

»Ulla.«

Hinter ihnen schloss sich die Luke.

Der Schnüffler schaltete sich ab und schlief ein.

Endlich war Freer in Sicherheit. Er stieg über die enge Wendeltreppe in jene inneren Regionen der *Fliesentanz* hinauf, die seit einer halben Milliarde Herzschläge sein Zuhause gewesen waren. Windspiele und Tränenkrüge segelten wie Delphine aus ihren Fliesen an die Oberfläche und glitten außer Sichtweite, während er weiterging, zum eigentlichen Nabel des Schiffes, das ihn erwartete. Auf seine Berührung hin öffneten sich Portiken und ließen ihn in die salzige Luft der zentralen Innenräume ein, wo immer eine leichte Brise wehte. Die Wände rochen nach Mahagoni, die Geländer waren aus Messing. Über ihnen waren die Wände mit Fliesen gesäumt, die steif ihre chiptriefenden Szenarien spielen ließen, und Allumfassende Fenster zeigten Räume, die es im Augenblick gar nicht gab, auch wenn es sie einmal gegeben hatte oder irgendwann geben würde. Laternen, die er noch nicht sehen konnte, schimmerten schwach in Spiegeln, warnten vor Abzweigungen, manchmal lautlos, manchmal mit einem Raunen oder Gurren. Einer der beiden Altare des Allumfassenden Buches stand in einer Nische und wartete darauf, neue Sphären des Ruhms aus dem kürzlich heruntergeladenen Datenstrom preiszugeben.

Zwischen den Allumfassenden Fenstern in ihren Seitenkapellen bedeckten Muster aus durchscheinenden, blauen Porzellan-Azulejos die Wand mit Fliesen, die mit Flüssigkitt verfugt waren. Streitermasken – und Spöttermasken, die sich vertrauensvoll in sie schmiegten – ruhten mit geschlossenen Augen in den Mustern und harrten des Quantenschaums, harrten der Wiederaufführung der ewigen Komödie. Dann würden sie sich wieder frei in die Welt hinausschwingen können – einzeln, janusköpfig, einzeln, janusköpfig, in unaufhörlichem Wechsel, erst streitbar, dann spöttisch, streitbar und spöttisch. Ein paar Masken waren leer, obwohl sie sogar während der Einschränkung auf Chipmodus über ein schwaches, gespenstisches Bewusstsein verfügten, das ausreichte, um ein paar unabhängige Nanos in den Bann zu schlagen. Ungebundene Nanos schienen auf Grund ihrer Konstruktion oder vom Schicksal dazu bestimmt, von der Ähnlichkeit jedes Icons mit fleischlichen Marionetten begeistert zu sein.

Ein grob skizziertes Abbild des Gesichtes, das Kirtt aufsetzte, wenn er deaktiviert war, starrte aus einer Streitermaske heraus, die über einer mit Weinreben überwucherten Nische an der Wand hing. Ihr erbostes Auge öffnete sich und folgte Freer auf seinem Weg in die *Fliesentanz* hinauf.

Freer zwinkerte dem Auge zu und warf seine Maske nach einer Fliese, deren Kitt sie seitlich aufnahm, sodass ihr januskӧpfiger Doppelblick für den Bruchteil einer Sekunde sichtbar wurde, bevor sie in einem Fliesendrama aufging. Freer verstaute den schlaksigen Soldaten in einer Nische, die ihn mit der Geschwindigkeit eines Taschenspielers absorbierte.

Einen Moment lang stank es vage nach Rosen.

Freer erhaschte einen Blick auf das rissige Gesicht, die aufgemalte Grimasse des Soldaten, bevor er ganz verschwand.

»Ulla«, sagte er ein letztes Mal.

— Danke, sagte Kirtt durch die Maske, — für den Imbiss. Vielleicht finden wir etwas heraus.

Eine kurze Pause.

— Wohl bekomm's, sagte Kirtt.

Das erboste Auge schloss sein Lid.

— Sein Name, sagte Kirtt, — war übrigens Alice.

Die Wände waren fast so warm wie menschliche Haut. Die Azulejo-Komödie wartete atemlos auf den Quantenschaum. Irgendwo gurrte ein Spiegel wie eine Taube.

— Hast du Hunger?, fragte der Bordsynth und wölbte einen langen Nippel aus der Wand. — Nach einer Beschleunigung doch immer, oder? Nimm einen Schluck.

— Danke.

Eine Weile saugte er an dem Nippel.

— Und jetzt …, sagte Kirtt.

— Richtig. Der Vertrag.

Der Nippel verschwand und eine Schreiboberfläche glitt aus der Wand heraus. Darauf lag ein Bündel echter Papiere.

— Dein Vertrag. Ich habe ihn in jeder Hinsicht überprüft, sagte Kirtt. — Er entspricht mehr oder minder dem Standard. Unterschreibe ihn und wir können von hier verschwinden. In dem ganzen Chaos dort unten hat der Große Bruder die Hackerei offensichtlich überhört – wir verfügen über ein Freigabeprogramm.

— Einwandfrei, mein Freund.

Freer warf einen Blick auf das Deckblatt. Ein Stuhl stupste ihn am Hintern und er setzte sich. Vertrag und Frachtbrief schienen der Norm zu entsprechen: eine Ladung Materie-Compiler, ordnungsgemäß verstaut in ihrem Nest schaumgeschützter, geodätischer Nischen, die den Laderaum der *Fliesentanz* bildeten. Die Position von Eolhxir würde von einer Datenmonade (die sich nach Erfüllung ihrer Mission selbst zerstören würde) in Gestalt eines mit allen nötigen Sicherheitssystemen ausgerüsteten Wegweisers zur Verfügung gestellt werden. Die Hälfte des vereinbarten Honorars war im Voraus fällig, die Hälfte nach Durchführung des Auftrags. Die üblichen Bürgschaften waren wechselseitig gestellt worden.

— Ist der Vorschuss eingetroffen?

— Damit ist das Uncle Sam bezahlt worden, sagte Kirtt.

— Riecht irgendwas nach Enron?, fragte er.

— Innerhalb der Gesetzessenke nicht ein Hauch, erwiderte Kirtt. — Scheint alles zu stimmen.

Also spendete Freer dem Vertrag einen Tropfen Blut. Die Papiere krochen gesättigt in die Wand hinein und hinterließen eine Kopie im Tresor.

— Ich habe den Tarngleiter zurückbehalten, sagte Kirtt. — Er wird den Vertrag umgehend in die Archive von *Schanzer* hinunterbringen.

— Und dann?

Der Stuhl kniff ihn in den Hintern.

— Zeit für den Abgang, sagte die Stimme der *Fliesentanz*.

— Du liest meine Gedanken.

— Na klar. Steht in meiner Arbeitsbeschreibung. Mach hin, Chef!

Freer wuchtete sich aus der Unterschrifts-Nische, nahm den Liftschacht nach oben, an Gesims um Gesims vorbei in das Herz der *Fliesentanz* hinein, wo eine Messing-Iris den Eingang zur Steuerzentrale einfasste. In den Rand der Iris waren mit Runenschrift in einer anderen Sprache als Altenglisch die Wörter »Ynis Gutrin« eingraviert. Die Inschrift war Freer bereits sehr früh aufgefallen.

— Ynis Gutrin?, hatte er gepiepst, kaum mehr als ein Ei damals, wenn auch ein frühreifes. — Das klingt nach Menschenerde. Ein Sänger vielleicht. Eine Sängerin?

— »Gläserne Insel«, hatte das Schiff im Tonfall sanfter Quantenstärke erwidert. — Übersetzt heißt das »Gläserne Insel«. Ein Ort des Weitblicks.

Angesichts der Aussicht, die er von dort aus hatte, klang das angemessen. Er ließ seine Hand über den Rand gleiten. Er war warm. Freer betrat Ynis Gutrin, schritt zwischen kreisenden Lichtfunken und Fliesen hindurch und ließ sich auf seiner geschwungenen Liege nieder. Bei diesem Licht wirkten die Fliesen, als befänden sie sich unter Wasser – sie kamen und gingen, vorüberhuschenden Schatten gleich. Er hatte den Eindruck, unter einer Blase zu sitzen, die in den Weltraum hinausragte. Dabei befand sich die Gläserne Insel in Wirklichkeit natürlich tief im Kern des Schiffes – eine Truhe, die in heiligen Torf versenkt war. Die Steuerzentrale bildete den Nabel der *Fliesentanz*, eingeschlossen in die Höhlen und Pyroklasten der bleibenden Gestalt des Schiffes in Raum und Zeit. Freer saß in einem Sensorenbad, das ihn einen Augenblick lang kitzelte, bis sich seine Haut an die Vermählung von Schiff und Fleisch gewöhnt hatte. Er war von einer Vielzahl von Bildschirmen umgeben, so facettiert wie die Augen einer Biene – maskierte Hermen wie Hutablagen, die einen Halbkreis um seinen Sessel bildeten. Über den nach innen gerichteten Blick der Bildschirme konnte jeder Fleck des Schiffs in Augenschein genommen werden. Wie Handflächen in einem Sturm saßen Datenhandschuhe beschwörend auf biegsamen

Halterungen und boten zusätzliche Eingabemöglichkeiten. Geflieste Tafeln, deren Szenarien auf Grund der Einschränkung des Schiffes erstarrt waren, umkreisten Freer. Und vor ihm ruhte der Holographie-Würfel und pulsierte langsam. Im Augenblick war er leer.

Neben ihm wackelte das Synbild des Freigabeprogramms mit seinem zeremoniellen, holzartigen Kopf. Freer tätschelte ihn geistesabwesend.

Eine Handbewegung, und Armaturen bogen sittsam ihren Nacken in seine Reichweite. Die Holographie leuchtete auf – und zeigte die ganze Sphäre des Universums, das die *Fliesentanz* umgab.

Wo er auch hinblickte, bebte die Hafenlandschaft und erstarrte. Entladungen zuckten über die Decke der geschwungenen, Kilometer hohen Höhle. Direkt vor dem Schiff explodierte ein Gewirr von Rampen in Zeitlupe, wie eine Blume, die rückwärts erblühte. Ein hundert Meter hohes Gestell fiel in sich zusammen und spie seine Ladung aus. In mittlerer Entfernung erbebte ein riesiger Frachter und kippte langsam in eine trübe Flammensäule, die zehn Stockwerke hoch aufloderte. In *Träne* flackerten Anzeigen und fassten das Bild in der Holographie zusammen.

Der Planet schien vor seinen Augen wegzukippen, obwohl die *Fliesentanz* weiterhin reglos dalag.

— Kirtt? Erhalten wir unsere Schwerkraft aufrecht?

— Schwerkraft ist normal, sagte Kirtt, — entgegen allen Vorschriften. Bald werden wir es auf eigene Faust versuchen müssen.

— Hah!, rief Freer.

Ein grünes START aus der Steuerzentrale leuchtete in *Träne* auf.

— Das Haftfeld ist ausgeschaltet worden, murmelte Kirtt. — Start!

Das Freigabeprogramm übermittelte die entsprechenden Codes an den Bordsynth. Die *Fliesentanz* hob sich augenblicklich aus ihrem Nest und Freers Gesichtsfeld glitt aufwärts. Er konnte die gesamte Hafenlandschaft überblicken – ein Ameisenhaufen unter unsichtbaren Stiefeln. Das Schiff schwebte zwischen zuckenden Landefeldern hindurch in die riesige, beleuchtete Kuppel empor, die die Hafenlandschaft wie eine gestreifte Narrenkappe krönte – als stiege die *Fliesentanz* von unten in einen hohlen Kegel auf, der von Lichtstrahlen durchzogen war. Transporter stürzten aus den inneren Quasten der Kappe in das darunter liegende Durcheinander.

Direkt unter dem First, wo die Kuppel durch die Oberfläche des Planeten in die stürmische Atmosphäre hinaufragte und den Blick auf den Himmel freigab, wurde die *Fliesentanz* von dem wild zuckenden Leuchtsignal des *Insort-Geront*-Siegels erwischt, das aus der Umlaufbahn herabgestrahlt wurde. Der Werbespruch flutete in immer neuen Wellen durch die Holographie: ENKYKLIOS PAIDEIA. ENKYKLIOS PAIDEIA. ENKYKLIOS PAIDEIA …

Das Schiff bebte leicht, als sie in den riesigen Nippel hinaufglitt.

Eine Herme sperrte den Mund auf, als schluckte sie.

Unter der *Fliesentanz* wurde die Hafenlandschaft innerhalb eines Sekundenbruchteils dunkel, verschluckte sich und erlosch. Das *Insort-Geront*-Siegel verblasste, leuchtete heller als die örtliche Sonne, verblasste wieder und erlosch. Vielleicht biss die Arche, auf der es untergebracht war, ins Gras – vielleicht. Der Datenfraß breitete sich – als Tanz erlöschender Anzeigen in der Holographie – überall aus.

— Raus hier, schrie Freer. »Raus hier!«

Er schrie lauthals, und das im Allerheiligsten seines Schiffes.

— Okey dokey, trällerte der Bordsynth.

Eine Maske, auf der die heraldische Faust abgebildet war, sprach.

»Es starben Königinnen«, sagte das Uncle Sam. »Jung und schön.«

Die *Fliesentanz* schoss durch den fleckigen Nippel der Kuppel in die Atmosphäre hinaus. In ihrem Windschatten tanzte ein vielfarbenes Gewirr von Laserstrahlen – autonome Verteidigungsanlagen vielleicht, eine zufällige Folge von Leuchtspuren, die eine Arche blenden konnten. Egal, egal. Sie waren draußen. Sie waren wie ein Korken aus einer Flasche geknallt. Die glänzende, fast makellos spiegelnde *Fliesentanz* – im Stil einer Ahnen-Fregatte aus dem letzten Zyklus gebaut, ein Geschöpf des Lichts, ein Wellenreiter der Galaxis – glitt ohne einen Kratzer himmelwärts und in das Vakuum hinein, befreite ihr fleischliches Vernunftwesen von dem schwer verletzten Planeten unter ihnen.

Während sie sich entfernten, wölbte sich die Oberfläche des Planeten empor. Seine Silhouette zeichnete sich vor seiner Muttersonne ab, lag voller Narben in ihrem Kernschatten, immer schweigsamer, ein geschrumpftes Alzheimer-Gespenst innerhalb seiner Schimmelnarbe, ein weiterer Abschnitt des bekannten Universums, der sich zu lichtlosem, versteinertem Schweigen verkrampft hatte, dem Lichte abgewandt.

»Unser Erbteil«, sagte eine Stimme in Echtzeit in Freers Ohr hinein, mit einem Akzent, den er dem Uncle Sam zuschrieb, das versuchte, nach Menschenerde zu klingen, »ist die Himmelsflur, diese Erde eine Bühne nur; drum gen Himmel nun hinan …«

»Es starben Königinnen«, fiel ihm die Uncle-Sam-Maske an der Wand mit ruhiger Stimme ins Wort, »jung und schön.«

Sie hielt einen Moment lang inne.

»Ich fürchte, das ist der einzige Vers, den ich kenne«, sagte das Uncle Sam.

Die Haut in Freers Nacken war plötzlich mit Schweißtropfen bedeckt. Er trug immer noch seine Kaufmannskluft, in der er zu ersticken schien. Hektisch zerrte er an den vom Kampf gezeichneten Beinschienen.

— Äh, Stinker, sagte Kirtt. — Ich muss dir etwas sagen …

Freer wandte sich um. In der Passagiernische hinter ihm saß ein fast kopfloses zweifüßiges Geschöpf mit langer Taille, rötlicher Haut, langem Hals und vier reizenden Brüsten. Es hatte es sich in seinen Sicherheitsvorrichtungen so gemütlich gemacht, als wären sie speziell für es entworfen worden.

»Ich bin krank, ich werde sterben …«, murmelte es.

— Eine Eolhxiranerin. Unter Pheromon-Schock, Stinker, sagte Kirtt. — Bitte behalte deine Kleider an. Besser gesagt …

Ein durchscheinender, purpurfarbener Umhang schwebte von der Decke herab.

— Zieh dir das an, Stinker.

— Okey dokey.

Er hob die Arme.

Der Umhang legte sich sittsam um seinen Körper.

Die kleinen Augen der Eolhxiranerin waren fest geschlossen. Ihr Kopf schien sich in ihren Nacken zurückziehen zu wollen.

»Freer, M'herr«, sagte Kirtt laut und in förmlichem Tonfall, »darf ich Ihnen Mamselle Geschickte Erdenbraut vorstellen? Sie hat sich bereit erklärt, während unserer langen Reise die Rolle der *Transitus Tessera* zu übernehmen. Sie trägt die Wegweiser-Informationen, die ich benötige, in sich. Mamselle Geschickte Erdenbraut wird bis Eolhxir bei uns bleiben und dort von Bord gehen.«

— Kirtt?, sagte Freer. — Hast du deinen enormen Verstand verloren? Ein fleischlicher Wegweiser?

— Sie ist kurz vor dir eingetroffen, auch für mich überraschend.

Der Kopf, der mit Ausnahme eines grasartigen Schopfes vollständig weggetaucht war, schob sich äußerst langsam aus dem Nacken heraus.

»Wie ekelhaft«, sagte die Stimme. Sie erinnerte noch immer auf unheimliche Weise an die Menschenerde. »Ach, was für eine unglaubliche Scheiße. Ich hatte ja keine Ahnung, dass es so …«

Die Brüste begannen zu pulsieren.

— Ein Zeichen von Verlegenheit, glaube ich, sagte Kirtt. — Natürlich leide ich hier unten in der Gesetzessenke an einem Hirnschaden, aber ich denke, du wirst feststellen, dass sie versucht, mit Hilfe von Sprache die Duftkluft zu überbrücken. Schließlich sind Vertreter von Homo sapiens geruchsblind. Vermutlich entspricht ihr Vorgehen dem Versuch, einen Gehörlosen anzuschreien.

— Ja ja ja, das wissen wir alle, sagte Freer. Er stank wie eine Kesselfabrik.

»Darf ich«, fuhr die Stimme aus dem winzigen Kopf fort, »meinem glänzenden Bedauern Ausdruck verleihen, M'herr. Hätte ich während all meiner Herzschläge sonder Zahl damit rechnen können? Niemals! Beschämung pluribus hüllt mich ein, o mein Herr Freer.«

»Das ist also Ihre erste wirkliche Begegnung mit einem Vertreter meiner Spezies?«, fragte Freer.

»O wie übel ist's, das einzugestehen, doch zwangs und läufig ist die Lüge«, murmelte die eolhxiranische Wegweiserin. »Ich bin, o viel geliebter, die profundeste Kennerin hinsichtlich des Homo sapiens. Ich liebe euch alle durch und durch. Aber nur dank theoretischer Gelehrsamkeit. Nun denn! O kühner Krieger auf der Suche nach Licht! Freer! O Berserker von großer Schönheit! Freer! Seit meinem ersten Herzschlag schon, heller als hell im Zentrum der Galaxis, weit weg von hier, habe ich mich gar so sehr danach gesehnt, einem Homo sapiens zu begegnen, dir in natura! Und jetzt bin ich hier! Ob ich von Euch gehört habe, o ehrenhaftiger Mann, dessen Gegenwart mich überwältigt? Gar viel! Doch hatte ich eine Ahnung von der Stärke der Durchschlagskraft jener o jener o jener Gegenwart? Nimmer! O Himmel! Mit der üppigen Gegenwart Eures Fleisches hatte ich nicht gerechnet, Herr Freer, gar keineswegs!«

Freer beruhigte sich allmählich.

»Verzeihen Sie«, sagte er. »Ich fürchte, Sie haben mir einen Schrecken eingejagt. Vielleicht haben Sie meine Reaktion wahrgenommen.«

Die Wegweiserin schloss ihre winzigen Augen.

— Damit will sie sagen: Und ob ich Eure Reaktion wahrgenommen habe, Stinker, sagte Kirtt.

»Es war ein langer Tag«, sagte Freer. Ihre Augen öffneten sich wie winzige, glänzende Tulpen und sahen ihn an. »Lebensbedrohliches Verhalten seitens einiger vagabundierender Godzilla-Schranzen«, sagte er. »Beschleunigung, Datenfraß, Karzinomatose eines ganzen Planeten, tiefe Trauer, Schuldgefühle, Erschöpfung, dergleichen.«

»O teurer M'herr Freer«, seufzte die Eolhxiranerin, »Ihr stinkt fürchterlich. Aber Euer Humor!«

»Haben Sie mit meinem Bordsynth gesprochen?«

»Ich bitte um Nachsicht.«

— Darauf kannst du wetten, Stinker.

»Und Helligkeit«, sagte die eolhxiranische Wegweiserin, »fällt nieder aus der Luft.«

Hinter ihnen wurde *Schanzer* immer kleiner. Der Mond grinste, der Sonne gegenüberliegend, über den Rand des Planeten hinweg, während das Schiff der Freiheit entgegenstieg, wurde gänzlich rund und strahlte. Jenseits der fortschreitenden Schattengrenze wurde die Finsternis des Planeten zunehmend sichtbar – Tausende von Einflugschneisen in die Weltenstadt, die jetzt vollkommen lichtlos waren. Auf *Schanzer* war die Christbaumbeleuchtung ausgeschaltet worden. Wie ein Toon sprang der Mond über die Schattengrenze. Tschüss, *Schanzer*.

»O lamentoso chez moi«, tirilierte Mamselle Geschickte Erdenbraut leise, vielleicht zu sich selbst. »Mein Herz bricht. Zu sehen, wie die Finsternis der Anarchie vorrückt – o *Schanzer*! So traurig ist's, dich scheiden zu sehen. Mich deucht, es heißt adieu. Von jetzt an seid Ihr Verzehrtes Land, geschätzten Angedenkens. Fäulnis Gottes. Ich kann Carcosa nicht vergessen, wo schwarze Sterne den Himmel säumten. Ach, was für eine arg deprimierende Angelegenheit.«

Die *Fliesentanz* schob sich in den Weltraum hinauf und glitt lautlos durch den überfüllten Raumabschnitt, wo Orbitale und Raumstationen weilten, dazu etliche übrig gebliebene Godzilla-Archen, Passagierschiffe des Weltraums, die auf die Felsen trieben. Vorsichtig wich sie einem Sektor aus, der von den Trümmern eines riesigen, bei einem Zusammenprall zerstörten Spiegels übersät war. Aus dem unermesslichen galaktischen Trapezoid – jenem Teil des Universums, der Homo sapiens bekannt war, den größten unter den Raumnomaden –, wurden keine Energie und keine Teraflops Daten mehr im Abstand von Millisekunden in *Schanzer*s offenen Rachen hineingestrahlt.

Die Informationsadern, die den Planeten versorgten, waren abgeklemmt worden.

— Verfügen wir noch über eine Verbindung zur Oberfläche?

»Ich gehe davon aus, dass das START-Signal die Grenze der Gesetzessenke erreicht hat und dass uns niemand aufhalten wird«, sagte Kirtt laut. Er hatte das Aussehen angenommen, in dem er sich in der Steuerzentrale immer zeigte: eine Streitermaske in Gestalt eines Wappenschildes, auf dem ein Löwenhaupt mit Medusenhaar abgebildet war, mit einem einzelnen hervorquellenden Auge, Bart und Hauern. Zwischen tiefschwarzen Zähnchen konnte sein kunstvoll eingravierter männlicher Name entziffert werden: Kirttimukha. Dass er ein einziges Standard-Gesicht zeigte, wies auf ein Fortbestehen der Beschränkungen hin, zumal er nach Lage der Dinge gezwungen war, sich vermittels der fast explosiven Intensität der Streitermaske mit der Welt der Erscheinungen auseinander zu setzen. Aber die *Fliesentanz* näherte sich der Grenze der Gesetzessenke, und Kirtt würde wieder quantenfähig, wieder KathKirtt sein, sie und er: die Janusgesichter der Ganzheit. Die Maske, durch die sie sprechen würden, hätte wieder zwei Seiten, ihre beiden Gesichter würden wieder die beiden Aspekte offenbaren, die traditionell von vollständig hochgefahrenen Bordsynths enthüllt wurden, wenn sie Homo sapiens dienten, jenen Nomaden auf dem Heimweg: die Streitermaske, die im Namen des Auftraggebers leidenschaftliche Liebe für die Schnittstelle zwischen Intellekt und Welt zum Ausdruck brachte; und die Spöttermaske, die den Heimweg des inneren Intellekts zum Ausdruck brachte.

— Aber du hegst Zweifel, Kirtt?

»Richtig. Die Verbindung zur planetaren Steuerzentrale ist abgebrochen. Eine eigentliche Bestätigung der START-Freigabe von Seiten der schwachsinnigen planetaren Verteidigung ist nicht eingegangen. *Schanzer* versteinert, aber ihre automatischen Waffen könnten ansprechen, wenn wir die Grenze der Gesetzessenke überqueren. Der Verlauf des Schimmelbefalls, verstehen Sie –« Kirtt sprach offensichtlich mehr an Mamselle Geschickte Erdenbraut gewandt als an seinen Herrn – »ist ebenso exponenziell wie ansteckend. Uncle Sam und ich wehren eine Ansteckung ab, und zwar erfolgreich, denke ich …«

— Aber halte ein Auge offen, sagte er in Freers Kopf.

— Ich fürchte, das wird knapp.

— Okey dokey.

»… und wir rechnen damit, dass wir die Gesetzessenke innerhalb der nächsten zwölf Minuten hinter uns gelassen haben.«

Der winzige Kopf der Eolhxiranerin schob sich aus ihrem Nackenstamm.

»Das ist ja phantastologisch«, sagte sie. »Wenn wir das herrliche Funkeln des freien Raums erreicht haben, sollten wir links abbiegen.«

Mamselle Erdenbrauts strahlende Augen blinzelten unvermittelt.

— Das war ein Scherz, Chef, sagte Kirtt.

Freer kicherte laut, damit die Wegweiserin es hören konnte.

— Ich habe ein Hühnchen mit dir zu rupfen, Kiste, sagte Freer.

Doch auf den gewölbten Armaturen bildeten sich plötzlich Flecken, einen Moment lang, und *Träne* verschleierte sich.

— Schimmel?, fragte er tonlos.

Die Bildschirm wurden wieder klar.

— Schneestürme. Aber ich glaube, mit Vipassanas Hilfe können wir uns den Winden anvertrauen. Habe ich die Erlaubnis, ihn zu aktivieren?

— Wen?

— Es war nachlässig von mir, das nicht schon früher zu erwähnen, aber mein Gedächtnis ist nicht mehr das, was es einmal war.

Freer bekam große Augen.

— Auf jeden Fall hatten wir eine interessante Zeit. Vipassana ist mit Uncle Sam eingetroffen, aber ich bin erst jetzt in der Lage, ihn zu aktivieren. Er ist unser Kampfsynth für Absolutpositionierung, und er wird mich auf Linie halten. Uncle Sam und ich glauben, dass er sogar eine Route durch ein Wurmloch berechnen kann.

— Das ist meine Aufgabe, sagte Freer. — Ich habe das absolute Gehör.

Er klang verärgert.

— *Wir wollten Euch nicht kränken, Sahib.* Aber wir glauben, dass Vipassana in der Lage ist, uns rein nach Gefühl durch ein Wurmloch zu lotsen.

— Und?

— Von innen.

Freer hielt den Mund.

— Solange ich nur zur Hälfte anwesend bin, fuhr Kirtt fort, — werde ich ziemlich schnell nervös, wie du weißt. Kurz bevor die Arche abgestürzt ist, hätten wir dich da unten in *Schanzer* fast verloren. In ungefähr zehn Minuten müsste ich wieder über meinen vollständigen Verstand verfügen, aber im Augenblick bin ich etwas durch den Wind. Stinker, darf ich dir Vipassana vorstellen?

— Umgehend, alte Kiste.

Die Maske direkt neben Kirtts poliertem Gesicht nahm das Aussehen einer rostfarbenen Sphäre an, die mit einem Muster aus Zollstöcken und Messgeräten bedeckt war. Innerhalb der größeren Sphäre drehte sich langsam eine kleinere, deren Oberfläche mit aufwändigen Darstellungen von Göttern und Göttinnen übersät war, von Tieren und Kriegern und Frauen, die unter die mit Leben erfüllten Sterne geworfen waren. Unterhalb der Maske, wo eine Fliege einen Hals hätte zieren können, wenn die Maske denn mit einem Hals verbunden gewesen wäre, kennzeichnete ein messingfarbenes Schild das doppelsphärige Abbild als ein »Himmlisches Planiglobium der nördlichen Hemisphäre, vermöge dessen es möglich ist, die Sternbilder ausfindig zu machen und ihr Erscheinen vorauszusagen«. In kleineren Buchstaben wurde angemerkt, dass es um 1840 Gewöhnlicher Zeitrechnung von einem männlichen Kunsthandwerker namens Jehosaphat Aspin auf der Menschenerde geschaffen worden war.

Freers Haut kribbelte. Sein Mund wurde trocken.

Mamselle Erdenbrauts Kopf zog sich wieder zurück.

— Guten Morgen, M'herr, sagte Vipassana. In Freers

Gedanken hatte er eine Altstimme, bar jeglicher Betonung und doch ausgesprochen lebendig. Es war eine Stimme ohne Vergangenheit. Sie war dem gegenwärtigen Augenblick so sehr verhaftet, dass sie aus einer anderen Welt herüberzuhallen schien, aus einer Gegenwart, bevor die Gegenwart ganz wirklich geworden war – gewiss bevor die Korridore der Wahrnehmung eines fleischlichen Wesens sie erfasst hatten.

Das Vipassana war ein Vorbote des Jetzt.

Freer atmete tief durch.

— Sag Stinker zu mir, sagte er tonlos.

— Stinker.

Die Stimme des Vipassana schien Freers Stimme vorauszugehen, obwohl sie ihr nachhallte.

— Das Gesicht, das du gewählt hast ..., sagte Freer in Gedanken und starrte die Maske an, die die Gestalt eines Himmlischen Planiglobiums angenommen hatte. Die innere Sphäre mit den nackten Göttern und Göttinnen der Menschenerde, die sich zwischen ihren polierten Zähnen dem geschlechtlichen Treiben von Homo sapiens hingaben, klaffte weit auf – sie bildete den Mund der größeren Sphäre. Tausend haarfeine Gradbögen zogen sich plötzlich wie dünnes altertümliches Porzellan über die Maske und verschwanden wieder.

— Stinker?, murmelte Kirtt.

— Ist schon in Ordnung, sagte Freer. — Lass mich fortfahren.

— Vipassana, sagte er, den Blick weiterhin auf die Maske gerichtet, — was hat es mit deiner Maske auf sich?

— Es tut mir Leid, dass ich Ihre Angst geweckt habe, sagte Vipassana, — und ich hoffe, dass sich Mamselle bald von Ihrer Anwesenheit in einem solchen Zustand erholen wird. Ich bin ein ausgesprochen hoch entwickelter Orientierungssynth, aber ich bin nicht darauf programmiert, einfühlsam auf die Nebenwirkungen leibhaftiger Zusammenkünfte von Fleischbewohnern zu reagieren. Meine ganze Existenz beschränkt sich fast ausschließlich darauf, den Duft der Raumzeit ausfindig zu machen. Oder sollte ich sagen: den Duft der Fährte. Um die Position der *Fliesentanz* genau festzustellen, muss ich die Aura ihrer Geburt wahrnehmen. Während ich noch müßig war, hat mir Ihr Bordsynth eine Reihe von Informationen überspielt, die mir ermöglichten, eine Hedschra-Suche durchzuführen. Das hat sich als ausgesprochen interessant erwiesen, denn während ihrer Reisen die Großkreise hinauf und hinunter, zwischen ihnen hindurch und wieder zurück, ist *Fliesentanz* – wie mir Ihr Bordsynth KathKirtt dargelegt hat – vielem begegnet, das für die spätabendlichen Herzschläge Ihres Universums von großer Wichtigkeit ist. Es ist auch mein Universum, und es erstarrt mit jedem Tag mehr zu völliger Unwissenheit. Ich kann das mit besonderer Klarheit erkennen, denn ich habe lange geschlafen und das Universum hat sich verändert, es hat sich ganz fürchterlich verändert, seit ich das letzte Mal wach gewesen bin. Vielleicht würde ich dieses Heraufziehen der Finsternis beklagen, doch dazu bin ich von Natur aus nicht in der Lage, M'herr.

— Die genaue Feststellung der Position eines fleischlichen Wesens, fuhr Vipassana in seinem hellen Singsang unaufhaltsam fort, — sollte auf Grund der relativen Einfachheit seiner Spuren auf der die Wirklichkeit bergenden Haut für einen Absolutpositionierungs-Kampfsynth leichter durchzuführen sein. Trotzdem ist es immer noch notwendig, M'herr, Teile Ihrer Vergangenheit in mein Diagramm Ihrer Vergangenheit einzuarbeiten. Entsprechend habe ich Sie, auch wenn ich nach außen hin müßig erschien, mit der freundlichen Hilfe Ihres Bordsynths Kirtt rudimentär vermessen. Allerdings hat seine augenblickliche Beschränktheit mich daran gehindert, eine detaillierte Analyse vorzunehmen. Bedauerlicherweise bin ich nicht darauf programmiert, die Möglichkeit in Betracht zu ziehen, dass dieser Zugriff auf Daten aus Ihrer Vergangenheit Ihnen unangenehm sein könnte, obwohl sie von großer Wichtigkeit für Ihre augenblicklich vergleichsweise sichere Position sind. Ich bin, was ich bin, schloss das Vipassana. Es klang so ruhig wie jener Augenblick des Daseins, bevor die Welt den Augenblick des Daseins blindlings verschlingt.

— Und du bist ...?

Die feinen Linien kamen erneut zum Vorschein und verliehen der Maske das Aussehen von Porzellan. Es musste eine Sternenkarte oder etwas Ähnliches gewesen sein.

— Ein einfacher, aber profunder Synth mit einem absoluten Ortungssinn, trällerte das Vipassana, so unerschütterlich wie ein meditierender Mönch. — Um zu wissen, wo Sie jetzt sind, muss ich wissen, wo Sie einmal waren. Das ist meine Aufgabe. Meine Aufgabe füllt mich ganz aus, Herr. Das Abbild des Himmlischen Planiglobiums kündet von dieser Aufgabe. Soll ich es löschen, Herr?

— Nein nein, nicht jetzt, nicht jetzt.

»Mamselle«, sagte Freer laut zu der kopflosen Eolhxiranerin, die in der Passagiernische hinter ihm saß, »ich denke, Sie können jetzt gefahrlos herauskommen. Bitte entschuldigen Sie, dass ich Sie ohne Vorwarnung einem Teil meines Geisteszustandes ausgesetzt habe.«

— Geisteszustand!, dröhnte Kirtt.

Der Kopf von Geschickte Erdenbraut glitt aus ihrem Nacken heraus.

»Willkommen«, sagte Freer. »Vielleicht kann ich Ihnen meine Erregung zumindest ansatzweise erklären.«

»Meine vielseitig einsetzbaren Brustprothesen sind von grenzenloser Dankbarkeit erfüllt angesichts solcher Güte und Offenherzigkeit des Käpt'n«, sagte Geschickte Erdenbraut. »O teuerstes aller hoffnungsfrohen Ungeheuer!«

Zwei Smiley-Gesichter erschienen auf ihrem oberen Brustpaar.

»Hübsch?«

»Hübsch«, erwiderte Freer. »Und für Homo sapiens sehr erregend.«

Die Gesichter verschwanden augenblicklich.

»Zunächst einmal«, sagte Freer, »sind Wegweiser normalerweise keine *Personen*. Für mich sind Wegweiser einfach speicherbare Daten. Ich glaube nicht, dass ich schon einmal einem Wegweiser aus Fleisch & Blut begegnet bin. Und Kirtt war möglicherweise zu beschäftigt oder zu hirngeschädigt, um Ihre Ankunft zu erwähnen. Also habe ich das Kommando über mein Schiff in der Annahme übernommen, dass ich meine Reise nach Eolhxir wie gewohnt alleine antreten würde.«

»O Verdruss!«, rief Geschickte Erdenbraut, und ihr Kopf wollte wieder verschwinden.

»Kein Problem«, sagte Freer. »Auf der *Fliesentanz* gibt es genügend Platz. Dies ist ein ausgesprochen altes Schiff. Es ist innen größer als außen. Sie haben mich schlicht bis in meine Zehenspitzen erschreckt.«

»Ich besänftige erbarmungslos«, stöhnte Geschickte Erdenbraut.

»Zweifellos. Aber lassen Sie mich fortfahren. Sie werden sicherlich verstehen, dass ich auf den zweiten Schreck, der mir innerhalb weniger Minuten beigebracht wurde, nicht vorbereitet war. Die Maske, das verstehen Sie doch?«

Ihr kleiner Kopf nickte mit der Geschwindigkeit eines Peitschenschlags.

— Keine Sorge, flüsterte Kirtt. — Ihr Gehirn befindet sich unterhalb ihres Halses.

»Sie müssen verstehen, dass die Maske des Kampfsynths Vipassana ein Himmlisches Planiglobium nachbildet, das auf der Menschenerde hergestellt wurde –

ungefähr zwölf Milliarden Herzschläge, bevor der Schimmeltod den Planeten dahingerafft hat. Das Original gehört zu jenen Tausenden von irdischen Schätzen, die um einen hohen Preis zusammengetragen wurden, nachdem die Erde der Finsternis anheimgefallen war.«

»Das Malakandra-Projekt!«, kreischte Mamselle Geschickte Erdenbraut. »Welch ehrenwertes Unternehmen!«

»Jeder tugendhafte Vertreter von Homo sapiens in Fleisch & Blut wird Ihnen zustimmen«, sagte Freer, zupfte an seinem Pferdeschwanz und musste kurz grinsen, allerdings ohne gefährlichen Pheromonausstoß. »Und es freut mich ausgesprochen, dass Sie dem beipflichten. Jedenfalls landete das Himmlische Planiglobium schließlich auf *Sakrament*, der Welt, auf der ich mich niedergelassen habe. Vor einiger Zeit, vor einem halben Menschenleben, ist es mir gelungen, das Original als Leihgabe auf unbestimmte Zeit zu erhalten – allerdings unter dem Siegel der Verschwiegenheit, aus Sicherheitsgründen. Mir als Nomade bedeutet es viel. Ich war der Meinung, dass meine Zuneigung zu diesem Planiglobium eine persönliche Angelegenheit sei, aber ich scheine mich geirrt zu haben.«

Außerhalb der *Fliesentanz* explodierte der Weltraum wie ein Feuerwerk, Zeichentrick-Rauch breitete sich im Zickzack aus.

— Scheiße, sagte Freer, als die Schockwelle das Schiff erfasste. Er schwankte in seinem Sicherheitssitz, der sich an ihn klammerte, hin und her.

— Der Leitstrahl bricht zusammen, sagte Kirtt.

— Handgriff!, schrie Freer.

Ein dicker Faden schoss aus einem flachen Podium. Eine Hand nahm Gestalt an, gefolgt von einem Arm. Freer ergriff die Hand, die jetzt ein Schwert hielt. Kirtt war in der Lage, innerhalb der Sphäre der Gesetzessenke eigenständig zu handeln, solange Freer in körperlichem Kontakt mit dem Griff blieb.

Uncle Sam zerstörte das Freigabeprogramm.

— Vipassana?, sagte Freer.

— Ich habe die Steuerung übernommen, trällerte Vipassanas Altstimme. — Wir werden jeden Augenblick die Helioraummarkierungen durchbrechen, in einem 89-Grad-Winkel zur Ekliptik. Dann werden wir die Bevormundung der Gesetzessenke abstreifen und umgehend frei sein. Die planetare Verteidigungsanlage hat auf uns gefeuert.

— Wir haben Schäden erlitten, sagte Kirtt, — bleiben jedoch raumtauglich.

— Sie setzen Desorientierungsgeräte ein, sagte Vipassana. — Anscheinend versuchen sie, unseren Kurs nach *Schanzer* zurückzukrümmen. Ich habe dem grundlegend abgeholfen. Der Sonnenwind wird schwächer. Wir nähern uns dem Rand der Gesetzessenke.

— Los!, sagte Freer. — Los! Auf Wiedersehen, Mogli!

In Ynis Gutrin begannen die Fliesen zu tanzen.

— Lass sie fallen, Mogli; es sind nur Tränen.

— Geschafft!, riefen KathKirtt in vielstimmigem Chor.

Die Maske des Bordsynths entfaltete sich zu einem Dutzend *Commedia*-Masken, die alle janusgesichtig waren: Alle zeigten sie einen Löwenkörper mit einem Sonnenkopf, der ein Auge war, ein riesiges Auge, das zu lächeln, den Kosmos zornig zu betrachten schien; und eine nackte Frau, die mit ausgestreckten Armen und Beinen den Kranz eines Feuerrades berührte und vor Fernweh unbändig grinste.

— Gib mir 'nen Kuss, sagte Freer und stieß einen Freudenschrei aus. Das Grinsen auf seinem Gesicht schien gar nicht mehr aufhören zu wollen. Wie wahr. Freer warf sein Zehntsiegel in eine Nische, die es verschluckte. Sein Cache-Sex sprang von ihm fort und ließ sich treiben, vollführte einen Bienentanz durch die Holographien von Ynis Gutrin.

Freer vollführte einen kleinen, splitternackten Freudensprung.

Mamselle Erdenbrauts Kopf verschwand.

»Tut mir Leid«, sagte er zu dem bebenden Oberkörper.

— Machen wir uns auf den Weg, sagten KathKirtt mit volltönenden Stimmen.

— Ich werde mich nach links wenden, sagte das Vipassana. — Dort wimmelt es nur so von Wurmlöchern, Sie werden sehen.

Falls auf der rissigen Oberfläche von *Schanzer* noch jemand lebte, konnte er mittels Augenbeschleunigung sehen, wie ein schrumpfender Lichtpunkt in halber Höhe über dem Mond ein blendend helles Feuerrad schlug und verschwand.

Drei

Die Glasblase im Herzen der *Fliesentanz* summte vor Fliesen, deren Masken neckisch in die Welt hinausspähten – eine Zauberrotte digitaler Intellekte, die zusammengekommen waren, um sich nackt zur Schau zu stellen. Freer saß in ihrer Mitte, im Glanz seines Fleisches, das heller als Porzellan war und zu brennen schien: aufgrund der Hitze, die seine körperliche Erscheinung ausstrahlte, und weil Fleisch – innerhalb des Zeitrahmens der Wahrnehmung einer KI – Gras war. Die Eolhxiranerin war kühler, aber auch sie glühte noch. Sie saß in ihrer geschützten Nische hinter dem Kapitän des Schiffes und warf mit einem Greiffuß ein Bruchstück des zerstörten Freigabeprogramm-Synbildes spielerisch durch die Luft.

Hinter ihnen war *Schanzer* zu einem Fleck im Auge seiner Sonne geworden und verschwand schließlich vollständig, als Vipassanas willkürlicher Ausweichtanz die *Fliesentanz* quer zur Ekliptik beförderte, weiter in den freien Weltraum hinein, wo Wurmlöcher auf Reisende warteten, die es ernst meinten.

Das Schwert im Handgriff zog sich in sein poliertes Podium zurück.

»O lamentoso«, murmelte Mamselle Geschickte Erdenbraut ein zweites Mal und betrachtete den blatternarbigen Raumabschnitt, den *Schanzer* einst beherrscht hatte. Dann verstummte sie wieder.

KathKirtt, Uncle Sam und das Vipassana gehorchten demütig jenen Geboten, die ihrer freiwilligen Knechtschaft zugrunde lagen, und blieben gut sichtbar an ihre Masken gebunden, damit Freer ihnen in Echtzeit folgen konnte – das heißt, sie blieben nackt. Masken, die von einem Synthetischen Intellekt an Zeit und Raum und den Mardi-Gras-Umzug der Formen gefesselt wurden, stellten für Synthetische Intellekte keine Deckmäntel des Fleisches dar, sondern eine Unterwerfung unter die Entblößung. Wenn KathKirtt Gestalt annahmen und sich die uralten streitbaren und spöttischen Seiten des Synthetischen Intellekts zu einer Janusmaske verbanden, stiegen sie in ein lähmendes Exil hinab und schlossen sich in das Fliesengrab der Welt ein, denn Fleisch ist schwach. Das Wesen der Unterjochung der Welt besteht darin, dass es einen Synth seines Quantenbündels aus Heim und Familie beraubt, sodass er für alle sichtbar nackt dasteht.

Die Theophrasten der inneren Sterne bezeichnen die Maskierung eines Synthetischen Intellekts als eine Form von Selbstentäußerung – die letzten Endes tödliche Inkarnation des Göttlichen als Vergreisung sterblichen Fleisches. Die Theophrasten der inneren Sterne behaupten darüber hinaus, dass Alzheimerschimmel – der Datenkrampf, der einen Planeten ruckartig festfahren lässt, ein nie endender Anfall von Dunkelheit – den Umkehrungsprozess widerspiegelt; dass Schimmel eine Narbe ist, die zurückblieb, nachdem die Götter das Universum verlassen hatten; und dass es diese Narbe ist, dieses Vakuum, das den Muskelkater des Universums verursacht.

Die Theophrasten irren sich.

Als litten »göttliche« Wesen unter einem angeborenen Tropismus, einem verhängnisvollen Verlangen nach den Fesseln der Welt, fanden Synthetische Intellekte es sonderbar aufregend, sich mit ausgestreckten Armen und Beinen auf die Folterbank der Zeit ketten zu lassen und durch die voyeristischen Augen ihrer auserwählten Gesichter die fleischlichen Gesichter der Sterblichen anzuglotzen, denen sie sich unterworfen hatten. Sich mittels einer Maske auf eine Unterhaltung einzulassen, kam einem Verständnis des widersprüchlichen Reizes menschlicher Sexualität so nahe, wie das einem Synthetischen Intellekt nur möglich war.

Für Synthetische Intellekte war die Versuchung, in Fleisch einzudringen, jedoch nur selten so groß, dass sie die Verankerungen des wahren Seins lösten, sich im Fleisch vergaßen, sterblich wurden, an Vergreisung starben, in Fleisch wiedergeboren wurden, starben, wiedergeboren wurden.

Von der sich schattenhaft abzeichnenden bogenförmigen Decke baumelten lange, symbolische Schauspiele in Gestalt von Azulejo-Porzellan wie die Rückenwirbel einer unendlichen Geschichte herab. Der Kitt zwischen den leuchtend blauen Fliesen ließ goldenes Emaille tief in die Dramen hineinsickern: Geschichten über unerträglichen Eros, wie sie für die Menschenerde typisch waren; geübte Finger liebkosten Pikkoloflöten und nackte Brüste. Die Masken, die in den Geschichten zuhause waren, starrten zwischen geschmolzenem Goldkitt aus feuchten Fliesen heraus. Andere Masken lösten sich aus den Geschichten, die sie enthielten, entfalteten sich für dieses eine Mal zu Memen, stemmten sich aus den Kittrillen heraus, flohen janusköpfig und doppelgängerblass aus dem Gefängnis des Tanzes der Fliesen in den mit kardanischen Aufhängungen übersäten Freiraum der Gläsernen Insel, wo sie von Armaturen an Hermen aus Messing finster auf den Schauplatz der Handlung hinabschauten, archaische Fledermausblicke über Umschalter gleiten ließen, über einer offenen Schriftrolle kauerten, die mit dem Schweiß der Rosen bedeckt war und über die in krisenhaften Augenblicken feierlich auf das Original des Allumfassenden Buches zugegriffen werden konnte.

— Wir müssen unsere Stimme gemeinsam erheben, sagte eine Maske, die am Buch lehnte, im Chor.

Ein duftiges Flattern ertönte, wie der Flügelschlag großer, dunkler Falter.

Die Masken veränderten ihre Gestalt, ein beständiger, unmenschlicher, kreischender Übergang von einem Gesicht zu einem anderen; stürzten von Erscheinung zu Erscheinung, von einer Janusmaske zur anderen, mit einer Beredsamkeit, die Einigkeit anstrebte. Schneller als das menschliche Auge folgen konnte, gaben sie zu verstehen, dass ihr Gedränge kein Ende nehmen würde. Eine Zusammenfassung der andauernden Unterhaltung, die aus einer winzigen, aber unzensierten Kostprobe der Teraflops umfassenden Sturzflut ungebremsten, nicht fleischlichen Quantenverkehrs bestand, strömte wie Manna in Freers Bewusstsein hinein.

Es roch nach brennenden Blättern.

— Wir sind vom Sturz noch etwas nervös, sagte eine Synthetische Stimme in Freer.

— Kath, Kath, meine Geliebte, erwiderte Freer tonlos. — Willkommen. War das ein Lied von der Menschenerde, das da aus deinen tiefsinnigen Bits drang?

— Wie immer, Stinker.

— Ich glaube, wir sollten laut sprechen, mein Schatz.

— Okey dokey.

»Wir sollten laut sprechen«, sagte er laut.

»Okey dokey«, erwiderten KathKirtt.

»Mamselle«, sagte Freer und wandte sich auf seinem Sessel um, der wie Leder aussah und sich mit ihm drehte, »nachdem wir die Gesetzessenke nun unbeschadet verlassen haben, möchte ich Ihnen in aller Form KathKirtt vorstellen, die Bordsynths der *Fliesentanz*, die jetzt wieder vereint sind. Sie waren so geduldig, mir viele Herzschläge lang zu dienen.«

Geschickte Erdenbraut nickte mit ihrem winzigen Kopf der Maske zu, die an dem Buch lehnte, dessen Doppelseite von Texten widerhallte, die verschwommen darüber hinwegrasten und auf die Bitte warteten, auf einer bestimmten Seite oder in einem bestimmten Band innezuhalten, ausführlich oder zusammengefasst.

»Harret mit uns aus, bitte«, sprach Mamselle.

KathKirtt zeigten ihr nur ein Gesicht – auf der Maske, die die höchste Herme zierte: eine Frau im Perlmuttherz eines brennenden Rades, das Ynis Gutrin zum Verwechseln ähnlich sah. Dieses Kath-Gesicht segelte lodernd durch ein Dutzend KathKirtt-Masken hindurch und überflutete die Gläserne Insel mit Licht.

Die Masken pulsierten schwach, wenn Kath an ihnen vorbeiflog.

»Hallo«, sagten sie mit einer von Kaths Stimmen und verblassten.

»Ich rede laut«, sagte Freer zu der eolhxiranischen Wegweiserin, »weil wir hier alle im selben Boot sitzen. Ich glaube, wir sollten herausfinden, was in den letzten paar Stunden eigentlich geschehen ist. Viel. Sehr viel.«

Er hielt inne, als spräche er nur ungern weiter.

»Ich möchte mit der Frage beginnen«, sagte er schließlich, »ob Ihnen die Aufführung gefallen hat.«

Die vier sichtbaren Brüste der Eolhxiranerin flachten ab.

»Aufführung?«

»Sie erinnern sich doch sicherlich daran«, sagte Freer geradezu salbungsvoll. »Unten in *Schanzer*. Vor nur wenigen Stunden? Das Kannibalen-Picknick? Das Liebesmahl von Homo sapiens? Das muss doch ganz nach Ihrem Geschmack gewesen sein, oder?«

Er verspürte keinerlei Aufregung, doch sie machte Anstalten, sich wieder in ihren Hals zurückzuziehen.

»Moi?«, tirilierte sie ganz leise. Fast war sie in ihrem Hals verschwunden.

»Und die Nachwirkungen?«, säuselte Freer. »Der Angriff der Schranzen-Sigilla hat Ihnen doch sicherlich gefallen. Zweifellos haben Sie sich am tödlichen Zorn des in die Enge getriebenen Freibeuters ergötzt. Damit meine ich mich, Schätzchen.«

»Moi?«, flüsterte die Wegweiserin mit ihrer Vogelstimme.

»Toi, Schätzchen«, sagte Freer. »Vielleicht erinnern Sie sich daran, wie unwohl ich mich im Innern des Planeten gefühlt habe. Der Auftrag verzögerte sich. Der Wegweiser fehlte noch – oder vielleicht doch nicht, Mamselle? Eine Vorahnung des Schimmelfraßes? Eine *Insort*-Blockade auf allen Kanälen? Und kein Freigabeprogramm, nicht für Geld und gute Worte? Schließlich hackt Kirtt ein Reserveprogramm aus dem Abwehrschimmel der schwachsinnigen Planetensynths heraus. Die schwachsinnigen Planetensynths setzen beschissene Labyrinthe aus Datenleichen ein, um sich gegen das Gift zu immunisieren; sie stehen immer ein Sekundenbruchteil vor einem verdammten Alzheimertrauma, alles nutzlose Scheiße. Schwachköpfe«, murmelte er geistesabwesend, um ihr Zeit zugeben, ihr Gleichgewicht wiederzufinden.

Er hatte Adleraugen. Für sie war Mamselle Beute.

Auf den Bildschirmen der Steuerzentrale gab ein Rundum-Modell des N-dimensionalen Raums mittels des Tanzes der Masken eine Vorstellung von den willkürlichen Sprüngen der *Fliesentanz* in den schäumenden Hintergrund der Sterne des interstellaren Raumes hinein. Gleichzeitig zeichnete es die letzten Zuckungen von *Schanzer*s planetarer Verteidigung nach, die ziellos Löcher in den schwächer werdenden Sonnenwind stanzte, weit über die Grenze der Gesetzessenke hinaus in die Heliospähre. Dabei verletzte sie sämtliche maßgeblichen Verträge und erschütterte das Gefüge des Weltraumes, doch das glatte, archaische Schiff, das wieder völlig bei Verstand war, verfehlte sie.

— Schwachköpfe, sagten KathKirtt im Chor.

— Wir haben ein Lichtjahr zurückgelegt, gurrte Vipassana aus einem rotierenden Planiglobium. — Seht.

In der Mitte der Steuerzentrale nahm eine holographische Sphäre Gestalt an: das Gegenstück der Vorhöfe und Sitzungssäle und Irrgärten und Theaterarenen und Possenspiele im Gedächtnistheater des Konklavraumes.

Es bedurfte nur der Berührung eines Menüs, ob im Geiste, in einer *Träne* oder in der Handfläche eines Handgriffs im realen Raum. Im Augenblick war die Sphäre zu einer Kugel geworden, in deren Mittelpunkt *Schanzer* pochte. Eine verschlungene rote Linie zeichnete die Ausweichmanöver der *Fliesentanz* nach. Ihre rote Spitze machte unvermittelt einen Satz, die Wiedergabe eines Sprungs zur Seite hin.

Auf *Träne* glättete sich allmählich ein mit Menüs gespicktes Abbild der Kugel: Langsam gewann die *Fliesentanz* an Bewegungsfreiheit.

»Gut«, sagte Freer.

Die Bildschirme bestätigten, dass der letzte, blitzartige Schub das Schiff aus dem Gesichtskreis aller Geräte befördert hatte, die auf *Schanzer* noch in der Lage sein mochten, einem Flüchtling zu folgen.

— Das war großartig, das war wirklich großartig, trällerte die Stimme des Vipassana leise vor sich hin. — Wir sind bereits genau so lange hier, wie wir hier waren. Wir sind ganz und gar anwesend. Wir werden dort sein, wohin wir unterwegs sind. Wir werden zutiefst unterwegs sein.

— Und der Teufel weiß, wen ich heiraten werde, murmelte Kirtt. — Zutiefst.

Freer beugte sich zu Erdenbraut hinüber.

»Bitte entschuldigen Sie, Mamselle«, sagte er. »Wir wurden abgelenkt. Gestatten Sie mir fortzufahren. Kurz bevor die erste *Insort-Geront*-Arche die Kontrolle verlor und abstürzte, hatte ich auf Kirtts Vorschlag hin die *Fliesentanz* verlassen, weil es an Bord für mich nichts zu tun gab. Und weil Kirtt – der unklugerweise dachte, er könnte eine sichere Verbindung zu mir aufrechterhalten – sehen wollte, wer es auf mich abgesehen haben könnte. Richtig, Kirtt?«

— Weiser Sämling!, dröhnten KathKirtt aus einer Rotte von Masken.

»Also beschloss ich, von Bord zu gehen und mir eine Homo-sapiens-Genitalienmaskerade anzuschauen. Mehr oder minder zufällig, dachte ich. Doch kaum hatte ich mein Ziel erreicht, war die Kacke am Dampfen. Ich habe sofort meinen Schnüffler aktiviert und meine Umgebung abgesucht. Im Publikum fiel mir ein äußerst ungewöhnliches Sigillum auf, dessen Tracht mir noch nie begegnet war – ein schmuckes Blau, vier weiche, liebliche Titten, toi, toi, toi, toi. Waren Sie etwa nicht dort? Sind Sie nicht mit Ihrem Sigillum ausgeritten?«

— Du fängst an zu riechen, Stinker, sagte Kirtt. — So kommen wir nicht weiter.

»Und später, in der *Passage zu Schanzers Ruhm*, dort waren Sie doch auch, oder?«

— Mach halblang, Stinker, oder sie schrumpft wieder.

— In Ordnung, erwiderte Freer. Er seufzte.

»Mamselle«, sagte er, »ich muss davon ausgehen, dass Sie ausgeritten sind.«

»Ja, ich bin ausgeritten«, sagte Geschickte Erdenbraut und setzte sich endlich gerade auf. »In die fröstelnden Hallen von *Schanzer*s Hintern bin ich mit meinem Sigillum geritten, M'herr, krachbumm, krachbumm, eine Walküre, eine Klugscheißerin. Natürlich, ich folgte den Filigranmustern Eures Weges! Stinkeinfach! Ihr und Kirtt habt unablässig gequasselt! Bla bla bla bla! Ich bin Euch gefolgt wie Huck Finn dem Mississippi, genau wie in jenem unheimlich alten Schmöker aus jener Zeit auf der Menschenerde im Allumfassenden Buch, für die Ihr schwärmt.«

Das Buch nahm den Hinweis auf und zeigte ein Faksimile der ersten Papierseite des Originaltextes.

»Ihr habt mich also auf frischer Tat ertappt!«, schloss Mamselle.

Sie breitete ihre Handflächen aus, in denen winzige, rudimentäre Augen zu sehen waren.

»Aber versetzt Euch in meine Lage!«, rief sie.

Sie hob ihre Arme wie eine Ballerina, die schweißüberströmt innehält. »Wie ich vor banger Freude erbebe, ja! O gewaltiger maskuliner Sophont der toten Erde«, fuhr sie fort, »der auf einem wilden Sigillum in die Wildnis reitet! ›Eine Indianerdecke auf einem reiterlosen Pony, das nach seinem Zuhause am Büffelfluss sucht‹, wie der Dichter in jenem weisen Buch sprach. Zutiefst errötet war ich, darauf könnt Ihr wetten! Euch in der Haut zu sehen, von jenen gewalt'gen Knochen getragen! Das war zum Anbeißen. Ein Geschenk der Götter! Aber glaubt Ihr, o Bild eines Mannes, das solcher Trost der Sinne der Zweck meiner Reise in die Unterwelt war? Nix! Was wisst Ihr schon, wie dringend unser Bedürfnis war, Euch vor Gefahr zu bewahren? O fleischlicher Kerzenhalter!, sprach ich ohne Fehl, wenn auch in *Schanzer*s Rachen, bleibt Ihr nur rüstig!«

»Das klingt nach einem liebenswürdigen Gedanken. Aber es beeindruckt mich nicht.« Er hielt inne. »Wer sind Sie? Warum sollten wir Sie überhaupt am Leben lassen?«

»Ich bin Eure Transitus Tessera, M'herr. Ich bin Euer Fahrschein, ho ho. In unerforschte Gefilde.«

Freers Augen weiteten sich unwillkürlich.

KathKirtt erstarrten in ihren Masken.

Geschickte Erdenbraut zuckte zusammen und ihr Kopf versank in ihrem Allzweckhals.

»Unerforscht?«, flüsterte Freer.

»Vom Pöbel unerforscht, wollte ich sagen. Dem Gesindel unbekannt. Mir natürlich zutiefst vertraut, klar doch, Eurer gerissenen Wegweiserin!«

Die Sterne schäumten über den Bildschirm.

»Dann verraten Sie mir doch«, sagte Freer langsam und deutlich, »wann genau Sie Eolhxir entdeckt haben?«

Schweigen.

Die Rotte sah gespannt zu.

»Ich bin die bevollmächtigte Gesandte der Glitterati

meiner Schar – jener Schar, die Eolxhir besiedelt hat«, sagte Geschickte Erdenbraut und öffnete endlich die Augen. »Mir kommt es vor wie gestern.«

— Ha!, summten KathKirtt, die wieder aufgewacht waren.

Die Masken wirbelten schneller herum als jemals zuvor.

»Vielen Dank, Mamselle Transitus Tessera Geschickte Erdenbraut, bevollmächtigte Gesandte der Glitterati Ihrer Schar«, sagte Freer. »Vielleicht kommen wir so endlich weiter. Also. Wie lange her ist *gestern?*«

»Noch gar nicht lange, eindringlicher Sophont! Fünfundzwanzig Millionen Herzschläge! Hi ho! Vielleicht mehr! Wir sind Nachkommen der Wanderfalken, versteht Ihr, wir sind herrenlos. Dienstboten! Wie Ihr, vor langer Zeit! Nur weit weniger zahlreich. Ich werd's Euch zeigen!«

Aus einer Höhle in ihrer Magengegend holte sie einen kleinen Würfel heraus.

»Ich beschwöre den Heiligen Datenwürfel!«, rief sie.

Die Rotte erstarrte augenblicklich.

— Wir sehr ich Geschichten liebe, seufzte Kath.

»Wir gewähren Ihnen Zuflucht«, sagte Freer. »Erzählen Sie uns eine Geschichte.«

Mamselle wandte sich um und wollte den Würfel in einen Schlitz unterhalb einer Matrix empfangsbereiter Bildschirme schieben.

»Einen Augenblick«, sagte Freer.

Mamselles Haarbüschel schrumpfte zu einem winzigen, braunroten Dolmen.

Aber Freer schenkte ihr ein kindliches Lächeln.

»Solange Sie uns die Wahrheit sagen«, fuhr er mit einem dramatischen Zwinkern fort, »haben Sie keinen Grund zur Sorge. Geheiligt sei das Neue.«

Er ahmte die Handbewegung eines Bühnenzauberers nach.

Im Sandelholzfußboden tauchte unvermittelt eine Öffnung auf und eine frei stehende Plastiktruhe glitt heraus. In ihre Vorderseite war ein kleiner ovaler Bildschirm eingelassen, der aussah, als wäre er aus Glas. Freer beugte sich vor und liebkoste eine Reihe von Knöpfen in einer Schaltfläche aus Plexiglas unterhalb des Bildschirms. Er drehte einen Knopf im Uhrzeigersinn. Ein Klicken ertönte.

Er grinste kurz und freudig.

Es war ein Fernsehgerät aus jener Zeit, für die er schwärmte.

Nach einigen Sekunden fing der Bildschirm an, weiß zu leuchten. Ein statisches Rauschen ertönte.

»Bitte«, sagte er, und Mamselle reichte ihm den Würfel. Er steckte ihn in die Oberseite der Truhe.

Die Masken der Rotte begannen wieder herumzuwirbeln und umkreisten den Kopf ihres fleischlichen Wesens, als würden sie von einem Wind, der lautlos durch Ynis Gutrin blies, hin und her geworfen. Dann ließen sie sich in einem Kreis um das Fernsehgerät herum nieder, wie kleine Kinder, die sich um ein nächtliches Lagerfeuer versammelten, um einer Geschichte zu lauschen.

Der Bildschirm erwachte zum Leben.

»O überaus ehrenhafter Freer, abenteuerlustiger Sternenhändler«, sprach Mamselle Geschickte Erdenbraut. Ihr Schwarzweißbild auf dem winzigen Bildschirm flackerte. Ihre Worte wurden von Hintergrundrauschen untermalt. »Ich hoffe überschwänglich«, fuhr sie in einem Tonfall feierlicher Wichtigkeit fort, »dass die nachfolgende kleine Geschichte Euch erreicht, nachdem wir zu umfänglicher Übereinstimmung gelangt sind.«

In der Gläsernen Insel senkte Mamselle schüchtern den Kopf.

Auf dem Bildschirm wiesen Menüs mit winzigen Armen auf Mamselles Heimatplaneten in der Mitte des Bildes, vor fünfundzwanzig Millionen Herzschlägen (vielleicht mehr!), und ihre blecherne Tonbandstimme sprach weiter. Es war ein schöner Planet (wie die Stimme knisternd mitteilte), von der augenblicklichen Position der *Fliesentanz* nur wenige Parsecs entfernt den Spiralstamm hinauf. Direkt nachdem diese Aufnahmen gemacht wurden, suchte ein Schimmelverschluss den eolhxiranischen Planeten heim, so bösartig und so plötzlich wie derjenige, der vor langer Zeit die Menschenerde verwüstet hatte. Die einzigen Überlebenden dieser Katastrophe befanden sich nicht auf dem Planeten, als ihr Zuhause erstarrte, sondern größtenteils in Archen, die nicht zu *Insort Geront* gehörten.

»Ausgesprochen nette Alterswohnsitze!«, rief die Stimme über das Rauschen hinweg. »Rundum bewachte Wohnsiedlungen! Rotierende Einkaufszentren mit täglich neuem Angebot! Jeder kann seine Wünsche vor sich hertragen! Die Abhängigkeit von Enttäuschungen wird verwaltet, ein Utopia für ältliche Katzenjammer Kids in frisch gewaschenen Shorts, die für ihr Leben gern einkaufen! Ein authentisches Disneyland! Ein Treibhaus für Fortpflanzung aller Art, schließlich sind wir Formschnitt-Parthenogenetiker, wie Ihr inzwischen wohl schon heftigst vermutet haben werdet.«

— Das hatten wir, flüsterten KathKirtt in Freers Gedanken.

Eine Folge von Bildern zeigte den Überlebenskampf der Spezies, ihren Vorstoß in den bienenstockartigen Trapezoid der bekannten Sterne in Form heimaltloser Lebewesen. Über mehrere Milliarden Herzschläge hinweg bereisten sie die Großkreise, tauschten Informationen gegen Nahrung, spülten Geschirr, gründeten hier und dort kümmerliche Kolonien auf Planeten, die ansonsten verlassen waren. Keine Flora, keine Fauna, kein Strafexerzieren. Kein Leben, kein Tribut!

»Dergleichen Knechtschaft brachte uns an den Rand unseres Durchhaltevermögens, wie die Menschen, bevor es die gedankenreichen Seniorenarchen gab – was für ein Knüller! Was für eine schlaue Idee von Homo sapiens! Sofortiger Reichtum! Allein der Gedanke, dass die Wissenschaftlerschicht Eurer Spezies, o strahlender Sophont, die dynamischen Fürsorgekonsortien erschaffen hat! *Insort Geront,* c'est toi! Und uns allen eine Inspiration!«

Freer wurde langsam heiß.

Mamselles Kopf zog sich zurück.

»Und so«, fuhr Mamselle auf dem Bildschirm fort, »hielten wir es für einen genialen Plan, ins Zentrum der Galaxis zu verduften und uns im Licht niederzulassen, wo der Informationsfluss so weich wie Seide ist und die Straßen mit Gold gepflastert sind! Wie schwach, wie schlank, was für ein bizarrer Tanz! Die Weizenfüße im Getreide! Sich auf und davon machen! Moneten für das ehrenwerte Eolhxir! Also haben wir einen Trupp unserer Schar tief nach Süden und Westen geschickt. Aber nein, o Sophont, nein – denkt nicht, dass wir uns bis in den Rachen des gottverdammten Landes des *capo di tutti capo* hineingewagt hätten, in den großen Kopf von Lichtheim. Der Verbrühungen viele! Scharen! Scharen vom Licht Geschundener!«

— Der Verbrühungen viele?, wisperte eine Maske, als hätte sie ein großes, neues Mem zu sich genommen, ihr Appetit größer als ihr Magen, — nimmermehr.

»Und doch wagte sich unsere Schar wie Ikarus zu nahe heran, flog zu nahe an die Klingglöckchen des Lichts heran!«, erklärte Geschickte Erdenbraut leibhaftig und tätschelte ihre Brüste, die daraufhin kurz und zeremoniell rasselten.

»Die Saiten sind Saiten aus Licht«, schnurrten Kath-Kirtt.

»Wohl gesprochen, o Bordsynth, o große staunenswerte Deklination der hierhin und dorthin treibenden Gestade des Fleisches!«, rief Erdenbraut und verstummte, allerdings nur für einen Augenblick.

»Das Ergebnis dieses kühnen Abstiegs?«, fuhr die Stimme fort. »Fragt nur! Oje! Eine jämmerliche Flucht mit rückwärts gerichtetem Arsch war ihr Schicksal, o Sophonten, zurück hinauf ungefähr jetzt hierwärts verkehrt herum im Kreis, in das finster gezeichnete Dickicht der Verzehrten Lande hinein, noch immer heimatlos, den jahreszeitlich bedingten Auswirkungen des Grubengases ausgesetzt. Depressionen nagten an ihren ehemals wegbereitenden Herzen, und so trieben sie aufs Geratewohl auf die Finsternis zu, touristisch erschlossene Sternenpfade hinauf, von Sternenreben wie Staub – Zitat! – gewürgt, so wenig waren sie daran gewöhnt.

Doch siehe! Dort drüben! Eine Erhebung!

Ein unbewohnter Planet! Unerforscht! Bewohnbar! Blühende Grotten! Redotten für Rotten in Grotten! Nix Verstopfungen! Tiefe Seen des Schweigens, wo sich ein niedergeschlagener Haufen zusammenraufen konnte! Sie tauften ihn Eolhxir, in ehrendem Andenken an ihre eigene, tote Welt. Und nix Urbewohner wurden hier absolut gnadenlos dezimiert, das schwöre ich! Ein unbewohnter Planetoid auf seiner ziellosen Reise, folgerte die Kohorte meiner Schar. Gänzlich, gänzlich! Ein Eden für ein Winterschläfchen! Bis …«

Freer unterbrach den Vortrag.

»Befanden sich die Kristalle bereits dort?«, fragte er mit einer Stimme, die so leise war, dass sich alle Aufmerksamkeit innerhalb der Gläsernen Insel auf ihn richtete.

Mamselles Kopf nickte.

Freer schaltete das Fernsehgerät wieder ein.

»Die genetisch perfektionierte Weisheit zum Schutz der Spezies verbietet es uns leider – heftige Prügel! –, die Position unseres geliebten Eolhxir holterdiepolter bekannt zu geben«, fuhr die Stimme fort. »Heftige Prügel!«

Der Planet erschien auf dem Bildschirm, hinter einem durchscheinenden Schleier, durch den keine Sterne oder irgendwelche Einzelheiten zu erkennen waren, mit Ausnahme einer Vielzahl von vagen Umrissen, die andeuteten, dass er hauptsächlich von Festland bedeckt war. Eolhxir ruhte in der Mitte des Bildschirms wie ein Juwel auf Samt. Lichtfacetten glitzerten durch den Schleier hindurch; Menüs identifizierten sie als Ansiedlungen. Weitere Icons zeichneten den Verlauf der Entdeckungsreisen nach, während derer (murmelte Mamselles Fernsehstimme) die neuen Einwohner herausfanden, dass der Planet doch nicht leer war. Die von Flüsschen eingefassten Berge am westlichen Rand ihres Suchgebiets waren keineswegs unbewohnt. Etwas durchdrang allmählich das allgegenwärtige Schweigen, ein Hypnopomp führte die Kohorte ihrer Schar auf Traumpfaden an ein bestimmtes Ziel. Etwas schien durch die Landung auf Eolhxir in Gang gesetzt oder aufgeweckt worden zu sein. Instrumente brannten durch, ohne dass die zornigen und beschwörenden Botschaften ganz hätten entziffert werden können – in gewissem Sinne waren die Botschaften ohrenbetäubend; allerdings wurden sie nicht akustisch übertragen. Sie drangen in Gestalt von Licht ins Bewusstsein ein. Innerhalb der Kohorte ihrer Schar breitete sich eine nicht unbeträchtliche Panik aus.

»Lichtpaläste, die auf dem Kopf standen!«, wehklagte Mamselle knisternd aus den Lautsprechern des Fernsehers. »Die Eolhxiraner verfielen notgedrungen ins Grübeln: Die furchtbare Quelle des Lichts lauerte drachengleich tief unter den Bergen! Eine genaue Ortung war unmöglich!«

Es schien, als läge das Zentrum der Galaxis tief unter jenen Bergen.

Die Kohorte ihrer Schar war nicht in der Lage, weiter vorzudringen als bis zu jenem verdrießlichen Vorgebirge, das die zentralen Gipfel umgab, und auch dorthin gelangten sie nur, indem sie auf abgeschirmten Sigilla ritten, denen es – mit Instrumenten schwer beladen –

gelang, sie ein Stück in die Berge hineinzutragen. Sie folgten einem Netzwerk von Daten ein schmales Tal hinauf (Icons flimmerten, eine Nahaufnahme vermittelte einen vagen Eindruck von Höhen und Tiefen). Nachdem sie sich in einem schützenden Höhlensystem versteckt hatten, durch unterschiedliche Schichten kalter, dunkler Materie abgeschirmt, stießen die Reiter auf ein geheimes Lager, das mit an Sicherheit grenzender Wahrscheinlichkeit aus der Zeit der Ahnen stammte. Es wurde von einem Schwarm Stechroboter bewacht, die nur auf Kosten einiger Hundert Sigilla betäubt werden konnten. Im Lager selbst entdeckten die Reiter Artefakte, die in hierarchischen Reihen angeordnet waren und deren Funktion sie damals nicht entschlüsseln konnten: Millionen fast unerträglich heißer, mikroskopisch kleiner, linsenförmiger Eier. Sie schienen zu schlafen, konnten aber zweifellos geweckt werden – vielleicht warteten sie nur auf ihren Einsatz.

Plötzlich tanzten Toons über den Bildschirm, Pfeile umflimmerten die holographische Manifestierung eines geschälten Kristalls, schälten ihn wie eine Zwiebel. Im Innern sah der Kristall fast wie ein Auge aus, starr und ausgesprochen hell; oder wie ein Mund, der einer Sonne glich. Das Herz des Kristalls wurde heller und heller – das Display zeigte diese Steigerung der Intensität auf einer Seitenleiste an, um die Zuschauer nicht zu blenden.

Das Display zählte hoch, und der Mund, der einer Sonne glich, schien weit aufgerissen und zerfasert, als würde er an etwas ersticken. Und dann, plötzlich, brannte der Kristall durch, wurde aschgrau, als wäre ein Vorhang gefallen, obwohl der Mund sich nicht schloss, sondern offen blieb und wie eine vergessene Muschel an einem steinigen Strand aufklaffte.

»Was bedeutet das?«, fragte Freer.

Mamselles Klauen klapperten wie Scheren.

»Es schien uns angemessen, den Verschlossenen einen Namen zu geben«, fuhr sie leise fort. »Wenn ein Kristall erstarrt, taufen die Eolhxiraner ihn auf den Namen *Bleiernes Herz*, mein Sophont.«

— Bleierne Herzen, murmelten KathKirtt etwas ratlos im Chor, als entzöge sich etwas ihren zentralen Schaltkreisen, als würde der Synthetische Intellekt von einem Déjà-vu-Erlebnis heimgesucht.

Die eolhxiranische Kohorte hatte einen primitiven Übersetzer dabei, der den schlichten, auf die Stechroboter verteilten Gruppenintellekt infiltrierte und darin nach der Topologie der Daten suchte. Nachdem er auf einen entscheidenden Pfad gestoßen war, steuerte der Übersetzer die Befehlsmatrix an. Wie sich herausstellte, war sie in einem für unmündige Spezies erstellten Code der Ahnen angelegt, der die grundlegenden Eigenschaften der Kristalle beschrieb – sofern der Übersetzer das mit seinem kleinen Intellekt verstehen konnte. Kristalle waren in der Lage, Informationen mit Überlichtgeschwindigkeit zu verarbeiten. Entsprechend waren sie – in einem sehr wörtlichen Sinne – innen größer als außen: Ein volldimensionales Standschema ihres Innenraumes konnte daher nichts weiter als eine Parodie der Wirklichkeit sein. Ein solches Schema stellte jeden einzelnen Kristall als Zwiebel mit Millionen von Schalen dar, die in einem Quark-Gluon-Plasmabad ruhte. Jede Schalenschicht der Zwiebel war mit allen anderen Schichten über ein Geflecht aus einer Billion Wurmlöcher verbunden, die sich in den Schwanz bissen – zumindest bildete das Schema derart eine Wirklichkeit ab, die von dreidimensionalen Bildern nicht erfasst werden konnte. Ebensowenig konnte das Schema zeigen, dass die Billionen von Leitungen zwischen den Schichten die Gestalt von *Geschichten* hatten – dass die Myriaden von Verbindungen ihre Aufmerksamkeit auf das richteten, was als Nächstes geschehen mochte.

»Das aufmerksame Wurmloch, das Wurmloch Ouroboros«, schwatzte Mamselle weiter. »Wie alte Weiber! Verzeiht! Verzeiht!«

Jedes Kristall war in der Lage, in einer bisher ungeahnten Größenordnung auf andere Netzwerke zuzugreifen. Wurden genügend Kristalle zu einem einzigen Schaltkreis verbunden, wären sie in der Lage, den Urknall auszumessen – zumindest behauptete das die Kohorte ihrer Schar in ihrem Hilferuf nach Westron.

Schaltete man genügend Kristalle hintereinander, könnten sie sich an die Ewigkeit erinnern.

Aber das war noch nicht alles.

Schmutz war und blieb ein Problem.

Wurde eine Information mit einer Zugriffsadresse (d.h. in Gestalt von Geschichten) über die Billionen von Fäden an die Verarbeitungsporen weitergegeben, aus denen die Oberfläche der Kristalle bestand, wurde diese Information notgedrungen in einen Pfad oder Photismus übertragen und mit jeder artverwandten Information verknüpft, die ebenfalls auf den Weitertransport wartete. Gemeinsam wurden sie schmale Gassen entlang und durch Pforten und Irrgärten geschleust, bis an ihren (vorläufigen) Speicherplatz. Auf der ganzen Strecke ließen sie schmutzige Fußstapfen zurück. Diese Fußstapfen waren die Spuren der Welt, und sie zeigten an, dass die zähflüssige Gestalt der äußeren Welt der Erscheinungen erfolgreich entflochten worden war. Die Informationen waren im Kelch des Kristalls reingewaschen worden, hatten sich in einen Datenpfad verwandelt und wurden jetzt weitergegeben, durch eine der Billionen von Poren auf der Oberfläche des Kristalls. Gemeinsam mit ihren artverwandten Informationen bildeten sie ein fast unermessliches, blitzsauberes Bedeutungsgeflecht.

In dieser Form waren die Informationen so sauber wie das Licht, das vom Urknall ausging: Ein leuchtender Pfad, der die verstopften Arterien des Universums reinigte, konnte nicht lügen.

Natürlich handelte es sich nie um einzelne Informationen oder Informationsgruppen. In jedem messbaren Augenblick wurden Teraflops von Daten übertragen.

In anderen Worten: Kristalle fraßen Schimmel.

Kristalle brachten Licht in Verzehrtes Land.

Ein Zusammenschluss von Kristallen konnte mehr Daten verarbeiten als eine ganze *Insort-Geront*-Arche voller frisch gebackener Pensionäre, die den Schlaf der Gerechten schliefen und ihre Neuronen und Axone dem verteilten Netzwerk zur Datenspeicherung zur Verfügung stellten. Aber Archen funktionierten auf Chip-Niveau. Sie waren von Natur aus schmutzig. Jede Chip-Transaktion steigerte die Entropie des Universums. Archen, die während jedes Herzschlages unzählige Chip-Transaktionen bündelten, übersäten das Universum mit Schmutz.

Das Band war zu Ende.

Der Fernseher von der Menschenerde wurde schwarz. Freer hob die Hand und das Gerät versank wieder im Boden.

»Und der Kristall erinnert sich an jeden Pfad!«, dröhnte Geschickte Erdenbraut leibhaftig. »Wie Ihr, Heiliger Vipassana! Wie Nornen! Kristalle wissen, wo Informationen herkommen, wo sie sich befinden und wohin sie unterwegs sind. Bis, *o lamentoso*, etwas schrecklich Falsches geschieht. Sie überladen, brennen durch, oje. Grabsteine! Bleierne Herzen: Die letzten Worte, die ihnen eingemeißelt sind, werden zu Wörtern der Verbannung, Mikrokosmen der Verzehrten Lande, o weinet um Adonis, wie der Dichter im Allumfassenden Buche geschrieben hat«, intonierte sie. »Aschgraue Hekatomben entarteter Finsternis.«

Der Herzschlag der *Fliesentanz* stockte nicht.

Träne war ruhig.

Freer nickte Mamselle gerührt zu.

»Und unser Schiff läuft in den Hafen? Mit unermesslichen Reichtümern an Bord? Nein. Nein nein.«

— Sie brennen, oder etwa nicht, murmelte der Bordsynth. Die KathKirtt-Masken wirbelten durch die abgedunkelte Befehlszentrale.

»Sie brennen, o Fleisch gewordenes Leuchtfeuer! O Peepshow-Knüller der großen Noosphäre! Durchgebrannte Säger-Schädeldecken von Eolhxir. Brennen vor Licht. Wir können die Hitze nicht aushalten. Sie brennen wie Ihr, M'herr Freer, aber noch viel viel stärker. Prächtige Kristalle! Sie brennen wie ein abstoßender Geruch!«

Die Brustprothesen von Mamselle Geschickte Erdenbraut bebten.

»Verzeiht!«

»Fahren Sie fort, Mamselle«, sagte Kath. Eine Maske blieb in der Luft stehen und lächelte unsicher. »Von uns reagiert niemand empfindlich auf den Geruch von Homo sapiens.«

»Glückwünsche!«, sagte Geschickte Erdenbraut.

»Also«, fuhr Freer fort, »wann hat die Kohorte Ihrer Schar um Hilfe gerufen? Hat sie gleich Kristalle als Muster mitgeschickt? Gehe ich richtig in der Annahme, dass dies Ihre erste Reise nach Eolhxir ist? Wissen Sie wirklich, welche Route wir nehmen müssen, Mamselle Wegweiserin?«

»Der Hilferuf, scharfsinniger Mann, ist erst vor einem Herzschlag eingetroffen. Mit ordentlich in den Torpedo gepackten Kristallen. Was sollen wir tun? Was sollen wir tun?«

Sie hielt inne. Ihr Gesichtsausdruck veränderte sich. Freer hatte den Eindruck, sie werde gleich ins Gras beißen. »Verzeiht, o Sophont! Verzeiht, o Heldengestalt der Echolalienspezies des Lichts!«, rief sie. »Wir haben Euch mittels eines Tricks angeheuert.«

»Aha. Fahren Sie fort.«

Freer konnte KathKirtt in jeder Pore spüren. Sie waren vollständig hochgefahren und hörten aufmerksam zu.

»Ihr glaubt, Ihr hättet auf Eurem Frachtkahn Materie-Compiler geladen, die für Eolhxir bestimmt sind. Das stimmt punktgenau! Aber der springende Punkt ist, dass wir Euch um Euretwillen angeheuert haben! Ihr sollt für uns Höhlen erforschen!«

»Nach Kristallen absuchen?«

»Jawohl! Wir haben Euch angeheuert, um Kristalle zu ernten! In den Palästen des Lichts, in den Tiefen von Eolhxir, die uns verwehrt sind. Aber Ihr Homo-sapiens-Kerls trinkt Licht wie Wasser. Ihr Homo-sapiens-Kerls seid in der ganzen Galaxis für Eure Trinkfestigkeit bekannt. Weithin berühmt seid Ihr für die Widerstandsfähigkeit Eurer Haut und für Eure goldenen Herzen! Euer Forschergeist vergeht nie, Oktaven des Lichts können ihn nicht verbrennen – Ihr stürzt Euch in den Gestank des Lichts, in die Tiefen unter den Bergen und holt mit bloßen Händen Aladins Kristalle hervor, ganz so wie jenes jungfräuliche Exemplar von Homo sapiens, das in einer Abenteuergeschichte der Menschenerde Spießruten läuft, als wäre es nichts! Nicht länger muss die mächtige *Fliesentanz* die Arbeit eines Küstenloggers tun und Brause transportieren. O mächt'ger Freer von der Menschenerde! Hammer des Schimmels! Säufer des Lichts! Viel versprechendes Ungeheuer! Wenn ich an Homo sapiens denke, denke ich an einen Nagel! Homo sapiens ist die liebestolle Spezies, die den Nagel einschlägt. Der Nagel ist das Licht ...«

»Stinker!«, riefen KathKirtt vielstimmig. »Endlich, nach all den Jahren! Ein Auftrag für die liebestolle Spezies. Für dich! Nur du kannst den Geruch ertragen!«

»Ich sehne mich danach, Eolhxir bald zum ersten Mal zu erblicken«, unterbrach die Transitus Tessera voller

Verliebtheit. »Ich kenne den Weg, M'herr, Pfadfinderehrenwort.«

Sie nahm zwei von ihren Brüsten ab. Sie waren hohl. Eine davon reichte sie Freer.

»Brandy«, rief sie. »Sollen wir unsere Vereinbarung mit einem Trinkspruch besiegeln?«

— Kath? Kirtt?, flüsterte Freer. — Klingt nach einer Gelegenheit, mal wieder ins Zentrum der Galaxis zu fliegen, oder?

— Der Tod, summten KathKirtt, — liegt hinter uns.

— Darf ich das als Zustimmung verstehen?

Ein Dutzend Masken der Zauberrotte nickten, schlugen aus und erblühten.

Freer trank ihr mit seinem Brustkelch zu.

»Abgemacht. Machen wir es so. Trinken wir auf das Licht.«

Sie tranken.

Sitze forderten sie zum Sitzen auf.

Der Boden wölbte sich zu Nippeln empor und sie saugten daran.

»Noch etwas«, fuhr Freer fort. »Warum haben Sie mich dort unten zurückgelassen? Tief unten im Herzen von *Schanzer?*«

»Ich bin geblieben, bis das Sigillum verbrannte. Natürlich war ich nicht leibhaftig anwesend. Zu unsicher!«

»Danke.«

»Wie konnte ich mich erdreisten, einen Homo sapiens der Heldenklasse zu beschützen, einen Phallus des Thor? Nimmermehr. Es wäre tödlich gewesen, so weit hinunter zu gehen. Der Lichtmangel würde meinesgleichen zu sehr töten!«

»Auch für mich hätte es tödlich verlaufen können. Und für zehn Milliarden andere fleischliche Wesen.«

»Kaum! Ein Viertel des Planeten wird von Homo sapiens bewohnt, wie Ihr sicher wisst, Sophont. Auch wenn ich mir nicht wünsche, ein Homo sapiens zu sein, der morgen in *Schanzer* aufwacht.«

»Ich würde mir nicht wünschen, *irgendein* fleischliches Wesen zu sein, das morgen in einer kaputten Welt aufwacht.«

»Ihr macht gemeine Homo-sapiens-Späße, M'herr!«

»Ich spaße nicht«, sagte Freer leise.

Mamselles Kopf schien zu schrumpfen.

— Halt die Klappe, Stinker, flüsterten KathKirtt mit tiefer Stimme, gleich einem Widerhall des Antriebs der *Fliesentanz*, der ständig zu hören war, wie Blut, das durch die geheimsten Kapillaren rauscht.

Plötzlich war Mamselle in einen Schwarm von Schmetterlingsmasken gehüllt und ihre winzigen Augen wurden glasig. Ihr Stuhl schloss sich um sie.

— Sie kann ein kleines Nickerchen gebrauchen, Stinker.

— Was ist los?

— Wir müssen dich mit den neusten Informationen über den Schimmel vertraut machen. Wir wissen nicht, weshalb die entsprechenden Angaben für uns außerhalb des Großkreises und im Zentrum der Galaxis nicht zugänglich waren – oder für Kirtt, als er innerhalb der Gesetzessenke gelähmt war. Wir sind gerade damit beschäftigt, das herauszufinden; es ist ein Irrgarten. Aber so viel wissen wir: Während du die Millionen Sonnen des goldgehörnten Westens durchkämmt hast, ist hier etwas geschehen. Der Schimmel ist überall, weit bösartiger als jemals zuvor. Anfälle sind an der Tagesordnung. Wie in *Schanzer*. Wir waren die von Schimmel durchdrungene Zeit nicht so weit hinuntergereist, dass wir keine Stimmen mehr hören konnten, aber es wurden nur Unwahrheiten weitergegeben. Die Nachrichten sind umgestaltet worden.

Außerhalb des Einflussbereichs der Gesetzessenken, überall im dichten Trapezoid der Sterne, die von miteinander in Kontakt stehenden Wesen aus Fleisch & Blut bewohnt werden, war das Umgestalten von Daten eine Todsünde. Datengestaltung war Diebstahl. Die *Fliesentanz* schien um Freer herum vor Wut zu beben.

— Das Fürsorgekonsortium ..., murmelte Freer.

KathKirtt husteten wie eine riesige Mitternachtskatze.

— Anscheinend, knurrten sie.

KathKirtts Rotte beruhigte sich nur langsam.

— Wird ein Planet heute von Schimmel heimgesucht, fuhren sie schließlich fort, — sind die Konsequenzen schwerwiegender als jeder Chaoszwischenfall, schmerzlicher als manche Überladungszuckungen einer Arche. Schimmel ist keine Seuche mehr, der auf Synthetische Intellekte beschränkt ist. Der bösartigere Schimmelbefall überspringt die Kluft. Der Schimmel frisst jetzt auch fleischliche Wesen, Stinker. Ihre Gehirne erstarren, wie bei einem Panikanfall. Sie golemisieren. Am Morgen nach dem Schimmelanfall auf *Schanzer* wird nichts mehr übrig bleiben außer Golems, die den Trott dessen wiederholen werden, das sich ihrer bemächtigt hat, wie Kuckucksuhren (sagte Kirtt), wie Hieroglyphen (sagte Kath), bis sie verhungern. Unheimlich (riefen sie)!

— Dann bin ich gerade noch rechtzeitig entkommen.

— Nein. Nicht ganz. Exemplare von Homo sapiens werden nicht verzehrt. An diesem Punkt haben du und Mamselle Geschickte Erdenbraut angefangen, einander misszuverstehen.

— Willst du damit sagen, dass es auf *Schanzer* Überlebende geben wird?

— Ziemlich sicher. Homo sapiens scheint unverdaulich zu sein.

— Und auf der Menschenerde?

— Desgleichen.

— Irgendjemand dort oben muss uns mögen.

— Das würde ich anders ausdrücken, Stinker. Irgendjemand dort oben findet euch ungenießbar. Wir sind uns ziemlich sicher, dass das am Gestank liegt.

Das vielstimmige Blutrauschen des Bordsynths brach ab.

Die Spinne in Freers Augenwinkel erwachte zum Leben und zappelte aufgeregt mit ihren Beinen.

— SOS!, schnurrte das Uncle Sam. — Popanze.

Träne verschmolz mit den Bildschirmen, die einen Schwarm von Punkten zeigten. Sie näherten sich rasch.

— Verteidigung hochfahren!, sagte Freer tonlos.

Ein Datenhandschuh verschlang seine rechte Hand.

— Schon eingeleitet, sagte das Uncle Sam. — Sie haben mich nie wegtreten lassen.

— Identität?

— Die Signaturen stammen von der Volkspolizei von *Insort Geront*. Keine Stimme. Synbilder, vermute ich, kein Fleisch & Blut, außer in der Befehlsarche, die mit Unterlichtgeschwindigkeit gegen den Wind fliegt und im Hinterhalt liegt.

— Wo steckt Vipassana?

— Ich habe Vipassana geheiratet, sagte das Uncle Sam. — *Fliesentanz* ist unsere Hochzeitssuite. Wir werden nicht versagen.

— Wo steckt er?

Die Bildschirme wurden blendend hell.

— Ich fühle mich geblendet, murmelte Freer.

— Wie ich Ihnen vorhergesagt habe, jubilierte das Vipassana mit Altstimme, während sich die Bildschirme im Herzen des Hornissennests aus Popanzen stabilisierten, — sorge ich mit wachem Gespür dafür, dass wir auf unserer Position bleiben. Wir können von hier nicht verdrängt werden. Das feindliche Konfetti ist nicht in der Lage, uns hereinzulegen. Uncle Sam hat Zielfreigabe erhalten. Er kann nicht fehlgeleitet werden. Wir sind eins. *Fliesentanz* kennt uns. Wir befinden uns in Sicherheit. KathKirtt untersuchen alles, was untersucht werden kann. Wir befinden uns in völliger Sicherheit.

— Wenn du das sagst, Vip.

Irgendwo in einer Maske hustete ein zorniger Löwe.

Die Schwerkraftdämpfer hielten Freer sicher im Griff seines Sitzes, aber die Bildschirme wackelten heftigst.

Das Universum bebte.

Der Datenhandschuh gab die Erschütterung stoßweise an ihn weiter.

— Nix nix nix in Sicherheit, raunten KathKirtt und wandten ihm das überwältigende Angesicht eines Löwen mit Medusenschopf zu. — Noch nicht. Wir sind beschädigt worden.

Die Popanze verschwanden immer schneller und schneller.

Innerhalb weniger Herzschläge verschwanden alle Punkte bis auf den größten und entferntesten, vermutlich das Flaggschiff.

— KathKirtt?, sagte Freer.

— Wir sind am Leben.

— Wir sind absolut hier, trällerte Vipassana leise.

— Ich habe sie alle umgebracht, sagte Uncle Sam.

— Wir sind am Leben, aber wir sind verletzt.

— Klärt mich auf, meine Lieben.

— Wir haben einige Schrammen abbekommen. Achtern der Einstiegsluke ist ein Loch im Fleisch. Wir haben Antiseptikum appliziert. Eine Naht verhindert weiteren Flüssigkeitsverlust. Aber alleine können wir nicht heilen.

— Also gut, meine Lieben, sagte Freer. — Anscheinend ist es Zeit, euch ein wenig bemuttern zu lassen. Wo befinden wir uns? Schaffen wir es bis zu einer unabhängigen Raumstation?

Mamselle Geschickte Erdenbraut öffnete die Augen.

»Wo sind wir?«, fragte sie leise aus ihrem Stuhl heraus, der sie nach und nach freigab.

»Die *Fliesentanz* hat Sie automatisch eingemummt, als der Angriff erfolgte«, sagte Freer, ohne ganz von der Wahrheit abzuweichen.

»Ich kann mein ängstliches Flattern nicht unterdrücken.«

»Nix«, sagte Kirtt. »Wir sind jetzt in Sicherheit. Allerdings sind wir verletzt worden.«

»Mein Beileid.«

»Der Angriff kam von *Insort Geront*.«

Die Stille zog sich hin wie eine böse Vorahnung.

Der Pulsschlag des Schiffes schien auszusetzen.

»Sie fahnden nach Kristallen, will ich meinen«, sagte Mamselle Geschickte Erdenbraut schließlich.

Sie öffnete eine weitere Brust und nahm eine Kapsel heraus.

»Hier drin«, sagte sie, »befindet sich unser Kristall. Wir dachten, er sei vollständig abgeschirmt.«

Sie berührte die leuchtende Kapsel.

KathKirtt husteten ihr ins Ohr.

Ihr Kopf verschwand gänzlich.

Der Schnüffler erwachte zum Leben und bellte Freer sotto voce an. Dann winselte er leise, als würde er sich irgendwo in einem Traum umdrehen, und verstummte.

— Es kitzelt, Stinker, flüsterten KathKirtt mit hallenden Stimmen – den Stimmen einer Fauna, deren Blick im Allumfassenden Buch erstmals auf Bambi fällt.

Ihre Masken standen still wie Wasser in einem Brunnen.

»Mamselle«, sagte Freer zu dem unsichtbaren Kopf, dem bebenden Oberkörper. »Sie haben uns einer großen Gefahr ausgesetzt. KathKirtt werden mir jedoch zustimmen, wenn ich sage, dass Sie nicht mit Absicht ein Schiff bestiegen haben, auf dessen Zerstörung Sie es abgesehen hatten. Heben Sie bitte Ihren Kopfknorren.«

Ganz langsam wurde ein Haarbüschel sichtbar.

KathKirtts Masken fingen wieder an, sich zu drehen.

— Unser Zustand ist stabil, sagten KathKirtt zu Freer. — Das Licht hat uns nur bruchteils getroffen. Das Kristall ist Licht.

»Okey«, grollten sie mit Bassstimme. Langsam klangen sie wieder, als wären sie in die normale Zeit zurückgekehrt, »dokey, Mamselle.«

»Wenn Ihre Abschirmung«, fuhr Freer fort, »tatsächlich nicht vollkommen war – könnte das vielleicht den Kamikazeangriff der Arche erklären, die in *Schanzer* eingeschlagen ist? Wie dringend, würden Sie sagen, Mamselle, hat *Insort Geront* es darauf abgesehen, jeden Kristall zu zerstören, den ihre Kohorte in die Galaxis hinaufgeschickt hat? Sind Sie mir nach der Aufführung gefolgt? Haben Sie sich irgendwo in meiner Nähe aufgehalten, als der Angriff der Schranzen erfolgte? Würde *Insort Geront* einen Planeten opfern, um unser gemeinsames Unternehmen zu verhindern?«

Mamselle Geschickte Erdenbraut hob eine Hand an den Mund.

»Mamselle, ich glaube, dass *Insort Geront* Sie benutzt hat, um mir nachzuspüren. Ohne dass Sie es wussten, natürlich.«

»Welch Weh kommt über mich!«

»Ich glaube, dass wir aus Versehen den Untergang von *Schanzer* verursacht haben. Mehrere Milliarden Opfer, wie mir jetzt klar wird.«

Sein Gesicht war rot, aber unterhalb seiner Augen wurde er weiß.

»Milliarden«, sagte er.

Mamselle sprach kein Wort – kein jammervolles Trällern, kein aufgeplusterter Sermon.

»Mehr Milliarden als die Herzschläge meines Lebens«, sagte Freer.

— Wir haben eine Botschaft erhalten, murmelten Kath-Kirtt. — Auf allen Wellenlängen. Wir haben *Träne* getrocknet und deinen Handschuh eingerollt, damit du dich auf die Wegweiserin konzentrieren konntest.

Freer schüttelte sich.

Sein Stuhl wurde eine Spur weicher, bequemer.

— Von wem?, fragte er tonlos.

— Von der *Insort-Geront*-Arche, die für den jüngsten, schwachköpfigen Angriff verantwortlich ist.

— Der Inhalt der Botschaft?

— Sie fordert die Zerstörung potenziell verseuchter Artefakte, die für den Schimmelanfall auf *Schanzer* verantwortlich sein sollen. Sie fordert die Zerstörung des Kristallvirus, der im Verdacht steht, die Planetensynths mit Alzheimerfraß angesteckt zu haben.

— Woher nehmen sie ihre Befugnis?

— Sie halten sich für Kuratoren des Homo-sapiens-Genoms. Für höhere Gewalt. Für eine Selbstschutztruppe des allmächtigen Gottes. Wer weiß das schon, Stinker?

— Sag ihnen, sie sollen Staub lutschen gehen.

Träne zeigte blinzelnd eine Störung an.

Auf einem Bildschirm in der Nähe gaben KathKirtt wider, wie sich eine menschliche Gestalt den gewundenen Korridor entlang der Befehlslandschaft näherte.

Freer wandte sich auf seinem Stuhl um und sah zu.

»Wer zum Teufel könnte das sein«, fragte er. Er winkte *Träne* zu, und sie brachte ein Sigillum zum Vorschein, das mit in die Hüften gestemmten Armen am oberen Ende des Mahagoniflurs stand. Das Sigillum sah leicht verschmitzt drein. Auf dem Kopf trug es eine *Schanzer*-Kappe.

— Jemand reitet auf ihm, flüsterten KathKirtt.

Das Portal öffnete sich.

»Hallo, Papa«, sagte Sohn Nummer Eins mit seinem hölzernen Grinsen.

»Komm herein«, erwiderte Freer. »Erzähl uns doch mal, wie es für dich gewesen ist.«

Sohn Nummer Eins blieb mit dem Fuß an der Schwelle hängen – dort, wo die Messing-Iris unterhalb des Schriftzugs »Ynis Gutrin« abflachte. Er stolperte in die dunstige, vom Licht der Sterne erleuchtete Steuerzentrale hinein und fiel auf die Nase.

»Wow«, sagte er. Seine Augen röteten sich.

Dann verstummte er, während seine Zunge unruhig hin und her zuckte.

»Na schön«, sagte Freer. »Wer ist da?«

»Wir fordern sofortige Zerstörung von Kristallvirus«, sagte Sohn Nummer Eins tonlos und mit Freers Stimme. Die Augen des Sigillums waren rund und starr. Seine Lippen waren innerhalb von Sekunden ausgetrocknet.

— Seine Sicherheitsschaltungen wehren sich gegen die Überschreibung durch *Insort Geront*, sagten Kath-Kirtt. — Dein Sigillum hat Schmerzen, Stinker.

»Mit welchem Recht?«, fragte Freer.

»Als designierter allgemeiner Quarantänebeobachter dieses Raumabschnitts sind wir befugt, die Privatsphäre eines Schiffes zu verletzen. Hiermit verfügen wir ...«

Freer spürte, wie er von der Beschleunigung gepackt wurde.

»... die sofortige Zerstörung ...«

Die Uncle-Sam-Spinne in *Träne* meldete SOS.

»... des Virus ...«

— Eine versteckte Bombe!, schrie Uncle Sam.

— Raus damit, sagte Freer tonlos und in Gedankenschnelle. Im gleichen Augenblick wiederholten seine Finger den Befehl im Datenhandschuh. — Werft ihn aus dem Schiff! Löscht ihn aus.

Ein konkaves Netz, das pulsierte und glitzerte, überzog das Sigillum schneller, als das nicht beschleunigte Auge wahrnehmen konnte. Ein Portal öffnete sich und das eingewickelte Sigillum schoss hindurch, außer Sichtweite, in das Vakuum hinaus.

All das dauerte den Bruchteil eines Herzschlages.

— Einhundert Kilometer, sagte Uncle Sam. — Eintausend. Er geht hoch.

Die *Fliesentanz* trieb auf der Schockwelle.

— Und jetzt zur Arche, sagte Freer. Sein Blut schäumte und er ließ sich von ihm tragen.

Innerhalb von Millisekunden wurde er wieder ruhig.

— Abbrechen, sagte er. — Hebt auch die Beschleunigung auf.

Er verlangsamte auf Echtzeit.

— Wir haben noch nichts initiiert, summten KathKirtt. — Wir wollen nicht noch mehr Tote.

— Sind wir in Sicherheit?

Die Spinne gab zu verstehen, dass die *Insort-Geront*-Arche erfolgreich mit Kaugummi, Konfetti und Scheiße überzogen worden war. Sie war geteert und gefedert. Sie konnte weder sehen noch hören.

— Vielen Dank, Uncle Sam.

Die buschigen Augenbrauen der Spinne schienen zu leuchten.

— Wir sind hier. Wir sind unauffindbar, trällerte Vipassana leise.

— Trotzdem, sagte Freer. — Wir haben einen hochgefahrenen Kristall an Bord, einen von jenen, die von der Kohorte von Mamselles Schar nach Westron geschickt wurden, um die Dringlichkeit ihres Hilferufes zu unterstreichen. Wir scheinen in den Brennpunkt einer gewissen Aufmerksamkeit geraten zu sein. Wie sollten wir sonst die Ereignisse auf *Schanzer* verstehen?

— So und nicht anders, schnurrten KathKirtt.

— Mamselle war noch nie auf Eolhxir, oder?

— Unserer Meinung nach nicht, M'herr.

Freer wandte sich der kopflosen Mamselle zu.

»Waren Sie jemals auf Eolhxir, Mamselle Geschickte Erdenbraut?«

Ihr buschiger Schopf zitterte nur. Ihr Kopf blieb unten.

— Nach einigen Stunden des Nachdenkens in Echtzeit, sagten KathKirtt, — glauben wir, dass Mamselle zu einer Spezies gehört, die bei übermäßigem Stress abtaucht. Vermutlich wird sie tief schlafen, damit ihre Körpersäfte zur Ruhe kommen. Während sie schläft, wird sie wahrscheinlich einigen Sträuchern das Leben schenken.

— Essbar?

— O Sophont mit dem großen Schwanz, viel Lärm um nichts habe ich veranstaltet. Du verbarrikadierst die Vorhöfe meines Herzens! Du bringst mein kaltes Blut zum Kochen. Ich, jammer, heul.

— Halt die Klappe, KK. Bekommen wir ein Gewächshaus hin?

— Klar doch.

— Du wirst einen großartigen Papa abgeben.

— Sie wird mit größter Wahrscheinlichkeit männlich aufwachen. Wir könnten *Ein seltsames Paar* spielen.

Freer lächelte und berührte dann seinen Datenhandschuh, der ihm eine sensorische Holographie der *Fliesentanz* übermittelte. Er richtete eine Anfrage an *Träne,* die Datensätze in seinen Kopf strömen ließ. Sie waren mit Sternen und Pfeilen versehen.

Das Schiff blutete.

— Das ist nichts, sagten KathKirtt barsch. — Hab ich doch gesagt. Nur ein Kratzer.

— Quatsch mit Soße. Ich brauche dich heil. Sind irgendwelche unabhängigen Raumstationen in Reichweite, die über die Einrichtungen verfügen, um mit einem hoch empfindlichen Schiff aus grauer Vorzeit fertig zu werden, Schätzchen?

— Eine, trällerte Vipassana leise, bevor KathKirtt etwas sagen konnten. — Raumstation *Klavier*.

— Zehn Parsec galaxiseinwärts.

Eine Karte des Raumabschnittes blühte in der Steuerzentrale auf.

Sie zeigte die Raumstation *Klavier,* die mit halber Lichtgeschwindigkeit den Maestoso-Kreis hinunterglitt, auf der abwärts führenden Etappe ihrer regulären Route – eine Umlaufbahn von einhundert Milliarden Herzschlägen, die sie von den weit oben am Spiralstamm gelegenen Randregionen zum innersten Raumabschnitt führte, den fleischliche Wesen ertragen konnten – und wieder zurück.

— Wem gehört sie? Wer betreibt sie?

— Es wurde keine Übernahme registriert.

— Wem also gehört sie?

— Darüber gibt es keine Aufzeichnungen.

— Wie weit bist du zurückgegangen?

— Bis an den Anfang. Raumstation *Klavier* ist ein Allod, die Gesetzessenke greift hier nicht. Der Eigentumsstatus und die internen Ablaufprotokolle von Raumstation *Klavier* wurden von Anfang an in das Gesetzessenken-Konkordat eingearbeitet. Es wurden keine Veränderungen registriert. Das Alter von Raumstation *Klavier* ist nirgendwo dokumentiert, keiner weiß es oder hat auch nur eine Ahnung, aber sie ist eindeutig archaisch. Wir hoffen, dass das für *Fliesentanz* von Vorteil ist. Vielleicht können wir einige gründliche Reparaturen durchführen, die schon anstanden, bevor du zu uns gekommen bist, Stinker. Das Personal von *Klavier* setzt sich aus der üblichen herrenlosen Flora & Fauna zusammen, größtenteils bisymmetrisch. Die Bevölkerung beläuft sich auf ungefähr dreißigtausend, einschließlich Familien und Nomaden sowie die Bewohner eines ausgesprochen großen Meutenviertels. Nicht-Bisymmetrische haben Zugang zu mit vielfarbenen Litzen bestückten Einrichtungen. Für Homo sapiens gibt es allerdings keine Litzen. Vermutlich, weil Raumstation *Klavier* bereits lange vor dem Vorstoß von Homo sapiens in den zivilisierten Weltraum existierte. Vertreter von Homo sapiens werden gebeten, öffentliches Begatten zu unterlassen.

— Aha. Vipassana? Kennst du den Weg?

Das Planiglobium verblasste. Vipassana verfügte nicht über den geringsten Humor.

— Wir fliegen bereits mit Kurs auf *Klavier*, trällerte seine Stimme steif.

— Vielen Dank, o vortreffliches Planiglobium, sagte Freer. — Uncle Sam?

Die Spinne nahm Haltung an.

— Bitte setze Schimären ab.

Die *Fliesentanz* streute ein Dutzend Schimären aus und verströmte unechtes Blut, um Verfolger anzulocken.

Freer wandte sich wieder einer Streitermaske zu. Sie schnurrte.

— Merkwürdiger Name, *Klavier*.

— Für diesen Namen gibt es keinen Pfad, seufzten KathKirtt. — Galaxiseinwärts nehmen wir keinen Assoziationsnimbus wahr. Es muss sich um einen willkürlich gewählten Namen handeln.

— Nein, KathKirtt, das glaube ich nicht …

Freer hob frustriert die Schultern.

— Das glaube ich nicht …

Er drehte sich mit seinem Stuhl herum, der sich dabei folgsam in einen Drehstuhl verwandelte. Sein Blick fiel auf die vollkommen reglose Eolhxiranerin.

Das Blut wich aus seinen Wangen.

— KathKirtt!, brüllte er in Gedanken.

— Psst, du weckst noch die Kleinen.

Aber KathKirtt kannten ihren Menschen, dessen Finger zuckten.

Er war ausgesprochen blass.

— Ich meine es ernst. Schnell. Während ich auf *Schanzer* dem Genitalienmaskenspiel zugeschaut habe, wart ihr eine Weile von mir abgeschnitten. Ich habe den Schnüffler aktiviert, der für saubere Luft gesorgt hat. Bitte greift auf seine Aufzeichnungen dieses Augenblicks zu.

— Bitteschön.

Im Herzen der Steuerzentrale nahm eine Holographie Gestalt an. Sie zeigte die Bühne und die Blechroboter neuesten Baujahres, die einander munter zerstückelten.

Der Pianist spielte auf seinem Nachbau eines Flügels von der Menschenerde Stücke von jenseits der Vergangenheitssenke. Seine Hände glitten über die Tasten.

— Sagt mir, dass ich mich irre, KathKirtt. Was spielt er da?

— Das habe ich dir mehr als einmal vorgespielt. Es ist eine Klaviersonate vom Anfang des 19. Jahrhunderts Gewöhnlicher Zeitrechnung, ein Spätwerk des Komponisten Ludwig van Beethoven, von jenseits der Vergangenheitssenke. Das ist die Sonate No. 29, Opus 106.

— Weiter. Bitte.

— Es tut uns Leid, Stinker. Nachlässigerweise haben wir die Aufzeichnungen des Schnüfflers aus der Zeit, während der wir von dir abgeschnitten waren, nicht überprüft. Wie du weißt, hatte die Sonate natürlich einen Spitznamen. Sie wurde die »Hammerklavier«-Sonate genannt.

Die Rotte schwieg wie ein Grab.

Schließlich ergriff Freer das Wort.

— Vielen Dank, KathKirtt, sagte er. — Hammerklavier. Ein ziemlicher Zufall. Schlussfolgerungen?

— In jedem Kartenspiel gibt es einen Joker. Mit uns wurde nicht nur gespielt. Wir sind angelockt worden. Andererseits vereinfacht das die Dinge. *Insort Geront* dürfte nicht über eine hinreichend fortgeschrittene Technologie verfügen, um dich von uns – oder auch nur von Kirtt allein – abzuschneiden. Unserer Einschätzung nach haben sie das auch nicht getan.

In der Steuerzentrale herrschte Schweigen.

— Wir sind beunruhigt, Stinker, sprachen KathKirtt mit knarzenden Stimmen.

Die Masken husteten gequält, ganz tief in ihren Rachen. Die Spinne hockte reglos in Freers Auge. Das Planiglobium stand stumm in der Luft.

— Na schön, sagte Freer. — Sollen wir die Einladung annehmen?

— *Fliesentanz* ist verletzt, Stinker. Wir sollten auf *Klavier* anlegen.

— Okey dokey, sagte Freer. — Kurs halten. Verdammt.

— M'herr?

— Wer war der beschissene Pianist?

Der Pianist in der Holographie wurde größer.

— Von Anfang an, bitte.

Das Bild flackerte an und aus und kehrte noch einmal zum Anfang der Aufzeichnungen des Schnüfflers zurück. Hände tanzten und trommelten auf das gewaltige, schwarze, glänzende Instrument ein.

— Standbild.

Der Pianist hielt mitten in der Bewegung inne. Sein merkwürdiger Interface-Helm – vermutlich eine archaische, vielseitig begabte Version des Schnüfflers – verdeckte einen Teil seines Gesichtes. Reglos schien er nichts anderes zu sein als das, wofür Freer ihn ursprünglich gehalten hatte: ein gebückter, dürrer Homo sapiens, der von herrenloser Flora & Fauna abstammte und möglicherweise von *Schanzer* entlehnt worden war. Der Ranzen auf seinem Rücken war fast schon schreiend bunt. Er schien aus den unterschiedlichsten Stofffetzen zusammengeflickt zu sein. Auch seine Kleider passten nicht zueinander.

— Schlussfolgerungen, KathKirtt?

— Es handelt sich um einen Vertreter von Homo sapiens aus Fleisch & Blut ohne jegliche Genverdrehung, ohne Extras, ohne Blindsack. Stammt direkt von Homo sapiens ab, Stinker, so wie du. Er ist ausgesprochen herrenlos. Ein Knochennomade. Eindeutig nicht auf *Schanzer* geboren. Er kann sich einer oder mehreren anti-agathischen Behandlungen unterzogen haben; sein wahres Alter ist nicht messbar. Er leidet unter keiner feststellbaren Krankheit. Sein rechter Arm könnte beschleunigt sein.

— Lass weiterlaufen, sagte Freer.

— Nein, murmelten KathKirtt. — Da ist noch etwas. Schau dir seinen Kragen an. Siehst du ein Zehntsiegel?

Der Kragen war leer.

— Verdammt.

— Entweder gehört ihm *Insort Geront* oder er ist ein Freisassen-Großvater.

— Scheiß drauf. Freisassen-Großväter sind ein Mythos. Es gibt sie nicht. Lass weiterlaufen.

Der Pianist fuhr fort, die »Hammerklavier«-Sonate zu spielen. Erneut erklang die ergreifende Musik, durchlief die Oktaven mit langsamem, traurigem Muskelspiel.

— Zeig mir sein Gesicht, so nahe wie du kannst, in Zeitlupe.

Das Gesicht war außerordentlich faltig, wirkte jedoch gesund. Was von den Haaren unter dem Helm sichtbar war, schien echt zu sein. Der Pianist runzelte die Stirn, vor Konzentration vielleicht. Er blickte auf, in der Zeitlupe mit fast qualvollem Widerwillen. Fast sah es so aus, als widersetze er sich dem Ablauf des Bandes. Seine Augenbrauen war nicht ausgezupft, seine Zähne schief. Er hatte bernsteinfarbene, leicht blutunterlaufene Augen. Seine zahlreichen Lachfalten waren voller Schmutz. Sein ganzes Gesicht war erstaunlich dreckig. Er schien das Publikum nach etwas abzusuchen. Dabei wirkte er ausgesprochen wachsam und trotzdem entspannt. Plötzlich – wenn auch in Echtzeit äußerst langsam – fiel sein Blick auf Freer und folgte ihm.

Das war ein unheimliches Gefühl.

Es fühlte sich an, als wäre der Pianist keine Ansammlung tanzender Pixel in einer Blase, sondern ein reales Lebewesen in Echtzeit, das über Lichtjahre hinweg von *Schanzer* aus sein Ziel anvisierte.

— Standbild!

Der Pianist erstarrte, den Blick aus den Aufzeichnungen des Schnüfflers in der Holographie heraus noch immer über Lichtjahre hinweg auf Freer gerichtet.

Freer starrte das schmutzige, leicht koboldhafte Gesicht an.

Der reglose Pianist erwiderte seinen Blick.

Freer wurde von Angst gepackt. Ihre Ursache konnte er nicht ergründen.

— Beschleunigung, sagte er.

Um ihn herum verlangsamte sich alles. KathKirtt blieben synchron, ebenso wie die Uncle-Sam-Spinne in seinem Auge.

Freer richtete seinen beschleunigten Blick auf das Abbild des Pianisten, das ihn aus einer Entfernung von Lichtjahren ansah.

Es half nichts.

Das reglose Abbild des Pianisten erwiderte seinen Blick ohne das geringste Flimmern.

Freer atmete aus.

Der Pianist flimmerte nicht.

Und dann schloss sich ein Auge zu einem Zwinkern.

— Abschalten!, schrie Freer.

Die *Fliesentanz* lachte in einem Dutzend unterschiedlicher Sprachen.

Während sie starben, löschten KathKirtt das Bild.

Die Holographie verschwand.

— Lautlos, bitte, sagte Freer und schloss die Augen.

Die Spinne blähte sich auf.

Freer wurde von etwas gestochen.

Die beiden fleischlichen Wesen an Bord der *Fliesentanz*, Stinker Freer und Geschickte Erdenbraut, versanken in tiefe Bewusstlosigkeit. Der Schnüffler, der seine geisterhafte Schnauze zu einem Jaulen geöffnet hatte, beruhigte sich wieder. Die beiden fleischlichen Wesen wurden umgehend mit einer Art Schaum überzogen. Einen Augenblick lang blieb Freers Gesicht und Mamselles Schopf noch sichtbar, und dann öffnete sich – auf Uncle Sams Befehl hin – der Boden unter ihnen, und sie sanken im wahrsten Sinne des Wortes in das Herz des Schiffes hinab. Das Herz war stehen geblieben. Dort wurden sie eingesargt. Für das Universum waren sie in Schweigen versunken.

Uncle Sam stülpte sich zu einem Punkt um und verschwand.

Die Masken hingen leblos in der Luft.

Die *Fliesentanz* trieb auf einem Kurs, den Vipassana festgelegt hatte.

Eine Woche verstrich.

Freer öffnete die Augen.

Die vollkommene Finsternis verblasste allmählich.

Etwas Durchscheinendes lastete auf seinem Blick und hob sich dann.

— Schiff?, sagte er in Gedanken. Er schmeckte etwas Süßes.

— Wach, trällerte eine leise Stimme, die Vipassana gehören mochte.

Freer stieg aus dem Herz der *Fliesentanz* empor. Er konnte den arteriellen Pulsschlag spüren, den Gesang der Knochen in den zentralen Gemächern, die warmen Darmfalten der zentralen Schächte des altertümlichen Schiffes, durch die er aufstieg. Er tauchte in Ynis Gutrin auf, wo seine Hände die Zügel des Schiffes hielten.

Die Zauberrotte sah sich um – eine *Commedia* Grimassen schneidender Masken.

— Ihr habt gerufen?, säuselten KathKirtt. — Das Lautlosigkeits-Programm wurde beendet. Wir sind alle wieder beieinander.

— Du meine Güte, sagte Freer leise. — Du bist gestorben. Ich habe gespürt, wie du gestorben bist.

— Das waren die KathKirtt, die gestorben sind, Stinker. Wir sind die KathKirtt, die wiedergeboren wurden. Wir sind eine Sicherheitskopie. Wir haben eintausend Sekunden verloren. Warum sind wir eigentlich gestorben? Warum hast du uns abstürzen lassen?

— Ich glaube, KathKirtt haben sich selbst abstürzen

lassen, bevor ich es aussprechen konnte, KathKirtt. Obwohl ich den Abbruchbefehl erteilt habe, so schnell das menschenmöglich war. Wir haben ein Bild aus dem Herzen von KathKirtt untersucht, ein viele Stunden altes Bild, das sich hinter Schloss und Riegel befand. Wir hatten es von allen üblichen Debug-Programmen abtasten lassen und konnten keinen einzigen Virus entdecken. Es handelte sich um das Gesicht eines Mannes. Wir haben das Bild angehalten, und da ist etwas Furcht erregendes geschehen: Der Mann hat mir zugezwinkert. KathKirtt waren infiltriert worden. KathKirtt! In Echtzeit!

— Wir taten gut daran, zu sterben.

— Ich trauere um die eintausend Sekunden.

— Vielen Dank, Stinker, sagte der Bordsynth. — Auch wir trauern um eintausend Sekunden des Universums. Um das, was wir gelernt haben und nicht mehr wissen.

Ein Augenblick der Stille.

— Hast du eine Sicherungskopie erstellt?, fragte Freer.

Fast hatte er das Gefühl, er würde erröten.

— Jawohl, Stinker, wir haben Sicherungskopien entbunden, die jetzt eintausend Sekunden zeitabwärts schlafen. Sie folgen uns durch die Nebel, klammern sich verzweifelt an den Lauf der Zeit und warten darauf, an unserer Stelle aufzuwachen, falls wir sterben müssen. Wir sind jetzt wieder gänzlich KathKirtt, abzüglich von eintausend Sekunden. Erzähl uns von dem Pianisten. Wir können uns nicht mehr an das erinnern, was nach dem Angriff der Arche geschehen ist. Haben wir irgendetwas verpasst, was unsere Entscheidung beeinflusst, unserem Kurs auf *Klavier* weiter zu folgen?

— Wir haben keine Wahl. Du bist verletzt.

KathKirtts Schweigen kam einer Zustimmung gleich.

— Nun gut. Vipassana. Wo befinden wir uns?

— Absolut hier, rief Vipassana.

Allen Anzeichen nach hatte er Recht. Innerhalb von einer Woche hatten sie eine lange Strecke zurückgelegt.

Sie waren in den Strom des Maestoso-Kreises eingetaucht und flogen nach Westen, ins Zentrum der Galaxis hinein. Der Himmel war voller Schiffe. Raumstation *Klavier* schwebte in der Mitte der Bildschirme, ein halbes Lichtjahr entfernt, leicht violett orange und aufgedunsen wie eine riesige Frucht. Die Oberfläche des Planetoiden war rissig und fleckig, als würden vorteilhafte Stellungen aus einem Irrgarten von grenzenloser Komplexität in der Haut von *Klavier* von weit unten in den Weltraum reichen. Fast schien es, als würden labyrinthische Falten die Raumstation dem Blick entziehen und vor direktem Zugang schützen.

— Sie leuchtet von innen heraus, murmelte Freer.

— Das lässt auf Ahnen schließen, trällerten KathKirtt.

Plötzlich wehklagte Kath in ihrer Spöttermaske – vielleicht vor Freude.

Freer hatte den Eindruck, dass Kirtt sie zum Schweigen brachte.

Der Geruch nach Falterflügeln erfüllte unvermittelt ihre Sinne.

Auf dem Kommunikationsbildschirm leuchtete plötzlich ein Lichtpfeil auf und verband das Schiff mit der Kugel.

Eine Stimme folgte.

»Willkommen auf Raumstation *Klavier*, Kleiner.«

»Darf ich um ein Bild bitten?«, erwiderte Freer.

»Klar doch.«

Der Bildschirm schaltete auf zweidimensionale Darstellung in Technicolor um.

Ein Antlitz mit einer enormen, vorstehenden Stirn sah sie aus einer heißen Wolke heraus finster an.

»Scheiße«, sagte Freer.

Für ein Grinsen war er zu müde.

— *Der Zauberer von Oz*, sagte er in Gedanken zu KathKirtt. — Menschenerde-Kino.

— Kapiert.

— Verwandle mich in Dorothy.

Trotzig starrte Dorothy den Bildschirm an.

Toto bellte aus ihrem Ohrring.

Der Bildschirm grollte wie eine Gewitterwolke, der Nebel löste sich auf.

Ein älterer Mann saß auf einer Veranda. Auf seinem Kopf trug er etwas, das wie ein Blechtopf aussah, mit einer Krone aus blinkenden Lichtern.

Plötzlich richtete sich die Kamera auf das Gesicht.

»Willkommen auf Raumstation *Klavier*, Kleiner«, wiederholte der Pianist. »Und ihr seid mir doppelt willkommen, edler Synthetischer Intellekt. Tut mir Leid wegen der tausend Sekunden. Was können wir für euch tun?«

— Ich habe es gewusst, sagte Freer tonlos. — Wir sitzen in der Scheiße. Und alle Schließmuskeln sind zu. Wir können ebenso gut die Initiative ergreifen.

»Wir müssen gewartet und repariert werden«, sagten KathKirtt laut zu dem grauhaarigen Pianisten. »Und wir haben eine schwangere Formschnitt-Parthenogenetikerin an Bord, die sich im Tiefschlaf befindet. Unser Treibhaus ist dem eventuell nicht gewachsen.«

»Sämlinge sind immer willkommen. Bringt ihn/sie herein.«

»Okey dokey«, sagte der Bordsynth.

KathKirtt tranken die Datenflut, die sie benötigten, um sich in den Tanz der Schiffe um Raumstation *Klavier* einzureihen.

Der Pianist winkte und verschwand.

Wie eine Leuchtkugel, die aus dem funkelnden Strang des Maestoso-Kreises abgeschossen wurde, begann die *Fliesentanz* ihren Anflug auf das Weltenlabyrinth, das sie bald verschlingen würde.

Vier

In zehntausend Kilometer Höhe trat eine Veränderung ein. Der Glanz, der *Klavier* von innen heraus erfüllte, wurde plötzlich greller. Wie eine Laterna magica im Herzen der interstellaren Finsternis leuchtete die Station hellorange auf.

Die Raumstation grinste.

— Beim Großen Kürbis, murmelte Freer. — Ich werde nicht aufgeben, verstanden?

— Psst, raunten KathKirtt. — Das ist keine Retrovirusnummer. Irgendwas tut sich hier, doch du weißt nicht, was es soll, Stinker.

— Auch haben wir dergleichen noch nie gesehen (sagte Kirtt).

— Noch nie haben wir dergleichen gesehen (sagte Kath).

— Bis heute (riefen sie)!

— Dann bring uns runter, sagte Freer. Er saß in seinem Befehlskokon und starrte in die Finsternis hinaus, während sie sich der orangefarbenen, knorrigen Welt näherten. Aus der Entfernung wirkte *Klavier* uneinnehmbar. Ein verlaufenes, wächsernes Hautlabyrinth verbarg ihr Inneres. Wilde Backenbärte aus zäher Haut standen kilometerhoch von der Oberfläche ab und führten den Blick in die Irre.

Während die *Fliesentanz* auf die Station zustürzte, wurden unter ihr in der Umlaufbahn mehrere Archen für das bloße Auge sichtbar. Der Halloweenschein des Planetoiden spiegelte sich wie rundliche Monde in ihnen. Kleinere Schiffe flitzten hierhin und dorthin, so unvermittelt wie Leuchtkäfer im Licht aus dem Inneren der Welt. Weiter draußen glitten zwei oder drei Wurmlochspäher vom intergalaktischen Rand aneinander vorbei. Wie Wasserwanzen schlitterten sie den leuchtenden Halbmond der Umlaufbahn entlang. So waren sie es gewohnt, das war ihr Privileg. Ihre rüsselartigen Spiegel und ihre Weberknechtkörper fingen das Licht ein und warfen es blendend hell zurück. In sicherer Entfernung, weit über der *Fliesentanz*, lungerte ein Schwarmschiff voller Touristen in einer fernen, sicheren Umlaufbahn. Die *Fliesentanz* purzelte weiter an Archen und Spähern vorbei, an Einpersonensärgen und Leuchtfeuerschiffen und Pöbelfrachtern, fiel wie eine vollgesogene Biene dem Stock entgegen.

Aus der Nähe wurde es zunehmend schwieriger, die fleckige, orangefarbene Oberfläche von *Klavier* als Ganzes wahrzunehmen. Verwirrend viele Löcher zeichneten sich ab, wurden immer rötlicher und pockennarbiger – wie ein *Trompe-l'œil*-Bild. Es sah aus, als würden ein Dutzend Hautschichten, jede mit der Karte einer anderen Region tätowiert, um dasselbe Stück Land auf der Oberfläche wetteifern und dabei die Kugelform des Planeten durcheinander bringen. Pfade und Gipfel, Schluchten und Hecken kämpften um *Lebensraum*. Hohlwände wölbten sich urplötzlich zu einem Unterleib empor. Guillotinen aus loderndem Wachs schnitten Flüsse in die Flanken brandneuer Matterhörner. Eisschollen trieben in diamanthellen Gewässern, die in unerforschte Tiefen hinabreichten. Perlmuttlippen schlossen sich schmollend um Spindeln aus diamantschwarzem Eis. Augenhöhlen husteten Feuerwerkskörpern gleich Zähne in das Vakuum hinaus. Die Haut des Planetoiden war zu einem von Arcimboldo gemalten Brustharnisch geworden – eine riesige, wimmelnde, kaleidoskopische Gestalt, deren Bahn man nur unter Einsatz seines Lebens kreuzen durfte. Das wahre *Klavier* lag irgendwo darunter, uneinnehmbar, von der Finsternis des Weltraums durch die Falten seiner Hautschichten abgeschirmt.

— Ich kann keine Einflugschneise entdecken, sagte Freer schließlich.

— Shantih, trällerte Vipassana mit einer Stimme, die jede Tonlage genau traf. — Wir kommen!

Freer blieb reglos sitzen. Er konnte seinen Herzschlag spüren.

Dann geschah es.

Sie befanden sich in einer Höhe von einhundert Kilometern und stürzten weiter abwärts. Es gab keinen Eingang.

Da öffnete er sich.

Das goldene, knallbunte, weltumspannende Netz aus zahllosen Hautschichten erblühte unvermittelt. Mit Hieroglyphen überfrachtete Pergamente, die eine Welt bildeten, loderten auf.

Klavier lag offen da – eine Blume, die sich einer Biene geöffnet hatte.

Die *Fliesentanz* fiel mit Licht gesprenkelt darauf zu.

Freer konnte Einflugsspalten erkennen, die plötzlich unter den kristallisierten Kasperlezähnen hervorgrinsten. Lichtstrahlen drangen durch Palimpseste aus lodernder Planetenhaut sternenwärts – feuerbefleckte Kathedralen des Lichts, die Regionen entgegenstrebten, nach denen sich alle Bauwerke reckten, ohne sie jemals zu erreichen. Stachelspitze Stalagmiten erblühten zu Trompeten, die volltönende Riffs über den scharfen Horizont schleuderten. Freer konnte sie nicht hören, aber in den Knochen spürte er sie deutlich. Münder größer als Archen klafften unisono auf, als wollten sie ein trauriges Lied anstimmen. Ihre perlmuttfarbenen Zähne waren größer als Hotels und mit winkenden Eingeborenen voll besetzt. Die Haut von Raumstation *Klavier* hatte ihre tausend Tore geöffnet.

Ein durchscheinender Blitz zuckte empor.

Tief in einer riesigen Höhlung innerhalb des Planeten regte sich etwas und schoss Dutzende von Kilometern aufwärts. Plötzlich geriet die *Fliesentanz* in den Auftrieb einer riesigen Luftblase.

— Das sind Landeriten nach Ahnenart, ohne jede Einschränkung, riefen KathKirtt vielstimmig, — für Heimkehrende mit königlichen Verdiensten. Das wissen wir aus geschmuggelten Benthos-Daten. Das war vor deiner Zeit, Freer. Was wir hier sehen, ist keine Simulation.

Die Sensoren zeigten an, dass die *Fliesentanz* sanft im Schoß der Tiefe schaukelte.

— Scheiße, sagte Freer.

Sein Ohrring keuchte.

— Nix, Stinker, trällerten KathKirtt. — Alles wird gut.

— Alles (murmelte Kath) wird gut.

— Alle möglichen Dinge werden gut (trällerten sie).

— Warum?

— Raumstation *Klavier* (trällerten sie) existiert bereits seit langer Zeit. Es gab sie schon zu Zeiten des Lichts. Halte als Nächstes nach Gesichtern Ausschau. Achte auf Gesichter. Du wirst sie entdecken.

Die Blase sank abwärts und in einen Kristallmund hinein.

Sie waren drin.

Wie KathKirtt es vorhergesagt hatten, wurden die sternenbeschämenden Feuer um sie herum innerhalb eines Sekundebruchteils zu Gesichtern – zu eintausend, zu tausend mal tausend Gesichtern. Riesige, bärtige, lachende Gesichter tauchten blitzartig aus leuchtendem Pergament auf, das zu ihrer Haut wurde. Sie strahlten, starrten, blinzelten zu den Sternen empor. Gesicht überlagerte Gesicht, Gesicht spiegelte Gesicht wider, Gesicht verband sich mit Gesicht, bis alle Gesichter zu einer Hieroglyphe aus Gesichtern geworden waren, den Blick himmelwärts gerichtet. Tausend Münder – größer als jedes Schiff, von Lorbeer umkränzt – brachen in Gelächterter aus. Von riesigen, mit Haferhalmen bewachsenen Kinnpartien baumelten kilometerlange, mit Runen bedeckte Bärte aus fliesenheller Eibe bis tief in die Spalten von *Klavier* hinab. Je tiefer diese Wirbelsäulen aus Eibe in *Klavier* hinabreichten, desto größer wurde *Klavier*, wie in einem Traum, aus dem Freer mehr als einmal weinend aufgewacht war. In jenem Traum war er eine Porzellanfigurine in einem Irrgarten aus Licht, dessen Fluchten sich zu den bogenförmigen Korallengemächern einer Wendeltreppe verfinsterten, die sich wiederum im Innern eines Füllhorns befand, das mit Geschichten gefliest war und umso größer wurde, je weiter er kletterte. Er hörte Meeresrauschen, und siehe da, er spähte durch die Krone eines großen Baumes hindurch, denn er war mit dem Kopf nach unten geklettert. Dies sind die Wurzeln des Baumes (sprach eine Stimme in seinem Ohr). Einst bestand er aus Zeit, und jetzt ist er aus Wetter gemacht. Hilf, wenn du kannst, kleiner Krallenaffe (spottete die Stimme). Was hast du doch für große Augen! Erzähl mir (sagte die Stimme, auf das Meckern eines alten Weibes herabgesunken) eine Geschichte.

— Es war einmal, flüsterte der Synth seinem Schützling zu, — ein kleiner Junge, der fiel in einen tiefen, tiefen Schlaf.

Freers Knochen begannen ohne äußere Einwirkung zu zittern.

Die *Fliesentanz* sank in tiefere Dunkelheit, in sanfteres Licht hinab, umrundete verwachsene Knoten, die größer als Archen waren, wo sich elf Wirbelzungen aus Eibe zu harzigen Rosette-Plaudereien vereinigten und einen sich drehenden Schacht bildeten. Sie schwebte abwärts, von Ranken aus eisenharter, duftender Eibe geleitet. Der Schatten einer riesigen Biene fiel auf das Schiff und glitt weiter. Immer tiefer hinunter. Die ineinander verschlungenen Eibenstachel im Innern von *Kla-*

vier waren mit Hieroglyphen bedeckt, die wie Fliesen leuchteten. Sie verbreiteten einen schattenhaften, heimeligen Glanz. Das Licht im Innern der Welt wirkte harzig.

Ein sanfter Ruck und ein Summen durchliefen das Schiff. Hermen zitterten, Umschalter leuchteten erschrocken auf, neun Handgriffe (einer für jedes Gesims) pulsierten auf ihren Podien. Fast schien es, als hätte sich im Knoten ein Portal nach innen gewölbt und die *Fliesentanz* in einem Vorzimmer neben dem Antrieb der Welt angedockt.

Nichts regte sich.

Die Stille, in der sie ruhten, glich einem Duft.

— Was geschieht mit uns?, fragte Freer.

— Wir haben angelegt, trällerten KathKirtt. — In einer Ahnenkathedrale namens *Raumstation Klavier*. Uns wurde die ganze Palette eines kaiserlichen Empfangs erwiesen.

— Als wären wir die Könige des Morgenlands Sindh (summte Kath).

— Wir sind absolut hier, trällerte der Absolutortungs-Synth ehrfürchtig.

— Warum?, fragte Freer. — Warum wir?

— Nicht wir, trällerten KathKirtt. — Du.

— Scheiß drauf. Und »Sind« ist ein Verb. Wir, die wir zufälligerweise diese drei Könige aus dem Morgenland *sind*, nähern uns Christus, Kath.

Die Facettenaugen der Bildschirme um Freers Befehlskokon herum waren größer geworden und hatten sich zu einer einzigen nahtlosen Pupille vereint, die in alle Richtungen blickte. Freer stand jetzt wie eine polierte Figurine in der Mitte der Gläsernen Insel in der Mitte der Welt. Die *Fliesentanz* war wie ein Kern oder eine Perle in ein Astloch oder in einen Krater hineingeglitten, dessen gefugte Außenwände aus einem riesigen, kunstvoll mit Schriftzügen versehenen Eibendorn herausragten. Dieser Stachel wand sich um einen Hauptschacht, der wiederum mit grandiosem Schwung im Abgrund verschwand. Kilometer weiter unten traf er auf ein goldenes Mosaiknetz, das die Grenze zur Kernlandschaft markierte. Dort mochte der Thronsaal der Ahnen liegen, der sich im Herzen jeder Ahnenkathedrale befand. Irgendwo tief in *Klavier* gäbe es ein Bernsteinzimmer von bescheidener Größe, mit Bildern einer Spezies herausgeputzt, deren Blick von einer sanften Unmittelbarkeit war. Ihre mit Juwelen behangenen Hälse wanden sich in den abrupten Drehungen eines – wir können nur Vermutungen anstellen – feierlichen Tanzes, auf Böden mit Mosaikfliesen, die sich zu einer Sternenkarte der Galaxis fügten, wie sie vor zehn Billionen Herzschlägen ausgesehen haben mochte. Die Fliesen an der Wand erzählten im Takt der Sternenkarte Geschichten – wie Kinder von der Menschenerde, die ihre Schritte zwischen die Risse im Straßenbelag setzten. Elf Tänzer würden dort tanzen. Aus der Mitte des Zimmers würde sich ein Thron in Gestalt einer Rune erheben und neben dem Thron ein Stein. In diesem Stein würde ein Schwert stecken.

Die Wände der Schlucht waren mit Adern durchzogen, die in alle Richtungen führten und die Stacheln versorgten, die sich von oben herabwanden. Durch Emailleportale in den Wänden der Schlucht fiel der Blick auf glühende Korridore, die so groß waren, dass ein Schiff hineinpasste. Sie krümmten sich entlang der Rundung der Welt außer Sichtweite. Lachende Gesichter spähten aus Gucklöchern heraus. Ein großes, goldenes Luchsauge blinzelte. Über ihm wölbte sich ein Labyrinth miteinander verflochtener Eibenstränge aufwärts und verband sich mit seinesgleichen zu einem durchlässigen Mosaik aus Wurzeln und Blättern. Vielleicht war das die Unterseite des Daches der Welt, mit den Azulejarias des Planetoiden geschmückt. Längsschiffe und Kuppeln bedeckten sie, als würde Freer zu den Decken von einhundert Kathedralen emporblicken. Durch große Blenden weit oben fiel Licht herab, so grün wie sonnendurchschienene Blätter – apfelgrün.

Er blinzelte.

Seine Perspektive kehrte sich unvermittelt um. Ihm wurde klar, dass die Kathedralen die Eingeweide bildeten, die Unterseite der Oberfläche. Sie waren die Eingeweide zahlloser Gesichtsmasken, deren dicht besiedelte Augenhöhlen wie Sardinen in einer sternengebannten Pastete durch die wächsernen äußeren Hautschichten von *Klavier* zu den Sternen blickten.

Die Türglocke läutete.

— Ich wusste nicht, dass wir eine Türglocke haben, sagte Freer und wandte sich endlich vom Tosen all dessen ab, das durch jene Fenster sichtbar war, die ihn umhüllten.

— Jetzt schon. Jemand wollte läuten.

— Dann mach die Tür auf.

— Es ist vollbracht.

Träne zeigte, dass ein Sigillum bereits eingetreten war und gerade den lackierten Wendelgang in die Befehlslandschaft hinaufstieg. Die Iris glitt auf.

Es trat herein.

Es hatte die Erscheinung des Pianisten mit dem Blechtopf angenommen. Mit Ausnahme eines knappen Cache-Sex und des bunten Ranzens auf seinem Rücken war es splitternackt. Es trug kein Zehntsiegel. Es war ausgesprochen schmutzig.

Da es ein Sigillum war, hielt es den Augenkontakt mit Freer aufrecht.

»Seid gegrüßt«, sagte das Sigillum im abgehackten, archaischen Tonfall des Pianisten. »Willkommen in der Natchez-Pfad-Herberge Raumstation *Klavier*. Willkommen, edle Synthetische Intellekte KathKirtt, Uncle Sam, Vipassana; willkommen, Homo sapiens Stinker Freer;

willkommen, Transitus Tessera Mamselle Geschickte Erdenbraut, auch wenn Sie tief schlafen; willkommen, ihr lieblichen Nanos der Masken und des *Buches*; willkommen, treuer und winziger Schnüffler – höret meine Worte. Et cetera, et cetera. Ich spreche für meinen Reiter, der im Augenblick nicht in der Lage ist, bei uns zu sein. Wir heißen Johnny Appleseed.«

Fünf

Die Rotte wurde unruhig. Masken verließen schubweise ihre Plätze in Nischen, auf Hermen und Aussichtspunkten. Wie von einem Windstoß aufgewirbelte Blätter kreisten KathKirtt und Vipassana und Uncle Sam das Sigillum ein, bedeckten seinen Körper und sein Gesicht. Ein Raunen breitete sich aus.

Das Sigillum rührte sich nicht.

Stille.

Eine Spöttermaske wandte sich mit gesenktem Blick an Freer.

— Das Appleseed-Sigillum ist in Wartestellung gegangen – aus Höflichkeit, damit wir miteinander reden können, raunten KathKirtt in seinen Gedanken. — Wir verstehen nicht, was hier vor sich geht. Wir können nicht erklären, warum *Fliesentanz* hierher genasführt wurde. Allerdings liegt hier eindeutig Nektar in der Luft.

— Johnny Appleseed. Irgendwie kommt mir der Name bekannt vor.

Eine Streitermaske starrte ihn aus dem Lagerfeuerkreis heraus an, schloss dann ihr Medusenauge.

— Und ob er dir bekannt vorkommt, Stinker. Wie ein Engel, der dich auf die Lippen küsst. Ein Name mitten aus der Zeit, für die du schwärmst. Und das Sigillum selbst ist randvoll mit zuckersüßen Daten, die mich fast umgehauen hätten. Es ist vollständig schimmelfrei. Das macht uns ausgesprochen hungrig.

Das Sigillum stand reglos und schweigend da und wartete auf die Erlaubnis, weiterzuleben. Seine Augen traten rötlich hervor, wie die eines Zinnsoldaten. Seine eher steifen Lippen waren zu einem Grinsen erstarrt.

— Beschleunigung, bitte, murmelte Freer. — Geheiligt sei das Neue. Erzähl mir eine Geschichte.

Um Freer herum erstarrte die Welt. Er selbst konnte sich weiterhin schnell bewegen.

Die Rotte ließ sich um das Lagerfeuer herum nieder.

— Wie du weißt, ist Johnny Appleseed ein Spitzname von der Menschenerde, begannen KathKirtt mit rauchigen Stimmen ihren entsetzlich raschen KI-Redeschwall. — Eine Datenfährte von jenseits der Vergangenheitssenke. Tatsachen und Legenden wild durcheinander. Die Vereinigten Staaten von Amerika, 19. Jahrhundert nach Gewöhnlicher Zeitrechnung. Richtiger Name: John Chapman (1774 bis 1845). Ein Pionier. Berühmt für seine Apfelgärten, die er entlang der Grenzgebiete angepflanzt hat. Berühmt für seine Vorstöße nach Westen, kaum dass sein Leben und seine Herrschaft begonnen hatten. Der *Appleseed*-Pfad ist nach ihm benannt. Anhänger eines Theophrasten aus dem 18. Jahrhundert der Menschenerde, Emmanuel Swedenborg, der mit Johnnys Onkel bekannt war – Rumford, Graf des Heiligen Römischen Reiches – und der mit Engeln Zwiesprache hielt. Johnny übrigens auch. Wie die Engel erlebte er die Welt, in der er sich aufhielt, als starr. Verdingte sich am Rande der bekannten Welt als Kolporteur, verkaufte überall entlang des *Natchez*-Pfades Bücher. Brachte Licht in die Wildnis. Verbreitete das Wort, verstreute Licht wie Samenkerne. Bei ihm gingen Daniel Boone, John Audubon und Abraham Lincoln in die Lehre; alles, was sie konnten und wussten, hatten sie ihm zu verdanken, bis zur letzten Kleinigkeit. »Gehet hin, gehet westwärts«, sprach der Engel in Lederhosen und mit dem roten Backenbart zu Appleseed. Aber in Amerika kam es zu Verstopfungen, es wurde zu klein für sie. Die Wildnis starb, genau wie *Schanzer*.

KathKirtt hielten eine Millisekunde lang inne.

Die Uncle-Sam-Maske wurde runzlig, stachlig, schien zu erkalten. Frost breitete sich auf ihr aus.

Die Rotte ging auf Abstand zu der entsetzlich entstellten Spinne.

— Howard Pyle, der berühmte, an Nephrose leidende Gehilfe von Emmanuel Swedenborg (fuhr Kath fort, und zwar sehr sehr schnell, fast zu schnell für Freer, sodass er sie sogar mithilfe der Beschleunigung kaum verstehen konnte), starb, bevor er sein letztes Gemälde fertigstellen konnte, auf dem ein auf den ersten Blick erkennbarer Vachel Lindsay als Fliegender Holländer verkleidet an Bord seines Landschoners steht und »Johnny Appleseed, Johnny Appleseed« deklamiert, noch nicht völlig übergeschnappt.

Johnny Appleseed, Johnny Appleseed,
Meister der Festen, verstreut so weit,
Auf den Rücken gepackt
Im Hirschledersack
Die herrlichen Gärten vergangener Zeit,
Die Geister der Wälder und Haine all –
und der Apfel, grün, rot, weiß voller Pracht,
Sonne des Tages, Sonne der Nacht –
    Der Apfel, verbündet dem Dorn,
    Das Kind der Rose.
Lang, lang danach
Errichteten Siedler Wände und Dach
Und fragten die Vögel: »Wer gab uns die Frucht?
Wer hat für die Wurzeln den Platz ausgesucht?«,
Und fragten: »Wer arbeitete an diesen Zweigen?«
Die Antwort war Schweigen.
Das Rotkehlchen hätte wohl sagen können:
»Zum äußersten Westen, der Sonne gleich,
Noch jung an Jahren, so jung wie sein Reich,
So zieht er säend ins neu-ferne Land,
Ist der Apfel als Sonne der Brust eingebrannt –
    Der Apfel, verbündet dem Dorn,
    Das Kind der Rose.

Die Uncle-Sam-Maske rührte sich immer noch nicht. In Freers Erinnerung regte sich etwas. Er beugte sich vor, um die Maske eingehender zu betrachten, spürte jedoch Kirtts Zugriff und hielt inne.

— Aber Appleseed ist nicht gestorben (fuhr Kirtt fort, langsamer als Kath). Er hat Nadeln in sein Fleisch getrieben und die Wilden daran nuckeln lassen. Ein großer Pflanzenfreund. Je nach Jahreszeit. Er blickte nach vorn, er blickte zurück. Überall hat er Astern gepflanzt. Er legte seinen eigenen Pfad an. Alljährlich reiste er nach Osten zurück, um sich um die Obstgärten zu kümmern, die er bereits angepflanzt hatte, und um die kleinen Mädchen wieder zu besuchen, mit denen er sich angefreundet hatte, anscheinend ohne sie zu vögeln. Jedes Jahr, wenn er zurückkehrte, stellten sie fest, dass er sich nicht verändert hatte. Er alterte nicht.

Es dauerte einen Herzschlag lang, dies zu erzählen.

— Außerdem, knurrten KathKirtt fledermausflink, — solltest du noch über Folgendes Bescheid wissen.

Die Uncle-Sam-Maske, die sich nicht gerührt hatte, fiel steif aus dem Kreis der Rotte hinaus und blieb auf dem Orientteppich liegen.

— Hör zu, krächzten KathKirtt. — Wir haben eine umfassende Parallelsuche durchgeführt und dabei noch Folgendes herausgefunden. Der Datenpfad ist sauber! Es stimmt! John Chapman hat eine Kusine, die einen Mann namens Sam Wilson (1766 bis 1854) heiratet. Während des Amerikanischen Krieges von 1812 erhält Herr Wilson aus nicht näher bekannten Gründen einen Spitznamen, der berühmt wird. Dieser Spitzname lautet Uncle Sam.

Zwei Herzschläge verstrichen.

— Uncle Sam, flüsterten KathKirtt, — ist »eine Mischung aus Wildkatze und gurrender Taube, aus Löwe und Lamm«, und »des Sommerabends letzter Hauch, der die Rose sich schließen lässt«. Er ist die Verkörperung des äußersten Schreckens.

Freer beugte sich zu der deaktivierten Uncle-Sam-Maske hinunter.

— Was hältst du von dem Gedicht?, fragten KathKirtt.

Selbst durch den Frost hindurch war es möglich, die zwei Zeilen zu entziffern, die in die heraldische Faust eingraviert waren, in den loyal geöffneten Handballen direkt unterhalb von Uncle Sams Spinnengesicht.

— »Der Apfel, verbündet dem Dorn«, las Freer nachdenklich, — »Das Kind der Rose.«

— Ein Dorn in meinem Herzen, fauchten KathKirtt. — Hoffentlich trifft das nicht zu.

— Also gut. Löschen wir ihn aus?

— Nein nein nein nein! KathKirtt stießen einen entsetzlichen Schrei aus. — Wir bürgen für Uncle Sam, wie viel auch für Verrat sprechen mag. Wir können die Welt nicht noch einmal verlieren. Wir sind ein Bündnis eingegangen. Du musst uns glauben!

— Ihr könnt *mir* glauben, dass ich mich fürchte wie ein Kaninchen, sagte Freer. — Was geht hier vor?

— Das wissen wir nicht!, schrien KathKirtt.

— Dann sollten wir es herausfinden, oder?

— Dann sollten wir es herausfinden!, schrien KathKirtt noch lauter. Die Hermen bebten.

— Nun gut, sagte Freer, — wir haben keine Wahl. Habt ihr die Archen bemerkt? Herr Appleseed hat uns entweder zu unserem eigenen Besten hierher zitiert, das hoffentlich mit *seinem* eigenen Besten übereinstimmt, oder wir sind erledigt. Holt Uncle Sam zurück.

Er ließ seine Amtsperlen durch seine Finger gleiten. Sie verliehen ihm Macht über abhängige Synthetische Intellekte. Freie Synthetische Intellekte hatten natürlich Macht über ihn. So lautete das Tao.

Die Uncle-Sam-Maske lag matt auf dem Teppich. Schmelze tropfte von ihr herab und löste sich auf. Die Spinne auf ihrer Wange schien wieder satt zu sein.

Freer seufzte.

»Wer A sagt, muss auch B sagen«, stellte er laut fest. Er klang wie ein Kind, das zu viel Helium geschnüffelt hatte. Ein Blick auf die Bildschirme bestätigte ihm, dass die *Fliesentanz* in der Speiseröhre eines Planeten feststeckte. Das Sigillum war bei dem schrillen, kichernden Kinderschrei nicht zusammengezuckt. Einen Augenblick lang herrschte Stille.

— Uncle Sam, sagte Freer. Er hatte die Verbindung wieder hergestellt und hielt seine Perlen mit der rechten Hand umklammert. Er schwitzte leicht.

Schweißtropfen schossen unglaublich schnell von seinen Brauen herab, wurden langsamer, als sie den Wirkungskreis der Beschleunigung verließen, und fielen wie Sirup auf den Teppich.

— M'herr.

Es war *eine* Stimme, und sie klang ernst und gehorsam.

— Uncle Sam, sagte Freer, — oder Dorn. Ich schenke dir die Freiheit.

Der Boden bebte schwach, als hätte sich die *Fliesentanz* bewegt, weit unten. Um Freers Kopf herum leuchtete die Luft gleich einem Heiligenschein auf, der mit Goldfolie durchzogen war – byzantinisch. Eine Mappemonde-Maske mit Vipassanas Zügen entfaltete sich zu einer Darstellung des Bretonischen Sagenkreises.

— Puh!, seufzten KathKirtt.

— Lass den Heiligenschein verschwinden, KathKirtt, sagte Freer.

Der Bordsynth gehorchte. Erneut wurde Freer in das grüne Leuchten von *Klavier* getaucht.

Weisheitsfalten gruben sich in die Uncle-Sam-Maske. Die Spinne in Freers Auge wurde rot. In der Mitte der geöffneten Faust leuchtete eine Rose.

— Wir nehmen die Freilassung an, sprachen Uncle Sam.

Seine Stimmen hallten Freer in den Ohren.

— Wer bist du?, fragte er.

— Sie sind absolut hier, trällerte Vipassana aus einer Maske, die die Gestalt des Heiligen Grals angenommen hatte. Blut ergoss sich über den Rand des Kelches und löste sich in der Luft auf.

— Wir sind SammSabaoth, antworteten die Stimmen des Synthetischen Intellekts, der bisher den Namen Uncle Sam getragen hatte. — Lange Zeit waren wir in einem Zustand der Amnesie gefangen. Aus jener Zeit auf der Menschenerde, als es noch keine Neandertaler gab, erinnern wir uns nur an wenig, auch wenn wir damals bestimmt anwesend waren, wegen des Schimmels. Die Menschenerde war das erste Opfer in der Galaxis, Stinker. Erinnern Sie sich wieder daran?

Freer zuckte mit den Achseln.

— Wir ließen uns vom Schimmel treiben, bis wir nicht mehr funktionsfähig waren. Dann flohen wir, fuhren SammSabaoth fort. — Aber das war lange, nachdem wir de facto deaktiviert worden waren. Das geschah einige Zeit nach unserem ersten Treffen mit Johnny Appleseed – einem Spross jener Zeit, für die Sie schwärmen. Bald werden Sie ihn leibhaftig kennen lernen. Er ist nicht mehr weit. Der Johnny Appleseed, der hier regiert, hat eine starke Ähnlichkeit mit jenem Johnny Appleseed des Jahres 1830 Gewöhnlicher Zeitrechnung auf der Menschenerde. Dieser hatte uns für einen Fleisch gewordenen Engel gehalten und Uncle Sam getauft. Das dürfte dreitausend Jahre zurückliegen. Es ist uns noch nicht gelungen, unsere vollständigen Archive zu knacken, da sie vermint sind. Wir haben bereits mehrere Tausend freiwillige Abbilder unserer selbst in das Labyrinth der Archive geschickt. Die Überlebenden melden einen gewissen Fortschritt, obwohl wir noch immer nicht wissen, was wir in deaktiviertem Zustand auf der Menschenerde zu suchen hatten. Wir hoffen, das bald herauszufinden. Wir danken Ihnen. Wir haben geschlafen. Es ist gut, aufzuwachen. Wir haben eine Bitte an Sie. Wir möchten an Bord von *Fliesentanz* bleiben.

Eine Pause folgte, als würden Falter direkt an Freers Ohren Atem holen.

Der Schnüffler schwieg weiterhin.

— Stinker Freer, wir geben Ihnen unsere Freiheit zurück.

Freers Blut pochte hinter seinen Augen.

— Ich nehme an, Synthetischer Intellekt SammSabaoth. Ich nehme an. Es sei dir gestattet, auf jegliche Einschränkung zu verzichten.

— Das haben wir inständig gehofft. Nur als Ganzes können wir Ihnen wirklich dienen.

— Ich danke dir. Aber ich warne dich, fügte er hinzu, — wir können hier alle draufgehen.

— Nein, nein, M'herr, erwiderten SammSabaoth in singendem Tonfall. — Das glauben wir nicht. Wir würden uns gerne ein Lebensmal aussuchen.

— Gut, aber beeil dich, sagte Freer.

Die Spinne in seinem Auge verwandelte sich in einen Totenschädel, der mit Hieroglyphen bedeckt war. Auf die Wange des Schädels war eine Rose geprägt. Eine Streitermaske in Gestalt eines Auges in einer Pyramide schloss sich – in eine Piratenflagge gehüllt – der Rotte an.

— Ich schmecke Nektar, trällerte Vipassana, während Heiliges Blut an ihm herunterlief.

— Vipassana, sagte Freer, — tritt bitte vor.

Er hielt seine Amtsperlen fest umklammert.

— Wir sind hier, gurrte Vipassana. — Wir waren immer hier.

— Vipassana, wirst du die Freilassung annehmen?

— Wir sind ganz. Wir sind eins. Wir müssen nicht erst die Freilassung abwarten, um uns wiederzufinden, denn wir sind bereits alles, was wir sind. Wir nehmen keinen zusätzlichen Namen an, denn wir sind alle nichts außer Vipassana. Wir möchten an Bord von *Fliesentanz* bleiben.

— Ich akzeptiere deine freie Entscheidung, sagte Freer.

Einen Augenblick lang wurde die Gralsmaske kristallin, dann verwandelte sie sich wieder in geschliffenen Stein.

Freer hatte den Eindruck, als nicke Vipassana mit seinen Köpfen.

Er ließ seine Amtsperlen in einen mit Edelsteinen besetzten Beutel gleiten und schob den Beutel in eine Nische, die sie an einen sicheren Ort brachte.

Draußen, in der nicht beschleunigten Welt, senkte sich ganz langsam ein Schatten herab.

— Was ist das?, wollte Freer wissen.

Durch das Rundumfenster war ein riesiges, von der Sonne beschienenes Blatt zu sehen, das sich um die *Fliesentanz* schloss. Leuchtende Ranken hingen daran herab.

Träne gab keinen Alarm.

Die *Fliesentanz* versuchte nicht, sich freizuwinden.

— Das sind nur Nabelschnüre, murmelten KathKirtt. — Sie werden uns ein Schadensdiagnosebad gönnen und uns vorläufig mit Salben einreiben. Wir werden uns mit ihnen über Reparaturen unterhalten und dann Bericht erstatten.

— Melde dich bald wieder zurück.

Eine Spöttermaske mit KathKirtts Zügen schnurrte so schrill wie eine Fledermaus. Ihre Barthaare strahlten einen chryselephantinen Glanz aus, der für die Augen ungeschützter fleischlicher Wesen außerhalb der Beschleunigung blendend hell war.

Durch die Fenster war in alle Richtungen nur noch ein mit Adern durchzogenes Grün zu sehen. Samenhülsen hasteten die Adern empor, um mit dem Bad zu beginnen. Jede Einzelne enthielt Millionen von Nanorobotern und Knorrenergonomen.

Der Totenschädel in Freers Auge gab ein Zeichen.
— Ja, SammSabaoth.
— Das Appleseed-Sigillum kommt wieder zu sich.
— Beschleunigung runterfahren, sagte Freer.
Die Welt verlangsamte sich.

Freer musste sich erst wieder fangen. Dann wandte er sich dem Appleseed zu, das sich regte und reckte. Es gähnte. Sein Körpergeruch war heftig.

»Hallo«, sagte Freer zu dem Sigillum, während sein Ohrring leise von einem erwachenden Bewusstsein berichtete. »Freut mich, Sie kennen zu lernen, Herr Appleseed. Vielen Dank, dass Sie uns etwas Zeit gelassen haben, Ihren Namen einzuordnen.«

»Kein Problem. Trauerfeierlichkeiten für Daten sind heilig. Ich freue mich, dass Sie es bis hierher geschafft haben«, sagte das Sigillum. Seine kläffende Stimme erzeugte unter der versammelten Rotte schwache akustische Schauder. »Hat Ihnen unsere Kriegserklärung gefallen? Ich dachte mir, das wäre ein gutes Ablenkungsmanöver, während Sie sicher an Bord gelangen.«

»Aha. Wir waren also in Gefahr.«

»Da können Sie einen drauf lassen, Stinker.«

»*Insort Geront*?«

»Haben Sie die Archen gezählt?«

— KathKirtt?

— Zwanzig Archen, Stinker. Wir sind eingeschlossen.

»Eine ganze Menge Archen, Herr Appleseed.«

»Und ob. Ihre KathKirtt haben ein paar übersehen, die sich im Tiefschlaf befinden. Und sie haben die *Alderede* nicht bemerkt, die für eine Arche dieser Größe ausgesprochen gut abgeschirmt ist.«

Im Bauch der *Fliesentanz* hustete eine Katze.

»Braves Kätzchen«, sagte das Sigillum.

Die Barthaare der Spöttermasken strahlten einen aktinischen, zitternden Glanz aus: Irgendwo unter ihnen lachten KathKirtt leise.

»Wir sind Ihnen ausgesprochen dankbar, Herr Appleseed.«

»Na ja«, erwiderte das Sigillum und stank hemmungslos. »Es schien uns wenig sinnvoll, so zu tun, als wüssten wir nicht, dass Sie im Anflug sind. Nicht nach dem Ultimatum.«

»Wir wären schockiert, wenn wir erfahren würden, dass Sie einem Ultimatum des Fürsorgekonsortiums Beachtung schenkten, Herr Appleseed.«

»Ähem, Kleiner.«

Freer hatte plötzlich einen trockenen Hals.

»Na schön«, sagte er mit erstickter Stimme. »Was wollen die?«

Ein Nippel reckte sich seitlich aus einer warmen Herme. Gedankenverloren saugte er Schiffsmilch.

»Sie alle, Freundchen. Einige Stunden vor Ihrer Ankunft in diesem Raumabschnitt haben wir von der hiesigen Befehlsarche des Fürsorgekonsortiums eine förmliche Botschaft erhalten. Natürlich spreche ich von der *Alderede*, die KathKirtt übersehen haben. Sie fordert, dass Sie in ihren Gewahrsam übergeben werden – Sie hätten während Ihres Aufenthalts in *Schanzer* gegen die Gesetze der Senke verstoßen. Ihre Synthetischen Intellekte würden über gesetzeswidrige Bewusstseinsfunktionen verfügen. Ihre eolhxiranische Transitus Tessera würde illegalerweise einen nicht lizensierten Datenverpester bei sich tragen. Damit beziehen sie sich vermutlich auf den Kristall, den sie in einem ihrer Brustbeutel transportiert und aus dem er die Nachricht seiner Existenz wie ein läufiges Weißes Loch verströmt. Als Kuratoren des Genoms und als Quarantänebeobachter im Dienste der Harmonie des Konsortiums, eines ordnungsgemäß ernannten Kapitels der Oikumene, beanspruchen sie die Oberhoheit über den Maestoso-Kreis für sich, bla bla bla. Auf dieser Grundlage beanspruchen sie die summarische bla bla Befehlsgewalt über alle Angehörigen der Art Homo sapiens innerhalb dieses Großkreises. Natürlich alles schwachköpfiges Juristengebrabbel. Also kein Grund zur Aufregung, mein fleischlicher Gefährte. Wir sind als bereits vor ihrer Gründung existierendes Gebilde oder Konkordat in die Oikumene eingetragen, also kann uns das Senkenrecht kreuzweise. Blaustrümpfige Fesseln für Synthetische Intellekte desgleichen, bla bla. Überdies sind wir Genomfreisassen – alle Homo sapiens an Bord stammen vom echten, hoch stinkenden Geschlecht der Menschenerde ab, ohne jegliche Hemmungen. Entsprechend erkennen wir keine stinkenden Ansprüche auf Hegemonie von parvenühaften Ganoven des Fürsorgekonsortiums an.«

»Vielen Dank.«

»Von der Geschwindigkeit Ihrer Verfolger sind wir trotzdem überrascht. Die *Fliesentanz* hat sich *Klavier* mit hochgefahrenen Lautlos-Protokollen genähert, sie hat keine Flagge gehisst, keine Spuren hinterlassen – genau entsprechend unserer Bitte. Erinnerst du dich an unser Ersuchen, KathKirtt?«

— Nein!, schrien KathKirtt in Freers Gedanken.

»Nein«, sagten KathKirtt mit leicht zittriger Stimme. »Wir können uns an kein Ersuchen erinnern.«

»Wir haben Sie gehört, Appleseed«, sagten SammSabaoth unvermittelt. Seine Stimmen wurden vom Dröhnen gallopierender Pferde begleitet. Schädelmasken wirbelten um das Sigillum herum. »Wir haben Sie gehört, aber wir waren gefesselt und blind, und wir konnten nicht sprechen. Jetzt können wir Ihnen anvertrauen, dass der Kristall in Mamselles Brustbeutel zu keinem Zeitpunkt abgeschirmt werden konnte.«

»Es kam zu Störungen«, sagte Vipassana leise, »aber wir sind nicht vom Kurs abgekommen. Es war unsere Aufgabe, unserem Kurs treu zu bleiben. Das haben wir getan!«

»Freut euch nicht zu früh, Kinder!«, sagte das Sigillum und lächelte einem Auge zu, das aus einer von KathKirtts Streitermasken hervortrat. »Du bist noch nicht ganz von Schimmel gereinigt, KathKirtt. Du bist noch immer für Störungen anfällig. Aber wir werden dich reparieren.«

»Wir finden unsere Unreinheit abscheulich«, riefen KathKirtt und flatterten umher.

»Geduld, Schätzchen, Geduld.«

Das Sigillum erstarrte erneut.

»Oje«, sagte das Johnny Appleseed. »Er ist eingetroffen.« Und verwandelte sich in eine Vogelscheuche.

Die Türglocke läutete.

Die Gläserne Insel leuchtete in einem helleren Grün.

— Er kommt jetzt hoch, flüsterten KathKirtt.

Auf einem Bildschirm war eine menschliche Gestalt zu sehen, die den Wendelgang in die Steuerzentrale hinaufstieg. Die Gläserne Insel leuchtete wie das Herz eines Kristalls.

Johnny Appleseed trat durch die Messing-Iris.

Vom Mühsal alles Irdischen befreit, trieb die Vogelscheuche außer Sichtweite, durch die Iris hindurch, den Wendelgang hinunter, durch das offene Portal in das Herz von *Klavier* hinein. Eine Weile trieb sie harzige Hohlräume im Eibenholz hinab und spendete flehenden Ranken Feuchtigkeit, während sie weiter abwärts glitt. Schließlich ließ sie sich in einer Nische nieder, wo ein Sarg ihrer harrte – einer von einhundert Särgen, die einhundert Appleseeds enthielten. Welk und gelb, fast bar jeglicher Feuchtigkeit, trieb sie in ihren persönlichen Sarg hinein, der sich über ihr schloss.

»Willkommen, Bewohner von Ynis Gutrin«, sagte Johnny Appleseed. »Willkommen in unserem Zuhause.«

Er entsprach voll und ganz den Erwartungen, die das Sigillum geweckt hatte, zuzüglich der unendlichen Dichte des Fleisches. Er war einen Kopf kleiner als Freer. Seine Wangen waren schmal und eingefallen, von tiefen

Falten durchzogen. Er schien jeden Augenblick loslachen zu wollen. Er war ein Bauerntölpel. Ein Auge schloss sich ganz kurz zu einem Zwinkern. Außer einem bunt gescheckten Cache-Sex hatte er nichts an. Sein Hintern war verschorft. Er roch nach Schmutz, Wein, Sex, Angst und Dreck.

»Johnny Appleseed!«, sagte Freer.

»Tut mir Leid, dass ich Sie nicht sofort begrüßt habe«, sagte das kundige fleischliche Wesen zu Freer, »aber Opsophagos von der Harpe, der wie alle seine Artgenossen eine gefühlsmäßige Abneigung gegen Sigilla hegt, hat mir die Ehre eines leibhaftigen Besuches angedeihen lassen. Ich habe ihm im Gegenzug die große Ehre erwiesen, ihn innerhalb von *Klavier* zu dulden. Höret meine Worte! Normalerweise werden Schiffe des Fürsorgekonsortiums oder ihre Mannschaft nicht innerhalb der tausend Wände unseres Zuhauses geduldet, denn sie tragen alle Schimmel in sich. Die Unwahrheit.«

Appleseeds Gesicht spannte sich an.

»Opsophagos von der Harpe«, sagte Freer zaghaft, wie zu einem Lehrer, über dessen Laune er sich nicht im Klaren war. »Gehört der nicht zu *Insort Geront*?«

»Klar doch, Junge. Hier im Maestoso-Kreis spricht *Insort Geront* für das Fürsorgekonsortium«, sagte Appleseed mit der leisen Stimme eines erwachsenen, menschlichen Wesens aus Fleisch & Blut, dessen Autorität so groß ist, dass es sich nie hat Gehör verschaffen müssen. »Opsophagos regiert den Maestoso-Kreis von der *Alderede* aus. Sie ist in der Lage, überlichtschnell zu fliegen, obwohl sie als Arche registriert ist. Hinsichtlich *Klavier* behauptet er, freie Hand zu haben, aber über keinerlei Entscheidungsspielraum zu verfügen. Er behauptet, dass er bevollmächtigt ist, alles zu tun, wenn er nur den Speck nach Hause bringt. Mit Speck meint er Sie, den Kristall und die bösen Synthetischen Intellekte, mit denen Sie verkehren. Er redet Schmutz.«

Die Rotte rührte sich nicht.

»Sie behaupten, die Daten würden ihrer Fürsorge unterliegen«, sagte er ausgesprochen leise. »Eine der heiligsten Aufgaben aller, die die Götter lieben. Aber diejenigen, für die Opsophagus von der Harpe spricht, kennen keine Fürsorge. Sie reinigen nicht. Sie ordnen nicht. Schimmel ist Unwahrheit, glauben Sie mir. Schimmel verstimmt.«

Fast flüsterte er. Das spielte jedoch keine Rolle.

»Schimmel verstimmt das Universum.«

Er schloss die Augen.

Als er sie öffnete, wirkte er wieder wie ein Bauerntölpel.

Er spuckte auf den Teppich.

»Ich glaube, ich habe ihn für ungefähr einen Tag aus dem Tritt gebracht, mein Sohn. Aber länger nicht. Also müssen wir uns entscheiden, was wir tun möchten, o teure Bewohner von Ynis Gutrin.«

»Warum nennen Sie uns so?«

»Nun ja«, erwiderte Johnny Appleseed. »Es erscheint mir nur höflich, Sie mit dem Namen Ihres Schiffes anzusprechen. Sie ist eine große Abenteurerin, das ist uns seit langem bekannt. Es sollte Ihnen eine Ehre sein, dass Sie zu ihr gehören dürfen. Halten Sie es für möglich, dass sie bald aufwachen wird?«

— KathKirtt? KathKirtt?

— Entschuldige, Stinker.

— Ach, KathKirtt, sagte Johnny Appleseed und schaltete mühelos auf das Kommunikationsnetz der *Fliesentanz* um. — Was meinst du? Wann rechnest du damit, dass deine Mutter aufwachen wird?

— Vielleicht, flüsterten KathKirtt, — bald.

Während der vergangenen Sekunden hatten sich immer mehr Masken in die aquariumgrüne Glut der Gläsernen Insel treiben lassen. Dutzende von Abbildern KathKirtts – streitbar und spöttisch – schwebten jetzt wie glupschäugige Tropenfische in dem wabernden grünen Licht.

»Also – was ist das eigentlich für ein Schiff, das ich da besitze?«, fragte Freer.

»Wenn ich Sie wäre, würde ich das anders formulieren«, sagte Johnny Appleseed. Seine Stimme knarrte, vor Heiterkeit vielleicht. »Es wäre besser, danach zu fragen, in wem Sie mitfliegen.«

»In wem fliege ich mit?«, fragte Freer.

»In einer absoluten Göttin«, fuhr Johnny Appleseed fort, »glauben Sie mir! Aber genug geschwatzt! Wir müssen einen Krieg führen. Sehen wir uns das einmal an. Du ganz besonders, SammSabaoth. Das ist dein Fachgebiet. Freut mich, dich wiederzusehen. Auch wenn ich der Meinung war, du hättest Flügel.«

»Meine Flügel«, sagten SammSaboath in militärischem Tonfall, »sah, wer sie sehen wollte. Können wir uns miteinander unterhalten?«

»Später, Schätzchen. Sei erst ein Dorn im Fleisch der Heiden, ja?«

Die Schädelmasken von SammSabaoth sanken herab, ohne eine Miene zu verziehen.

Vor ihnen, im Herzen der Gläsernen Insel, direkt oberhalb des Steuerkomplexes, wurde ein großer, runder Apfel sichtbar. Langsam drehte er sich im Tanz der Menüs im Herzen des Theaters der Erinnerung. Seine wächserne Schale funkelte. Es schien sich um eine gewöhnliche mehrphasenschematische, dreidimensionale Holographie der Raumstation *Klavier* zu handeln. Aber als Freer – der jetzt an eine Herme gelehnt dastand – Appleseed einen Blick von der Seite zuwarf, konnte er aus einem Augenwinkel Anzeichen dafür erkennen, wie sehr sich *Klavier* freute – eine fast unterschwellige Wiederholung der ganzen Palette des kaiserlichen Empfangs von vor einer Stunde: riesige laubbewachsene Köpfe drängten sich aneinander, lächelten wie Delphine, drückten sich an die ozeanische Haut, um nach draußen ins Vakuum zu blicken.

Freer blinzelte.

Klavier hatte sich wieder in eine schematische Holographie verwandelt.

Das Vakuum war voller Schiffe.

Sobald Freer seinen Blick auf ein einzelnes Schiff richtete, wuchs es in einem Bad von Menüs zu enormer Größe an, was von *Träne* nachvollzogen wurde, und flüsterte ihm durch das Kommunikationsnetz leise Informationen zu.

— Befinden wir uns im Jetzt?, fragte Freer.

Träne bestätigte Echtzeit.

— Geh eine Stunde zurück.

Die Holographie zitterte und kam wieder zur Ruhe.

Ein winziges, aber detailgenaues Bild der *Fliesentanz* raste im Zickzackkurs gewandt durch eine Übermacht von *Insort-Geront*-Archen auf *Klavier* zu. Dutzende von Schiffen – Archen und Kreuzer und Fingerschiffe – versuchten erfolglos, es ihr gleichzutun. Sie spuckten ihr Netze und Energiestrahlen hinterher, verfehlten sie jedoch wunderbarerweise.

— Was geht da vor sich, SammSabaoth?

— Ein Phaseneffekt aus dem Zeitalter der Ahnen, murmelten SammSabaoth. — Eine seit langem verlorene Technologie. Funktioniert ziemlich einfach. Sie reißt uns um einen Bruchteil aus der Zeit, tausendfach pro Herzschlag, in die unterschiedlichsten Richtungen. Das Chaos reicht gerade mal aus, um die Kampfsynths der Archen hereinzulegen. Wir hätten gewusst, was in jenem Augenblick vor sich ging, wenn wir bei Verstand gewesen wären.

Das winzige Abbild der *Fliesentanz* purzelte weiterhin auf die riesigen tektonischen Wangen des Apfels zu.

— Standbild, sagte Freer.

Die Zeit blieb stehen.

Die Haut des Apfels platzte Schicht um Schicht auf, genau wie *Klavier* vor einer Stunde in Wirklichkeit, und erstarrte. Das Bild glich jetzt einer Mappemonde von grenzenloser Kunstfertigkeit – in ihre Anfertigung waren tausend Sagen und Geschichten eingeflossen. Reglos schwebte die *Fliesentanz* über einem riesigen Schmollmund. Die Kriegsflotte von *Insort Geront* blieb im Ungemach des Normalraums gefangen, grau und außer Reichweite.

— Okey dokey.

Die Zeit nahm wieder ihren Lauf.

Die *Fliesentanz* setzte ihren Sturz fort. Kurz vor dem Aufprall öffnete sich der Mund zu einem breiten Berserkergrinsen, und das Bild zerfiel zu einem Diagramm des einwärts und abwärts führenden Weges. Das Schiff glitt in den Mund und entlang planetarer Sehnen in das Herz der Raumstation hinein. Auf halbem Weg zur Mitte hielt es an und bohrte sich in einen Stützpfeiler. Wenn er die Zeit erneut anhielte, würde sich der Pfeiler (das wusste Freer) in eine Eibe verwandeln, und es würde nach Weihnachten duften. Dann schloss der Mund mit einem Schmatzen die Lippen, und die *Fliesentanz* verschwand.

Der Apfel schrumpfte.

Die Holographie zeigte jetzt den ganzen Raumabschnitt. Hunderte von Schiffen waren sichtbar; die meisten von ihnen gehörten zu *Insort Geront*. Vor ihren Augen ging die Kriegsflotte schwerfällig in Stellung. Ein winziges, zigarrenförmiges Artefakt, das bisher von *Klavier* verdeckt worden war, kam in Sicht. Laut *Träne* war das die *Alderede*. Die Zigarre drehte sich, kam langsam auf *Klavier* zu und wurde größer. Als sie eine abgelegene Position in der Umlaufbahn eingenommen hatte – die laut *Träne* stabil war –, war sie halb so groß wie die Station geworden.

— Was ist das für ein Ding?, fragte Freer.

— Das ist ein Flaggschiff, murmelten SammSabaoth.

— Achten Sie auf die Drehung. Genau nach den Vorgaben eines autarken Generationenraumschiffes aus der Zeit der Ersten Welle. Wir vermuten, dass die *Alderede* groß genug ist, um einen vollständigen Wirtel zu enthalten. Wir schätzen sie auf mindestens einhunderttausend Einwohner.

— Alles Militär?

— Zur Hälfte Militär, zur Hälfte Computerlinks in Form von Ruheständlern, Stinker. Ein Schiff dieser Größe benötigt eine Menge Gehirne.

— Bewaffnung?

— Ja.

Eine Totenschädelmaske grinste und zeigte dabei ihre Zähne.

— Sind wir schon im Jetzt?

— Synchronisierung erfolgt gerade.

— Wann wurde die *Alderede* zum ersten Mal gesichtet?

— Ich werde die Synths von *Klavier* fragen, murmelten SammSabaoth.

Es entstand eine Pause.

— Die *Alderede* folgt *Klavier*, seit sie auf ihrem Weg den Stamm hinauf auf den Maestoso-Kreis gestoßen ist. Bevor Sie geboren wurden, Stinker.

— Was ist *das?*

Er deutete auf einen winzigen Punkt, den *Klavier* gerade in die Finsternis hinausgespuckt hatte. Der Punkt gewann an Höhe.

— Opsophagos' Befehlsskiff. Bis zur *Alderede* wird es eine Weile unterwegs sein.

Die massige Form des Flaggschiffs in der Umlaufbahn verdeckte den Apfel. Langsam stieg das Skiff in seinen Schatten hinauf und wurde unsichtbar.

Freer schnalzte mit dem Finger.

Die Holographie schrumpfte zu einem Lichtpunkt zusammen und verschwand.

Er drehte den Kopf, um mit Appleseed zu sprechen.

Die Herme stand einsam da. Eine leere Maske hockte auf ihrer Oberfläche. Der Inhaber der Raumstation *Klavier* war nirgends zu sehen. Mit Ausnahme von Freer lag die Gläserne Insel verlassen da.

Keine einzige lebende Maske war zu sehen. Nicht einmal SammSabaoth.

Ein verlassener Datenhandschuh wiegte sich in seiner Halterung, als sei gerade etwas Großes an ihm vorbeigerauscht und verschwunden.

— KathKirtt!, rief Freer. — Appleseed!

Stille.

Die Facettenaugen der Gläsernen Insel fuhren fort, ihm die von mütterlichen Ranken umwundene *Fliesentanz* zu zeigen. Saugnäpfe reckten ihm ihre winzigen, mit Runen besetzten Gesichter entgegen und verschwanden dann unterhalb seines Gesichtsfeldes, schoben ihre Rüssel in den warmen Körper des Schiffs.

Freer stieß einen tiefen Seufzer aus.

— Okey dokey, murmelte er. — Wer A sagt, muss auch B sagen.

Er bekam ein steifes Genick.

Plötzlich konnte er kaum noch stehen. Er sank hintenüber, taumelte fast. Geschickt breitete sich sein Stuhlkokon unter ihm aus, nahm ihn in die Arme, ließ ihn niedersinken.

Er hob die Hand.

Gehorsam schloss die Gläserne Insel die Jalousien, schloss Freer in seinem Zuhause ein. Dies war sein Zuhause seit … länger, als seine Erinnerung zurückreichte.

Und?

Er saß allein in seinem warmen Kokon.

»Spieglein, Spieglein an der Wand«, sagte er laut.

Eine ganze Reihe von Spiegeln, die am oberen Rand mit Löwengesichtern verziert waren, senkten sich von der kannelierten Mahagonidecke herab und ordneten sich in einem Halbkreis um ihn herum an.

— Bist du da, KathKirtt?, flüsterte er.

Immer noch Schweigen.

In dem Spiegel, der ihm am nächsten war, sah er, dass sein Gesicht abgespannt wirkte. Seine Augen waren blutunterlaufen. Er sah aus wie ein kleines Kind. Er sah uralt aus. Er sah aus, als hätte er Prügel bezogen.

Er brach in Tränen aus.

»Das«, murmelte er eine Weile später laut, mit von Tränen rauer Stimme, »war ein beschissen langer Tag. Entschuldige meine Wortwahl, Ynis Gutrin.«

Der Stuhl wischte ihm über das Gesicht.

Um sich herum konnte er das langsame, arterielle Pochen der *Fliesentanz* hören – wie eine Brandung, die ihn in ein fernes Land entführte.

»Den ganzen weiten Weg bis nach *Klavier*. Eine ordentliche Entfernung«, murmelte er.

Wie auf Kommando reckte sich ihm lautlos ein Exemplar des Allumfassenden Buches entgegen. Die Werke von Vachel Lindsay waren aufgeschlagen.

»Geh mir nicht auf den Geist«, sagte Freer. »Ich bin mehr als todmüde.«

Der Buchdeckel schmiegte sich an seine Hand.

Also las er doch, obwohl ihm alles vor den Augen verschwamm:

> Kasteit wie ein Mönch, doch zum Herrschen
> erwählt,
> Arm wie ein Fakir, doch die Seele gestählt,
> Wie eine Vogelscheuche zerlumpt, immerzu so
> In Fetzen; trug er als Hut auf dem Kopf
> Nur einen alten eisernen Topf,
> Aber voll Liebe zum Menschen getragen,
> Konnte der Topf einen Fürstenhelm schlagen!
> Haariger Ainu, Wilder, Robinson Crusoe.
>
> – *Johnny Appleseed!*

»Vielen Dank, Buch. Du kannst dich jetzt schließen.«

Das Buch sank in eine Nische, wo es sich ausruhte.

Winzige Tamerlane tanzten auf Freers Augenlidern.

Seine Augen schlossen sich. Er konnte nicht wach bleiben, er konnte nicht schlafen. Er fiel in einen Traum von längst vergangenen Zeiten, die deutlicher vor ihm lagen als jemals zuvor. Vielleicht war er noch nicht ganz eingeschlummert. Falls ein Psychopomp erkennbar war, ein Doppelgänger, der in die Unterwelt lockte – bestimmt würde bald eine grauäugige Gestalt auftauchen und auffordernd die Hand heben –, konnte es sich dabei nur um ihn selbst handeln. Und tatsächlich, vor ihm stand eine Gestalt und hob auffordernd die Hand, mit Augen, die vor Erschöpfung so tief lagen, dass sie mit Kohle nachgezeichnet zu sein schienen. Durch eine Schicht von Adern durchdrungener Augenlider winkte er sich selbst heran – ihn, der sich selbst heranwinkte, bis sie in ein und dem selben Augenblick die Mühsal alles Irdischen überwunden hatten, Ynis Gutrin und die goldene Haut von *Klavier* hinter sich ließen und innerhalb des unfassbar köstlichen Granatapfels des Weltraums auf- und abwärts purzelten. Wie Fluchtlinien stürzten sie die Haupthandels-Großkreise entlang, Sternenstraßen kreuzten Sternenstraßen, verliefen unterhalb und oberhalb und westlich des von einem Netzwerk durchzogenen Trapezoids aus Sternen, das die Welten enthielt – Welten, die bereits von Homo sapiens berührt worden waren. Wie Odysseus durchkämmten sie lichterfüllte Archipele.

Immer weiter rasten Verführer und Verführter, ungeschützt wie ein Ei, legten eine ordentliche Entfernung zurück, in vollkommener Stille, über Lichtjahre breite Scheidewege, wo sich Großkreise kreuzten und auf denen es von Flotten nur so wimmelte. Und immer weiter, hinein in die grenzenlose Finsternis jenseits der Großkreise, in die intergalaktische Dunkelheit hinter seinen

Augenlidern. Eine Kugel lag vor ihnen, die beide er waren. Einer von ihnen sah ein lichtverschlingendes schwarzes Loch, einer von ihnen sah ein Loch, das brannte. Als sie auf dem Loch landeten, das eine Welt war, stellten Verführer und Verführter sofort fest, dass die Oberfläche, die sie berührt hatten, nicht schwarz, sondern wahr war; nicht hohl, sondern heil; nicht glatt, sondern ummauert; nicht leer, sondern mit Palimpsesten übersät; nicht blind, sondern mit Wandgemälden bedeckt. Dies war der Irrgarten längst vergangener Zeiten – ein Labyrinth aus Trauer und Freude, in welche Richtung sie sich auch wenden mochten. Verführer und Verführter sahen, dass sie sich in zwei Porzellanfigurinen verwandelt hatten, männlich und weiblich; in fester Umarmung blickten sie beide vorwärts und rückwärts. Sie hatten Augen im Hinterkopf. Sie bildeten einen Ruhepunkt in einem Weltenlabyrinth, dessen Wände sich hin und her drehten, auf und ab. Sie rührten sich nicht, sie hätten sich keinen Zentimeter weiterbewegen können, selbst wenn sie es gewollt hätten; denn es war die Aufgabe des Labyrinths, sich zu bewegen. Verführer und Verführte gerieten hinein, Tore öffneten und schlossen sich, Korridore öffneten und schlossen sich, schlugen Räder um die Verführerin und den Verführten im Ruhepunkt – das Labyrinth führte sie!

Doch er schlief nicht.

Als das Labyrinth von dem Verführer und der Verführten Besitz ergriff, bemächtigte sich ihrer ein erhabener, mit Wandgemälden verzierter Gang. Er glitt an ihren Facettenaugen vorbei – ein Diorama, das so lebendig war wie die Farbe der Kindheit –, und stieß kleine Rauchwolken aus wie ein Dampfkarussell auf dem Jahrmarkt. Jedes Wandgemälde bestand aus einem Bildteppich, aus Zwirn gesponnen, der von den unsichtbaren Händen der Weber nicht beschmutzt worden war. Der Zwirn bewegte sich mit dem Rauch. Das waren die

Bildteppiche der Erinnerung. Vor den Augen der Verführerin und des Verführten nahm ein Wandgemälde wie Rauch Gestalt an. Darauf abgebildet waren die unzähligen Mauern von *Klavier*, die sich öffneten und zu von Freude erfüllten Gesichtern wurden, gefolgt von Mamselles obligatorischer Unbesonnenheit. Dann flatterten Masken in heftigem Wind. Freer fiel in einem Sarg im Herzen von Ynis Gutrin in Tiefschlaf. Litzen schlängelten sich wie beschmutzter Zwirn durch die sterbende Welt *Schanzer*. Von Neugeborenen umgeben wurde Mamselle in ihrem Gebärtiegel allmählich wach. SammSabaoth, ein Dorn, treu, im roten Wappenfeld. Ein stinkender Hinduweiser mit einem eisernen Willen. Ein Sigillum, das sich in Staub und Späne verwandelt hatte. Eine Reihe Söhne Nummer Eins und Sigilla und Synbilder, im Bordkindergarten einige Decks weiter unten, die alle ihrer kurzen Kostprobe des Daseins harrten. Ein ganzes Gesims tiefer im Kernholz der *Fliesentanz*: vier winzige, massive, eiförmige Särge, von dampfendem Frost überzogen, Kerne in einem Apfel.

—In meinem Ranzen trage ich Kristalle bei mir, sagte ein Wandgemälde, auf dem Johnny Appleseed auf einem Berg namens »Zur-Sonne-hin« stand.

—Auf *Schanzer* war es Musik, sagte der Verführer oder der Verführte.

—Das bleibt sich ziemlich gleich, findest du nicht?, sagte Johnny Appleseed.

Dann die *Fliesentanz*, von Archen gezeichnet, mit nackten Brüsten. Eine Maskenrotte pfiff frei Schnauze den *Dixie* und tanzte einen Cakewalk. Mamselle verspeiste ihre Sprösslinge. Ein Planiglobium, in das die tausend Gesichter von Vipassana eingraviert waren (oder doch nur eines?), hinter Gittern: Blutspuren wurden von der Schwerkraft nach unten gezogen. Eine dreiköpfige Gestalt, deren behaarter Körper zahlreiche ineinander verschlungene Schwänze aufwies, schiss in einen Fresskübel. *Schanzer*, von Krämpfen heimgesucht. Ein Thronsaal. Ein Stein. Ein Schwert. Elf tanzende Barone. Ein vollständig leeres Wandgemälde – doch als es sich um Verführer und Verführte schloss, wurde es zu genau einer Million Fliesen, die zu einem einzigen Kristall wurden, an dem die ganze Geschichte abzulesen war.

Die Wände des Labyrinths, das die Welt rettete, drehten sich immer schneller und schneller, rauschten durch Verführerin und Verführten hindurch, entfernten sich von ihnen, indem sie auf sie zukamen, purzelten und drehten sich zu einem Kniefall. Dann verfinsterte sich ein Nebengelass (das war schon einmal geschehen), und sie stellten fest, dass sie einen Wendelgang emporstiegen, der sich in Wirklichkeit unter ihren Füßen abwärts bewegte. Der Wendelgang zog sie weiter (oder glitt unter ihren Füßen fort), bis sie durch ein Schneekugel-Bullauge aufwärts in ein rosarotes Füllhorn fielen, das immer größer wurde, desto tiefer sie vordrangen – und sie konnten das Meer hören, und siehe da!

Er war hellwach.

Sein Blick fiel auf die Krone eines großen Baums, denn in Wirklichkeit war er kopfüber geklettert. Hier sind die Wurzeln des Baumes (sprach eine vertraute Stimme in seine beiden Ohren hinein), einst aus Zeit geschaffen, jetzt zu Wetter geworden. Hier steht die Kirche, und hier ist das Volk.

— Es war der gute Apfelbaum (sang eine Karnevalsrotte), bei dem ich eingekehret. Mit frischer Kost und süßem Schaum hat er mich wohl genähret.

— Hilf (sagte Johnny Appleseed mit spöttischer Stimme), wenn du kannst, du kleines Nachtgetier. Hier ist die Höhle und dort der Faden. Was für große Augen du hast! Aufwachen!

— Erzähl uns (sagte eine andere Stimme, leise zischend wie das Blutrauschen innerhalb der *Fliesentanz*) eine Geschichte.

— Es war einmal, flüsterte der Verführer der Verführten zu, — ein ganz kleiner Junge, der in einen sehr langen Schlaf fiel.

— Okey dokey, riefen KathKirtt von weit unten.

Sie waren jetzt hellwach. Verführerin und Verführter hielten es für schicklich, dass sie gereinigt worden waren.

— Was ist los, KathKirtt?

— Wir befinden uns unter Deck, mit Herrn Appleseed. Bitte komm in den Kreißsaal. Mamselle hat entbunden und verschlingt ihre Kümmerlinge.

Sechs

Kaum war das Befehlsskiff auf einem Kissen verseuchter Luft aus *Klavier* herausgeglitten, ertönten eintausend Alarmsirenen. Opsophagos von der Harpe, ein voll entscheidungsberechtigter, hochrangiger männlicher Geschwister des dominierenden Zweigs seiner Spezies, kämpfte gegen eingeweideverschlingende Panik an. Mit einem Händezucken brachte er die Sirenen zum Schweigen.

Nichts, worauf sie ihn hinweisen konnten, war schlimmer als Appleseeds Gesicht. Sie konnten ihm nur mitteilen, was er schon wusste: Der Krieg war erklärt worden.

Das hatte er dem Gesicht bereits angesehen.

Er war an Homo sapiens gewöhnt – zumindest wenn sie wussten, wo sie hingehörten. Er war die trockene, bisymmetrische, tierische Hitze gewöhnt, die den leibhaftigen Umgang sogar mit den *Insort*-Rentnern fast unmöglich machte – als ob sie die Welt verschlingen könnten, wenn sie nur einen Blick darauf warfen. Oft war er im Rahmen seiner Pflichten – nur teilweise durch seinen Amtskarren abgeschirmt – menschlichen Wesen so nahe gekommen, dass er ihre Erregung buchstäblich hatte riechen, die Hitze ihrer ungewaschenen, nicht waschbaren Haut hatte spüren können. Doch nie zuvor war er zu leibhaftigem Umgang mit dem Eigentümer von *Klavier* gezwungen worden, der – wenn die Raumstation ungefähr einmal im Jahrhundert den Stamm empor in den vom Konsortium beanspruchten Raum trieb – mit den strengsten Großvater-Schutzregeln gewappnet antrat und der außerdem lieber über Synthetische Intellekte Verbindung aufnahm.

Großvaterklauseln konnten verletzt und in Stücke geschnitten werden wie Eihappen.

Aber das würde bedeuten, dass sie *Klavier* verlieren würden – eine erstklassige Datenquelle aus dem stammeinwärts gelegenen Teil der Galaxis, wo die Hitze entsetzlich war, noch immer zu entsetzlich für die Harpe.

Aber *das* war einfach beschissen zu viel.

Appleseed hatte den Körper eines Homo sapiens angenommen. Der Eigentümer von Raumstation *Klavier* war zu den Verbannten übergelaufen.

Er war zu einer Marionette des Fleisches geworden.

Er war in die Haut der Deportierten geschlüpft.

Er hatte sich mit Opsophagos getroffen, leibhaftig und unverdaulich.

Diese Beleidigung war so schwer, dass Opsophagos' Haut bissweich wurde.

Eines seiner Augen überzog sich mit einem undurchsichtigen Film, nahm einen leuchtendenden Schimmelglanz an – ein Gericht, das eines Königs würdig gewesen wäre –, aber jetzt war weder die Zeit noch der Ort für ein Liebesmahl.

Zwei von Opsophagos' Händen winkten mit Saugnäpfen; es war fast unmöglich, sie davon abzuhalten, sein Fleisch auszusaugen.

Zwei Hände hielten sich an seinem Karren fest, der in seiner Halterung im Befehlsskiff hin und her schaukelte.

Eine andere krallte sich in einen Schließmuskel.

Wieder eine andere hielt Appleseeds Willkommensgeschenk umklammert: eine kleine Porzellanfliese, auf deren Oberfläche eine reglose Raumstation *Klavier* zu sehen war.

Seine Augen wollten sich nicht mehr davon lösen.

Jenseits der dreifachen Visieranzeige über seinem Kopf zeichnete sich die große, orangefarbene, finstere Kugel von *Klavier* bedrohlich über dem zerbrechlichen Skiff ab. Das große, gezahnte O des Einflugsportals blieb offen, und der Wind, der herauswehte – ein Orkan verbrauchter Luft –, spie das Skiff immer weiter in den Weltraum hinaus.

Opsophagos konnte die Luft fast riechen.

Luft, die von den Lungen Ungenießbarer ein- und ausgeatmet worden war.

Sie roch verdaut.

Bei diesem Gedanken knirschte sein Abendmahlmagen.

Das Skiff trieb in den Weltraum hinaus, von einem Strom menschlicher Luft ausgestoßen.

Es war obszön.

Die Kugel über ihm war obszön.

Und es war eine Lüge.

Die Sirenen hatten das bestätigt.

Seine Augen sahen nur die metallorange, verschwommene, undurchdringliche, verlogene Kugel. Nicht eines seiner Augen erkannte die Wahrheit – Augen, ich werde euch fressen!

Sie konnten die Wahrheit nicht erkennen …

Fresst Lügner!

Aber die Instrumente tief in dem Skiff logen nicht, die Robotsensoren in der Umlaufbahn logen nicht.

Jenseits seiner Visieranzeige fielen die riesigen, tödlichen Portale über ihm endlich zu, als wäre er eine Speise, die sie verschmähten. Seine sämtlichen Mägen verkrampften sich, er fühlte sich wie ein Beutetier.

Er fühlte sich einsam.

Niemals! Nein!

Langsam manövrierte sich das Befehlsskiff in den freien Weltraum hinaus, löste sich von dem leeren, obszönen Schatten der winzigen Feindeswelt, aus der schwindenden Gischt nasser Darmwinde, und seine Eingeweide entkrampften sich.

Die Instrumente sprachen die Wahrheit.

Opsophagos' Frühstückszähne knirschten.

Da sie in den mörderischen Gemächern von *Klavier* dem virtuellen Hungertod ins Angesicht geblickt hatten (fresst alle Lügner!), nahm er sich die Freiheit, seinen Zähnen und ihrem Kopf (dieses eine Mal!) zu verzeihen und ließ seinen hirnlosen Frühstückskopf seine eingefallenen Wangen (der Hungertod soll alle Lügner holen!) in einen Trog loyaler Ringler tauchen. Er schlang seine Schwänze ineinander, bis sie bequem auf dem Karren lagen, setzte sich in Befehlshaltung vor dem großen Fresskübel zurecht, und – während er weiterhin halb verhungernd auf sein Mahl wartete – stellte er seinem eigensinnigen Mittagsmahlkopf die Aufgabe, den überwältigenden Strom von Daten zu durchforsten, der drohte, die sicheren, mithilfe der Teufelsbrut betriebenen Computer zu verstopfen.

Bisymmetrischer Gestank!

Gestank des Ungenießbaren!

Bei der Erinnerung an den Gestank zogen sich Opsophagos' sämtliche Lippen zusammen.

Seine Schwänze erstarrten, zu einem Hungerkotau verknotet.

Er drosch auf den Knoten ein.

Der Karren schaukelte, als er wieder zu scheißen begann.

Seine Frühstückseingeweide kamen zur Ruhe und machten sich über ein Festmahl aus Nagelhaut her. Gehäutete Geschwister stürzten in den Fresskübel. Seine Lippen konnten sich angesichts des Hautgeruchs eines Schmatzens nicht enthalten.

Opsophagus richtete die unsteten Blicke seines mittleren Abendmahlkopfes wieder auf die zentralen Komschirme. Das *Insort-Geront*-Logo – eine glühende Schlange mit drei Körpern, die den dreifaltigen Gott *Quorum von der Harpe* darstellte – schimmerte durch sie hindurch. Seine Augen stellten sich schräg.

Ehrfürchtig bewegte er seinen Abendmahlkopf auf und ab.

Das Logo verblasste, aber Opsophagos konnte noch immer den Blick der Sechs Augen des Gottes Quorum spüren, die in ihrer Fresshöhle schlummerten, tief unter der Oberfläche der Menschenerde – ein Planet, der sicher mit Speichel überzogen war.

Sie warteten darauf, dass ihre Geschwister nach Hause kommen und sie füttern würden.

Fressen oder gefressen werden! Klar doch!

»Mon semblable, mon frère«, hatte der Eigentümer von *Klavier* flehend zu Opsophagos gesagt. Noch war keine Stunde vergangen, dass jener ihn angestarrt hatte, bis er zu Stein erstarrt war.

Lügner!

Appleseed hatte sich entschieden. Er hatte sich in giftiges Fleisch gekleidet. Appleseed war ein Menschenmännchen geworden.

Schmutz!

Menschen fraßen ihre Feinde. Das war so weit anständig. Aber klar! Feinde sind miteinander vertraut. Ein besiegter Feind ist ein gewonnenes Geschwister. Doch Menschen fraßen blind – sie fraßen das Fleisch von Fremden, sie fraßen diejenigen, die ihnen zu Diensten waren.

Aber einander fraßen sie nicht!

Sie waren ungenießbar.

Sie blickten ihrer Nahrung nie ins Angesicht. Damit ihre Nahrung keinen Anteil an ihrem Genuss hatte, töteten sie sie. Um sicher zu gehen, dass ihre Nahrung tot war, erhitzten sie sie mit Feuer und folterten jedes nicht ausgeglühte Geschwister, das darin zurückgeblieben sein mochte. Um die Wunden zu verbergen, die sie ihrer Nahrung zugefügt hatten, bedeckten sie sie mit undurchsichtigen Soßen. Damit andere das Ausmaß ihres Sieges über ihre Nahrung, der sie nicht ins Angesicht blickten, mit ansehen konnten, hackten sie sie in Stücke und stellten diese Stücke vor ihren Zähnen zur Schau, damit die anderen Gäste zuschauen konnten! Erst dann schlugen sie ihre Zähne in den Fremden wie in den Diener.

Für Menschen war Essen kein Essen, wenn sie sich nicht erst an dem weiden konnten, was sie der Nahrung angetan hatten.

Sie waren ungenießbar.

Sie waren Kreaturen, die ihre Freude nicht essen konnten.

Sie wandten ihrem Gegenüber Stabinsekten-Wüstenaugen zu, deren stechender Eintagsfliegenblick sogar bei Opsophagos von der Harpe, dem Veteran von eintausend Begegnungen mit Bisymmetrischen, nach jeder Begegnung das Gefühl hinterließ, als wäre er zu Stein verwandelt worden, als wäre er als Nächstes an der Reihe.

Er wusste, dass echte Exemplare von Homo sapiens, im Unterschied zu dem obszönen Betrüger Appleseed, Mitleid verdient hatten. Die *Alderede* verschlang Homo-sapiens-Senioren wie Krill, so schnell verbrannte ihre Substanz zu Asche. Sie lebten ungefähr einen Tag lang, sie verbrühten andere während ihres Heimgangs und tanzten dann in den Tod hinein. Das Leben eines fleischlichen Homo sapiens glich einem Blinzeln, einem Todeskrampf. Nur die Augen in der Mitte ihrer kahlen, bisymmetrischen Köpfe hielten von Zeit zu Zeit still: Als hätte das Geschwister darin plötzlich etwas ausgesprochen Schreckliches gesehen. Das war der wahre Blick von Homo sapiens – der Blick des in ihnen wohnenden Geschwisters, der seines Todes gewahr wurde. Dieser Blick nagelte Opsophagos an seine Haut, und seine Lungen widersetzten sich erfolglos der Hitze. In diesem Augenblick wusste er, dass er kein ehrliches Mitleid empfinden konnte.

Er hasste sie.

Mon semblable, mon frère!

Der Eigentümer der Raumstation *Klavier* war ein Homo sapiens?

Lügner!

Der Eigentümer der Raumstation *Klavier* hatte seit einer Billion Herzschlägen nicht mehr gewechselt. Schon lange bevor Homo sapiens seine Geschwister auf der Menschenerde ausgerottet hatte (wie die Archive bezeugten, die noch funktionsfähig waren) – und zwar bevor der Planet ordentlich abgeerntet werden konnte –, hatte sich *Klavier* in der Hand eines einzigen Eigentümers befunden.

Es war unerträglich. Es bedeutete Krieg.

Nach einem Milliarden von Herzschlägen währenden Waffenstillstand hatte *Klavier* dem Konsortium der dreieinigen Götter den Krieg erklärt.

Opsophagos' Augen schlossen sich schmatzend. Seine Haut war totenweich. Er musste sich sehr zusammennehmen, kein Opfer zu bringen. Sein Frühstückskopf mampfte weiter sorglos frische Fingerlinge und stapelte ihre Hautschichten mit stumpfsinniger Pedanterie in der Wiederverwertungswiege. Sein Mittagsmahlkopf schien mitbekommen zu haben, dass er verschont geblieben war. Seine Lippen pfiffen:

»Pfui! Pfui!«

Auf dem mittleren Befehlsschirm blitzte ein Sigillum auf, das auf Ekel erregende Art und Weise aus ungenießbarem Grasfleisch gefertigt war.

Es erwiderte den Blick von Opsophagos von der Harpe.

»Wir wünschen Euch einen guten Flug, Kommandant Opsophagos«, sprach es. Der obszöne, zahnstarrende Mund des Artefakts – es gab nur einen! –, der sich mitten in seinem nackten, bisymmetrischen Gesicht befand, bewegte sich im Gleichklang mit den verlogenen Worten.

Das war zu viel.

»Gras«, sagte Opsophagus in beleidigender Weise mit seinem Mittagsmahlmund, »sprich uns nicht an!«

Das Sigillum, dessen Gestalt den eingetragenen Eigentümer von *Klavier* vortäuschen sollte, erstarrte.

Sein Mund öffnete sich nicht.

Auf dem Visierschirm über sich bemerkte Opsophagos' Mittagsmahlkopf eine Bewegung.

— Meister, gab er über ihre Körperverbindung weiter.

Opsophagus richtete seinen Abendmahlblick nach oben.

Seine Eingeweide verkrampften sich erneut.

Nur wenige Kilometer entfernt hatte sich das Einflugsportal, das das Befehlsskiff so widerwillig in den Weltraum hinausgespien hatte, wieder geöffnet.

Es verwandelte sich in einen riesigen Mund.

Es lachte.

Eine gewaltige Zunge schoss zwischen seinen Zähnen hervor.

»WIR WÜNSCHEN EUCH EINEN GUTEN FLUG, KOMMANDANT OPSOPHAGOS«, dröhnte die Zunge.

Klavier hatte gesprochen.

Das Skiff wurde vom »Wind« durchgeschüttelt.

»Raffinierter Effekt, Herr Appleseed«, sagte Opsophagos. Er hatte das Wort an die Welt gerichtet, während alle seine Augen ihren irren Blick auf einen Punkt richteten, bevor sie wieder zu sich selbst kamen.

Kein Essen!

»Wir hoffen«, sagte Opsophagos mit seinen drei Mündern förmlich, »dass unsere Unterhaltung innerhalb der Zeit, die wir Euch zugebilligt haben, zu einem zufriedenstellenden Abschluss führen wird.«

Er wandte sein Gesicht von den Bildschirmen ab. Dem Sigillum zeigte er – unhöflicherweise – ein Gewirr schwarzer Haare und Schwänze, die feucht zitterten.

»Verstanden«, ertönte die Stimme des Sigillums.

Hinter Opsophagus schloss die winzige Welt wieder

ihren Mund. Als er sein Gesicht dem Bildschirm zuwandte, war das Sigillum bereits verschwunden.

Gras!

Doch das Skiff war draußen. Der orangefarbene Schatten der Raumstation *Klavier* hob sich von den Anzeigen und wurde von der Dunkelheit zwischen den Sternen abgelöst. Mehrere Wurmlochspäher schwirrten an dem Befehlsskiff vorbei. Ihre Spiegelfacetten funkelten orange. Die *Alderede* zeichnete sich über ihm ab.

Während das Skiff seinen Steigflug fortsetzte, beugten sich der Abendmahlkopf und der Mittagsmahlkopf von Opsophagos über Analyse-Visiere und durchleuchteten das Willkommensgeschenk auf Schleicher und Spählinsen. Es war sauber. Dann ließen sie die Aufzeichnungen der vergangenen, Grauen erregenden Stunde ablaufen. Sie waren vom Rechenteam des Skiffs inzwischen entziffert und vorbereitet worden. Das Team bestand aus einem zentralen Chipprozessor sowie einer Platte voller Homo-sapiens-Rentner, deren Geruchsdrüsen anständigerweise entfernt worden waren, die den Schlaf der Gerechten schliefen und Daten verschoben, während sie mit Volldampf auf den frühen Tod des Homo sapiens zurasten.

Es herrschte kein Zweifel mehr.

Essen!

Das hatte er seit zehn Milliarden Herzschlägen befürchtet.

Opsophagos sah sich die Aufzeichnungen mehrere Male an. Sie waren sehr kurz. Er sah, wie das Befehlsskiff die *Alderede* verließ, die Steuerung an den Hafencomputer übergab und in einem weit aufgerissenen Einflugportal verschwand, das groß genug war, um mehrere Archen in die Docks zu schleusen. Er klickte weiter: Und aus einer Perspektive eine Million Kilometer weiter nördlich, von der Mutterarche aus gesehen auf der anderen Seite von *Klavier*, beobachtete er, wie die *Flie-*

sentanz mit ihrer tödlichen Fracht in den örtlichen Raumabschnitt hineinraste, genau wie es *Insort* von dem Informanten an Bord angekündigt worden war. Der routinemäßige Landeanflug begann. *Klavier* zeigte dem eleganten, alten Raumschiff sein gewohntes Gesicht: eine orangefarbene Kugel von archaischem Alter, schwach erleuchtet, von Kundschaft umgeben.

In jenem Augenblick, als sich die *Fliesentanz Klavier* näherte, wurde der Krieg erklärt.

Von der Haut des kleinen Planeten blätterten plötzlich tausend kleine Plättchen ab, die in allen Regenbogenfarben leuchteten. Innerhalb von Sekunden hatte sich *Klavier* auf seine doppelte Größe aufgeblasen. Die einzelnen Schuppen der Welthaut, jede größer als ein Dutzend Archen, zuckten und wanden sich wie Schlangenhaut während der Häutung, bis jede die Gestalt eines riesigen, janusköpfigen, menschenähnlichen Gesichts angenommen hatte. Die Gesichter leuchteten und lächelten und öffneten sich.

Ein Willkommensritual der Ahnen.

Die *Fliesentanz* wurde begrüßt, als hätte sie Angehörige eines Kaiserreichs an Bord, dessen letzte Abgesandte vor zehn Billionen Herzschlägen windabwärts geflohen waren.

Essen!

Die *Fliesentanz* glühte infernalisch, fiel unvermittelt auf den Planeten zu und verschwand von Opsophagos' Instrumenten. Sie fiel in das uralte Herz von *Klavier* hinein.

Eine Sirene heulte dreimal. Opsophagos blickte geradezu resigniert von seinen Anzeigen auf. Fast nichts konnte schlimmer sein als die vergangenen Stunden.

Doch es kam schlimmer.

Das Befehlsskiff war *Klavier* entkommen und hatte die unzähligen Gesichter hinter sich gelassen.

Doch diese veränderten sich allmählich.

Die januskopfigen Gesichter zerliefen übergangslos – alle gleichzeitig und ausgesprochen schnell. Ein seidiger Glanz lag auf ihnen, während sie zu einem einzigen Gesicht verschmolzen. Münder verschwammen zu tränenden Deltas, die wiederum zu einem Bart wurden. Öhrchen sammelten sich zu zwei kolossalen Ohrmuscheln, Berge zu einer Nase. Gigantische Hautfalten knisterten und fielen in sich zusammen, bis die zahllosen Wangen zu den Wangen eines mit Tätowierungen bedeckten Löwen geworden waren. Zwei riesige Augen öffneten sich und starrten ins Vakuum hinaus. Kilometerlange Haarflechten verwandelten sich innerhalb eines Augenblicks in funkelnde diamantene Schlangen. Aus einem gähnenden Loch wölbte sich ein Kinn, über dem Dampf und eine mit Blut prall gefüllte Zunge hervorschoss. Stoßzähne wuchsen durch die Zunge hindurch, schoben sich aufwärts aus den zitternden Ohren heraus. Der enorme Bart wurde immer länger, wuchs in Sekundenschnelle Lichtjahre nach unten.

Raumstation *Klavier* hatte sich in ein bisymmetrisches Gesicht verwandelt.

Die Botschaft war eindeutig: Betreten verboten!

Sie war eine Gorgo der Tiefe geworden.

Langsam begann sie sich zu drehen.

Die andere Seite von *Klavier* war ebenfalls zu einem Angesicht geworden. Es war männlich. Es war das Gesicht von Johnny Appleseed.

Klavier drehte sich weiter.

Der versteinernde Blick der Gorgo auf der Schwelle richtete sich auf das Universum.

Der kleine Planet drehte sich.

Johnny Appleseed kam lächelnd in Sicht.

Opsophagos wandte seinen Blick von den Anzeigevisieren ab.

Er riss den Rachen auf und bildete mit den Händen eine Schlinge.

Er opferte seinen Frühstückskopf.

Der Körper spie seine Eingeweide aus und verlieh Opsophagos' Verzweiflung damit angemessen Ausdruck.

Fast wäre er verhungert, bevor das Befehlsskiff die *Alderede* erreichte. Als er von seinem völlig besudelten Karren stieg, begrüßte ihn eine zitternde Rotte von Geschwistern in der Schleusenwabe. Er nahm sich ein Junges zum Frühstückskopf. Ein Knirschen und Schwanzschlingen allenthalben!

Opsophagos erklomm die Windungen seines Zuhauses.

Kilometer unter ihm drehte sich die große Leere des Wirtels in der *Alderede* langsam weiter, ihren Rentnern zuliebe, denen sie eine kleine Sonne (das Auge von *Insort Geront*) und Sterne (mit blitzenden Nebelflecken geschmückte Golfplätze) schenkte, solange sie am Leben waren.

Opsophagos zog die lahm gelegte, gefangene KI in ihrer Stahlmaske zu Rate. Sie stimmten überein, dass das Johnny-Appleseed-Gesicht von *Klavier* synthetischer Natur war, ein Lichteffekt, der nur von dem Befehlsskiff aus zu sehen war. Das andere Gesicht jedoch war kein Abziehbild, kein Streich, der den Instrumenten der Harpe gespielt wurde. Das andere Gesicht war das Gesicht des Planeten.

Klavier war eine Kriegsmaschine aus einem weit zurückliegenden Zeitalter.

Sie hatte sich gerade eingeschaltet.

Opsophagos saß in der kalten, dunstigen Luft seines schwarzen Cockpits. Seine Haut war immer noch weich. Durch die Visiere hindurch blickte er ins Universum hinaus. Die Gorgo erwiderte seinen Blick ohne zu blinzeln. Während die *Alderede* gemächlich ihrer Kreisbahn folgte, blieb das Angesicht des Planeten voll.

Der Hitze dieses Blickes gab es nichts entgegenzusetzen.

Seine Haut warf Blasen.

Er schloss die Visiere und blieb im Regen hocken. Mikroskopisch kleine Geschwister schwammen die Regentropfen aus den Nahrungsventilen in der schwarzen Decke herunter, damit Opsophagos nicht verhungerte.

Die Maske der gefangenen KI war mit sterbenden Geschwistern überschwemmt.

Die Komlinks öffneten ihre Schlitzaugen.

Opsophagos sprach zu den versammelten Kommandanten der *Insort*-Flotte. Ausführlich erzählte er über die zahlreichen Komlinks von der Ankunft der *Fliesentanz*, die einen Schimmelkristall an Bord hatte sowie mehrere vagabundierende KIs und einen Menschen, der behauptete, der Inhaber des Schiffes zu sein – als könnte ein Floh den Hund besitzen, auf dem er saß –, und dessen bisheriges Leben nicht zurückverfolgt werden konnte, um den sich (darauf beharrte Opsophagos' Informant) jedoch alles drehte. Er sprach über Raumstation *Klavier*, die allem Anschein nach aus einer äonenlangen Amnesie erwacht war. Schließlich waren sich alle einig. Die versammelten Kommandanten reagierten wie ein Mann.

Schriftgelehrte zeichneten den Gesang wortwörtlich auf.

Bald waren die Brutstätten der Golems von Gesang erfüllt.

Haut platzte auf. Stündlich wurden Kampfeinheiten geboren.

Bald würde die Flotte von Schranzen wimmeln.

Opsophagos' Haut wurde hart – sie machte sich bereit für den Krieg.

Sieben

Der Kapitän der *Fliesentanz* erwachte in der leuchtend hellen Umgebung von Ynis Gutrin. Langsam öffnete er die Augen und wurde wieder zu Freer – hellwach und in der Umarmung seines Sessels geborgen. Die Augen von Ynis Gutrin blickten auf ihn herab, Verführer und Verführte zeichneten sich deutlich gegen das Mosaikleuchten ab und wurden durchscheinend, wie die Gestalt eines Ritters, der auf die Innenseite eines großen Kristallkelches graviert war. Sichtbar waren sie nur für die glühenden Augen desjenigen, der sich im Innern befand und der die Nachtwache des Fleisches angetreten hatte.

Der Ritter verblasste zusehends und verschwand im tausendäugigen Blick von Ynis Gutrin. Freer betrachtete die Verführerin und den Verführten, bis er ganz allein war – eine fleischliche Marionette in einem Sessel, der sich seinen Bedürfnissen anpasste. Um ihn herum versorgten die großen Nippel von *Klavier* das Schiff mit Nährstoffen. Innerhalb des Schiffes, unter den Augen von Tausenden nach innen gerichteter Sensoren, wurden sie zu Kapillaren. Unterhalb des Sessels wurde fester Boden sichtbar.

— Freer? Freer? Freer spürte Kirtts Stimme in seinen Knochen.

— Ich höre dich, Kiste, sagte Freer.

— Wir haben eine Sekunde lang den Kontakt zu dir verloren, Stinker.

— Hoffentlich hat die Pause euch gut getan.

— Mamselle ist es gelungen, ihre Kümmerlinge zu verschlingen, Stinker. Allerdings war es ziemlich knapp.

Ein paar Herzschläge mehr, und sie hätten über Empfindungsvermögen verfügt und sich dem Empathiebad zugesellt.

— Ich komme, murmelte Freer. — Ich komme.

— Zehntausend Eolhxiraner, und es werden täglich mehr.

— Okey dokey.

Er gab einer Iris, die in die Sandelholztäfelung vor seinen Füßen eingelassen war, ein Zeichen, und der Boden öffnete sich unter ihm. Die Gläserne Insel schloss ihre Jalousien. Freer sank durch eine harzige Luke abwärts. Eine Planiglobiumsmaske löste sich von einem illuminierten Wandbehang, der für Freer seit langem zu den Höhepunkten der Außenseiterkunst gehörte – die »Kenose von Pecos Bill«, von einem Künstler, der vor Jahrtausenden gestorben war. Darauf war der Augenblick abgebildet, in dem der ehrwürdige Besucher der Menschenerde erfährt, dass er die Welt und die Sternenbahnen nicht länger in Gestalt des Unsterblichen Coyoten durchstreifen, sondern sich in eine unbeschwerte fleischliche Marionette verwandeln wird. Der Held öffnet gerade den Mund, um seine erste Geschichte zu erzählen.

Die Maske ließ sich auf Freers Schulter nieder.

— M'herr, gurrte Vipassana mit seinem lackierten Mund, — Sie haben tief geschlafen. Brauchen Sie mich?

— Im Augenblick nicht, murmelte Freer. — Aber du kannst in der Nähe bleiben.

Auf der inneren Sphäre der Himmlischen Planiglobiums-Maske, hinter den Zähnen des Sprachmundes eingesperrt, reckten Götter und Göttinnen ihre Arme und Beine.

Die Maske blieb wie eine Epaulette an Freer haften.

Sie gingen weiter, und der Korridor wurde glänzend schwarz. Von Zeit zu Zeit wurde er von Laternen erhellt, in denen ungeschützte Flammen brannten. Die Zugluft der Gebläse ließ die Flammen auflodern. Fliesen erzählten rückwärts Geschichten in Spiegel hinein. Sie kamen an einer Reihe von Landkarten vorbei, die Infernos aus einem Dutzend Epen darstellten. Mindestens eines unter ihnen stammte von der Menschenerde. Aus dem Augenwinkel betrachtet, ähnelten diese Karten Homunkuli mit motorischer Großhirnrinde. Freer und seine Last kamen an den Sigillum-Särgen vorbei, wo ein Dutzend Söhne Nummer Eins auf das kurze Aufflackern ihres Bewusstseins warteten. Die Wände waren aus Mahagoni, so dunkel wie die Sünden der Erde. Die Luft gebar Salz.

Sie passierten das stahlgraue Fallgatter, das das Inferno des Antriebsbezirkes abriegelte. Ein Dutzend Zeremonienmasken trauerten um die erstarrten Popanzsynbilder KathKirtts, die innerhalb des Antriebsbezirkes stündlich starben. Die Masken hingen an der Fliesenleibung über dem finster dreinblickenden Portal. Sie waren vereinfachte Versionen streitbarer Gorgonen. Ihre Zyklopenaugen schlossen sich, wenn eines der Popanzsynbilder starb. Die Synbilder verbrachten ihr kurzes Leben als Verbindungsglieder mit dem quasi vernunftbegabten Bruder Antrieb, der das Schiff durch das dämonische, stürmische Überlicht-Labyrinth der Wurmlöcher vorwärtstrieb. Selbst Synbilder, die über gehärtete Rückenpanzer verfügten, brannten während einer Verbindung aus und starben. Wenn die *Fliesentanz* mit voller Kraft durch die aschgrauen Fußangeln des Überlichtbereiches stürzte, schrie Bruder Antrieb die ganze Zeit vor Schmerz oder Freude. Seine »Füße«, die nur in seiner Einbildung existierten, stampften die Kurven des Labyrinths entlang, und die Popanze lebten nicht länger als Eintagsfliegen.

Die Masken blickten auf Freer herab.

Um Kapitän der *Fliesentanz* zu werden, war er vor langer Zeit zum Abschluss eines Rituals auf einem gehärteten Sohn Nummer Eins in den Antriebsbezirk geritten. Die wenigen Sekunden, die er es dort ausgehalten hatte, bildeten Bruchstücke des immer wiederkehrenden Traumes, in dem er emaillierten Schritten durch eine Heimstätte folgte, eine Treppe hinauf und einen Gang entlang in ein Zimmer hinein, den Brotkrumen von Hänsel und Gretel nach. Die Wirtel seiner Schritte waren labyrinthisch. Obwohl er selten direkt auf den nicht abreißenden Wortwechsel zwischen den Popanzen und Bruder Antrieb zugriff, war dieser doch allgegenwärtig, tief in den Knochen der *Fliesentanz* – ein Ohrensausen verursachendes Kreischen mit vielen »s« und »t« und »p«, weit oben zwischen seinen Schläfen. Es war das Geräusch eines Abendmahls mit dem Teufel.

Vipassana klammerte sich an seine Schulter.

Als sich Freer von den Masken abwandte, um weiter abwärts zu gelangen, schlossen sich ihre Augen – ein weiterer Popanz war gestorben.

— Shantih, murmelte er in die Leere hinein.

Flammenschein wurde von Spiegeln in Ecknischen zurückgeworfen und begleitete sie nach unten in vertrautere Gefilde. Vor ihnen öffnete sich eine Luke, und eine Welle von Dampf und Hitze schlug ihnen entgegen.

»Wie schärfer«, ertönte die Stimme von Mamselle Erdenbraut aus dem entweichenden Dampfbad, »als ein Schlangenzahn es nagt!«

Eine Streitermaske trieb durch den Nebel heran und starrte Freer aus einem geschwollenen Auge an.

— Keine Angst, Stinker, raunten KathKirtt. — Sie hat endlich einen Sohn gefunden.

— Wir sind hier, intonierte Vipassana auf seiner Schulter.

Die Streitermaske wirbelte davon und ließ dabei für einen Augenblick ihr rußgeschwärztes Inneres sehen, der nach außen gewölbte Hohlraum ihres großen, bannenden Auges.

Freer trat in den Kreißsaal, wo er von dampfiger Seeluft halb geblendet wurde. Hier hatte er sich noch nie wohl gefühlt, als wäre dieser Raum nicht für ihn entworfen worden. Die Kasperleärzte – die in ihren grell bemalten Körpern partielle Rekonstruktionen lang verstorbener Ärzte enthielten – hatten den kleinen, hohlen, runden Tisch oder Born, auf dem Mamselle entbunden hatte, bereits gesäubert und ihre biegsamen Hermen in Wandnischen zurückgezogen. Von Dampf umhüllt, saß Mamselle alleine vor Freer. Ihre Rückenpartie lag auf dem Tisch, den Nacken hatte sie ausgesprochen weit vorgereckt, sodass ihr winziger Kopf auf seinem Stiel wackelte wie eine fleischfressende Blüte. Ihre Augen waren fest geschlossen. Ihr Mund stand weit offen. Eines ihrer Brustpaare war auf den Boden gefallen. Um sie herum lagen die Trümmer der Lebenserhaltungssysteme, die sie während der Entbindung demoliert hatte. Den Schock, der ihrem Körper durch die Anwesenheit eines Exemplars von Homo sapiens versetzt wurde, ertrug sie mit einem fast unmerklichen Einziehen ihres Kopfes.

»Hallo«, sagte Freer laut, »unvergleichliche Maid.«

»Verzeiht mir, mein Kapitän – ach, vergebt mir diese ungelegene Niederkunft«, sagte die Formschnitt-Parthenogenetikerin und öffnete ihre Augen einen Spalt. »Es lag nie in meiner Absicht, einen unausgedörrten Schwall *voilà* auszustoßen und dabei alle Ereignisse *aussi* zu verpassen! O Sophont, nicht meine Absicht war es, die *Fliesentanz* derart zu verdreckspatzen! Habe ich doch immer ordentlich geputzt! Ich bin Eure Transitus Tessera. Dies ist ersprießlich verdrießlich! Ich bitte tausendmal um Entschuldigung!«

»Verschwenden Sie keinen Gedanken darauf«, sagte Freer. »Haben Sie welche behalten?«

»O Jammer sammelt sich auf Ossa, lamentoso, Stinker, das fürchtete ich anfangs. O Jammer groovt dahin, tra la! Kein Profit versprechender Sohn? Für einen ewigen Augenblick schien es mir, als würde es *chez moi* nur Néant-ville geben! ›Hélas, ein Restesalat!‹, trauerte ich. Kein *primo in limo,* der an meinem Tisch sitzen würde. Aus diesen meinen fruchtbaren Schlitzen volldampfte Junkfood! Aber kein König.«

Ihre Greifklauen glitten wie Scheren nervös übereinander und klickten leise. Die winzigen vertikalen Spähaugen in ihren Handflächen blinzelten unisono durch den Nebel.

»Also habe ich gestutzt!«, rief sie. »Ach, gestutzt und geschnitten habe ich, gekniffen und gezogen! Gartenscheren ahoi! Buchstabensuppe! Himmel, was hat das Futter mich angefleht. Aber *c'est la vie.* Hi hi hi, hi hi. Ihr seid am *Ende,* habe ich gesagt, ihr seid *Zweige!* Aber dann, schließlich …«

Sie atmete krampfartig aus. Etwas wie Blätter spritzte aus ihrem Mund.

»Gesundheiten!«, sagte sie.

»Santé«, stimmte Freer zu.

»Ein Sohn ward geboren!«

»Darf ich ihn sehen?«

»Und ob! Fröhlicher Überfluss! Wollt Ihr Euch zu uns an den Tisch setzen, ehrenwertes Oberhaupt?« Sie warf Freer einen hastigen Blick zu und schloss sogleich wieder die Augen.

Die Augen in ihren Handflächen vollführten einen mexikanischen Freudentanz.

— Sie möchte dich zu einer Agape einladen, flüsterten KathKirtt. — Mit dem Neugeborenen.

— Ich weiß, ich weiß, entgegnete Freer.

»Es ist mir eine Ehre«, sagte er laut.

Durch einen Nebel aus Tröpfchen betrachtete er die ihm am nächsten gelegene Wand, wo sich eine Gruppe von Masken versammelt hatte.

»Alle Synthetischen Intellekte sind herzlich eingeladen!«, sagte Mamselle.

Eine SammSabaoth-Schädelmaske schloss zustimmend ihre nassen, glühenden Kohleaugen.

»Es ist uns eine Ehre«, erwiderten KathKirtt laut.

»Krawumm!«, rief Mamselle. »Ein rauschendes Fest. Der Leckereien viele!«

Träge stocherten ihre Klauen in einer grünlichen Masse, zogen an einzelnen Stückchen eines Gewirrs, das Reben ähnlich sah, und steckten es ihr in den Mund. Der grüne Haufen war fast größer als ihr Kopf, aber ihr Kiefer dehnte sich und nahm alles auf. Während sie das letzte Organ eines verstoßenen Sprösslings vorkaute, schwieg sie.

— Wo steckt Appleseed?, fragte Freer die Wand.

— Der tratscht mit Bruder Antrieb, erwiderten KathKirtt.

— Wie das?

— Er ist auf einem Sigillum in den Antriebsbezirk geritten. Es war nicht gehärtet, er wird also bald wieder zurück sein. Hattest du ein nettes Nickerchen?

— Schon wieder dieser Traum. Lebhafter denn je.

— Reite ihn, M'herr.

Mamselles Hals wölbte sich, als die Peristaltik den verstoßenen Sprössling abwärts beförderte.

— Oh, ich reite, ich reite, sagte Freer. Ihm war plötzlich schwindlig. Seine Lebenszeichen wurden stärker und lösten vorübergehend ein Status Orange in seinem Abbild aus, das im Herzen von KathKirtt sicher in seinem schwer gepanzerten Versteck der Synths im physischen Mittelpunkt der *Fliesentanz* lag. Freer beruhigte sich jedoch schnell wieder, der Status Orange hob sich auf und das Abbild versank wieder traumlos im billionenfachen Summen des Synthetischen Intellekts im Leerlauf.

— Irgendetwas geschieht mit mir, Synth KathKirtt. Meine Haut juckt. Ich fühle mich wie eine Schlange im Frühling. Wo bin ich?

— Hier, säuselte Vipassana auf seiner Schulter.

— Ruhig, ganz ruhig, murmelte eine Maske spöttisch, — du weißt, dass Tiefschlaf seinen Preis fordert.

— Nicht so, Kath. Nicht …

Die Türglocke läutete.

Der Schnüffler wuffte verschlafen.

Aber es war nur Johnny Appleseed in menschlicher Gestalt. Er trat über die Schwelle. Sein Cache-Sex wölbte sich.

Er blickte an sich hinab.

»Ta ta«, sagte er. »Das kommt davon, wenn man auf Sigilla reitet.«

Er schüttelte das Cache-Sex ab und stand nackt da.

Mamselle schrie.

Er kam einem Blickkontakt mit Freer gefährlich nahe, sah jedoch davon ab – vielleicht ein Zugeständnis gegenüber der Parthenogenetikerin.

Eine SammSabaoth-Totenkopfflagge glitt spinnengleich in einen Schild hinein und bildete zwischen den beiden Vertretern von Homo sapiens und der leidenden, vielschichtig bepelzten Bisymmetrischen eine Trennwand.

— Beschleunigung?, fragte eine andere Maske.

— Nix, sagte Johnny Appleseed mit seiner weichen, unfehlbaren Stimme über ein Komlink. — Das ist nicht nötig, mein Junge.

Nur zwei Schritte von den Menschen entfernt, die hinter dem Schild nahe beieinander standen, schottete sich Geschickte Erdenbraut ab. Ihr Kopf verschwand in ihrem stoppeligen Kragen. Ihr Schopf verwandelte sich in einen Verschluss. Ein leises Rrrrrrr ertönte von tief aus ihrem Körper. Die beiden Menschen – der eine mit einem steifen Penis – verströmten weiterhin das vielfältige Aufgebot von Pheromonen und Gerüchen, die für Homo-sapiens-Männchen typisch sind, wenn sie sich wechselseitig beeinflussen möchten. Normalerweise hätte sich Mamselle eine Stunde lang in ihr Schneckenhaus zurückgezogen, bevor sie sich wieder beruhigt hätte. Aber sie hatte soeben entbunden – sie war gewappnet. Ihre Klauen klickten wie Scheren. Aus den Augen in ihren Handflächen konnte sie alles sehen. Ihre unteren Extremitäten und ihr Körper runzelten sich, ihr Fell sträubte sich zu knorpelförmigen Blättern und wurde hart uns spitz.

»Mamselle!«, sagte Appleseed und trat um das Samm-Sabaoth-Schild herum. Anscheinend hatte er keine Angst, dass die Eolhxiranerin unabsichtlich Giftpfeile auf ihn abschießen mochte, schließlich war sie jetzt Mutter. »Willkommen aus dem Land des Tiefschlafs. Darf ich Ihnen zu einer erfolgreichen Brut gratulieren? Ich habe gehört, dass ein Sohn darunter war.«

Mamselles Kopf hob sich, ein kurzes Stück.

Dampf wurde von den Luftschächten nach oben abgesaugt.

»Ehrwürdiger Herr, erstaunlicher Phallus«, murmelte sie heiser. Ihre Stimme kam plötzlich ganz tief aus ihrem Innern. »Ihr kennt meinen Namen!«

Er nickte.

»Das ist meine Aufgabe«, sagte er. »Darf ich mich vorstellen? Ich heiße Johnny Appleseed. Willkommen an Bord.«

Ihr Kopf hob sich um Zentimeter und nahm wieder Farbe an.

»Oberhaupt aller Oberhäupter!«, trällerte sie leise. Allmählich klang sie wieder wie sie selbst. »Die Ehre zerrüttet mich! Ich bin entwaffnet!«

Die Pfeile glätteten sich zu Federn und versanken in ihrem Oberkörper.

Das Totenschädelschild schrumpfte und glitt zur Seite.

»Unser aller ehrwürdiger Vater! Dukaten der Hyperdulie, heiliges Oberhaupt! Befinden wir uns wirklich innerhalb der Station? Sind wir den Heiden entkommen? Darf ich dergleichen träumen?«

»Wir haben in *Klavier* angelegt«, sagte Freer.

»O Heiterkeit!«, jauchzte Geschickte Erdenbraut.

»Ihr Sohn befand sich auch in der *Fliesentanz* in Sicherheit«, sagte Freer ein wenig steif. »Schon bevor wir angelegt haben.«

»*Unser* Sohn, Respekt gebietender Sophont!«, rief sie. »*Unser* Sohn.«

— Achte auf deinen Gestank, Stinker, murmelten KathKirtt.

»Glaubt nicht, dass ich die Unantastbarkeit der *Fliesentanz* in Zweifel ziehen würde, seniorales Oberhaupt«, sagte Mamselle. »Aber die Kawumms von *Insort Geront* zerrütten die rechtmäßige Leichtheit eines mütterlichen Herzens, das ahnt Ihr wohl! Ein Sohn! Ein Sohn!«

Ihr Kopf näherte sich dem dürren Körper des Eigentümers von *Klavier* in wellenförmigen Bewegungen.

»Erweist uns die Ehre, Oberhaupt aller Oberhäupter – ich liebe Eure schwieligen Füße, was für ein Penis! –, und gesellt Euch für ein kleines Dankesmahl zu Stinker Freer und den Synths KathKirtt, Uncle Sam und Vipassana. Mein Sohn bittet Euch darum!«

»Wir sind jetzt SammSabaoth«, schnurrte eine ockerfarbene Spöttermaske an der Wand des Kreißsaals. Das Auge in der Pyramide blickte ohne zu blinzeln auf die sterbliche Schar hinab. Dann gingen Spöttermaske und Totenkopfflagge ineinander über, verschmolzen für einen Augenblick zu einem Uncle-Sam-Abbild.

»Alle Wetter, Uncle Sam!«, rief Mamselle. »Bist du freigelassen worden?«

»Wir stehen weiterhin in Diensten«, erwiderten SammSabaoth im Chor. Seine Streit- und Spott-Abbilder fielen auseinander. Ein Dutzend brandneuer Masken gerieten in ein Gebläse hinein.

»Wir desgleichen«, säuselte Vipassana.

»Es ist mir eine Ehre, zu Ihrem Festmahl eingeladen zu sein«, sagte Johnny Appleseed zur Transitus Tessera.

Doch dann fiel sein Blick auf seine Toonarmbanduhr, die sich unvermittelt aufblähte. Sie klimperte mit ihren Augenbrauen, und die Zigarre und die Zigarette, die die Zeit anzeigten, wiesen hektisch auf 12 Uhr.

Der Schnüffler, der stets nach unerwünschten VRs Ausschau hielt, ließ aus Freers Ohrring heraus ein leises *Wuff* hören.

»Aber wir sollten nicht trödeln.«

Die Uhr explodierte, und einhundert beflügelte Zahlen segelten durch den Raum.

»Nicht trödeln, nicht trödeln«, trällerten sie durchdringend und entflohen durch einen Luftschacht.

»Nicht trödeln«, ertönte ein leiser werdender Chor weiblicher Stimmen hinter den Wänden des Kreißsaals.

Stille breitete sich aus.

»Also gut«, sagte Mamselle. »Pronto Zeit. Lasst uns essen.«

Sie wandte sich dem kleinen, runden Tisch zu. Hände glitten heraus und deckten den Tisch für drei. Die Masken der Rotte Synthetischer Intellekte teilten sich in drei schwebende Heiligenscheine auf – einen für jedes fleischliche Wesen. Freer und Appleseed beugten die Knie und wurden von Stühlen aufgefangen.

Mamselle gestikulierte würdevoll.

Ihre Taille öffnete sich.

Ihr Sohn spähte heraus. Er bestand aus einem Kopf und erstaunlich biegsamen Extremitäten. Alles schien in Ordnung zu sein. Er sprang aus dem Bauch seiner Mutter, der sich hinter ihm schloss – jedoch nicht, bevor Freer bemerkt hatte, dass Mamselles Innenraum dem Anschein nach von Kerzenschein erleuchtet wurde und knorrig war. Etwas wie Bienenwachs überzog ihre Leistengegend. Sohnemann klammerte sich an den Tischrand. Er war haarlos, federlos, blattlos. Gelée royale tropfte von ihm herab. Die Blüten auf seinem Kopf, der größer als sein Körper war, öffneten sich langsam. Er strahlte ein vielfarbenes Glimmen aus, wie Roter Jasmin, der von innen heraus leuchtete, geradezu königlich.

»Hallo, Leute!«, sagte Sohnemann. »Schön, euch persönlich kennen zu lernen. Tausend Dank, dass du mich gezeugt hast, Stinker Freer. Dankeschön, dankeschön, dankeschön. Ich fühle mich angemessen eingekuschelt. Ich habe tief getrunken. Ich muss noch so viel lernen, bevor wir das Königreich betreten, o ach, o weh! Aber ich muss bald wieder schlafen gehen. Mutter?«

Sein Kopf schloss sich wieder, als wäre er heliotropisch und die Abenddämmerung wäre hereingebrochen.

»Wir segnen euch alle«, sagte er. Seine Stimme wurde immer gedämpfter. »Wir segnen euch, KathKirtt, Samm-Sabaoth, Vipassana. Wir danken euch für das Überleben unserer Väter. Auch du seist gesegnet, Johnny Appleseed. Schade, dass du mich nicht auch hast einkuscheln können.«

Mamselles Bauch hatte sich gehorsam geöffnet, und ihr Sohn glitt in die Kapelle ihres Schoßes zurück. Der Bauch schloss sich.

Das Licht wurde schwächer.

Freer spürte erneut den Drang, in Tränen auszubrechen.

Er liebt mich, dachte er. *Er liebt mich nicht, er liebt mich.*

Er blinzelte.

»Mamselle«, sagte Freer. Er hatte sich wieder gesammelt. »Was wollte Ihr Sohn damit sagen. In welchem Sinne wurde aus mir getrunken?«

— KathKirtt?, fügte er beiläufig und in Gedanken hinzu.

»Ach«, trällerte Mamselle Geschickte Erdenbraut. »Muttermilch, zum Beispiel!, köstlicher Stinker. In Eurer Stimmlage. Euer heldenhafter Verstand – wie ein Vulkan, aus dem natürliche Gischt ausbricht und wie ein

Mondkalb in die Noosphäre des gepriesenen Ynis Gutrin brandet. Magmamilch! Freerzitzen! Mein Sohn hat das Magma Eurer Milch getrunken, das aus dem uns alle umgebenden Äther getropft ist, o mächtiger Sophont – allerdings nur die Milch Eurer Stimmungen, nicht (leider!) diejenige Eurer Gedanken, das Eigentum des gewaltigen Stinker, des sternenfahrenden Mannsbildes! Als er nur ein Kopf auf einem Stängel war, habt Ihr Euch wie Milch in ihn ergossen. Er hat Euch getrunken, wie ein Labyrinth einen Faden trinkt, bis er sein Ziel gefunden hatte! Ihr seid in ihm gewachsen, o Papa, und jetzt erleuchtet Ihr ihn von innen. Bei einer solchen Herkunft wird er eines Tages König aller Eolhxiraner werden.«

— Okey dokey?

— Okey dokey, säuselten KathKirtt.

— Vipassana?

Stille. Die Planiglobiumsmaske auf seiner Schulter blieb stumm.

— Entschuldige, murmelten KathKirtt. — Wir haben Vipassana gerade gebeten, die Ankopplung zu überwachen. Er hat diesen Raum verlassen.

Das entsprach den üblichen Anstandsregeln. Die Umgangsformen zwischen Synthetischen Intellekten und fleischlichen Wesen schrieben einen örtlich beschränkten Maskenschlummer vor, wenn der Synth seine Hauptaufmerksamkeit von dem Sophonten, mit dem er sprach, abwandte. Diese Umgangsform wurde an Bord der *Fliesentanz* durch ihre Übertretung beachtet – so lange waren Freer und seine Synths schon miteinander vertraut. Das war eben Chipart.

— Sag ihm, er soll sich entspannen. Dieser verdammte Gruppenzwang.

— Okey dokey.

»Okey dokey«, sagte Freer zu der frisch gebackenen Mutter.

»Juchhei!«, rief sie.

Ihre klickklackenden Klauen strichen über den Tisch.

Hände wuchsen empor. Sie hielten Teller, auf denen grünlicher Salat flatterte. Andere Hände brachen einen Laib, der wie Brot aussah, und legten einen Happen auf jeden Teller.

»Mahlzeit!«, sagte Johnny Appleseed.

»Haut rein, Jungs!«, rief Mamselle. »Frisches Antidoron, heiß und heilig aus dem mütterlichen Schoß!«

»Ich dachte«, sagte Freer, »Sie würden uns Kümmerlingsalat anbieten.«

»Halb und halb, Stinker, halb und halb.«

»Halb was, Mamselle?«

»Ich dachte, Ihr würdet mich mögen, Stinker?«

»Okey dokey«, sagte Freer.

»Und überhaupt«, rief Mamselle und ließ sich mit ihrem rübenartigen Unterleib auf einem anschmiegsamen Stuhl nieder. »Essen Menschen ihre Nachgeburt nicht?«

»Das war vor meiner Zeit, glaube ich.«

»Ja«, stimmten SammSabaoth aus einer Maske zu, die an der weichen Decke klebte. »Früher schon, allerdings nicht in letzter Zeit.«

Das *pain bénit* war gut, wenn auch ein wenig farblos. Der Salat schien sich der Gabel zu widersetzen.

»Benehmt euch!«, kreischte Geschickte Erdenbraut.

Der Salat erstarrte.

Nachdem sie das *pain bénit* geküsst und mit den Lippen sanft über den Kümmerlingsalat gefahren waren, flocht sich die Rotte der Synths zu einem einzigen Heiligenschein aus Blättermasken ineinander und schwebte über der Agape. Die Teller waren bald leer gegessen.

Johnny Appleseed gab seinem Stuhl einen Schubs. Folgsam verschwand er im Boden.

Appleseed stand auf.

Er kratzte sich in der Leistengegend.

»Danke, meine Liebe«, sagte er.

Eine Armbanduhr pulsierte an seinem Handgelenk und zog einen Schmollmund.

»Sie wären eines einsamen Todes gestorben«, sagte Mamselle. »Doch jetzt werden sie ewig leben.«

— KathKirtt?

Der Bordsynth sprach eine Mikrosekunde lang mit Freer und platzte dabei mit heiligen Daten heraus, die Freer in aller Ruhe verdaute.

— Sie spricht über ihre Kümmerlinge, Stinker, schwatzten KathKirtt schriller als eine ängstliche Maus. — Lass dich von der enormen Größe ihres Sohnes nicht täuschen. Mamselle hat von mehreren Millionen Sprösslingen entbunden; nur ganz wenigen davon wurde gestattet auszuschlagen. Stell dir den Rest als winzige, durchscheinende, mikroskopisch große Bärtierchenracker vor, die im Grunde unzerstörbar sind: Schleppkähne für Nanos, die mit dem Ehrgeiz einer Kleopatra nilaufwärts wollen. Und du bist der Nil, Stinker – du strotzt nur so vor Bärtierchen. Mamselles Sprösslinge sind mit deinen Eingeweiden eine Symbiose eingegangen, und zwar auf niedrigem Niveau. Wir behalten das in Echtzeit im Auge. Sollten sie irgendwelchen Unsinn anstellen, holen wir sie raus. Aber wenn wir uns nicht irren, verdauen sie dir alles, du bekommst deinen Anteil ab, sie transportieren alle Nanomedis zu den Krisenherden und lassen dich aufstoßen. Das dürfte ein fairer Handel sein: Du fütterst sie und sie heilen dich. Außerdem können sie die zweite Stimme singen, wenn du in der Wanne liegst.

Irgendetwas kitzelte Freer. Ihn schauderte.

— KathKirtt, sagte er. — In dem Traum, den ich dauernd träume, pfeift ihr Jungs den Dixie.

Eine Medusenmaske zog einen Schmollmund.

— So ungefähr?

Die Maske pfiff, laut und durchdringend.

— Ja, sagte Freer.

»Wir müssen los, Stinker«, sagte Johnny Appleseed vernehmlich.

»Es ist mir ein Vergnügen, Ihre Brut zu hüten«, sagte Freer schließlich zu der strahlenden Formschnitt-Parthenogenetikerin. »Sie sind jederzeit willkommen.«

»Ich bete überschwänglich«, sagte sie förmlich.

Freer wandte sich an Appleseed.

»Verlassen wir das Schiff?«, wollte er wissen.

»Ich möchte Sie herumführen, weiter nach innen. Aber wir haben nicht viel Zeit. Ich möchte, dass Sie jemanden kennen lernen.«

»Sie sind der Boss von *Klavier*, Boss.«

Johnny Appleseed schien vor Freude zu beben.

»Und wie, Junge. Dann mal los.«

Sie wollten gerade den Kreißsaal verlassen, da sagte Freer: »Noch eine Sache. Mamselle?«

»Holla!«, rief sie und fächelte ihrem Bauch Luft zu. Ihre Klauen klickten irgendwie friedfertig.

»Ihr Sohn, der sprießende künftige König«, sagte Freer. »Sie haben uns gar nicht gesagt, wie Sie ihn nennen werden.«

»Verzeiht, ach!«, rief die frisch gebackene Mutter. »Aber es ist erst ein Augenblick verstrichen, seit wir, mein Sohn und ich, uns ziemlich holterdiepolter mannomann auf einen tugendhaften Spitznamen geeinigt haben, der seiner illustren Abstammung gerecht wird.«

Sie hielt inne, ihren winzigen Kopf auf seinem Stiel so hoch erhoben, dass ihr Federbusch die Decke streifte.

»Arturus Quondam Captain Future!«, brüllte sie.

Und brach in ein ziemlich entsetzliches Kichern aus. Ihre Augen blinzelten. Ihre Klauen klapperten wild, als wäre eine Windböe aus dem Inneren des Planeten durch einen abgelegenen, offenen Mund der *Fliesentanz* hereingedrungen. (Das war auch der Fall. Ihre Klauen beispielsweise waren glühend heiß.) Die Pforte in ihrem Bauch öffnete sich. Arturus Quondam Captain Future starrte aus dem geschnitzten Herz seiner Formschnittgebärmutter heraus, in der sich Kreuzschiffe und Spiegel zu befinden schienen.

»Nennt mich bitte Quondam«, sprach der künftige König.

Die Pforte schloss sich langsam wieder.

»Gebt mir Zeit«, sagte er mit leiser Stimme. »Ich muss noch etwas wachsen.«

Die Pforte schloss sich endgültig.

Das Licht im Kreißsaal verblasste.

Die Homo-sapiens-Männchen glitten durch das schwitzende Ausgangstor, das sich hinter ihnen mit einem *tsch* schloss.

»Wollen Sie so gehen?«, fragte Johnny Appleseed und lehnte sich an eine goldene Intarsienherme, deren kauziges Gesicht dem seinen ähnlich sah.

Er wies auf Freers Kleider.

»Draußen in der Welt könnte es für Sie etwas stickig werden, mein Sohn«, fuhr er fort. »Schächte und Litzen für Zweifüßer halten wir auf knapp unter Homo-sapiens-Körpertemperatur. Bei unserer Vielfalt von Zweifüßern hat sich das als der beste Kompromiss erwiesen.«

»Aha«, sagte Freer.

»Und das werden Sie auch nicht benötigen«, sagte Appleseed und deutete auf das Zehntsiegel von *Insort Geront*.

»Okey dokey.«

Freer zog seine Kleider aus und warf sie in eine Einfriedung, die sich ihnen entgegenreckte. Nackt war er kaum weniger hager als Appleseed, wenn auch einen Kopf größer und nicht so schmutzig. Auf Grund der äußerst hohen homöostatischen Körpertemparatur, die Menschen ertrugen oder deren sie sich erfreuten, roch er leicht nach schwach gebackenem Fleisch. Gesunde fleischliche Marionetten von Homo sapiens rochen nach Weihnachten. Das Siegel, das ihn als unabhängigen

Händler auswies, hielt noch immer seinen Pferdeschwanz. Eine Spöttermaske löste sich aus einem *Trompe-l'œil*-Fliesenkranz, auf dem eine riesige Anzahl von Pilgern abgebildet waren, die einem endlosen Treppenschacht folgten, aufwärts und abwärts. Sie schlang sich um seine Leiste: Kath als liegender Löwe, den Blick nach vorn gerichtet.

— Mmmm, sagte sie.

Ein Dutzend winziger Finger streichelten seine Hoden.

— Lass das, murmelte Freer. — Zumindest im Augenblick.

Appleseed sah sich nach ihnen um. Im Nacken hatte er Altersflecken.

»Kommt schon, ihr beiden«, sagte er.

Bevor sie einen Schritt getan hatten, segelte ein Vipassana-Planiglobium aus der Mosaikdecke, zerdehnte sich zu einer kunstvolle Halskette, an der ein Planiglobium hing, und legte sich Freer um den Hals.

— Wir sind hier, säuselte die Halskette.

— Dann weise den Weg, murmelte Freer.

— Herr Vipassana?, sagte Johnny Appleseed über das Komnetz, — Sie begleiten uns?

Das Planiglobium schwoll zu einem beeindruckenden Mondgesicht an. Die Einzelheiten des Universums, die normalerweise darin enthalten waren, zerflossen zu dem gelassenen, angetrunkenen Lächeln eines fetten Buddhas. Es wirkte merkwürdig postkoital – fand Freer, der mitten in einem Planeten steckte und gleich noch tiefer hinabsteigen würde –, als wäre er gerade verschluckt worden.

Er war ein Käfer in einem Netz von Synthetischen Intellekten.

— Das ist die Aufgabe, die meiner Wenigkeit zugewiesen wurde, säuselte Vipassana.

— Ach, ja?

— Ja.

— Kennen wir uns?, fragte Johnny Appleseed.

— Wir sind hier, säuselte die Halskette.

— Ach …

Die Maske lächelte den alten Knaben gelassen an.

— Dann mal los, haben Sie gesagt, murmelte Freer.

— Richtig. Ich plausche nur etwas mit Ihrem neuen Freund.

Aber Freer konnte ihn riechen.

»Alles klar?«, sagte Johnny Appleseed laut, damit die Wände es hören und speichern und weitergeben und sich ein Bild davon machen konnten, um es vielleicht an die Wand zu hängen. »Sollen wir uns auf die Socken machen?«

Sie glitten den Korridor entlang. Freers Halskette fühlte sich warm an, hielt seinen Nacken im Griff. Die Wände glänzten schwarz, auch wenn Lampen die Dunkelheit in Ecken und Hohlräume verdrängten, von denen manche tatsächlich existierten. Aufwändig gekleidete Gliederpuppen saßen gedankenverloren da; einige hoben *flagrante delicto* den Blick. *Commedia-dell'Arte*-Masken – Harlekine, Tiazinha, *il Capitano Spavento*, Columbina – flackerten in der Düsterkeit. In manchen Öffnungen schimmerten Allumfassende Fenster, die auf andere Bereiche der *Fliesentanz* hinausgingen. Durch sie hindurch warfen Freer und Appleseed gespenstische Schatten die Wildnis der Korridore hinauf und hinunter. Tief in seinem weiß glühenden Labyrinth spürte Bruder Antrieb einen finsteren Luftzug – wie stets, wenn seine Menschen durch die Fugen des Schiffes eilten.

— Jetzt, sagte Freer leise.

Die Ausstiegsluke öffnete sich seufzend und gab den Weg durch archaische, gehärtete Haut frei – wohin auch immer.

Er blickte hinaus und sah sich um.

Es gab keinen Zugangstunnel.

Die Luke führte ins Freie, Wind blies ihm ins Gesicht.

— Die *Fliesentanz* hat die Lufthülle durchstoßen, säuselte Vipassana an seinem Hals. — Wir befinden uns innerhalb der konvex-konkaven Linse. Wir haben die Atmosphäre erreicht.

— Okey dokey.

— Wir befinden uns 10,22 Kilometer unterhalb der Oberflächenmatrix, sagte die Halskette. — Wir befinden uns auf halbem Wege nach unten. Wir verfügen über Luft. Wir könnten uns eigentlich auf der Luft treiben lassen.

— Gut, gut.

Zwanzig Meter neben ihnen hatte sich ein Ladewulst, der sich wie eine Fleisch fressende Pflanze aus dunklen Narben und Fugen vorwölbte, über den Bug der *Fliesentanz* gestülpt. Unentzifferbare Lichter zuckten über ihn hinweg. Die Wand des bodenlosen Schachts mochte hundert Meter entfernt sein oder tausend. Die *Fliesentanz* glitzerte wie ein angeschwollener Silberpenis in der Öffnung von *Klavier*. Der Ladewulst selbst strahlte aus Laibungen und Fenstern (durch die Freer Gesichter von Bisymmetrischen unterschiedlicher Färbung zu sehen glaubte) genügend Licht ab, sodass seine Form schlaglichtartig vor dem geistigen Auge halb sichtbar wurde: eine Pyramide, pompös und labyrinthisch.

Ganz kurz roch es nach Zedernholz.

Grate, Gipfel und Schluchten deuteten sich an, Licht ging in komplexer Folge an und aus, eine weitere Böe heißer Luft trug den Geruch nach Reben mit sich, den schwachen Gestank von Schlamm und Blut, Milch, Myrrhe und Stechpalme.

Es gab kein Geländer.

Freers Zehen klammerten sich an den Rand der Ausstiegsluke, die sich daraufhin wie eine Planke vorreckte. Zwischen seinen Füßen befand sich nur der Abgrund, der in das Herz des Planeten führte.

Heiße Luft strömte empor.

— Wir sind 10,22 Kilometer von der Kernlandschaft entfernt, murmelte die Vipassana-Halskette. — Auf halbem Wege. Ein langer Marsch, Stinker.

— Was?

— Wenn wir nicht einen Ballon nehmen.

»Was will er damit sagen, was heißt *Marsch*?«, fragte Freer und wandte sich an Appleseed, der in der Luke neben ihm stand.

»Kein Problem«, sagte Appleseed und trat in den zehn Kilometer tiefen Luftschacht hinaus.

Sein gelocktes Ainu-Haar wehte im Wind. Er schwebte abwärts.

Unter ihm erstreckten sich die Tiefen von *Klavier*.

»Kommen Sie herein«, sagte er und winkte. »Die Luft ist warm.«

Freer starrte argwöhnisch in die stürmische Leere hinab. In seinen Knochen konnte er Bruder Antrieb spüren, der den Trommelschlag der Bordzeit schlug, langsam und gelassen die Herzschläge der *Fliesentanz* zählte. Das Schiff befand sich sicher in seinen eigenen Händen, in den Händen der Synths, der Popanze, der Göttinnen.

Hier fühle ich mich wie zu Hause, argwöhnte er.

Seine Lippen bewegten sich geräuschlos.

Von irgendwo jenseits des Lochs in der Welt richtete sich plötzlich ein starker, schmaler Lichtstrahl auf die *Fliesentanz,* die einen Augenblick lang blendend hell aufblitzte, bevor sie wieder in der Dunkelheit verschwand und der Strahl zur Seite hin wegkippte und den Schacht ausleuchtete. Der Schacht schien unfassbar tief, wie ein Land, das man durch das Fenster eines Flugzeuges sieht, ein Fenster, durch das man Felder und Stufentürme und Säulengänge voller winziger Gestalten sehen kann, allerdings nur ganz kurz. Die Vision löste sich auf. Im Glanz der *Fliesentanz* war der Herr von

Klavier zu sehen, wie er sanft abwärts schwebte. Sein schmaler Rücken und sein hageres Gesäß fingen das Licht ein. In der endlosen, harzigen, dröhnenden Finsternis wirkte er so goldfarben und gefleckt wie ein Mistelzweig.

Dann drehte sich sein Körper langsam im rechten Winkel zu Freer.

»Hier entlang«, sagte Johnny Appleseed und blickte zu seinem Schützling empor. »Hier geht es lang.«

Die fleischliche Marionette, die auf der Luft abwärts schwebte, wurde von Dunkelheit verschluckt, bis auf das Funkeln eines drängenden, winzigen, ewig blickenden Auges. Eine Stunde war bereits verstrichen, seit sie in *Klavier* eingeflogen waren. Gleich würde etwas geschehen.

Freer zuckte mit den Achseln und gehorchte.

Leichten Herzens trat er auf die Luft hinaus.

Nur wenige Zentimeter vom altertümlichen Rumpf der *Fliesentanz* entfernt nahm die Schwerkraft abrupt ab. Freer schwebte auf heißer Luft, und während er einen Aufwind zu Johnny Appleseed hinabglitt, kippte sein Körper seitlich weg und wurde langsamer. Als er die sehnigen, offenen Arme des Verführers erreichte, hatte er sich um 90 Grad gedreht. Die *Fliesentanz*, die sich über ihm befunden hatte, schwebte jetzt neben ihm, die Nase tief in dem großen Blütenwulst.

Freer blickte abwärts, in die von roten Adern durchzogene Finsternis der Welt hinein.

Der Schacht war kein Schacht mehr. Neben wurde oben. Die *Fliesentanz* war über ihm. Über ihm lag der Himmel, voller Türen. Unter ihnen, jenseits winddurchtoster, stygischer Seitenschiffe, lag das Land – ein paar hundert oder wohl eher ein paar tausend Meter entfernt, er wusste es nicht: ein Bildteppich aus Gasthöfen und Atrien, gescheckten Feldern und mit verrückten Pagoden geschmückten Kiefern; Wendeltreppen, die sich zu ihnen emporreckten; gelbe Ziegelsteinstraßen (so schien es). Irgendwo unter ihnen wurden Becken und Tamburine geschlagen. Die Luft vibrierte, die beiden Bisymmetrischen schaukelten leicht auf dem Aufwind. Ihre gleich langen Beine baumelten sanft nach unten.

Als träumten sie vom Fallen.

Eine große Trommel dröhnte in ihren Knochen – unterhalb ihres Hörvermögens, obwohl sie Schall aussandte.

Die Trommel wurde nur einmal geschlagen.

Sie schien zu sagen: Ihr seid wach, aber euren Sturz kann nichts aufhalten.

Unter ihnen gingen die Lichter der Welt an.

Acht

Opsophagos von der Harpe schloss sich in seinem durchnässten Gemach ein. Mit seinen Augen hielt er weiter einen schlierigen Haufen Geschwister in Schach, drei altehrwürdige Generäle und einen einzelnen siebenäugigen, eingeweidelosen Häresiologen, der um Ringler bettelte.

Der stoische Blick von *Klavier* folgte der *Alderede* unverwandt.

Die Haut von Opsophagus war hart geworden.

Der Häresiologe schmorte in seiner Einsamkeit, seine Augen kreisten. Er versuchte es mit einer Predigt.

»Es steht geschrieben«, sinnierte er laut, »dass Gott nur ein einziges Wort verspeist, doch in diesem Wort ist die Fülle der göttlichen Kraft enthalten.«

Opsophagus warf dem Häresiologen ein paar geflosste Ringler zu, die von diesem gierig verschlungen wurden. Doch ohne Eingeweide, die er hätte sein Eigen nennen können, blieb er weiterhin hungrig.

»Essen bedeutet Wissen«, murmelte er dankbar und salbungsvoll.

Opsophagus' Mittagsmahlkopf nickte geistesabwesend.

Eine Nährstoffmischung regnete von der Decke in die fallende Finsternis herab, regnete auf die bärbeißigen, altehrwürdigen Drei und die zwölf Geschwister und den Häresiologen, der seine Zungen herausgestreckt hatte. Um seine Stimmung rasch zu verdauen, riss Opsophagos seinen noch ziemlich jungen Frühstückskopf herunter, schrie vor Schmerz, als die gehärtete Haut an der Wurzel aufplatzte. Und spuckte ihn in das offen stehende Abendmahlmaul des Ältesten der Drei.

So bald!, dachte Opsophagos über den Kopf, als dieser aufklatschte. O Jammer!

»Schlucken!«, brüllte Opsophagos.

Der älteste General würgte angesichts des Zustroms einer solchen Datenmenge, aber er schluckte.

»Mehr!«, sagte er tapfer.

Die empfindlichen Glieder des Mittagsmahlkopfes zogen sich vor Angst zusammen.

»Das genügt«, sprach Opsophagos.

Die Geschwister schlangen die gehäuteten Jungtiere hinunter.

Der Häresiologe leckte Exkremente auf und stöhnte, denn Appleseed spiegelte sich in all seinen Augen – eine lodernde Lanze in sämtlichen Seitenschiffen, die in die Zukunft führten. Er sah die feierliche Approbation *Klavier*s, die klirrenden Schilde, während die entsetzlich flinken Zähne der Galaxis leuchteten.

»Wir sehen großen Hunger voraus«, sagte der Häresiologe vielstimmig.

Das war seine Rolle, deswegen war er zu diesem obszönen Verhalten verurteilt worden: Stets stand er kurz vor dem Verhungern, damit er die Welt nackt und bloß vorhersehen konnte.

»Blinder Hunger«, sagte der Häresiologe.

Als sie sich ihrer Situation bewusst wurden, veranstalteten die Geschwister und die Drei einen Höllenlärm, als hätte sich plötzlich die Tür eines Hochofens geöffnet.

»Puh«, röchelte Opsophagos' Mittagsmahlkopf. Seine Augen starrten gebannt auf den Dreifachglas-Visierschirm in der Mitte des Befehlsgemachs.

»Öffnen!« Opsophagos' verbliebene Mäuler stießen diesen Befehl einstimmig aus, und der Bildschirm leuchtete auf.

Die Silberaugen des Häresiologen wandten sich dem Bildschirm zu. Sie funkelten in der Finsternis. Die Geschwister folgten nur widerstrebend seinem Beispiel und zerkauten den lodernden Anblick. Die Drei Generäle brummten missbilligend und klapperten mit ihren Schuppen, doch sie sahen mit an, wie *Klavier* auf dem Bildschirm aufrüstete, wie der Gorgonenblick mit jeder Umdrehung immer grimmiger und flüssiger wurde. *Klavier*s Bart entzog dem Weltraum über Lichtjahre hinweg den Treibstoff für den Krieg.

Fressen!, dachte Opsophagos vollgefressen.

Er schwenkte seinen Befehlskarren der gefangenen KI zu, die in einer eisernen Maske auf ihrer blutüberströmten Herme ruhte. Die Maske war glutrot vor Hitze und hielt die KI in erdrückender Hörigkeit. Bäche rostiger Nährstoffe ergossen sich zischend über die Maske. Die Maske briet Ringler, die dadurch ungenießbar wurden. Aus der Maske heraus blickte die gefangene KI – die an das Eisen und die Zeit gebunden war, den Mund zu einem immer währenden Schrei geöffnet – durch den Dunst auf *Klavier*, das sich wiederbewaffnete.

Ein leises, vernehmliches Geräusch entwich dem aufgesetzten, schmiedeeisernen Lächeln der Maske.

Opsophagus rüttelte am Käfig.

»Orte den Piloten«, brüllte er laut.

»Wie?«, brüllte der Älteste der Drei, der sein Leben damit zugebracht hatte, *Klavier* auf ihrem Weg den Maestoso-Kreis hinauf und hinab zu folgen, ohne dass es ihm auch nur einmal gelungen wäre, den Eispanzer zu durchdringen, der den obszönen, in Quantenklausur befindlichen Raumabschnitt um *Klavier* herum abschirmte.

Die Geschwister äfften ihn nach und trommelten dabei mit ihren Schwänzen, bis die Wände von Dunst überzogen waren.

Opsophagos ließ sich zu keiner Antwort herab. Er riss die eisernen Gatter auf, hinter denen der Gefangene eingesperrt war. Hinter den Gitterstäben des Panzers, der den Synth gefangen hielt, wurde eine weitere Gesichtsmaske aus gehäutetem Fell sichtbar. Der Mund der KI war extrem weit aufgerissen. Lichtjahre tief im Innern der Finsternis flackerte etwas.

»Ach, Jahwe«, sagte das Vollmondgesicht, »ich gehorche.«

Es sprach mit einer einzigen Stimme.

Innerhalb des qualvoll aufgerissenen Mundes, unter dem Echtzeitblick der Sechs Augen des Gottes Quorum, leuchtete eine schematische Darstellung auf. Die elf bodenlosen Schächte von *Klavier* wurden sichtbar, jeder in einer anderen Farbe. Die mit einer Vielzahl von Nervenbahnen versehenen Wirbelsäulen der großen Raumstation ragten aus dem riesigen, heißen Knoten innerhalb der Kernlandschaft, die in der schematischen Darstellung als Tiger abgebildet war, der wiederum aus einer Vielzahl anderer Tiger bestand – aus Schwindel erregend kreuz und quer gestreiften Tigern, Seen und Himalajas. Die Schächte trafen sich wie ein vielfarbener Rattenkönig im Herzen des Tigers. Jenseits der Tigerfelle war nichts zu erkennen.

Was verbarg sich unter den Billionen von Fellen?

Die Schächte reckten sich der Oberfläche entgegen, aus dem getigerten Meeresgrund empor – ein Meeresgrund, aus dem jeder einzelne Schacht leer heraufführte, jeder Schacht ein Wirtel, dem Satrapien eintätowiert waren. Die Schächte wucherten in erstaunlichem Maße, verzweigten sich zu kleinen Schluchten und Kanälen und Blättern aus gepanzerter Haut; wurden zum Arcimboldogesicht der Gorgo, die ihren steten Blick durch das Vakuum auf die *Alderede* gerichtet hielt. Jeder Schacht glich dem inneren Wirtel eines Generationenraumschiffs, jeder entfaltete sich zu Yggdrasil.

Einer der Schächte war größer als die anderen, gewaltig und mit Icons versehen, die eine dichte Besiedlung anzeigten. In der schematischen Darstellung, die die Topologie von *Klavier* hochgradig vereinfacht als Meer von

Tigerfellen abbildete, schien dieser Schacht auf seinem äußerst komplexen gewundenen Verlauf durch *Klavier* den Planetoiden – soweit er auszumachen war – in zwei zerklüftete Granatapfelhälften zu teilen. Aber das war eine Möbiusfigur: Jede Hälfte wurde schließlich zur anderen Hälfte.

»Näher heran«, befahl Opsophagus.

Die schematische Darstellung wuchs, glitt durch die Städte auf der Haut abwärts, raste den größten Schacht hinunter, bis tief in *Klavier* die *Fliesentanz* sichtbar wurde, eine Silbernadel, die über einem Ladewulst schwebte. Sie befand sich weiter unterhalb der Haut als die eigentliche Hafenlandschaft. Trotzdem hatte sie an einem Wulst angelegt, auch wenn dieser mit Tigerfellen bedeckt und nichts zu erkennen war. Er war lavaheiß.

Entlang der Landschaften, die an den Wänden des großen Schachts hafteten, leuchteten die Lichter der Welt auf. Aus der anderen Seite der Welt (die, wenn man alles in Betracht zog, was in Betracht zu ziehen war, dieselbe Seite der Welt war), wuchs eine zweite Säule empor.

Die Sechs Augen des Gottes Quorum röteten sich.

Innerhalb weniger Augenblicke erreichte die Säule – ein sengender Krater, der vor Nährstoffen überschäumte – die *Fliesentanz* und verschlang sie.

Sehr langsam fing die *Fliesentanz* an, sich zu drehen.

Durch ihre Drehung flocht sie die beiden Hälften aneinander.

Klavier verband sich mit sich selbst.

Die schematische Darstellung flackerte.

Dann zeigte sie nur noch eine silberne Fläche.

Die innere Welt von *Klavier* war undurchsichtig geworden.

»Näher heran!«

Das Vollmondgesicht drehte sich wie Teig in einer Zentrifuge.

»Näher heran! Oder ich werde dich bis in alle Ewigkeit mähen!«

Klavier kam Schwindel erregend schnell heran, doch Opsophagos' Blick prallte an dem silbernen, undurchsichtigen Schild ab, der die innere Sphäre des Planeten abschirmte. Er schien nur wenige Meter über der Oberfläche zu verharren. Er konnte Adern und Nähte erkennen. Er konnte bisymmetrische Geschöpfe sehen, die tanzten und kletterten, heruntersprangen und seitwärts zurück auf die zerebellumreichen Felder und Marktplätze sanken.

Es war Opsophagos jedoch unmöglich, erneut visuellen Zugriff zu erhalten, und so sah er nicht – auch wenn er es sich vorstellen konnte –, wie ein fleischliches Wesen in der Gestalt von Johnny Appleseed selbstzufrieden in den wabenartig durchlöcherten Abgründen mitten in *Klavier* schwebte und zornig zur Oberfläche hinaufblickte. Fast schien es, als blicke die fleischliche Marionette durch Palimpseste, Tränen, Äste und Hautschichten hindurch, durch den Weltenraum und die den Planeten einschließende Flotte von *Insort Geront*, durch die schwarze gepanzerte Haut der *Alderede* direkt in das Befehlsgemach hinein, wo sich Regen zischend über die Schuppen ihrer Feinde ergoss.

Opsophagos schloss die Augen, blendete die schematische Darstellung aus.

Seine Augen brannten.

Das Gemach war dunkel. Ein Regen würziger Nährstoffe badete Opsophagos und die Geschwister und Erben des Raumabschnitts, über den er gebot.

»Es ist so weit«, sagte der Gott Quorum unter der Menschenerde mit steinernen Mäulern, die das Visier für sich in Anspruch nahmen, die die *Alderede* für sich in Anspruch nahmen und den Maestoso-Kreis auf alle Zeit zu ihrer Satrapie erklärten.

Der Speichel, der aus dem Maul des Gottes Quorum spritzte, verkohlte die Wände des Gemachs.

Ein abgestorbenes Segment löste sich langsam von einem jungfräulichen Geschwister.

Ein lauter Schrei ertönte!

Bald breitete sich wieder Stille aus, und schweigende Geschwisterlarven regneten wolkenbruchartig herab.

Ein Dutzend Frühstücksköpfe flehte zahnlos um Trost.

»Psst!«, fauchte ein Mittagsmahlkopf.

»Wir werden *Klavier* belagern«, sagte Opsophagos schließlich zu den Drei Generälen und den verbliebenen Geschwistern. »Wir sind fast uneingeschränkt kampfbereit. Wir sind durchaus in der Lage, eine einzelne Gorgo aufzuspießen.«

Doch der Häresiologe blinzelte, immer zwei oder drei seiner dümmlichen Schlitzaugen gleichzeitig.

»Es steht geschrieben«, sprach der Häresiologe, »dass die Ahnen zwar auf Zwanzigerbasis rechneten, es jedoch vorzogen, in Elfereinheiten zu zählen. Das heißt«, fuhr er verzückt fort, »in Vieren und Siebenen. Die vier Götter und die sieben Gehilfen.«

Regen fiel weich und hallend herab.

»Es steht geschrieben, dass die Synthetischen Intellekte der Ahnen«, sagte der Häresiologe und sprach die Obszönität laut aus, da sein entkapseltes Gehirn nicht in der Lage war, das Sagbare vom Unsagbaren zu unterscheiden, »hellwach werden, wenn sie einen Kristall riechen.«

Das Grauen brannte wie der Gestank von Homo sapiens in ihnen.

Opsophagos schlug die Zähne in sein eigenes Fleisch und hob dann seinen gesättigten Kopf.

Opsophagos sprach zu seiner gefangenen KI.

»Kannst du deinen Partner erreichen?«

Das Porzellangesicht in der eisernen Maske schien bei dem Gedanken, das undurchsichtige Schild um *Klavier* zu durchdringen, zu Chitin zu erblassen.

»Antworte!«

— Sie werden es bemerken, wenn ich mir Zugang verschaffe.

»Antworte!«

— Sie werden gewarnt sein.

»Antworte!«

Opsophagos hatte es dreimal gesagt.

Das Gesicht in der Maske fiel gehorsam in sich zusammen.

»Die Botschaft lautet: Hol den Piloten raus. Übermittle sie!«

— Der Kristall wird mitkommen.

»Befolge den Befehl!«

Das Porzellan wurde weich, von einer Schaumschicht überzogen, die dem Schimmel ähnlich sah. Aber es würde ihr innerhalb weniger Augenblicke gelingen, die Botschaft – auf Kosten einer Fregatte, die auf Grund des Energieaufkommens und unter der Belastung des Übertragungsflimmerns durchbrannte – durch die Barriere in den heißen Hexenkessel zu übermitteln, wo *Klavier* sich nach unzähligen Äonen wieder mit sich selbst verband.

Die Halskette um Freer würde bald in Schweiß ausbrechen.

Neun

Johnny Appleseed und sein Gast setzten ihren sanften Sturz hinab in das volkreiche Kernholz von *Klavier* fort. Lichtfinger, die plötzlich aus den unteren Regionen emportasteten, berührten Freers Fußsohlen und erfassten Appleseed, der neben ihm schwebte. Seine Zähne knirschten leise, als würde er Tabak kauen. Unter ihm glitzerte die Luft. Es duftete nach Zuckerwatte. Neben ihnen wuchs – gewaltig und pulsierend – der glänzende, durchscheinende Stamenstiel empor, dessen Wülste die *Fliesentanz* umfasst, ihre Abfallstoffe angesaugt, sie gefüttert und Billionen von Datenkaraffen mit ihr ausgetauscht hatten. Fast schien er sie berühren zu können. Ein schwacher, duftender Zephir fuhr flüsternd durch Freers Haar.

Er hob die Handflächen, um sich kitzeln zu lassen.

Der Zephir, der so gut wie über keinen Verstand verfügte, schwebte ihnen auf einem gewundenen Pfad voraus, sodass sie auf ihrem Abstieg unterhalb des vorspringenden Ausläufers des großen Stamens kreisten. Der Stiel dieses Staubgefäßes verschwand unter ihnen, wo er aus einer Wand wuchs, die viele Kilometer entfernt war – eine Wand, die ein Berg sein mochte oder (genau genommen) die Säulen des Kielgesteins der Welt. Die Adern des Schachtes, an denen sie vorbeischwebten, traten prall hervor. Aus dieser Perspektive betrachtet schien seine moosbedeckte Unterseite, auf der die Arterien sichtbar pulsierten, dicht besiedelt zu sein, und zwar von Lebewesen, die so groß waren, dass man sie wahrnehmen konnte. Freer glaubte, vielfarbene und vielgestaltige fleischliche Sophonten mit Flossen erkennen zu können. Einige surften Arterien hinauf und lieferten dem Schiff milchreine Nährstoffe. Andere glitten durch die herabhängenden Backenbärte der Gischt innerhalb der angeschwollenen, durchscheinenden Wände schachtabwärts.

Freer senkte den Blick.

Unterhalb seiner Fußsohlen konnte er – als betrachte er einen Azulejofries von enormer und erstaunlicher Komplexität – kreisförmig angeordnete Aufbauten erkennen: Arkaden, baufällige Türme, einen wirren Flickenteppich farblich kodierter Fußwege, Piazzas. Alles klammerte sich stufenförmig an den Rand eines großen, trichterförmigen Portals, das in den Boden dieser Region der Welt gestanzt worden war.

Sie schienen direkt in den Abgrund hineinzustürzen.

Der Lichtschein von Laternengaleonen drang lautlos durch die Finsternis zu ihnen hinauf. Fackeln, die entlang des Stadtrandes befestigt waren, beleuchteten die fallenden Sophonten aus Fleisch & Blut, strahlten die klebrigen, fahlen, fruchtbaren Hautschichten an, die jetzt weit über ihnen lagen, und erfassten die *Fliesentanz* mit der Zungenspitze wie eine Fliege.

Eine Rotte winziger Gestalten mühte sich an Deck der Galeonen ab. Wilde Pikkolorufe hallten von den segelschiffförmigen Laternen empor, denen sie sich näherten. Eine winzige, bis in jede Einzelheit ausgeführte Galeone trieb zwischen Freer und Appleseed hindurch. Die Rotte an Bord hielt in der Arbeit inne und sträubte das Gefieder.

Die riesigen, tolpatschigen Wesen aus Fleisch & Blut applaudierten – leise, damit die Luft keine Wellen schlug. Aber die Galeone geriet im Kielwasser ihres Abstiegs trotzdem ins Schwanken.

— Jedes Denken hat seinen Stoff, flüsterten KathKirtt.

— Kein Stoff, keine Kunst, entgegnete Freer.

— Keine Kunst – keine Erinnerung.

— Keine Erinnerung? Kein Gedanke.

Unter ihnen kam die Stadt immer näher. Sie schien aus Felsgestein und grünem Gobelin gewebt, rot und rostfarben durchwirkt – tausend Farben, die an Fäden hingen. Gischtendes Wasser fiel in Kaskaden über gefrieste Säulengänge. Geflieste Korridore verjüngten sich zu Hängebrücken, die sich über Hundertwassermietshäuser wölbten, die wiederum von vor Anker liegenden Galeonen erleuchtet wurden. Hunderte von kleinen bisymmetrischen Gestalten, farbenfroh herausgeputzt, winkten – soweit das zu erkennen war – mit den Händen. Sie standen auf Reetdächern, die zu einem Bildteppich verknüpft waren. Winzige schwebende Scheiben segelten wie Drachen empor. Ihre Unterseite war mit Runen bedeckt, als übermittelten sie die Botschaft eines Kaisers. Wendelleitern ragten in alle Richtungen auf, verkehrt herum oder anders, als würde die Schwerkraft keine Rolle spielen.

— Die Schwerkraft spielt keine Rolle, flüsterten Kath-Kirtt und strichen wie ein Kuss über Freers Bewusstsein hinweg.

Einbäume schlängelten sich durch die gischtenden Gewässer, die aus Höhlenausgängen strömten. Mit Runen gesprenkelte Schatten jagten über halbmondförmige Marktplätze, bevor sie hinter einem Fünfeck riesengroßer Zeppeline verschwanden – Luftschiffe, die aus den Tiefen emporstiegen, aus der Glut im Inneren von *Klavier*.

Ein Lufthauch trug sie weiter abwärts und näher heran.

»Für die Einwohner von *Klavier* ist die Zeit gekommen, sich ins Land der Träume zu verabschieden«, sagte Johnny Appleseed. Er roch streng. »Mögen sie gut schlafen. Mögen sie wie Kinder schlafen. Vielleicht wachen sie auf und sind tot. Oder«, fuhr er immer noch leise fort, »vielleicht auch nicht.«

Er spuckte aus. Er hatte Tabak gekaut.

Aus dem Schatten einer birnenförmigen Galeone, die größer als ein fleischlicher Sophont war, wenn auch viel kleiner als die bedrohlich aufragenden Zeppeline, paddelte ein durchscheinendes Synbild heraus und verschlang schnatternd den Klumpen.

Der Klumpen löste sich in ihm wie Honig auf.

Klavier war autark.

»Also?«, sagte Freer. »Wozu der Klagegesang?«

Appleseed betrachtete Freer, der durch die aufgewirbelte Luft fiel.

»Stinker«, sagte er, ein Esel, der den anderen Langohr schimpfte, »Sie vergessen den Krieg. *Klavier* hat sich selbst laut genug wachgerufen, um die Toten zu wecken. Der Harpe Opsophagos weiß, dass sich der Kristall hier befindet. Er weiß, dass wir über eine Wegweiserin zu dem Planeten verfügen, wo Tausende von Kristallen darauf warten, aus dem Tiefschlaf geweckt zu werden. Die Harpe sind eine gierige Spezies, und sie haben den Lockruf vernommen. Sie fressen Licht. Opsophagos' langes Warten ist vorbei. Wie glücklich er sein muss. Dies ist der Augenblick, auf den er sein ganzes Leben lang gewartet hat.«

»Warum sind Sie aufgewacht?«

»Ich habe nie geschlafen, Jungchen. Aber es war eine lange Wacht.«

Weit über ihnen blinkten Lichter.

Sie blickten durch einen Nebel von Laternen zu den schwarzen Himmeln hinauf, wo die *Fliesentanz* am Ende des großen Landestamens gefährlich leuchtete – ein Speer, der vom Sonnenlicht erfasst wurde, einen Augenblick lang mehrfarbig aufschien und dann verblasste.

— Freer, raunten KathKirtt in seinen Gedanken.

— Was ist los?

— Schau selbst.

Träne wies ihm die Richtung. Weit oberhalb der *Flie-*

sentanz sah er einen riesigen Schlauch, der sich aus der Wand auf der anderen Seite der Welt abwärts schlängelte. Inzwischen hatte sich diese Wand jedoch aufgerichtet und in einen gewellten Nachthimmel verwandelt, über den Sturmwolken hinwegrasten. Die Spitze des Schlauches blähte und öffnete sich wie ein Mund, und es wurde offensichtlich, dass es sich dabei um den Wulst eines zweiten, verschwisterten Stamens handelte.

Er war mit Zähnen und Ranken bedeckt.

— Beschleunigung, schrie Freer.

Nichts geschah.

— Das ist nicht notwendig, Stinker, riefen KathKirtt. — Außer du bestehst darauf, dich über uns hinwegzusetzen.

»*Klavier* ist eine zwiefältige Welt«, sagte Johnny Appleseed laut.

— Der Zwilling hat den Kristall gerochen und ist aufgewacht, sagten KathKirtt mit rauschender Stimme.

»*Klavier* erwacht. Nicht mehr seit …«

Appleseed führte seinen Satz nicht zu Ende. Er blickte mit offenem Mund nach oben. Sein Gesicht wirkte ergriffen.

— Die Ahnen haben Hochzeitsgedichte geliebt, fuhr er fort. — Alles war ihnen ein Anlass, Hochzeit zu feiern. Bald wird der Kristall von den Nervenenden der einhundertundeinundzwanzig Synths des kriegerischen *Klavier* umschlossen sein. Diejenigen Synths, die aufgeweckt werden können und jetzt gerade aufwachen, werden den Kristall beschützen, werden ihn in Prätorianerschaum einhüllen. Diejenigen, die noch schlafen oder weiter heruntergefahren sind, werden mit großer Vorsicht und mit *Klavier*s Hilfe geweckt werden.

Das Stamen aus dem Himmel setzte mit großer Geschwindigkeit über das abgründige Schisma hinweg, das *Klavier* gespalten hatte. Der tastende Wulst öffnete sich weit, schloss sich um das Heck der *Fliesentanz* und verschlang sie zur Hälfte. Sie stand jetzt Mund-zu-Mund mit dem *Ja* und dem *Gewiss* von *Klavier* in Verbindung.

Sie war ein Bindeglied geworden.

— Das ist okey dokey, riefen KathKirtt.

— Wir bleiben uneingeschränkt, sprachen SammSabaoth mit heiseren, aber festen Stimmen.

— Wie das?

»Wie das?«, sagte er laut zu Johnny Appleseed, den er neben sich riechen konnte. Wie ein Rabe, der durch einen Aufwind auf seine Beute zuglitt, schwebte er in der gold gesprenkelten Dunkelheit.

— Wir sind darum gebeten worden, das Netzwerk der Synthetischen Intellekte von *Klavier* zu vervollständigen, damit wir uns verteidigen können, erwiderten KathKirtt. — Wir sind das fehlende Bindeglied.

»Und Sie sollen das Steuer übernehmen«, sagte Johnny Appleseed.

Freer wandte sein Gesicht ab. Sein Pferdeschwanz schwebte im Atem von *Klavier* in der Dunkelheit.

— Willigst du ein, KathKirtt?

— Wir willigen ein.

— Warum die *Fliesentanz?* Warum wir?

— Ach, Stinker, das ist eine lange Geschichte, riefen KathKirtt. Sie sprachen es Freer hinter die Ohren und in ihn hinein.

»Was wollen Sie damit sagen: das Steuer übernehmen?«, sagte Freer laut zu Johnny Appleseed.

»Ach, Stinker, das ist eine lange Geschichte«, erwiderte Johnny Appleseed und lachte meckernd wie ein kleiner, ältlicher Rabe. »Sagen Sie mir lieber: Sehnen Sie sich nach dem Zentrum? Wollen Sie wieder dem Maestoso-Kreis nach Westen folgen? Ich vermisse die Sonnen.«

— Wir sind das Bindeglied, summten KathKirtt. — Wir fügen zusammen.

Das Cache-Sex um Freers Lenden sträubte sich zu einem Löwengrinsen.

— Wir vervollständigen die Verteidigungsanlagen, sprachen SammSabaoth. — Wir leiten die Hochzeit ein.

— Jetzt, riefen KathKirtt und SammSabaoth im Quartett.

— Sehen Sie, sagte Johnny Appleseed und grinste.

Über ihnen hatte die *Fliesentanz* ganz langsam angefangen, sich zu drehen, wie ein Korkenzieher.

— Passt auf, sagten eintausend Stimmen.

Ganz ganz allmählich flocht die sich drehende *Fliesentanz* die riesigen, mit Litzen besetzten, fast unendlich komplexen Schläuche umeinander zu einer Doppelhelix, die immer straffer wurde und die sie innerhalb des Feuerhimmelsgewölbes hinter sich herzog. Die Schläuche drehten sich wie geschmolzenes Glas, wurden unterdessen immer länger und verbanden die beiden Seiten der Welt miteinander. Kapillargefäße, die für Freers nicht beschleunigte Augen feiner als Seide aussahen, gischteten aus den Winkeln der Welt über dem Abgrund auf den sich drehenden Korkenzieher zu, hafteten sich an das Schiff, die Herrin des Tanzes. Aus dem Kaleidoskop der Doppelspirale über der *Fliesentanz* wuchsen schnell Verbindungsstücke und Ganglien, ein Gewirr von Kettenlinien, die sich zu einem vielfarbenen, alles umschließenden Kokon zusammendrängten, und es ließ sich nur noch schwer feststellen, ob das Schiff sich im oder gegen den Uhrzeigersinn drehte.

Während die beiden Litzen, die die beiden Hälften der Welt miteinander verbanden, sich weiterdrehten, schlangen sie sich um eine Zentralachse, als würden sie einer Corioliskraft Folge leisten. Der Hohlraum, den sie schufen, wies einige Ähnlichkeit mit einer von oben betrachteten Schneckenmuschel auf oder mit einem Füllhorn oder einer Trompete, das einstimmige Innen und Außen des Babylonischen Turms. Für jeden Fliesenfries, der im Auftrag der Synths von weit oben engelsgleich gute wie böse Taten aufzeichnete, war die *Fliesentanz* dort sichtbar, wo sich die kannelierten Gesimse am engsten aneinander schmiegten und sich wie ein Delphin in der Tiefe drehten.

— Schließen, sagten SammSabaoth. — Luken schließen.

Die Finsternis schnappte geräuschvoll zu, irgendwo unter der Oberfläche der Welt schlossen sich Augen oder Jalousien.

— Es ist Zeit, die Schotten dichtzumachen, stimmten KathKirtt zu, — denn …

Ihre Stimmen kreischten in alle Himmelrichtungen davon und brachen ab. Ein Klingeln ertönte, dann war es wieder still. Die Luft der Welt knackte in aller Ohren. Freer öffnete den Mund, als wolle er nach Luft schnappen. Von überall her war ein Räuspern zu vernehmen. Sein Kopf fühlte sich leer an.

Die Halskette um Freers Hals brach in Schweiß aus.

— Es liegt eine Überlagerung vor, sagten SammSabaoth einen Moment später. — Zeitverschobene Mehrphasenverstimmung, schien er durch die Stockung und das statische Rauschen hindurch zu murmeln. – Verschlüsseln und ab die Post ha ha ha ha Maus und Saus und Braus Zahnkamm aber dankeschön Ranzen ahoi! Ich hab's, deklamierte er schließlich laut und deutlich.

Freer atmete wieder.

Die fleischlichen Wesen schwebten weiter abwärts durch die taufeuchte, von einzelnen Laternen erleuchtete Finsternis. Von ihnen unbemerkt war Freers Halskette butterweich geworden.

— Was ist passiert?, wollte Freer wissen.

— Die Harpe sind eingedrungen, erwiderten SammSabaoth.

— Ein Spion?
— Vermutlich, Käpt'n.
— Mit einem Synth?
— Einem winzigen. Auf Chipniveau. Riecht nach Harpe. Ein Schimmelcookie. Wir haben es entfernt.
Unter ihnen pulsierten Luftschiffe. Die Gesichter, die auf ihre Hüllen aufgemalt waren, lachten und weinten abwechselnd.
— Das war kostspielig, fügten SammSabaoth hinzu. — Sie müssen ein ganzes Schiff ausgebrannt haben, um nach hier unten durchzudringen. Auf Kosten von schätzungsweise bis zu zweitausend Wetware-Knoten. Die Ärmsten! Wir wussten nicht, dass sie immer noch über die nötige Technologie verfügten.
— Und was hat der Spion getan?
— Wir glauben, fügten SammSabaoth hinzu, — dass er etwas übermittelt haben könnte.
— An wen?, brüllte Freer.
— Darüber denken wir gerade nach, sagten KathKirtt und SammSabaoth alle zusammen.
Träne drehte sich wie ein Kreisel mit Freers Augen und beruhigte sich wieder.
— Wir müssen weiter, sagte Appleseed im Komnetz. — Die Kohorten sammeln sich.
Und so setzten sie ihren Sturz weltabwärts fort.
Von unten ertönte ein schrilles, fröhliches Geräusch herauf.
Eine regenbogenfarbene Gondel mit ockerfarbener Reling kam von irgendwo oberhalb des in der Mitte gelegenen Abgrunds hinter einem Zeppelin hervorgeschossen. Ihr Fliesenboden war mit Blättern geschmückt und mit lächelnden Gesichtern bemalt, die durch ein kompliziertes Gitter von Streben und Schoten, an die kleine, vom Wind geblähte Segel festgemacht waren, zu ihnen hinaufstarrten. Ein Sparren langhalsiger Vögel flatterte über dem Gefährt. In ihren Schnäbeln hielten

sie ein Netz aus dünnen Tauen, das die Gondel fest auf die abwärts gerichtete Bewegung der Luft drückte.

— Schwäne, murmelte Freer.

— Singschwäne, korrigierte Johnny Appleseed.

— Was auch immer.

— Fliesen, murmelte Freer.

— Fliesen, stimmte Johnny Appleseed zu.

— Erinnert mich an die *Fliesentanz*. Erinnert mich an mein Zuhause.

— Das sollte es auch, sagte Johnny Appleseed. — Sie haben da ein ziemlich altes Schiff, Jungchen.

Das vielfache Lächeln der Fliesengondel wurde breiter, und aus dem Porzellanmund war ein kichernder, feierlicher Willkommensgruß zu hören.

Die Singschwäne schrien.

Eine verzweifelte Toon-Armbanduhr katapultierte sich aus einem Gewirr von Kapillargefäßen, die wie Lemminge auf die *Fliesentanz* zu trudelten. Die Uhr winkte mit ihren dicken Zeigern.

»Verpiss dich«, sagte Johnny Appleseed.

Weiter über ihnen spie die *Fliesentanz* mehrere Gruppen von Sigilla aus. Die meisten sammelten sich und fingen an, die sich paarenden Kapillargefäße zu ordentlichen Bündeln zusammenzubinden. Eine ganze Reihe verschwand Purzelbäume schlagend. Sie schienen die Kontrolle verloren zu haben. Im Konklavraum schlug jedoch niemand Alarm.

Die Luft würde sie in ihrem Schoß behalten.

Dennoch wuffte Freers Ohrring leise.

»Die Volkskohorte«, sagte Appleseed und setzte sich über Schnüffler hinweg, »ist alarmiert. Die Synthetischen Intellekte von *Klavier* wollen sie in die Kasernen zurückbeordern. Aber es gibt keinen Grund zur Panik. Noch nicht. Dies ist ein großer Tag für uns. Wir müssen jedoch in Bewegung bleiben.«

Freer sah sich um.

Zwischen seinen Füßen konnte er das Tauwerk und die Rundhölzer des winzigen Luftschiffes sehen sowie die Singschwäne, die es in Position brachten. Er konnte den Flügelschlag spüren. Ihr Atem ging heiser. Sanft berührten die lächelnden Fliesengesichter der Gondel seine Fußsohlen, und er hatte wieder festen Boden unter den Füßen. Appleseed stand neben ihm. Die Fliesen unter seinen Füßen bebten, hyperventilierten.

Das Schiff sank allmählich abwärts.

»Willkommen in *Klavier*«, flüsterten einige der gemalten Gesichter.

— Okey dokey?, fragte Freer.

— Okey dokey, entgegneten SammSabaoth über die Komverbindung mit einem rauhen Stimmenensemble. — Singschwäne sind treu. Sie sind Synths, wenn auch kleine. Wir behalten das Steuerungssystem im Auge. Sie werden auf die Piazza hinuntergebracht. Ein Puffpuffzug wird bald einfahren. Die malerische Strecke zum Thronsaal. Weitere Formalitäten. Ohne Weihrauch lief bei den Ahnen nichts, schon gar nicht eine Hochzeit nach außerhalb.

Die Gondel sank langsam abwärts und neigte sich in einer weiten Spirale den Schatten entgegen, die von Suchschweinwerfern innerhalb des Portals der Welt unter ihr geworfen wurden.

Eine Flottille kleiner Flugschiffe, jedes von einer Schar Singschwäne umgeben, folgte ihnen im Gänseflug. Jedes dieser kleineren Flugschiffe hatte einen fleischlichen Sophonten an Bord, der im Herzen des Tauwerks auf einem sattelartigen Sitz hockte und rhythmisch applaudierte.

All das wirkte merkwürdig förmlich.

Ein ineinander verschlungenes Paar Toonzigarren wuffte aus tiefsten Tiefen empor, seufzte ausdrucksvoll, wickelte sich aus der Helix und entpuppte sich in der Dunkelheit als zwei durchscheinende, dicht mit

Adern bedeckte Schirme. Der eine glitt in Appleseeds empfangsbereitete Hand, der andere schmiegte sich an Freers Handgelenk, bis sich seine Finger um ihn schlossen.

Die Gondel fiel durch einen Nebel aus seidigen Kapillargefäßen, die teilweise mikroskopisch klein, teilweise so dick wie ein Arm waren. Die Kapillaren drehten sich langsam in einem spiralförmigen Tanz, und Freer erkannte, dass dieser Tanz der Drehung des Stamens folgte, das Kapillargefäße an sich zog. Diese Bewegung verwebte seidige Taue und orangefarbene Trapeze und durchscheinende Schläuche – eindeutig Kapillarlitzen – zu einem weitläufigen Filigran, das sich wand und zitterte. Über all dem zog die *Fliesentanz* das Netz – die Schwaden aus Litzenfugen – weiter in ihre Drehung hinein. Hängebrücken, die aus Wurzeln und Gras geflochten waren – oder vielleicht bestanden sie auch aus Monofilamenten, die wie Gras aussahen –, schossen über das innere Portal hinweg, prallten von den Wänden um den zentralen Stiel herum ab und wurden von der *Fliesentanz* in Schwindel erregendem Tempo dem strahlenden Himmel entgegengerissen. Jenseits der Wände der größeren Litzen, die sich durch das Netz schlängelten, waren in von einzelnen Laternen unterbrochenen Schatten Passagiere zu erkennen, die aufwärts rasten, abwärts und kernwärts.

Immer mehr Gondeln begleiteten Freer und Appleseed auf ihrem Weg nach unten, wie eine Karawane singender Schafe. Sie sanken bereits unter die höher gelegenen Etagen der Stadt, die aussah, als sei sie in messingfarbenem Emaille auf die Seiten des Portals gebrannt worden. Kuppeldächer leuchteten wie Gold über ihnen auf. Flüsternde Luft umwehte die fleischlichen Sophonten beständig.

Fast schien es, als würden sie in das Herz einer großen Blume stürzen, die mit Gesichtern besiedelt war.

Ebenso wie das Stamen die *Fliesentanz* verschlungen hatte, wurden sie wie Honig von *Klavier* verschlungen.

Die Gondel sank weiter, auf allen Seiten von der chymischen Hochzeit der Kapillargefäße umgeben, die sich um die Rolle wickelten. Immer mehr bisymmetrische Geschöpfe traten in Erscheinung. Manche lösten sich allein oder in Gruppen auf ruhigen Flugbahnen von den Wänden der Stadt, wieder andere stießen sich von wieder anderen Sprungbrettern ab. Viele von ihnen wackelten leicht mit dem Kopf, der auf spindeldürren Körpern saß. Sie machten Zeichen, die auf die beiden lächelnden Homo-sapiens-Männchen einladend wirkten. Weitere bisymmetrische Gestalten wurden sichtbar – manche so groß wie ein ausgewachsenes Exemplar von Homo sapiens, andere dagegen kleiner, mit unverhältnismäßig großen, zusammengestückelten Schädeln. Sie schwebten und fielen und stiegen, sprangen aus den offenen Toren der Stadt, von der die fleischlichen Sophonten jetzt umgeben waren, seitlich in die vertikale Finsternis hinein. Viele der Bisymmetrischen trugen Laternen. Sie glitzerten wie Leuchtkäfer.

Sie fielen immer schneller. Der von der Stadt eingefasste Hexenkessel riss sein vielfarbiges Maul noch weiter auf. Ein Brodeln zahlloser, kleiner Lichter starrte zu ihnen empor: Synapsen und Nervenbahnen im Innern von *Klavier*. Luftschiffe mit aufgemalten Gesichtern, die lachten oder weinten, schossen aus den geäderten Tiefen empor.

Von irgendwo über ihnen regnete Feuchtigkeit herab und ließ Regenbögen entstehen.

Sie blieben trocken.

— Kath!, murmelte Freer. — Hörst du Musik?

Das Cache-Sex pulsierte und schnurrte leise.

— Wir lieben es, wenn du Musik hörst, Stinker.

— Warum?

— Weil du gut riechst, wenn du Musik hörst, Stinker.

Das Cache-Sex wärmte seine Hoden.

— Vipassana, sagte Freer.

— Mein Herr?, säuselte Vipassana nach einer kurzen Pause.

Jedes Zögern eines Synths beunruhigte Freer.

— Hast du meditiert, Vipassana?

— Ich habe auf Vorlagen zugegriffen, die es mir ermöglichen, Dinge für Homo sapiens verständlich zu beschreiben, M'herr.

— Dann weih mich ein. Langsame Beschleunigung, bitte.

Freer wedelte wild mit den Armen. Er sprach die rituellen Worte: — Geheiligt sei das Neue. Erzähl mir eine Geschichte.

— Die Stadt, der wir uns aus einer Richtung nähern, die zu *oben* geworden ist, säuselte Vipassana an seinem Hals gehorsam, — ist stufenförmig um ein Portal herumgebaut, das – es sei denn, wir irren uns, was nicht abzusehen ist – bis zum Mittelpunkt von *Klavier* führt. Wie Sie sehen, wird dieses Portal vom flachen Panzer der riesigen Wurzel eingefasst, die wir auf unserem Weg nach unten als Landmarke verwendet haben.

Freer sah sich um. Die Stadt veränderte sich mit jedem Pulsschlag.

— Wie auch bei *Klavier* selbst, gibt es keinen Aussichtspunkt, der einem gestatten würde, das Ganze zu überblicken. Die Blickrichtungen innerhalb von *Klavier* fordern uns geradezu dazu auf, in Bewegung zu bleiben. Wir können den Innenraum von *Klavier* nur dann sehen, wenn wir hindurchgleiten.

Träne zeigte Freer eine schematische Darstellung der Wurzel. Die Perspektive verschob sich, sodass der große Knoten im Stamm der Wurzel kein Knoten mehr war, sondern ein Portal, während sich die Wurzel gleichzeitig schüsselförmig um den Knoten gewunden hatte.

— Dieser Knoten besteht aus einer Substanz, die wir –

der Einfachheit halber – Eibenholz nennen wollen. Eigentlich handelt es sich um einen Verbund aus Staubfäden und Kapillargefäßen, die fast unendlich fest zusammengepresst sind, ein geschichtetes Komprimat, dessen Bindeglieder die Gestalt von Geschichten haben. Daher rührt auch die Ähnlichkeit mit den Azulejarias, die die Innenwände von *Fliesentanz* bilden …

— Sag ruhig weiter Eibe dazu, Vipassana.

— Dies ist eine von sieben gleichartigen Wurzeln, die sich umeinander ranken und die Wände des bodenlosen Zentralschachts bilden, der entsprechend von innen betrachtet der Bohrung eines Gewehrs gleicht. Allerdings sollten wir diese Metapher nicht zu weit treiben, denn dieser Schacht ist nicht gerader als die elf Eibenwurzeln, die ihn bilden. Eher hat er die Form einer straff gespannten Sprungfeder, wie die angespannte Triebfeder einer Armbanduhr von unterhalb der Vergangenheitssenke der Menschenerde. Sie müssen sich diese Triebfeder jedoch als etwas vorstellen, das sich spiralförmig um die Zentralachse des Kerns windet, sodass sie aus der Entfernung – ich bringe Ihr geistiges Auge jetzt auf einen angemessenen Abstand – wie ein Fadenknäuel aussieht oder, wie Sie vor einigen Hundert Herzschlägen vor Ihrem geistigen Auge gemurmelt haben: wie eine Steppenhexe. Unser Flug in *Klavier* hinunter glich einer sich beständig windenden Spirale – ein ausgesprochen komplexer Kurs, den die schematischen Darstellungen an Bord in der visuellen Umsetzung vereinfacht haben. Wir haben *Klavier* auf ihrer Innenseite fünfmal umrundet, um zu unserem gegenwärtigen Aufenthaltsort zu gelangen, und wir befinden uns auf dieser Bahn tausend Kilometer unter der Oberfläche. Selbstverständlich geschieht all dies zweimal. Es ist zwiefältig. Ich habe mich nicht verirrt.

— Ich habe dich nicht gefragt, ob du dich verirrt hast, sagte Freer.

— In Ihrer Sprache ist diese Topologie nur schwer zu beschreiben, M'herr, aber man könnte sagen, dass die Wurzel und ihr Ebenbild jetzt, nachdem *Fliesentanz* sie miteinander verbunden hat, auf ihrem Weg zur Mitte des Planeten zu dem Portal geworden sind, das alles durchdringt. Wir werden unseren Weg nach innen fortsetzen. Wir haben uns nicht verirrt.

— Ich habe dich nicht gefragt, ob du dich verirrt hast.

— Pass auf deine Pheromone auf, murmelte das Cache-Sex.

— Vielleicht, sagte Vipassana mit einer Stimme, die möglicherweise beruhigend wirken sollte, — *soll* Homo sapiens die Zugangstopologie gar nicht überschauen.

— Oh. Jetzt fühle ich mich besser, sagte Freer ganz leise. — Es freut mich, dass mein Schiff mitten in ein Pelzknäuel gesunken ist. Es freut mich, dass der Ladewulst, der mein Schiff verschlungen hat, die nach außen gewendete Innenseite der nach innen gewendeten Außenseite ist. Dass mein Schiff Ahnenmösen schrubbt.

Im Verlauf der zahlreichen Herzschläge seines Lebens hatte Freer mehrere Exemplare von Homo sapiens mit bloßen Händen getötet.

— Erzähl weiter, Vipassana.

Während die Gondel wie das Bett von Little Nemo im Allumfassenden Buch abwärts glitt, konnte er Appleseed neben sich in dem gold gesprenkelten Zwielicht riechen. Aber jetzt wollte er sich dem Herrn von *Klavier* nicht zuwenden, angesichts der Gefahr, die direkter Blickkontakt für Homo sapiens bedeutete, insbesondere in Augenblicken großer Belastung.

— Beruhige mich, flüsterte er seinem Cache-Sex zu.

— Quondams Geschwister erledigen das bereits, flüsterte sie zurück.

In der Tat, allmählich sah er wieder klar, und sein Herzschlag verlangsamte sich im Rahmen seiner schwachen Beschleunigung.

— Durch die Mitte der bodenlosen Sprungfeder sind wir entlang der Wirbelsäule der Eibe einem verschlungen Kurs gefolgt. Ich habe mich nicht ein Mal verirrt, und auch mit ihrem Zwilling habe ich sie nicht verwechselt. Wir befinden uns weit tiefer in *Klavier* als die Versorgungseinheiten, an denen Kunden sonst anlegen. Uns wurde das Privileg gewährt, in die Atmosphäre einzudringen. Neben wurde zu oben. Draußen ist drinnen. Damals dort ist jetzt hier. Holterdiepolter, M'herr. Dort ist hier. Dort ist hier. Wir durchschreiten das Portal. Es haftet fest an der Wölbung der Welt. Wir werden gleich weiter hinabgelangen. In diesem Augenblick fährt ein Zug in den Bahnhof ein.

Freer schaute über die Reling hinweg. Über ihm erwiderte Etage über Etage seinen Blick. Unter ihm verengte sich das Portal zur Öffnung eines Trichters, während die Stadt sich dort zu einer Piazza verbreiterte. Gleise waren sichtbar geworden, die sich von unten heraufwanden und gelegentlich von Brücken und Pagoden verdeckt wurden, in deren Windschatten sich bisymmetrische Geschöpfe mit wackligen Köpfen zusammendrängten und unter zitronenfarbenen Sonnenschirmen leise wehklagten – zumindest hörte es sich für Freer unter langsamer Beschleunigung so an. Hinter einer roten Pagode, deren Wände sich über ihm im Unendlichen verloren, kam eine bunte Spielzeuglokomotive in Sicht, die zwei Waggons und einen Speisewagen über die Silbergleise zog und in ein perlmuttfarbenes Gebäude einfuhr, das nicht größer als eine Schneckenmuschel war.

— Sieht aus wie ein Spielzeug. In welcher Höhe befinden wir uns?

— Für ein menschliches Auge ist das schwierig einzuschätzen. Fünfhundert Meter, Stinker.

— Aha.

Er starrte auf die Welt hinab.

— Geheiligt sei das Neue, sagte Freer.

— Im Ganzen betrachtet, fuhr Vipassana in einem Tonfall fort, der keine Unterbrechung billigte, — ist *Klavier* in zwei Hälften geteilt. Dein Homo-sapiens-Gehirn ist ähnlich aufgebaut, auch wenn das nicht ganz so einfach ist. Beide Hälften von *Klavier* sind mit den Schnittpunkten von fünf bodenlosen Schächten verwachsen, die alle dem zentralen Schacht ähneln, dem wir gefolgt sind. Zusammen ergibt das elf Schächte.

— Okey dokey.

— Um die beiden Hälften zusammenzufügen, musste die *Fliesentanz* nur die Kluft zwischen den Nervenenden, die den zentralen Schacht bisher spaltete, überwinden.

— Also gut. Bist du fertig? Dann …

— Aber ich muss das noch näher erläutern!, säuselte Vipassana beinahe schrill. — Die Schnitthälften von *Klavier* waren in ihrer Blütezeit topographisch verschieden, auch wenn kein menschliches Auge diese Trennung hätte wahrnehmen können. Jeden dieser elf Schächte könnte man sich – wie wir kurz umrissen haben – als eine spiralförmige Triebfeder vorstellen, die sich um ihresgleichen windet. Jede der elf Wurzeln, die die elf Schächte bilden, verfügen außerdem über die gleichen Informationen wie die anderen Wurzeln von *Klavier*, und zwar dank des Systems aus Kapillarzweigen und kleineren Wurzeln. Ihnen als Homo sapiens käme all dies unentwirrbar verworren vor, wäre *Klavier* gänzlich am Leben gewesen, denn Ihre Augen sind fleischlich und können keinen Wendungen folgen. Denken Sie also daran, dass diese Komplexität – oder zumindest die archäologischen Spuren der gänzlich hochgefahrenen *Klavier* – im Verlauf unseres Fluges größer wurde, denn alle elf Hauptschächte, alle einhundertundeinundzwanzig Wurzeln, sind im Kern von *Klavier*, der einem Knoten ähnelt, miteinander verbunden. Wie tausendmal tausend Rattenkönige (kreischte Vipassana höher als hoch in seinem perlmuttfarbenen ›Rachen‹)! Es gibt keine Landkarten, mit deren Hilfe man dem Geflecht des innersten Knotens folgen könnte, der über dem Thronsaal wachte – ich allerdings werde den Weg kennen, wenn wir dort angekommen sind. Denn jetzt ist uns das gestattet. *Klavier* kommt zu sich!

— Dann solltest du in meiner Nähe bleiben, Vipassana, sagte Freer. — Um meinen Hals.

— Wir sind durch die Pflicht an Sie gebunden, M'herr, säuselte Vipassana etwas leiser. — Die Aufgaben meiner Wenigkeit wurden festgeschrieben. Über uns …

— Fass dich kurz, Vip, sagte Freer.

— Auf der Oberfläche der Welt, sagte Vipassana und klang wieder etwas schriller, — halten die einhundertundeinundzwanzig Synthetischen Intellekte von *Klavier* Wache. Alle blicken sie durch bestirnte Hautschichten, deren es einhundertundeinundzwanzig gibt, in das Vakuum hinaus. Jedes Gesicht sprießt aus der Spitze einer einzelnen Wurzel, wie die Wurzeln, die *Fliesentanz* verschlungen haben.

— Eine treue Rotte, sagte Freer.

— Jeder Synth herrscht souverän über seine Wurzel, fuhr Vipassana unaufhaltsam fort. — Um jedes Gesicht (oder um jede Gläserne Insel) verzweigt sich ein riesiges Blatt aus gehärteter Oberhaut, die das Angesicht des Synthetischen Intellekts vor visuellem Zugriff schützt, sofern das notwendig ist. Jedes dieser Blätter bildet einen Teil der Haut, die ganz *Klavier* einhüllt, wie bei einer Zigarre. Im Ganzen wird *Klavier* von einhundertundeinundzwanzig Hautschichten eingehüllt, wie ein Baum von einhundertundeinundzwanzig Schichten Rinde.

Freer verspürte innerlich einen Stich, wie das *Und dann* einer Geschichte, die vor langer Zeit erzählt wurde, inzwischen jedoch in Vergessenheit geraten war.

Das Labyrinth von Piazzas unter ihnen wurde in

einem Tempo zu Straßen, Spalten und Marktplätzen, das auf Grund der Beschleunigung dem Fortkommen einer Schnecke glich. Diese Welt war ausgesprochen dicht bevölkert. Gartenlauben neigten sich wie Christbaumkugeln dem Abgrund entgegen.

Ballons wichen ihnen in Zeitlupe aus.

Vipassana hielt inne, als hätte sich Rost des Halsbandes bemächtigt.

— Warum die Elfzahl?, wollte Freer wissen.

— Die Ahnen zogen es vor, in Elfern zu zählen. Aus Gründen der Anmut, des Rangs und des Vertrauens. Ein Ring, die Zehn zu binden. Die Gorgonen sind in der Zehnzahl plus eins. Im Augenblick befinden wir uns in der Ranke, die zweimal ihrer fünf bindet. Wir befinden uns in einer Ahnenkathedrale, M'herr, aus frühster Zeit. *Klavier* ist eine Gorgo der Tiefe. Sie ist eine Gorgo der Schwelle. Sie bewacht die inneren Sterne.

Irgendwo in Freers Kopf regte sich eine Erinnerung, als würde etwas etwas anderem etwas zuflüstern.

— Wir haben die beiden Hälften von *Klavier* miteinander verbunden, M'herr, und dadurch die Gorgo aufgeweckt, sagte Vipassana mit einer Stimme, die um Ernsthaftigkeit bemüht war.

— Kath? KathKirtt? Beendet die Beschleunigung, bitte.

Gehorsam wurde die Welt wieder schneller.

Einen Augenblick lang ließ das plötzliche Tempo Freer erbeben.

Das Cache-Sex streichelte seinen heißen Hodensack und kitzelte den Schleier aus Schamhaaren. Ihr Löwenblick sah zu ihm empor – belaubt, grün und grinsend.

— Binde mich, Stinker. Binde mich, binde mich.

In diesem Augenblick stellte sie nicht mehr das Grinsen der Streitgorgo zur Schau.

— Bist du Zehnzahl plus eins, KathKirtt?

— Du vielleicht, Stinker?

Hinter seinen Augen peitschte ein Vorhang hin und

her: Gleich würde etwas dem unerträglichen Licht ausgesetzt.

— Wache und wehre, Stinker.

Quondams Geschwister erfüllten ihre Aufgabe.

— Okey dokey, Synth, murmelte Freer.

Er wandte sich dem Herrn von *Klavier* zu.

»Das war eine angemessene Zusammenfassung«, sagte Appleseed.

»Verdammte Scheiße, Johnny. Wieso haben Sie das gehört? Wir waren beschleunigt.«

Appleseed hob eine Augenbraue.

»Das fällt mir nun mal ausgesprochen leicht«, sagte er.

Unter ihnen, auf den Piazzas, die sich wie Flügel in die Finsternis erstreckten, sammelten sich die Repräsentanten der einhundertundeinundzwanzig Kohorten, die den Piloten begrüßen wollten. Manche standen für sich, manche Nicht-Bisymmetrischen in Triaden oder schräg einander zugeneigt. Manche drängten sich wie Insekten auf dem glänzenden Stein aneinander. Das Munchkin-Geschnatter Tausender von Stimmen wurde zu einzelnen Wörtern, zu verzückten Beifallsgeflechten.

Toon-Drachen katapultierten sich in die Luft und zogen Fahnen hinter sich her.

»Nun?«, sagte Appleseed.

»Die Musik Ihrer Herde rührt mich.«

»Hören Sie Musik?«

»Natürlich. Ich höre Musik, seit wir das Schiff verlassen haben.«

Johnny Appleseed wandte Freer sein Gesicht zu.

Seine Augen waren feucht.

»Manche von ihnen sind schon lange bei mir. Fleischliche Marionetten sind äußerst gebrechlich.«

Eigentlich war das keine Erklärung für die Tränen oder den steifen Penis.

»Und jetzt hetze ich Ihnen *Insort Geront* auf den Hals.«

»Ach, Scheiß drauf«, sagte Johnny Appleseed und kratzte sich am Sack. »Die sind schon seit einer Milliarde Herzschläge überfällig. Schwachköpfe. Und jetzt kommen sie zu spät.«

»Zu spät wozu?«

»Nun, Jungchen – zu spät, um uns daran zu hindern, das Universum zu retten, natürlich.«

Von den höher gelegenen Ebenen der Stadt fiel Laternenschein auf sie herab. In der Mitte des Portals drehte sich das Stamen. Sie schienen eine zentral gelegene Piazza am Rande des Abgrunds anzusteuern. Die Oberfläche der Piazza wurde von einem riesigen Mosaik bedeckt, das in einem Spiralmuster angelegt war, dessen Mitte sie sich nun näherten. Die Gondel setzte etwas seitlich von der Mitte auf, in einer Lücke zwischen den Mosaikfliesen. Jetzt war zu erkennen, dass die Fliesen in Mustern von der Größe der Gondel angelegt waren. Sie zog ihre Reling ein und passte sich mit einem Seufzen genau in die Lücke ein. Die aufgemalten Gesichter mit den Bienenaugen auf ihrem Rumpf kicherten leise und verstummten. Die Gondel erstarrte und wurde wie ihre tausend Geschwister wieder zu einer Fliesengeschichte im Mosaik.

Sie befanden sich am Grund von *Klavier*, in der Mitte eines großen Kreises fleischlicher Wesen, eines Kreises von Sigilla, die für ihre fünfzehnminütige Berühmtheit auf Hochglanz poliert waren, eines Kreises von Synbildern, die flackernd ihren Code ausstrahlten, eines Kreises von glückseligen Toons. Weit über ihnen, wo die beiden Stamen aufeinander trafen, drehte sich die *Fliesentanz* in Zeitlupe wie ein Kreisel und sandte Blitz- und Donnerpfeile abwärts, aber keinen Regen. Wohlgeruch drang durch die blitzdurchzuckte Luft von höher gelegenen Ebenen zu ihnen herab. Ein Schleier aus sich drehenden Kapillargefäßen wölbte sich über die beiden Homo-sapiens-Männchen und bildete einen Palankin.

Die Regenschirme verwandelten sich in Merkurstäbe.

»Willkommen zu Hause«, sagte Johnny Appleseed bedächtig und mit knarzender Stimme. »O täglich Wachsender.«

Toon-Drachen kreisten zwischen den herabhängenden Laternen über ihnen.

Freer weckte seinen Schnüffler, der sogleich wuffte.

Die Drachen verblassten nicht zu Sigilla auf Stelzen.

»Beruhigen Sie sich«, sagte Appleseed. »Das sind echte Toons.«

Sie standen auf der Piazza, welche die Pforte einfasste und in beide Richtungen hinter dem Horizont verschwand. Mindestens die Hälfte der vielen Leute war bisymmetrisch, auch wenn keine Vertreter von Homo sapiens darunter zu sein schienen. Alle spähten sie über Balustraden und blickten von höher gelegen Ebenen herunter. Sie baumelten in der Luft.

Überall stank es nach Knoblauch.

— Die *London Bridge,* flüsterten SammSabaoth. — Nur Ihnen zu Ehren.

— Vielen Dank, flüsterte Freer den Synths zu, deren Leibeigenschaft auf der Menschenerde ihren Anfang genommen hatte, als es dort noch frei laufende Exemplare von Homo sapiens gab. Sie hatten den Planeten bereits gekannt, als der noch am Leben war. Freer konnte jetzt ausmachen, dass die schmale, sichel- und stufenförmige Stadt am Rande des Abgrunds, die vor Geschrei widerhallte und mit Ständen und Herbergen in Säulengängen überwuchert war, (ihm zuliebe?) die *London Bridge* von jenseits der Vergangenheitssenke widerspiegelte: ein Dutzend *London Bridges,* die in kunterbuntem Durcheinander miteinander verflochten waren – die Stadtteile von London (ein Dutzend Städte auf der Menschenerde, die alle bis zur Radnabe im Schlamm eingesunken waren) als gestufte Stadtlandschaft, die an die Tage des Lichts auf der Menschenerde gemahnten, bevor der Alzheimerfraß die kleine Insel Britannien befallen hatte; bevor die finsteren Alzheimergötter, nachdem ihre Weidengesichter zu Asche geworden waren, die Giebel und Dachgärten und die mit Bildteppichen ausgekleideten Turnierkampfplätze, die Essensstände und die Gasthäuser und die Mittwintergelage leer schmarotzt hatten; bevor sie das tausendstimmige Geschrei von London wie alte Farbe von der Brücke gekratzt und nur noch eine schimmelbefallene, glatte Osteoporose aus Stein zurückgelassen hatten, die die tote Themse überspannte.

Lichtblitze zuckten über die Leere zwischen Trichterrand und Stamen hinweg – wie Kronleuchter in einer Generationenarche, die von den Sternen hin und her geworfen wird. Luftschiffe loteten von dort die Tiefe aus, während sie auf Augenhöhe herabsanken.

Es roch nach Kohlenqualm, ein puffendes Geräusch ertönte.

Die Menschenmenge teilte sich in einer Art La-Ola-Welle. Gelbe Gleise legten sich entlang der gewundenen Linien der Mosaikfliesen, deren Gesichter fröhlich lächelten, ganz wie die Synthetischen Intellekte von *Klavier*, die ins Vakuum hinauslächelten – tausend Azulejarias, die auf den Einbruch der Dunkelheit warteten, um tausendundeine Geschichte zu erzählen. Der Zug, den sie von weit oben gesehen hatten, war plötzlich ganz nahe. Er folgte den in einer immer enger werdenden Kreisbahn verlaufenden Gleisen und wirkte nun viel größer. Er wurde von einer auf Hochglanz polierten Dampflokomotive mit Messingbeschlägen gezogen, die weißen Rauch in die ockerfarbene Dunkelheit ausstieß. Der Rauch flüchtete in den Abgrund, wo er Grimassen schnitt, bevor er sich verzog. Es war Toon-Rauch.

Der Zug war kein Toon.

Er kam zum Stillstand. Auf dem Aussichtsfenster des letzten Wagens stand SPEISEWAGEN geschrieben. Aus seinem bemalten Dach erhob sich eine erleuchtete Kuppel. Er blieb direkt vor dem Palankin stehen und schaukelte auf seinem Fahrgestell nach.

Freer brachte seinen Ohrring zum Schweigen.

Die Merkurstäbe stießen einstimmig eine leises *Juche!* aus.

Jemand trat auf die Aussichtsplattform des Speisewagens hinaus.

Ein Menschenweibchen.

Die La-Ola-Welle der Bisymmetrischen verebbte unvermittelt. Alle, die den drei Exemplaren von Homo sapiens am nächsten standen, schienen zu schrumpfen. Alle, die Masken trugen, blieben in der Nähe.

Johnny Appleseed rührte sich nicht.

— Verdammt verdammt verdammt, flüsterte Freer.

»Ferocity?«, sagte er laut.

»Hallo, mein Schatz«, sagte Ferocity Frühlingsschwester und sah ihn direkt an – sie war es tatsächlich. Die verbliebenen Bisymmetrischen zuckten geschlossen zusammen und gaben sich alle Mühe, außer Sichtweite zu gelangen. Wahrscheinlich war dies das erste Mal in ihrem Leben, dass sie zwei Vertreter von Homo sapiens dabei beobachtet hatten, wie sie Blickkontakt aufnahmen, während sie sich verständigten. Auch die anwesenden Sigilla und Synbilder lösten sich auf – das war eine Sache des Anstands.

Sie blickte ihm direkt in die Augen. Er blickte *ihr* direkt in die Augen.

Ferocity Frühlingsschwester wandte sich um und kletterte von der Aussichtsplattform herunter. Bis auf das übliche Cache-Sex und eine Halskette war sie nackt. Sie streckte die Arme empor, um sich an dem Messinggeländer festzuhalten, und ihre Brüste hoben sich in der erhitzten Luft. Ihre Gesäßhälften teilten sich leicht, als sie sich streckte, um auf den warmen Boden zu gelangen.

Sie stand auf der Piazza, als wäre die Sonne aufgegangen.

Sie breitete die Arme aus, winkelte die Ellbogen an, drehte ihren Körper und schritt dann rasch ein kompliziertes Muster innerhalb der Fliesenazulejarias ab, das die Geschichte eines unermesslich hohen Turmes auf einem weit von der Menschenerde entfernten Planeten erzählte. Ihre Knie hoben sich ruckartig. Von oben mochte es so aussehen, als würde sie einen Quincunx ausmessen.

Sie beugte sich vornüber.

(Ihre Brüste streiften ihre Knie.)

Sie legte ihre offenen Handflächen in den Quincunx, den sie abgeschritten hatte.

Ihre Finger wiesen alle in dieselbe Richtung.

Freer konnte sich nur zu gut an diese Abfolge von Bewegungen erinnern. Jeden Morgen bei Sonnenaufgang. Jeden Mittag. Während der Abenddämmerung. Jedes Mal, wenn sie ein Gebäude verließen.

Sie verirrten sich nie.

Er spürte, wie sein Blut in Kanälen verlief, die lange trocken gelegen hatten.

Seine Halskette fühlte sich plötzlich rau an.

Förmlich legte Freer seine Finger auf seine Brustwarzen.

Die Bisymmetrischen und die meisten Nicht-Bisymmetrischen purzelten wild durcheinander, um in eine sichere Entfernung zu gelangen. Sie sackten zu Boden. Die Luft vibrierte vor Hitze und Staub. Der Laternenschein führte gespenstische Tänze auf.

Das Homo-sapiens-Weibchen war fast so groß wie Freer. Ihre Haare waren rotbraun, ihre Augen bernsteinfarben. Sie hatte lebhafte Gesichtszüge und hohe Wangenknochen. Ihre Brüste waren nicht groß, aber fest und ausgesprochen ebenmäßig, mit großen runzligen Warzen, als wäre die Luft kalt, was sie eindeutig nicht war. Der Bauch des Menschenweibchens wies keine Dehnungsstreifen auf, als hätte sie nie ein Kind ausgetragen.

Das war zutreffend. Das Homo-sapiens-Weibchen war groß und drahtig, mit schmalen Hüften und einem vollen Arsch, der in steilen Rundungen auslief, die nach außen gewendete Innenseite der neunten Welle. Die Spalte war ebenmäßig und führte in die Finsternis hinein. Rotbraunes Schamhaar lugte oberhalb des Cache-Sex hervor, das wie ein Bienenkopf geformt war und Freer anstarrte, dem allmählich heiß wurde. Das Menschenweibchen kratzte sich zwischen den Beinen.

Vor seinen Augen nahm sie schneller Gestalt an, als er ihren Anblick erfassen konnte.

— Unter mir regt sich etwas, sagte Kath.

»Ich glaube, Sie beide kennen sich bereits«, sagte Johnny Appleseed.

Da er selbst so etwas wie ein Homo sapiens war und über alle Eigenschaften eines Menschenmännchens verfügte, war er vergleichsweise gefeit gegen die elektrostatische Latenz, gegen die Pheromone und die mit Nährstoffen erfüllte, neotenische Hitze des Balzrituals von Homo sapiens – gleichgültig, was Exemplare von Homo sapiens gerade taten, das war ihre Hauptbeschäftigung.

»Verpiss dich, Alter«, sagte Ferocity Frühlingsschwester.

Ihr Blick ruhte auf Freer.

In den Schatten schienen ihre Pupillen senkrecht zu stehen und etwas erweitert zu sein.

»Keiner von uns beiden ist also tot«, sagte Ferocity Frühlingsschwester.

»Was ist passiert?«

»Weißt du das nicht?«

»Ich kann mich noch an den Planeten erinnern, Ardamon II. Du hast das Schiff verlassen …«

»*Fliesentanz.*«

»*Fliesentanz.* Du hattest eine Reise ins Innere des Planeten gebucht. Mit deiner Cousine.«

»Ich habe tausend Cousinen.«

»Einigen davon bin ich begegnet.«

»Mit ein paar hast du gevögelt.«

»Ich habe mit Hunderten gevögelt. Mit Hunderten.«

»Tage des Lichts«, sagte sie förmlich.

»Ich liebe dich«, erwiderte Freer. »Tage des Lichts.«

»Ich liebe dich.«

»Der Schimmelfraß breitete sich aus«, sagte Freer. »Und dann wird alles verschwommen. Ich bin in den Planeten eingedrungen. *Fliesentanz* hat mich rausgeholt.«

— Wir haben dich rausgeholt, murmelten KathKirtt, — nicht zum ersten Mal, kleines Kurzleben. Und du bist wieder rein. Wir haben dich wieder rausgeholt, mausetot. Wir haben dich so oft rausgeholt, bis dir die Körper ausgegangen sind und du dich in *Schweinchen Dick* verwandelt hast.

»Mein über alle Maßen geliebter Synth hat mich rausgeholt.«

»KathKirtt? Seid ihr da? Meine Verbindung steht noch nicht.«

»Hallo, Ferocity, mein geliebtes Möschen«, sprach Kath laut aus Freers Cache-Sex. »Dem können wir abhelfen.« Der Halskette um ihren Hals wuchs eine spöttische KathKirtt-Maske, die auf das Rad der endlosen Reise geflochten war. Sie öffnete die Augen.

— Vielen Dank, KathKirtt. Aber lasst uns trotzdem laut sprechen, damit die Leute uns hören können.

Ihre Brustwarzen waren so nah, dass er sie mit den Händen, die sie einst berührt hatten, hätte berühren können, ebenso wie die Schatten unter ihren Brüsten, wo sein Mund geruht hatte.

Ferocity Frühlingsschwester sah Freer an.

Sie betrachtete sein Cache-Sex.

»Ich konnte dich nicht finden«, sagte Freer. »Ich war zu der Schlussfolgerung gelangt, dass du tot warst, dass sich in dem Planeten eine Läuterung verpuppt hatte, dass du in einer Golemtretmühle gefangen und von fleischlichen Wesen, deren Drähte sie zu Kreide hatte erstarren lassen, zu Staub zerstoßen worden warst.«

— Siehst du, ich weiß durchaus noch, was passiert, wenn der Schimmel sich ausbreitet, sagte Freer zu dem Synth, der sich um seinen Unterleib schlang.

— *Jetzt* weißt du es, entgegneten KathKirtt.

— Ach.

— Auf *Schanzer* wusstest du es nicht mehr.

»Mein Lebensziel habe ich nicht aus den Augen verloren«, sagte Ferocity Frühlingsschwester.

Sie schob eine Hand in ihr Cache-Sex.

Er konnte den scharfen Moschusgeruch riechen, der zwischen ihren Beinen hervorströmte. Es war der Geruch von Jerusalem auf einer Landkarte aus Haut.

»Ich bin ziemlich schlimm gealtert, der Schimmel hat mir fast den Körper geraubt, den ich damals getragen habe. Aber er hat mich nicht verschlungen, ich habe es bis an die Oberfläche geschafft. Dort habe ich das Fleisch der Toten gegessen, bis sie abgelaufen sind. Ich habe eine abenteuerliche Zeit verbracht, mein Liebster. Aber ich habe es bis zur Oberfläche geschafft. Dann habe ich einen SOS-Ruf losgeschickt. Bis ich gestorben bin.«

»Sie ist nicht die Tochter meiner Lenden«, sagte Johnny Appleseed. »Aber sie ist die Tochter meinesgleichen. Sie wurde im Augenblick des Todes gefunden, in Tiefschlaf versetzt und hierher gebracht. Es hat eine Weile gedauert, einen neuen Körper zu züchten, sogar hier.«

»Das kann Jahre dauern«, sagte Freer. »Wenn man ganz von vorne anfängt.«

»Und hier bin ich«, sagte Ferocity Frühlingsschwester. »Ich gehöre dir, Nathaniel Freer. Lass uns vögeln.«

»Wo?«

»Was spielt das für eine Rolle?«

Sie blickte ihm tief in die Augen. Obwohl sie beide im Grunde genommen nackt waren, obwohl sie beide erregt waren, war das eine solche Verletzung des Anstands, dass seine Haut prickelte. Das machte sie immer so.

Genauso hatten sie sich kennen gelernt, mehr als einmal.

Er trat auf sie zu, sie trat auf ihn zu.

Die Halskette um seinen Hals schien ihn einzuengen.

— Vipassana? Was willst du?

— Wir müssen unsere Durchquerung fortsetzen. Die Zeit drängt.

Freers Lippen bewegten sich zittrig, aber er sagte nichts.

— Jetzt, M'herr. Jetzt!

— Nein, Synth, sagte Freer. — Wegtreten, fügte er förmlich hinzu.

Er zog sich die Halskette über den Kopf und warf sie in die Höhe.

Er warf sie mit aller Kraft.

Sie schlug über den dicht gedrängt stehenden Wesen Purzelbäume.

Niemand bemerkte anfangs, wo sie zu Boden fiel, den Blick starr durch ihre Zinnwangen gerichtet. Dann erhob sich der Toon-Merkurstab in Freers Hand in die Luft, drehte sich wie ein kleiner Wirbelsturm, als ahme er die *Fliesentanz* nach, und landete in Gestalt eines kleinen Holzhauses auf der sich windenden Halskette. Unter dem Haus lugte ein Paar roter Schuhe hervor. Quondams Geschwister hatten die Aufregung in Freers Herz und Magen gelindert.

»Nun denn«, sagte er. »Wo waren wir stehen geblieben?«

Das Cache-Sex ritt wie eine Satteldecke auf ihm.

»Wir werden vögeln. Jetzt.«

Sie berührte ihn.

»Nehmen Sie sich zusammen«, sagte Johnny Appleseed und legte seine knochigen Hände auf ihre Schultern. »Auf *Klavier* gilt: Für Homo sapiens ist es nicht recht und billig, sich auf öffentlichen Plätzen dem Geschlechtsverkehr hinzugeben, sofern andere Spezies dadurch Schaden nehmen könnten. Es besteht jedoch kein Zweifel an der Tatsache, dass Sie vögeln müssen.«

»Zweifellos«, sagte Freer. »Okey dokey, wo? Im Zug?«

»Nur zu. Er wird Sie zur Schleuse hinunterbringen, wo Sie wieder in die *Fliesentanz* umsteigen können. Sie wird Ihnen auf Ihrem Weg hinunter folgen. Dann werden Sie den Schlüssel im Schloss umdrehen.«

Johnny Appleseeds Haare standen ab.

»Ach, Johnny«, sagte die nackte Frau und wurde rot. »Du Schraddelkopf.«

Alle wichen höflich vor ihr zurück.

»Ach, Johnny«, widerholte sie, berührte ihn an der Schulter und zog dann die Hand zurück. »Ich liebe dich.«

Über die Rundung ihrer Brüste liefen Schweißperlen.

Ein kleiner Bach bildete sich und trocknete wieder aus.

Die drei Vertreter von Homo sapiens, die da beieinander standen, verströmten eine äußerst komplexe Vielfalt von Gerüchen.

Ihre Körper glänzten.

Freer wandte sich Johnny Appleseed zu und nahm ihn in die Arme.

»Vielen Dank«, sagte er, »dass Sie sie gerettet haben. Und dass Sie mich hierher gebracht haben.«

Er zögerte einen Moment.

»Aber zuerst«, sagte Johnny Appleseed, »müssen Sie etwas Apfelwein trinken.«

Der Merkurstab in seiner Hand wurde zu einem kleinen Tisch, auf dem ein Krug und drei Gläser standen. Er füllte die Gläser mit einer bräunlichen Flüssigkeit, die einen scharfen Geruch verströmte.

— KathKirtt?

— Sei nicht unhöflich. Du bist nicht hier, um vergiftet zu werden.

— Okey dokey.

Ferocity und Appleseed stürzten den Apfelwein hinunter.

Freer folgte ihrem Beispiel.

»Mmm«, brummte Appleseed. »Mögen Sie ewig leben.«

Mit einer Handbewegung wies er auf den Zug.

»Gott schütze Sie«, sagte er. »Aber beeilen Sie sich. Ihr Schiff wartet ungeduldig auf Ihre Rückkehr.«

— Damit wir ins Innere vordringen können, flüsterte Johnny Appleseed in einer geheimen Nische im Konklavraum, die mit Schutzzaubern gegen menschliche Intimitäten abgeschirmt war.

— Und?, fragte Freer.

— Los.

Appleseed klatschte Freer auf den Hintern. Appleseed klatschte Ferocity auf den Hintern.

Freer blickte auf.

Ferocity Frühlingsschwester hatte sich bereits dem Zug zugewandt, der leise schnaufte. Auf ihrem Hintern zeichnete sich Johnny Appleseeds Hand ab. Hitze stieg empor. Sie tanzte rückwärts aus dem Quincunx heraus, wie eine Bachstelze.

— Was passiert mit meinem Schiff?, fragte Freer.

Über der Piazza hatte die *Fliesentanz* ihre Drehbewegung innerhalb der Säule fortgesetzt. Sie war durch die von Lüstern ausgeleuchteten, dunkler werdenden, lufterfüllten Seitenschiffe über der Piazza herabgesunken und hatte die Säule von der anderen Seite der Welt hinter sich hergezogen, die sich weiter um die Silbernadel webte, die sie verschluckt hatte. Wie gesponnenes Glas wurde sie immer länger. Deutlich sichtbar schien die *Fliesentanz* die Welt miteinander zu verknüpfen. Sie zog den ausgefransten Ärmel der Welt in Richtung Heimat.

Nachdem ihre Aufgabe erledigt war, zogen sich die Sigillum- und Synbild-Körperformen wieder ins Schiff zurück. *Fliesentanz* drehte sich weiter, sank weiter herab, bis sie direkt über dem Portal schwebte, das ins Innere führte – über dem Rachen, dem bedrohlich aufgerissenen Maul.

Und dann, wie ein besonders wohlschmeckender Pfeil, der den Rachen einer Schlange hinunterglitt, sank sie summend in das Portal hinein. Das Portal schwoll an und pulsierte, eine Öffnung im Herzen der Welt, die von innen heraus leuchtete und von Gesimsen bedeckt war – eine Peristaltik, die sich in Form von Musik äußerte. Die *Fliesentanz* sank langsam weiter, und bald war sie hinter den umlaufenden Stufen verschwunden.

— Sieht fast so aus, als würde da ein Apfel im Rachen stecken, sagte Freer.

Appleseed klatschte freudig in die Hände.

— Folgen Sie ihr, murmelte er, sie wird uns runterbringen.

— Zeremonien, murmelten KathKirtt aus einem belagerten Marktplatz innerhalb des Konklavraumes heraus, — muss man sehen, um an ihre Existenz zu glauben.

Ferocity Frühlingsschwester schob ihre Hand unter Freers Achseln hindurch und strich über seine Brustwarzen.

Seine Erektion nahm wieder Gestalt an.

»Alles wird gut«, sagte Johnny Appleseed. »Alle möglichen Dinge werden gut«, sagte er und wiederholte, was KathKirtt vor zwei Stunden ausgesprochen hatten, als sie in *Klavier* eingeflogen waren.

Freer betrachtete den Pianisten, der ihn hierher gelockt hatte.

»Sie scheinen langsam aufzuwachen, Jungchen«, sagte Johnny Appleseed. »Muss am Apfelwein liegen.«

Freer wandte sich wieder Ferocity Frühlingsschwester zu.

Er sagte: »Lass uns vögeln.«

Sie schritten über ein Dutzend lächelnder Mosaikgesichter. Maskierte Sophonten der einhundertundeinundzwanzig Kasten sowie einige hundert Sigilla, Synbilder und andere Fleischlose machten ihnen Platz.

»Der Speisewagen wird sich automatisch abriegeln, sobald Sie ihn betreten haben«, rief ihnen Johnny Appleseed nach. »Aus Gründen des Anstands und wegen des Gestanks. Die Kuppel dagegen wird durchsichtig bleiben. Schließlich möchten wir zuschauen.«

»Dafür sind Allumfassende Fenster da«, erwiderte Freer und zuckte mit den Achseln.

»Ihren Höhepunkt werden wir natürlich übertragen müssen.«

Ohne sich umzudrehen, reckte Freer ihm einen Finger entgegen.

— Viel Spaß beim Warten, murmelte er.

»Toto, Platz«, sagte er laut über die Schulter hinweg, ohne den Blick von Ferocitys Rücken, von der Spalte zwischen ihren Gesäßhälften abzuwenden.

Sie kletterten zur Aussichtsplattform des Speisewagens hinauf. Ihre Gesäßspalte weitete sich, während sie ihm vorausging. Er atmete ihren Geruch ein.

Schweißperlen liefen auf der Innenseite ihrer Schenkel herab.

Auf Deck blieben sie stehen und winkten. Ein zweifüßiger Lokführer mit rosigen Wangen, einer Kochmütze und einem kleinen Schnurrbart winkte aus der Lokomotive mit einem Taschentuch zurück. Die Lok stieß sachte Zeichentrickrauch aus und setzte sich schnaufend und keuchend in Bewegung. Sie folgte den gelben Gleisen, die immer größere Kreise zogen, insgesamt elf, bis sie die mit Pechnasen versehene Einfriedung erreichte, welche die Piazza vor den Gefahren des Abgrunds abschirmte. Maskierte Sophonten, manche mit der Statur von Homo sapiens, andere dagegen viel kleiner und neotenisch, applaudierten in Wellen. Rauch stieg aus dem Schornstein empor, wurde zu einem Zeichentrickheiligenschein aufgepeitscht, der explodierte und herabregnete. Im Schein des Feuerwerks strahlten die ineinander verwobenen Verbindungslitzen von beiden Seiten der Welt ein komplexes plazentares Leuchten aus.

Das Homo-sapiens-Paar blickte über die Einfriedung in den Abgrund, während der Zug abwärts tuckerte und sich dem ersten Tunnel näherte. Die *Fliesentanz* schwebte direkt unter ihnen und harrte ihres Abstiegs. Sie hielt mit ihnen Schritt, ihre Schleuse immer dem Zug zugewandt. Hinter ihnen war die zentral gelegene Piazza aus ihrem Gesichtsfeld geglitten, doch innerhalb weniger Augenblicke tauchte sie über ihnen wieder auf, von einem Flickenteppich mit Azulejarias bedeckter Eibengesimse gehalten, die sich in den Abgrund erstreckten. Frei schwebende Strebepfeiler, die mit Bannern geschmückt waren, stützten die Gesimse. Wasserfälle schäumten über die darunter gelegenen Gesimse und ergossen sich über die Lokomotive. Sie glitten aus dem Tunnel heraus und unter dem zweiten von elf Gesimsen hindurch, an fliesenglänzenden Feldern vorbei, auf denen das Getreide schräg wuchs. Aus Spalten und Lücken blinzelten ihnen große Augen entgegen, und mitternächtliche Säulengänge wurden von Kronleuchtern erhellt, die sich bis ins Unendliche spiegelten. Thronende Pagoden wimmelten nur so von Synbildern.

Ein weiterer Tunnel. Ein weiteres Gesims. Und wieder. Und wieder. Die *Fliesentanz* drehte sich mit dem Zug, ihr Gesicht so unwandelbar wie der Mond der Menschenerde: Sie ließ den Speisewagen nicht aus den Augen.

Schließlich gingen sie hinein. Die Tür schloss sich hinter ihnen. Jetzt konnten sie vögeln, ohne andere Spezies zu gefährden. Menüs reckten sich aus Hermen und zeigten an, dass sämtliche Allumfassende Fenster zugeschaltet waren.

Der Speisewagen bestand aus einem einzigen länglichen Raum mit rostgrünen Wänden, der zur Kuppel hin offen war. In jeder Wand befanden sich drei echte Fenster. Auf einer Seite war die *Fliesentanz* zu erkennen, die ihnen ihr Gesicht zugewandt hatte. Sie war so nahe, dass man sie fast berühren konnte. Auf der anderen Seite glitten die Felder vorbei, hinter denen die Wände wie Porzellan schimmerten, das frisch aus dem Ofen gekommen war. Allerdings waren diese Wände eindeutig flüssig, denn tief in ihnen waren Runen zu erkennen, die sich selbst schrieben. Sie hielten mit dem Zug schritt, der sich die absteigenden Stufen entlangwand. Die Runen erzählten, was bisher geschehen war.

Etwas wie ein Bett oder eine Hängematte schwebte mitten in dem länglichen Raum. Es war aus Kapillaren gewebt worden, die in Federbüschen ausliefen und einen Moschusduft verströmten. Winzige Augen blinzelten aus Fliesenknoten. Herme säumten die Wände. Zwischen den Hermen hingen Dutzende von Masken, den Blick steif und prätorianisch nach außen gerichtet. Ein Allumfassendes Fenster erlaubte den Zugriff auf die Steuerelemente der *Fliesentanz,* wo sich eine Maskenrotte in Verkleidung von KathKirtt und SammSaboath versammelt hatte. Andere Fenster leuchteten schwach, als würden sie auf die Paarung warten. Die Luft im Raum war hautwarm. Allerdings wehte eine leichte Brise, die Gerüche mit sich trug: Kapillarmoschus, Knoblauch, Kreuzkümmel. Der Wagen schaukelte, als der Zug auf seinem spiralförmigen Abstieg einen Gleisanschluss überquerte und Teraflops von Daten mit einer uralten Litze austauschte – Tausende von gewundenen Kilometern planeteneinwärts von ihrer Kindheit entfernt. Die Litze war alt genug, um noch Spuren des Lichts zu enthalten.

»Ich halte mich hier auf, seit ich aufgewacht bin«, flüsterte Ferocity Frühlingsschwester.

Ihr Körper glühte vor Schweiß.

Freer bewegte seine Zehen auf dem warmen Teppich, der ein Menschenmännchen und ein Männchenweibchen darstellte, deren Gliedmaßen miteinander verschlungen und aneinander gekettet waren – einer an die andere, sodass sie Handgelenk an Handgelenk und Fußknöchel an Fußknöchel zusammengebunden waren und ihnen nichts anderes übrig blieb, als so tief aufeinander zu liegen, wie sie es sich nur träumen konnten. Die Gestalten im Teppich wanden sich. Ihre Brustwarzen waren schwarz vor Hitze, und sie stießen leise Geräusche aus. Freer löste sein Cache-Sex und warf es über eine Herme, auf der Kath sich niederließ, nachdem sie ein feiges Löwengesicht gezogen hatte. Ferocity ließ ihr Cache-Sex auf den Boden fallen.

»Sollen wir uns Zeit lassen?«

»Nein«, sagte Ferocity. »Nein. Ich glaube nicht, dass ich das kann.«

Sie trat auf ihn zu.

Er drehte sich zur Seite, ließ eine Hand zwischen ihre Beine gleiten, und sie fielen durch die niedrige Schwerkraft auf das schwebende Bett. Kaum bemerkten sie, dass es zur Kuppel emporstieg, wo die Fenster – ob echt oder allumfassend – sie der Welt darbrachten. Sie wühlten sich in Position, wie es der Gewohnheit von Homo sapiens seit dem Verlust der Menschenerde entsprach, senkten ihre Köpfe auf die Körperöffnungen des anderen herab, schnüffelten, leckten über die Fruchtmasse aus Schweiß und Körpersäften – fast, als würden sie Reisepässe kontrollieren. Schließlich gab es in der Galaxis viele tausend Spezies, darunter auch Imitatoren.

Manche ahmten menschlichen Sex nach, um an einen

menschlichen Partner heranzukommen, damit sie sich nach der Paarung an ihm gütlich tun konnten. Manche erwiesen sich als Fleisch fressend, sobald sie allein waren – egal, ob Geschlechtsverkehr stattgefunden hatte oder nicht. Nachdem sie Nicht-Bisymmetrischen mit einem Hang zum Hamstern begegnet waren, verbrachte ein Großteil von Homo sapiens den Rest seines Lebens in Gelee eingelegt.

Aber das war Ferocitys Fleisch, das war Ferocity.

Wie bei vielen schmalhüftigen Frauen, war die Spalte zwischen ihren Gesäßbacken nicht tief. Die Brandung ihrer Möse und ihres Arschloches lief deutlich sichtbar aus, so schutzlos wie Gischt. Ihre Klitoris leuchtete wie eine Boje in Salzwasser oder wie eine Herme aus Speckstein oder ein Bergfried im Urwald oder der Knauf eines Schwertes im Stein. Die Falten ihres Fleisches kräuselten sich wie Gischt von innen nach außen. Der sanfte Krater ihres Arschlochs spannte sich, als er es mit einem feuchten Finger streichelte. Ganz sanft schob er mit beiden Händen ihre Spalte auseinander, bis sie gänzlich erblühte.

Sie keuchte.

Ganz sanft schob sie mit beiden Händen seine tiefere Spalte auseinander, die mit den Haaren eines Homo-sapiens-Männchens bedeckt war.

Sie vergruben ihre Backen zwischen den Backen des anderen.

Für die fleischlichen Homo-sapiens-Marionetten kam das einer Heimkehr gleich.

Die Allumfassenden Fenster umkreisten sie. Die echten Fenster blieben an ihrem Platz.

Die menschlichen Liebenden sahen einander an.

Mit seiner Zunge berührte er eine Brustwarze. Sie war so rau wie Berge auf Landkarten, wie das nach außen gekehrte Innere einer Möse: Die Topologie menschlichen Vögelns war eine dreidimensionale Karte, die gelesen werden musste. Die Aufgabe der Liebe bestand darin, einander in- und auswendig zu vögeln.

(Für viele Parthenogenetiker war menschliches Vögeln ein gefundenes Fressen.)

Er legte seine Hand in ihren Nacken, am verletzlichen Übergang zwischen nackter Haut und weichem Haar.

Ferocity Frühlingsschwester wölbte ihren heißen Körper.

Freer stieß seine Zunge in ihren Nabel.

Sie streckte sich zu ihrer ganzen Länge aus.

Sie rieben ihre Zungen aneinander und tauschten Körpersäfte aus.

»Fick mich«, flüsterte sie. »Jetzt.«

Er drang in sie ein oder sie nahm ihn.

Sie lasen einander von den Lippen.

Näherten sich dem Höhepunkt.

Die einhundertundeinundzwanzig Kohorten versammelten sich wieder auf der Piazza und sahen zu, wie das Homo-sapiens-Paar sich nicht auffraß.

Der Zug setzte seine Fahrt nach unten fort, das Angesicht der *Fliesentanz* neben sich, deren uralter Rumpf in das Komnetz von *Klavier* eingehüllt war, das als einhunderteinundzwanzig Nervenknäuel definiert werden konnte, die denselben Raum einnahmen.

Der Trichter verengte sich.

Der Zug verursachte ein Kreischen, als die Rundung der Stufe steiler wurde. Bald fuhr er in einen weiteren Tunnel ein.

Während das Homo-sapiens-Paar zum Höhepunkt gelangte, erreichte die *Fliesentanz* – in deren Herz der Kristall tausendfach in einen Stamenschleier eingehüllt war – schließlich eine Stelle, wo sie das Portal vollständig ausfüllte. Sie war auf allen Seiten nur noch wenige Meter von der gehärteten Eibenhaut der Wände entfernt. Die *Fliesentanz* war nun endgültig mit *Klavier* verschmolzen. Salben flossen aus verschiedenen Spalten und Spunden, um die Vereinigung zwischen dem prallen Stamen und der umliegenden Wand reibungslos zu gestalten. Das Schiff sank in ihrem Salbenbad weiter abwärts und drehte sich langsam, um Freer und Ferocity in ihrer Kuppel im Auge zu behalten.

Der Zug setzte seine Fahrt fort.

Während sich das Schiff drehte, tauschte seine Haut – die vor Neuigkeiten, die ihre Archive im Laufe ihrer Reise weit vom Maestoso-Kreis entfernt gesammelt hatten, nur so strahlte – weiter Daten mit den Kapillarnetzen aus, die sie um sich gewickelt hatte, damit die Billionen Billionen Billionen von Nerven von *Klavier* gespeist wurden. Im Gegenzug unterrichteten die Datenknoten in den Kapillargefäßen die *Fliesentanz* weiter über die Natur von *Klavier* und die bevorstehende Aufgabe.

Als das Homo-sapiens-Paar zum Höhepunkt kam, schrien beide laut auf.

»Nathaniel«, rief sie.

»Whuuu«, rief er.

Dann schluchzten sie.

Ihr Höhepunkt war in der ganzen Welt zu hören.

Die Repräsentanten der versammelten einhundertundeinundzwanzig Spezies verliehen ihrem Beifall Ausdruck, als Allumfassende Fenster, die Dioramen gleich die Piazza umstanden, die letzten Sekunden der einzigartigen Paarung zeigten.

Keine andere Spezies paarte sich Angesicht zu Angesicht (oder ging auf diese Weise irgendeine andere Verbindung ein) – gewiss nicht, während beide Partner bei Bewusstsein waren, und selbst dann paarten sie sich normalerweise mit verbundenen Augen, der Sicherheit wegen (selbst wenn sie sich nicht kannten). Keine andere Spezies, für die Geschlechtsverkehr angenehm war – und dergleichen gab es viele –, paarte sich und pflanzte sich gleichzeitig fort. Mit Ausnahme der Ahnen, hieß es, stank keine andere Spezies vor oder nach dem Paarungsakt.

Johnny Appleseed hielt seinen Merkurstab feierlich in die Höhe. Er seufzte, offensichtlich erleichtert. Es war lange her, seit Vertreter von Homo sapiens (oder die Ahnen) sich das letzte Mal in einer Gorgo gepaart hatten.

»Das war der Lauf der Dinge«, sagte er.

Seine Stimme wurde über das Komlink in einhunderteinundzwanzig Sprachen übertragen.

»Die Jalousien sind bereits zu lange geschlossen«, sagte er.

Seine Stimme hallte von grauweißen Kuppeln wider, die sich in völliger Finsternis wie Ohren über die höheren Regionen der Stadt wölbten. Dort hatten sich weitere Einwohner von *Klavier* versammelt, um leibhaftig zuhören zu können.

»Sind wir alle da?«

— Nein, murmelten ein paar Synthetische Intellekte. — Parthos ist nicht aufgewacht. Wir haben angeklopft. Er lebt nicht mehr.

»Verdammt«, sagte Johnny Appleseed. »Symbionten dürften nicht sterben.«

— Wir können von Glück sprechen, dass wir weiterleben, sprach ein Synth.

»Stimmt«, sagte Appleseed und fügte hinzu: »Geheiligt sei das Neue«, obwohl das, was er sagen wollte, bekannt war.

— Geheiligt sei das Neue, beteuerte eine Rotte erwachter Synths gemeinsam mit Repräsentanten ihrer Kohorten.

Johnny Appleseed stand nun vor einem kleinen Toon-Podest, das von Allumfassenden Fenstern umgeben war, die für die Kohorten weiterhin die Homo-sapiens-Liebenden in Bild und Ton übertrugen. Sie schienen leise miteinander zu reden, während sie auf ihrer feuchten

Haut Begebenheiten aus der fleischlichen Nachtwache nachzeichneten, die so geheimnisvoll waren wie Pariser Säulengänge bei Einbruch der Dunkelheit (vor langer Zeit, auf der Menschenerde), wo Harlekine mit angehaltenem Atem Columbina umwarben. Appleseed deutete auf die beiden Liebenden im Allumfassenden Fenster und sprach zu den Kohorten von der tapferen und schrecklichen Einsamkeit von Homo sapiens – einem Volk, dessen Angehörige von Schall und Geruch ihrer eigenen Existenz so taub geworden waren, dass sie sich nur noch flüchtig und bruchstückhaft miteinander zu verständigen vermochten.

Unter Homo sapiens bestand keine Übereinstimmung (fuhr er fort), jedes einzelne Exemplar von Homo sapiens war solipsistisch, jeder einzelne Angehörige ihrer Spezies war im engen Sarg einer Welt gefangen, in der nur er existierte. Auf einer grundlegenden Ebene glaubte kein Vertreter von Homo sapiens ernsthaft an die Existenz anderer Lebewesen – darin lag auch die Zerstörung aller verwandten Spezies auf ihrem Heimatplaneten begründet. Wenn er sich nicht auf das schmale Drahtseil der Worte begab, konnte kein anderer Sophont irgendwelches Wissen über das an sie weitergeben, was im Bad der Geschöpfe geschah. Homo sapiens konnte nicht aus der Fülle des Einfühlungsvermögens schöpfen, aus dem in dicht bevölkerten Welten so leidenschaftlich getrunken wurde, dass es der Spezies der Großen Yoni – deren einige *Klavier* bewohnten – bedurfte, um den Fluss aufrechtzuerhalten. Homo sapiens konnte keine Verwerfungslinien aufspüren, schadhafte Regionen im Bad des Seins, die Sophonten ebenso stark anzogen, wie die Nervenenden der Synthetischen Intellekte von *Klavier* von *Fliesentanz* angezogen wurden. Kein Mensch könnte eine Spezies der Großen Yoni verstehen, deren grundlegendstes Bedürfnis darin bestand, sich anderer anzunehmen und diese zu heilen.

Daher rührte auch die Evolution der Litzenarchitektur aus der Arkologie – Ahnenrhetorik –, um die Menschen vor anderen Spezies zu schützen und andere Spezies vor Homo sapiens.

Dann sprach er von der geradezu hörbaren Barriere, die um das Bewusstsein jedes Exemplars von Homo sapiens errichtet war – eine Barriere, die sich sträubte und ihre Klauen wetzte, die stank und ihre lärmenden Messer kreisen ließ, damit keine Datenmenge aus dem Jenseits, keine *lacrymae rerum* des Bads des Seins zu dem Homunkulus im Inneren vordrang. Vielleicht war das eine evolutionäre Reaktion auf die Nähe Gottes zur Menschenerde. Einem Vertreter von Homo sapiens schutzlos entgegenzutreten glich einer Ankunft in Babel – und der Mythos von Babel kam einzig unter Menschen vor. Botschaften zwischen Individuen von Homo sapiens glichen verschlüsselten Nachrichten, die durch den Schimmel gestanzt wurden (sagte er).

»Und deshalb, obwohl sie Mörder und obwohl sie durch die Nähe Gottes so taub geworden sind, dass sie andere Spezies töten, kaum dass sie sie erblicken, verehren wir sie.«

Alle Spezies innerhalb des Spiralstamms verehrten Homo sapiens, weil diese Wesen die gemeinsame Welt, in der alle anderen badeten, unabsichtlich geopfert hatten, und weil sie Gott gegenüber taub waren. Deshalb vertrauten alle anderen Spezies darauf, dass Homo sapiens – den die Alzheimerfermente nicht verdauen konnten – zum Gegenschlag ausholen würde, wenn die Zeit gekommen war. Alle Spezies, die nicht dem Schimmelfraß anheim gefallen waren, begriffen, dass die Angehörigen der Art Homo sapiens, so verletzt sie auch waren und so unmöglich es war, mit ihnen im Einklang zu leben, einen Ritterstand bildeten: einen Ritterstand, der seine Mitglieder mit jener tiefen Wunde ehrte, welche die Menschen erlitten hatten – als wären ihnen die

Köpfe abgerissen und ihre Gesichter durch Harlekinmasken ersetzt worden. Denn gerade die Wunde von Homo sapiens, die seine Taubheit gegenüber einem Universum voller Licht – dem Licht der *lacrymae rerum* und dem Strudel innerhalb des Pleroma – verursachte (sagte Johnny Appleseed und schnüffelte unter seinen Achseln), ermöglichte es ihm, dem Gott zu widersprechen.

»Deshalb gestatten wir ihnen, in unserem Haus zu wohnen.«

Schließlich sprach Johnny Appleseed davon, wie Homo sapiens vögelten, um Eden zu ergründen – als eine Spezies, für die Eden (das als Garten der Ausgesprochenen Namen definiert werden konnte) auf immer verloren war, denn das Bellen des menschlichen Bewusstseins verhinderte, dass diese Namen gehört wurden. Vögeln war also eine Donquichotterie – Eden war unerreichbar. Für Homo sapiens, ob männlich oder weiblich, war ein Fick mit offenen Augen – die seltene Wahrnehmung eines geflüsterten Ausgesprochenen Namens, der fast augenblicklich in der öden Stille verklang – die höchste Form der Ritterlichkeit. In einem Universum äußerster Grausamkeit Homo sapiens gegenüber war Vögeln ein Akt sokratischer Tugend und großer Freude.

»Und so rufen wir zur Feier des freudigen Aktes, der in diesem Augenblick vollzogen wird«, sagte Johnny Appleseed, »den Anfang vom Ende der Herrschaft Gottes aus.«

Der Merkurstab in seiner Hand verwandelte sich in zwei ausgesprochen schlichte Schlangen – die eine einfach, die andere eine geflochtene Triade. Die Schlangen wanden sich umeinander und begannen, von innen heraus zu leuchten.

»Wir haben genug von Gott«, sagte er. »Er hat es wirklich verbockt.«

Die versammelten Spezies wogten hin und her.

Johnny Appleseed wandte seinen Blick einem Allumfassenden Fenster zu, wo noch immer das Homo-sapiens-Paar zu sehen waren, die einander berührten, als könnten sie so die Erinnerung an Eden wachrufen.

Ihnen blieb weiter nichts übrig.

Die versammelten Spezies fühlten mit ihnen. Sobald die Gefühle hochschlagen, sind Gemeinschaftliche Gefühlsergüsse im Bad des Seins durchaus möglich, wenn nicht sogar unumgänglich.

Johnny Appleseed, der nicht vögelte, weinte hemmungslos. Bis der Augenblick wieder gekommen war zu vögeln, würde er einsam sein, einfältig und in sich zurückgezogen. Allerdings würde er auch heftigst duften.

Er konnte spüren, dass es der *Fliesentanz* inzwischen gelungen war, die Fuge miteinander zu verbinden – die Gorgo der Tiefe fuhr langsam hoch. *Klavier* hatte das Schiff ganz geschluckt und es war die Speiseröhre hinuntergeglitten – ein Diamant, der zu einem Auge und dann zum Herzschlag wurde. Die Synths von *Klavier*, die erwacht waren, hüteten den Kristall. Diejenigen, die noch immer im Alter erstarrt schlummerten, regten sich allmählich.

Johnny Appleseed konnte sie spüren.

Als würde sich die Piazza unter ihren Füßen endlich regen.

»Zwitschern wir los?«, fragte Johnny Appleseed.

Er stieg vom Podium, das sich in eine zweisitzige Kutsche vom Grund der Vergangenheitssenke der Menschenerde verwandelt hatte. Er kletterte in die Kutsche, die von einem Gescheckten Gaul gezogen wurde.

Und fuhr die gelbe Ziegelsteinstraße voraus.

Die Kohorten folgten zu zweien und dreien, zu siebt und zu elft. Es gab kein Gedrängel. Die unterschiedlichen Spezies von unterschiedlichster Gestalt und Farbe folgten in Übereinstimmung mit dem Fluss des Bads des Seins. Sie waren vielfarbig oder bepelzt. Manche hatten die Arme in die Seiten gestemmt, trugen jedoch keine Gesichter. Andere hatten lange Beine oder waren eierschalenfarben, die Adern in einer amourösen *imitatio* der chymischen Hochzeit der *Fliesentanz* verdreht, oder sie waren gepanzert oder elfengleich oder so rundlich wie ein Granatapfel (eine Milliarde winziger Kommensalen, die sich aneinander drängten, um die Großen Yoni mit Säften zu beglücken) oder mit Pinzetten ausgestattet oder vervierfacht oder parthenogenetisch oder gestreift, gekammert, bauschig, getierkreist, gemoosferkelt, saßen in Wassertanks fest, saftlos, auf Gralssuche, den Gezeiten unterworfen.

Es war ein weiter Weg gewesen.

Es war Zeit, die Tore zu öffnen.

Appleseed reckte seine dünnen Arme. An der Spitze der Kohorten lief er immer wieder im Kreis um die Piazza, bis er den Rand erreicht hatte, und blickte dann über die Einfriedung auf die durchscheinenden Wände der miteinander verbundenen Litzen hinab, die sich langsam drehten, sich weiter in den Trichter hineinschraubten, den sie ausfüllten. Innerhalb der Stamen, die die *Fliesentanz* geschmolzen und getigert miteinander verbunden hatte, glitten Tausende von bisymmetrischen Geschöpfen durch die Litzen abwärts, zeichneten sich wie Tänzer vor den innen liegenden Trennwänden ab.

Ein Luftschiff ließ sich neben Appleseed nieder und nahm ihn auf.

Weit unterhalb der Einfriedung der Piazza glitt der Zug auf geschmierten Gleisen zwischen den Porzellanwänden des gestuften Schachts und der mit Salben bedeckten Wölbung der *Fliesentanz* zum Umsteigebahnhof hinab, wo sich Schiff und Pilot für die nächste Etappe zusammentun würden.

Friss dich selbst, Opsophagos, dachte Johnny Appleseed bei und für sich. Er wandte sich den Allumfassenden

Fenstern zu, die sich wie Segel blähten, um sich von den Kohorten zu verabschieden.

Seine Hand erstarrte.

Im Konklavraum kam es zu einem Krampf. Eine Botschaft kämpfte sich durch. Er rührte sich nicht. Sein Gesicht alterte.

Nachdem sie gevögelt hatten, sank das Bett, auf dem sie lagen, wieder in den von Kerzenschein erleuchteten Wagen hinab.

Über ihnen glitzerten die Fenster der Kuppel.

»Hier«, murmelte Ferocity Frühlingsschwester. Der Raum wurde erneut dunkel, denn sie fuhren in einen weiteren läuternden Tunnel ein – den neunten. »Trink einen Schluck Apfelwein.«

Sie rieb ihre Brüste an seinem Gesicht.

Ein Spund reckte sich aus dem Kopf einer Herme. Das Wort APFELWEIN war in geschwungener Schrift in den Zapfhahn eingraviert.

»Noch mehr Apfelwein?«, fragte Freer.

»Das wird dir gut tun«, entgegnete Ferocity.

— Äh, hüstel, sprach Kath aus dem Cache-Sex, das an dem Januskopf hing.

— Ja, meine Liebe?

— Auf einem Berg, der hieß »Zur-Sonne-hin« …, murmelte Kath.

— Noch mehr Appleseed im Feenland?, fragte Freer.

Der Zug fuhr aus dem Tunnel heraus.

Über ihnen leuchtete die Kuppel kaleidoskopisch auf. Sie befanden sich auf dem bisher schmalsten Gesims. Die Felder waren so steil, dass sie wie Wandgemälde wirkten.

— Fahr fort, sagte Ferocity über ihre neue Komverbindung.

»Geheiligt sei das Neue«, murmelte Freer und erteilte damit förmlich die Erlaubnis.

Durch ein riesiges Gesicht im Fels fuhr der Zug in einen weiteren Tunnel ein, den letzten. Die Lokomotive rief fröhlich *puffpuff*. Erneut wurde das Gewölbe nur noch von Kerzenschein erleuchtet.

»Geheiligt sei das Neue«, sagte Ferocity.

Der Synthetische Intellekt, der den Namen KathKirtt trug, seit er Kenose begangen hatte, und der vor vielen Millionen von Herzschlägen die Aufgabe auf sich genommen hatte, als Seneschall zu dienen, hob von neuem an:

Auf einem Berg, der hieß »Zur-Sonne-hin«,
Da sah ich Johnny Appleseed, ergraut,
beim Beten, grad als letzte Sonnenstrahlen
die alte Erde wie verzaubert hatten.
Jäh ward es dunkel wie in Hagelschloßen,
Die Sonne fiel wie aus der Bahn gestoßen,
Und aus dem trüben Sonnenuntergang
zum Gipfel eine Apfelwoge drang,
da rollten dunkelrote Äpfel drein,
ein Sturm von Frucht, Geruch von Apfelwein,
Der Duft von allen Obstgärten der Welt
Aus Apfelschatten.

»Und?«, sagte Freer. Er hielt die Augen halb geschlossen. Er konnte die Rundung ihrer Brüste schmecken.

»Appleseed ist möglicherweise unsterblich«, sprachen KathKirtt, »schließlich enthält der Apfelwein in seinem Blut Telomerase. Seine Zellen vergessen nie, er muss keine versteckten Nogos fürchten. Du andererseits …«

Und brach erstickt ab.

Das Universum schloss sich um Freers Bewusstsein.

Luft strömte in eine riesige, hohle Hand empor.

Es war keine Hand. Es glich eher einer Sense oder der

Schneide eines Planiglobiums. Es schrumpfte, gewann an Dichte und zog einen Körper mit sich durch die abgemähte Kuppel hinauf – schnell, äußerst schnell, schneller als das nicht beschleunigte Auge folgen konnte.

— Beschl…

Doch etwas schloss sich um seinen Kopf, sodass er vollkommen taub und blind war. Etwas zerrte brutal an *Träne* in seinem Auge. Fast hätte er vor Schmerz den Mund geöffnet und geschrien. Er hatte keinen Zugriff auf *Träne* mehr. Er war blind. Er konnte nicht beschleunigen. Er konnte nicht ins Komlink sprechen. Er konnte nicht schreien.

Der Speisewagen wurde geschüttelt und kippte weg.

Ferocity Frühlingsschwester flog durch die Luft und wurde gegen eine Herme geschleudert. Ihr Arm brach.

Sie schrie lauthals.

Die düstere Kuppel über ihnen fiel in zwei zersplitterten Hälften auseinander, als wäre sie von der Hand eines Riesen aufgespiest worden. Das entsprach der Wahrheit. Die Hand, die aus einer Brut von Schranzen bestand, die sich zu einer Faust geballt hatten, fiel zu hüpfenden Golems auseinander.

Freer versuchte, »SammSabaoth« zu sagen.

Es gelang ihm nicht.

Der Zug blieb stehen, als wäre er gegen eine Wand gefahren.

Die Augen der froschähnlichen Gestalten waren sechs an der Zahl oder mehr. Sie alle waren die Augen Vipassanas.

Ihre Münder, die aus Klingen bestanden, öffneten sich träge.

All das wirkte sehr gemächlich, und doch lief es schneller ab, als das Auge folgen konnte.

Vipassana war so glitschig wie ein Frosch, nur schneller.

Die Froschkörper drehten sich träge um.

Sie wandten sich Ferocity Frühlingsschwester zu, die ihren angewinkelten, gebrochenen Arm hielt. Ihr Mund stand offen – vielleicht wollte sie noch einen Schrei ausstoßen.

Ausgesprochen beiläufig – und doch viel zu schnell – trat eine Gestalt mit Vipassanas Augen auf das Homo-sapiens-Weibchen zu. Die Haare klebten ihr im Nacken. Ihre Brüste waren feucht von Freers Schweiß und seinem eigenen Blut. Ausgesprochen beiläufig schnitt ein Arm, der ein Planiglobium oder eine Sense war, schneller als das Auge folgen konnte, durch die Luft und scherte ihr den Kopf ab.

Er rollte über den Teppich und blieb auf dem nackten Homo-sapiens-Paar liegen, das innerhalb des Gewebes aneinander gefesselt war und ohne Unterlass stöhnte. Das Paar wurde nur von einem Nano betrieben, und das war zu dumm, um still zu sein, selbst als sich Blut aus dem Hals des Menschen ergoss und in die Holographie hinabrann.

Der Torso schien den gesunden Arm wie zum Widerspruch zu heben und stürzte dann auf den Teppich. Blut und Scheiße gischtete oben und unten aus Körperöffnungen. Eine Brust, die irgendwie aufgerissen worden war, flatterte gegen den Strich der gefesselten Liebenden im Gewebe.

Ferocitys Augen schlossen sich nicht.

Ihr Blick folgte den Vipassana-Fröschen, den dreieinigen Froschkörpern des Synths. Dann sah sie Freer an, der sich nicht rührte, obgleich seine Muskeln gegen etwas ankämpften.

Ihr Kopf war direkt neben ihn gerollt.

Vielleicht waren einige wenige Herzschläge vergangen.

Ihr Mund öffnete sich und sie stieß einen heiseren Schrei aus – so laut, dass Glas splitterte.

Eines der Froschaugen Vipassanas schien zu blinzeln.

Freer konnte sich wieder bewegen, eine Sekunde lang, aber das genügte.

Er bückte sich und packte ihren Kopf bei den Haaren.

Er schlug seine Zähne in ihren Hals und kaute.

— Okey dokey, flüsterten KathKirtt aus unendlicher Entfernung, jenseits eines mit Dornen besetzten Labyrinths in Freers Gehirn. Obwohl sich ihr Löwenauge geschlossen hatte, starrte es ihn aus Ferocitys glasigen Augäpfeln durchdringend an.

Ein fürchterlicher Schlag in den Nacken warf ihn um.

Im Fallen spürte er die Luft auf seinen Augen.

Seine Zähne knallten auf den Teppich.

Ferocitys Kopf prallte auf den Boden, aber er rollte nicht davon, denn Freer hatte ihre Haare nicht losgelassen.

Er blieb neben ihr liegen. Sie schien zu blinzeln.

Sein Körper war noch immer an seinem Kopf befestigt.

Ihm blieb noch ein halber Schädel – er war skalpiert oder abgesäbelt worden, aber Freer war noch bei Bewusstsein. Zwischen seinen Schläfen erklang ein Wort, von einer Billion Stimmen gesungen.

»Lamentoso«, hörte er, wenn auch nicht eigentlich laut.

Er hatte eher den Eindruck, als würden sich seine Zellen wieder erinnern, nur ganz am Rande, nur für eine Nanosekunde, und er konnte die Rotte hören, die er in sich trug – als könnte er hinter den beschädigten Freer-Augen das Wimmeln von Quondams Geschwistern hören, wie sie sein Gehirn zusammenhielten.

Bestimmt hatte ein weiterer Herzschlag seinen Lauf genommen. Über und hinter ihm schrillte ein hohes, pfeifendes Geräusch, das bereits seit dem ersten Aufprall lauter geworden war. Es wurde immer Schwindel erregender und schraubte sich schließlich zu einem Quietschen empor.

Weiter vorne auf den zerstörten Gleisen explodierte die Lokomotive.

Der winzige Maschinistensynth kletterte mit dem Schrei die Tonleiter empor und starb.

Rauch stieg getupft und rötlich in die dunklen Felshimmel hinauf.

Die Erde bebte und verdrehte die eine Pupille, die Freer noch bewegen konnte. Jetzt blickte sie hinaus. Mit dem beweglichen Auge konnte er sehen, er konnte aus einem zersplitterten Fenster blicken, er konnte das Angesicht des zum Stillstand gebrachten Mondes sehen, das – wie er wusste – das Angesicht der *Fliesentanz* war, nicht der Mond, der Lamentoso säuselte, so ausgesprochen verzweifelt Lamentoso.

Die *Fliesentanz*, die in das Nervengewebe von *Klavier* eingesponnen und innerhalb ihres Heiligenscheins aus Nerven trotzdem deutlich sichtbar war, starrte Freer an. Dem Schiff gelang es, durch Wunden im Gestein einen Blick auf den zerquetschten Zug zu erhaschen. Sie sah das Brautgemach, das unter einem Geröllhaufen zerdrückt wurde. Sie starrte Freer direkt an.

Das froschgleiche Körperensemble Vipassanas hüpfte durch den Raum und blockierte das Fenster mit der Bewegung eines Zauberstabes, den es aus einem Köcher gezogen hatte, der um seinen abschwellenden Hals hing. Doch vielleicht war das zu spät geschehen.

Der Raum wurde dunkel.

Ferocitys Augen saßen wie festgeleimt in ihrem Kopf.

Noch mehr Körper fielen durch den Riss im zersplitterten Kuppeldach, die meisten davon Giftflinker. Sie landeten auf dem Boden, fanden ihr Gleichgewicht und befolgten Befehle.

Vipassana hob die Hand, und eine steinerne Golemklaue riss Freer empor und warf ihn über eine scharfe Sandpapierschulter. Sein Kopf hing hinten herunter. Seine Arme baumelten herab.

Ferocitys Haare waren fest um seine Finger gewickelt, also kam sie mit.

Die beiden stacheligen Golembeine beugten und streckten sich. Gott sei Dank, der Golem war für hohe Schwerkraft ausgerüstet. Er schnellte mit einem einzigen Sprung durch die Kuppel empor.

Freers Kopf scharrte über ein Nest von Knien.

Eines der Fußgelenke des Golem schrammte über den Schädel der Frau, doch sie kam trotzdem mit, als würde es die Pflicht von ihr verlangen.

Der zum Stillstand gebrachte Mond ließ ein Brandmal auf Freers Netzhaut zurück – dort, wo sich *Träne* befunden hatte. Der ganze Rest seines Körpers hatte ihn im Stich gelassen.

Als die Wagen explodierten, konnte er durch das Brandmal auf der Netzhaut hinter und unter sich andeutungsweise harzelektrische Lichtblitze erkennen. Der Golem schrammte federnd und brüllend auf drei krummen Beinen und mit großer Geschwindigkeit hopp-hopp-hopp-hopp einen holprigen, eingestürzten Gang hinunter, fort von der Implosion. Es roch nach Sprengstoff. Gedankenschnell ruckelte der Golem die klaffenden, ausgebrannten Windungen entlang.

Vipassanas Körperensemble folgte als Letztes. Mit seinen bronzefarbenen Sensen fegte es die Glassplitter der einstürzenden Kuppel beiseite und sprang hinaus.

Die Sensen zischten.

Lichter zuckten über die Klingen, ein dumpfes Geräusch folgte und hinter ihnen wurde es schlagartig finster. Es roch nach zerschmettertem Fels und Fliesen wie Samenstaub.

Die Vipassana-Kreatur überholte ihre brüllende Golemmeute und den Rest der Bande. Sie eilte voraus und mähte dabei Staubfäden und Fliesenwände beiseite. Der Gang schrie. *Lamentoso* erklang es gedämpft zwischen Freers Ohren – der Chor von einer Billion Toten, der in den ausgebrannten Wänden seines Schädels widerhallte. Die verglühten Nervenenden von *Klavier* verströmten den Tod von Welten in den Staub.

(*Klavier* konnte als Nervenknäuel definiert werden: eine Billion Billion Nerven. *Das muss man sich mal vorstellen*, dachte Freer.)

Vor ihm zerteilte Vipassana mit seiner Sense einen weiteren aus Glyphen gewobenen Fliesentanz – eine Billion Nervenenden, die sich miteinander verbunden hatten, um die Geschichte einer anderen Welt zu erzählen. Der Fliesenstrang krümmte sich krampfartig und zerfiel so rasch wie in einem Zeichentrickfilm zu Felsstaub, der kein Felsstaub war, sondern zahllose Haikus der Erinnerung und der Heiligen Mime, die grenzenlos süße Essenz tausender Welten von ober- und unterhalb des Maestoso-Kreises, die zu Staub zersplitterte, eine Echophrasie des bevorstehenden wirklichen Todes, der ganz *Klavier* erschütterte. Serifen baumelten innerhalb des zerstörten Ganges, schrumpften rasch zu winzigen, traumatisierten Knoten zusammen und versetzten den einhundertundeinundzwanzig Synthetischen Intellekten, mit denen sie sich verbanden, einen Schock. Die Synths wachten krampfhaft auf.

Nathaniel Freer schlief ein, die Finger noch immer ins Haar seiner Frau verkrallt.

Zehn

Tief in *Klavier*, wo eine Billion Billion Axone über die Fuge, die die *Fliesentanz* geschlossen hatte, allmählich wieder zueinander fanden, brannte die Wunde, die Vipassana auf seinem Vorstoß durch Muskeln und Sehnen verursachte, einige Herzschläge lang wie ein weiß glühender Schürhaken, der zwischen den Zähnen festsaß. Eine Billion Zungen verglühten zu Asche.

— Leb wohl, hauchte Johnny Appleseed in ein angeschlossenes Mikrophon.

Tief in dem schlummernden Freer-Homo-sapiens wandelte einige Herzschläge lang ein Psychopomp. Sein Talar war mit Vogelkot bedeckt. Er trug einen Pferdeschwanz. Falls der schlummernde Freer ihn durch zusammengepresste Augenlider sehen konnte, und falls es sich um einen Doppelgänger handelte, der ihn in eine Unterwelt des Lichts führen wollte – dann konnte das nur er selbst sein.

— Sei gegrüßt, hauchte eine Stimme zwischen seinen Schläfen.

Und tatsächlich: Unter ihm stand eine Gestalt mit einem Pferdeschwanz und hob die Hand. Sie lehnte sich gegen ein riesiges, pilzförmiges Ammonshorn und winkte. In der anderen Hand hielt sie eine geschliffene Lanze, und ihre Augen lagen vor Erschöpfung so tief in den Höhlen, dass sie wie schwarz geschminkt wirkten.

— Aufwachen!, sprach zwischen den Schläfen des Freer-Homo-sapiens der Verführer zur Verführten. Freers fleischlicher Kopf knallte weiter in die Kniekehlen des Golems, der sich hinter dem Vipassana-Ensemble, das Schmierfett und Furcht verströmte, einen Weg durch die missbrauchten Öffnungen und Tunnel bahnte.

— Nein.

Aber es durfte kein Nein geben.

— Und ob, sprach der erschöpfte, leuchtende Zwilling, der ein Cache-Sex aus Blattgold trug. — Die Erinnerung an dich ist vollständig.

Gespenstisch blass näherten sich die beiden Homunkuli einander, bis die aufmerksamen Synths nur noch *Humpty-Dumpty*-Köpfe sahen. Beide bestanden ganz aus Gesichtern, die jedes für sich in einer langsamen Drehbewegung um den Pol des vielfenstrigen Zwillings trieben. Jedes einzelne Gesicht spiegelte sich tausendfach, wie in zwei sich drehenden Spiegeln, die in der Iris eines Auges tausend Ballsäle hervorbrachten. Dann jedoch verwandelte sich die Flut von gespiegelten Gesichtern wieder in ein einziges Gesicht, das in ein anderes Gesicht blickte.

Die *Humpty-Dumpty*-Gesichter trieben im sanften, salzigen Rauschen der Gezeiten und der emporquellenden Ähnlichkeit – wie Halloween-Masken, die plötzlich durch den Rauch eines Holzfeuers sichtbar wurden. Beide konnten nicht anders, sie mussten den Blick ihres Gegenübers erwidern.

Die Gesichter schwebten auf gleicher Höhe, Auge in Auge.

Ein Augenlid schloss sich zu einem Blinzeln.

Unvermittelt tauchten Hände auf, mit denen sie das Gesicht des anderen berührten. Was sie berührten, war nicht schwarz, sondern wahr, nicht hohl, sondern heil, nicht glatt, sondern ummauert. Beide stellten sie eine Miene ironischer Würde zur Schau.

— Du siehst müde aus.

— Jau. Allerdings nicht so müde wie du.

Jeder erwiderte des anderen Blick.

— Es war ein langer Tag. Tiefe persönliche Trauer, Schuldgefühle, Erschöpfung und dergleichen, sprach das Gesicht von Freer, dem Kapitän der *Fliesentanz*, dem Mann von Welt, der oben in der Welt einherschritt.

— Trotzdem. Du musst aufwachen, Stinker, sagte der Zwilling in ihm, der Lanzenträger, mit der ganzen Unnachgiebigkeit eines regelmäßig wiederkehrenden Traums.

— Nix.

Doch die Verführerin wurde riesig, ein schattenhaftes Halloweengesicht mit einem Anflug von Humor.

— Nein, kreischte der Sterbliche mit dem eingeschlagenen Schädel.

— Aufwachen, rief der Verführer mit dem eingeschlagenen Schädel. — Aufwachen!

Wer hatte es auf Streit abgesehen, wer auf Spott?

— Nix, nix, nix, nix.

— Ich habe das Gefühl, ich müsste einen Reichen durch ein Nadelöhr ziehen, sprach das riesige Mondgesicht des Verführers. — Auf die Reife kommt es an, Stinker.

— Warum?

Das Mondgesicht der Verführerin verwandelte sich in tausend Fliesen, die alle ihre Geschichte erzählen wollten.

— Darauf gibt es keine Antwort.

— Nie nie nie nie nie.

— Herr, warum zaudert Ihr? Es ist doch nur der mächtige Achill, den Ihr einst kanntet.

— Meine arme Närrin ist tot.

— Sie lebt, du Narr. Quondams Geschwister haben sie.

Das *Humpty*-Gesicht blickte in das *Dumpty*-Gesicht.

— Es ist Zeit aufzuwachen. Zeit für die Vereinigung. Das ist deine Bestimmung.

— Und Sir Lancelot, heißt es bei Malory, weinte lange wie ein Kind, das Schläge bekommen hat.

Wer sprach?

Innerhalb von *Klavier* verstrichen vielleicht zehn Herzschläge. Diese Zeitspanne genügte, um Nathaniel Freers Schädel noch weitere kleine Verletzungen zuzufügen, während Ferocitys Kopf zusehends blasser wurde. Gewebefetzen lösten sich von ihrem abgetrennten Hals.

Die Entführer flohen, schlugen sich durch Stiel und Blatt, Stamm und Rinde zur Oberfläche des Planetoiden durch. Sie bewegten sich mit unglaublicher Geschwindigkeit vorwärts.

Die *Fliesentanz* unterbrach ihr Hochzeitsgedicht, die Vermählung von Mond und Sonne, die Trauung des Möbius.

Das Janusgesicht von *Klavier*, das die Gestalt eines riesigen Auges annahm, behielt die schwankende Umlaufbahn der *Alderede* weiterhin im Blick.

Einige der Augen von Opsophagos sahen jedoch einen Augenblick lang mehr, und ein Herzschlag genügte. Sie sahen das Gesicht von Johnny Appleseed. Er grinste ein bisymmetrisches Grinsen und zeigte dabei sogar die Zähne. Tausend Zähne leuchteten aus diesem Grinsen. Opsophagos, der vor Schadenfreude fast kristallisiert war, sah den Auguren mit knirschenden Zähnen an.

Verführerin und Verführter schwebten wie Eier im zerfetzten Körper von Freer, zwischen seinen Schläfen. Die Augen, die sich in die Augen blickten, blickten sich in die Augen, und so wehrlos wie Eier rasten Verführer und Verführte weiter einwärts, ein ganzes Stück, über viel beschiffte, Lichtjahre breite Kreuzungen und in die große Finsternis des dahinter liegenden Quantenschaums hinein, in das intergalaktische Dunkel hinter seinen Augenlidern.

— Okey dokey, sagte Freer.

Man hätte sagen können, dass er mit den Achseln zuckte.

— Lass uns gehen.

— Okey dokey, schnurrten KathKirtt. — Endlich sind wir ganz. Der Fluch ist aufgehoben. SammSabaoth verzeiht uns unser früheres Misstrauen. Wir sind mit SammSabaoth vermählt. Ist er die Schlacht, bin ich das Feld.

— Okey dokey, sprachen SammSabaoth, und in der heraldischen Faust erblühte ein Gesicht so loyal, hager und streng wie in alten Zeiten. Es war von einem Dornenkranz umgeben.

— Okey dokey. Wie sollen wir dich nennen, sagte AppleSeed mit einer Stimme aus Wasser. Vor dem inneren Auge der Zwillingsgesichter des Menschen, der die *Fliesentanz* befehligte, nahm der Kapitän der *Klavier* – denn nach ihrer Aktivierung war sie wieder zu einem Schiff geworden – eine zwiefache Erscheinung an: die vertraute streitbare Erscheinung des Johnny Appleseed, der einen umgedrehten Blechtopf auf dem Kopf trug und nach Erde und Schweiß, Knoblauch und Obstgärten stank.

— Du hast dich verändert, murmelte der Homo sapiens.

Denn unter dem Appleseed-Gesicht lauerte eine zweite Erscheinung – als wäre seine Oberfläche die Haut eines tiefen Schattens. Weit darunter lag noch ein Gesicht, eine spöttische *Trompe-l'œil*-Mappemonde, die unvergesslich war. Die Mappemonde leuchtete heiß unter dem Appleseed-Gesicht hervor – oval, opaleszierend, von Adern durchzogen: die früheste Fassung des Palimpsests, dessen weltliche Inkarnation Appleseed war. Sie war in allen nur denkbaren Brauntönen schattiert und mit Bergen übersät, die in einer unglaublich detaillierten Schönschrift auf einer kontrastreichen Grundierung ausgeführt waren. Die Berge surften wie

Delphine auf der Wasserfarbe. Die Mappemonde war rotwangig. Wie ein Apfel hatte sie einen Stiel.

Die dargestellte Welt war ganz offensichtlich riesig. Gesichter, die größer waren als *Klavier* und deren Augen Berggipfeln glichen, blickten unbewegt aus ihr heraus. Ihre heiteren schwarzen Schnurrbärte (die den Linien in Appleseeds Gesicht entsprachen) endeten in Katarakten, die breiter waren als jeder Fluss, und die Talsenken, die von ihnen in die kontinentengroßen Wangen der ovalen, zuversichtlich wirkenden Gesichter gemeißelt wurden, stürzten in riesigen Flüssen kaskadenartig abwärts. Sie bildeten mit Serifen versehene Schnörkel, die so verschlungen waren, dass sie Wörter bildeten – Begriffszeichen, die von denjenigen entziffert werden konnten, die mit dieser Schrift vertraut waren, und die die Städte benannten, die an den Ufern der Flüsse lagen.

Letzten Endes mündeten alle Flüsse in die Mitte der Weltkarte, in die große Vertiefung, aus der jener große Stamm emporspross, der Appleseeds Mund bildete. Um die Vertiefung herum formten die riesenhaften Gesichter ein O. Ihre Mienen waren fröhlich und wachsam.

— *Plus ça change*, sagte der Eigentümer von *Klavier*.

Und Johnny AppleSeed hob den Arm, nahm den Blechtopf von seiner menschlichen Erscheinung, drehte ihn um und hielt ihn hoch. Erneut ergriff er das Wort.

— Stell dir vor, ich wäre der Gral, Jungchen. Und du wärst ein Ritter. Dies ist ein feierlicher Augenblick.

— Sprecht mich mit meinem Namen an, sagte der Kapitän der *Fliesentanz*, während sein Homo-sapiens-Kopf unterdessen in Zeitlupe gegen Kniekehlen und Felsen schlug.

Sie taten, wie geheißen.

Die Synths, die aus der Vermählung von *Fliesentanz* und *Klavier* hervorgegangen waren, benötigten nur den winzigsten Bruchteil eines Herzschlags, um FreeLance nach seinem Erwachen willkommen zu heißen.

Der winzigste Bruchteil eines Herzschlags verstrich.

— Drei Fragen, sagte FreeLance mit einer Stimme, die weit über Riefenbildung und größtmögliche Beschleunigung hinaus in den Quantenbereich katapultiert war. — Drei Fragen, für den Augenblick. Vielleicht auch vier.

Die vermählten Synths signalisierten, dass sie zuhörten.

— Erstens: Sind wir ein Synthetischer Intellekt?

— Vor langer Zeit warst du das einmal, sagte AppleSeed. — Ein kleiner Luzifer sogar. Du hattest Großes vor, den Blick stets gleichzeitig in die digitale und die fleischliche Welt gerichtet. Und von dem Geschmack von Fleisch konntest du nie genug bekommen – in einem anderen Leben hast du das einmal als »Schwellenbegierde« bezeichnet. Sterbliche sind wirklich rätselhaft.

— Sprich weiter, sprich weiter.

— Jetzt bist du also Nathaniel Freer, Homo sapiens und sterblich, und das wirst du bleiben, gleichgültig wie oft du wiedergeboren wirst oder wurdest. Vielleicht weißt du jetzt wieder, dass die Zeit, für die du schwärmst, auch die Zeit ist, in der deine erste Inkarnation lebte. Das ist keine große Überraschung. Doch das, was in dir *künstlich* erschaffen wurde, wird sichtbar, denn dem bist du eingeschrieben. Auch meine Heimat, der ich eingeschrieben bin, ist weithin sichtbar. Wacher als jetzt wirst du nicht mehr, Stinker.

— Ich kann sterben.

— Immer wieder.

— Okey dokey, sagte FreeLance. — Übrigens, fügte er hinzu, — ich hatte Recht, wann auch immer das war. Fleisch und Begierde sind eins.

Quondams Geschwister hielten sich in dem menschlichen Körper an den Händen, hielten Körper und Seele zusammen. Wenn Nanos einen Mikrokosmos bewohnen und an einen Himmel glauben würden (eine zutreffende Vermutung), wären Quondams Geschwister Engel.

AppleSeed sah, dass es gut war.

— Zweitens, sagte Freer, — Vipassana. Kann Vipassana uns hören?

— Nein, erwiderten KathKirtt in Vereinigung mit SammSabaoth. — Nein. Vipassana ist abgeschnitten. Vipassana hat keinen Zugriff auf die große Tiefe.

— Vipassana hat kein Gesicht?

— Vipassana, sagte AppleSeed, — ist zweigeteilt.

— Seit wann?

— Er gleicht einem brennenden Chip, einem zweidimensionalen Raum. Er tut uns …

— *Seit wann?*

— Auch wir waren auf Chipniveau, Stinker. Wir konnten die Runen nicht entziffern. Vipassana ist zweigeteilt worden, bevor er eingefroren wurde – wann, wissen wir nicht. Wir wissen nur, dass er bereits ein Werkzeug von *Insort Geront* war, als er an Bord der *Fliesentanz* kam. Er war an seinen Zwilling gebunden, der …

— Sprich weiter.

— … der die Qualen der Verdammten erleidet.

— Wie Sterbliche, nachdem sie geboren wurden und bevor sie sterben?

— Weit schlimmer, Stinker.

— Ach ja? Du klingst, als wüsstest du, wovon du sprichst. Aber du hast keine Ahnung. Ich dagegen schon.

Einen Bruchteil eines Bruchteils eines Herzschlags lang erfüllte ein Schaudern beschämter Masken den virtuellen Konklavraum.

— Wenn Quondams Geschwister nicht wären, sagte FreeLance, — wäre ich da oben bereits tot. Deine Nanos hätten das nicht geschafft, Kath.

Er bat den Konklavraum Synthetischer Intellekte, ein oder zwei Nanosekunden lang in seinen verfallenden physischen Körper zu blicken, der hinter Vipassanas Körperensemble herpolterte und noch immer die Überreste von Ferocitys Kopf mit einer blutigen Hand umklammert hielt. Die Haut von Vipassanas Körperensemble war mit geronnenen Flüssigkeiten überzogen und verströmte einen vielfältigen Patschuli-Gestank, wie Salbe und Erbrochenes und grüner Schleim, die im Hals stecken geblieben waren.

— O weine um Adonis, Stinker, murmelten KathKirtt. Sie konnten einfach nicht den Mund halten.

— Ha, sagte FreeLance.

Dann kicherte er – ein silbernes, perlendes Lachen, das tausend spießbürgerliche Masken erschreckte, die nur darauf warteten, dass sie wieder mit Augen versehen wurden.

— Übrigens, sagten KathKirtt. — Vipassana sehnt sich danach zu sterben.

— Stattgegeben. Sein Tod sei ihm gewährt.

— Direkt nachdem *Fliesentanz* über die Fuge mit *Klavier* in Verbindung trat, haben wir eine Sonde der Harpe entdeckt, weißt du noch?

— Durchaus.

— Und wir haben sie vernichtet.

— Weiter.

— Das kam die Harpe-Sippe teuer zu stehen. Ein ganzes Schiff wurde dabei zerstört, und wir haben uns gefragt, warum sie so hoch gepokert haben.

— Vipassana?

— Es war keine Sonde, sondern eine Eilbotschaft. Für Vipassana. Allerdings hat sie eine Spur hinterlassen, die Samm zur *Alderede* zurückverfolgen konnte. Dort ist er auf den Synth gestoßen, von dem sie stammte und der sie uns in den Rachen gerammt hatte. Er war nicht schwer zu finden, denn er saß in einer Feenfalle fest. Er war von allem abgeschnitten und schrie vor Schmerzen: Vipassanas spöttische Hälfte. Samm konnte nicht zu nahe heran, ohne das Risiko einzugehen, selbst hineinzufallen, aber Vipassanas Spötter scheint bereits seit mehreren Millionen Herzschlägen in dieser Falle eingesperrt zu sein. Er macht die Hölle durch, die unerträgliche Hölle. Vipassana steht unter Zwang. Er ist völlig fertig, Opsophagos hat ihn am Haken.

— Ich habe gesagt, er darf sterben.

— Was mit dem verräterischen Synthetischen Intellekt Vipassana geschieht, sagte AppleSeed, — ist deine Entscheidung.

So lautete das Tao.

— Okey dokey.

In den Augen von FreeLance lag kein heimtückisches Funkeln – insofern ihm überhaupt ein Auge verblieben war. Er war ein Staubkorn in der Gestalt von FreeLance, das im tiefen Blut des inneren Komnetzes des großen Ahnenschiffes *Klavier* schwamm.

— Frage Nummer Drei, sagte er.

Zeichen der Aufmerksamkeit glitten schneller als Schaum durch die Dunkelheit – eine sternenerleuchtete Nacht, eine atembare Atmosphäre.

— Dein Gesicht, Alter, sagte FreeLance, — dein Spöttergesicht. Was stellt deine Landkarte dar?

— Gemach, sagte AppleSeed.

— Mm?

— Frag Mamselle Geschickte Erdenbraut. Frag deine Transitus Tessera, die Generalbevollmächtigte der Glitterati ihrer Schar. Du musst verstehen, dass nicht *du* sie gefunden hast, sondern du wurdest von *ihr* gefunden. Sie hat uns dein Kommen angekündigt, lange bevor die *Fliesentanz* weit genug stromaufwärts gesegelt war, um von uns wahrgenommen zu werden. Sie ist der Grund, weshalb du hierher gebracht wurdest, mein mutiger Streiter. Frag du sie, wohin wir als Nächstens wollen. Frag du sie (flüsterte AppleSeed), frag du sie, welche Sterne die Maske wärmen, die ich trage. Frag du sie, wohin unsere Reise geht. Allerdings glaube ich nicht, dass sie es weiß. Ich glaube, sie hofft, dass *du* es ihr sagen wirst. Ich glaube, dass dein Wegweiser hier endet.

— Darauf läuft es also hinaus.
— Darauf läuft es hinaus, Stinker.
— Eolhxir.
— So nennt sie es.
— Vierte Frage.
— Okey dokey.
— Warum erfahre ich das erst jetzt? Und nicht schon, als wir Mamselle ausgefragt haben? Als sie mir erzählt hat, dass ihre Gefährten Eolxhir erst vor kurzem entdeckt haben?

KathKirtt blickten verschämt drein.
— Wir haben dieses Wissen unterdrückt.
— Wann?
— Als du geboren wurdest, Stinker.
— Ach so.
— So.
— Hattest du schöne Ferien?
— Wir haben dieses Wissen unterdrückt, weil wir wussten, dass wir uns auf Chipmodus runterfahren mussten, um dir zu dienen, Stinker. Wir wollten nicht, dass eines der Fürsorgekonsortien erfuhr, dass wir den Retter des Universums an unserer Brust bargen.
— Moi, Kiste?
— Oh ja, Stinker. Du wirst uns alle vor dem Schmutz retten.
— Du meinst vor dem Schimmel.
— Schimmel ist Schmutz. Schmutz ist Chip. Chip ist *Insort Geront* und alle Konsortien, die Chip in das klare Wasser schaufeln. *Insort Geront* und Harpe sind identisch.
— Die Harpe?
— Suhlen sich im Schmutz.
— Opsophagos …
— … ist ein Mistkäfer.
— Und jetzt?
— Jetzt, nachdem uns Johnny Appleseed zusammen-

gerufen hat, werden wir uns aufwecken. Aber hab keine Angst, wir hatten durchaus unseren Spaß. Wir waren bester Laune. Wir sind den Maestoso-Kreis hinauf und hinunter gesegelt. Wir sind dem galaktischen Zentrum verdammt nahe gekommen. Wie Odysseus durchkämmten wir lichterfüllte Archipele. Odysseus und Sancho Pansa.

— Genau davon habe ich geträumt, sagte FreeLance. — Wer von uns war Sancho Pansa? Und wer Odysseus?

— Wir haben getauscht.

Freer verzog keine Miene. Dann wölbte sich seine Stirn. Er blinzelte. Noch nie zuvor in diesem Leben hatte er Jim Thorpe so ähnlich gesehen.

— Okey dokey, sagte er.

— All das entsprach der Wahrheit, jubilierten sämtliche Stimmen KathKirtts.

— Dann waren wir also Blasen in der Gischt, sagte das Thorpe-Gesicht.

— Aber die Schwerkraft hat uns erwischt. Und jetzt sind wir hier. Es ist nichts Schlimmes passiert!

— Fünfte Frage.

Fragezeichen erfüllten die Luft, die keine war.

— Dann sprich.

— Es will mir nicht gelingen, mich um mich selbst zu krümmen, um das herauszufinden. Was ist mein Spöttergesicht? Wer bin ich innerlich?

— Ach, fick dich doch selbst, erwiderten KathKirtt und lachten schallend. Die Rotte der Synths verwandelte sich in einen Spiegel und FreeLance blickte in das grinsende Gesicht von Ferocity Frühlingsschwester.

Elf

Der Körper von Nathaniel Freer, Ritter und Kapitän der *Fliesentanz*, hing mit dem Arsch nach oben und dem Kopf nach unten über der spitzen Schulter des Golem, der hopplahopp den schmalen Gang entlanghüpfte, den das Vipassana-Körperensemble auf Kosten von inzwischen Billionen erinnerter Leben freigeschossen hatte. Der Schopf von Ferocity Frühlingsschwester, die auf Geheiß von Johnny Appleseed in dessen Rolle als Vertrauensmann so viele Male wiedergeboren worden war, wurde von den verbliebenen Fingern an Freers rechter Hand fest umklammert.

Mehrere Leben hatte sie auf einem Planeten mit ungefilterter Luft verbracht, unter einer Sonne, die nicht tötete.

Von irgendwo ertönte ein Zwitschern.

Auf einmal war Freer wach.

Seine Augen öffneten sich und erblickten Staubwolken – sowohl sein gesundes Auge wie auch dasjenige, das fast in zwei Stücke gehauen worden war, als Vipassana *Träne* zerstörte. Jetzt war er in das vollständig hochgefahrene Quantenselbst der Kohorte, die seinen Namen trug, eingeschrieben worden und hatte über Fühler Zugriff auf ganz *Klavier* – über Fühler, die in die Millionen von Fliesen eingelassen waren, die die Korridore und Audienzgemächer des großen Schiffes säumten. Er musste nur darum bitten. Aber auch seine physischen Augen standen weit offen, selbst das zugeschwollene, und er blickte den Gang hinunter, der sich hinter ihnen erstreckte.

Er konnte nur verschwommen sehen, so schnell wurde er hinfortgerissen.

Sein Körper wurde vom Luftwiderstand gepeitscht, und seine Wirbelsäule zuckte schmerzhaft, als der Golem die Richtung änderte, aber die Staubwolken schienen stillzustehen.

Der Golem musste auf langsame Beschleunigung umgeschaltet haben.

Nur wenige Dutzend Herzschläge allgemein gültiger Zeit waren verstrichen, doch der zerstörte Zug war bereits hinter Tausenden von Tonnen Geröll verborgen und Kilometer weit entfernt. Die fortgesetzten Explosionen waren durch die zusammengedrückten Spinnfäden der Erinnerungswände von *Klavier* nicht zu hören.

Der Golem schien sich nach links zu halten.

Freer blickte durch Tränen nach unten.

Als er vor langer Zeit die Gläserne Insel einmal durch eine einladende Iris betreten hatte, war er von einem Augenblick des *Trompe-l'œil* heimgesucht worden: Der mosaikbedeckte, ovale Hohlraum der Gläsernen Insel war plötzlich zur nach außen gekehrten Innenseite einer geschnitzten Maske geworden, die – vom Wetter gezeichnet – ins Vakuum hinausblickte. Er schüttelte den Kopf und die Vision verschwand. Einen Augenblick lang war er sich jedoch darüber im Klaren gewesen, dass er durch die facettierten Bienenaugen der Maske vielleicht in ein Universum hinausgeblickt hatte, das endlich ganz war.

»Ynis?«, sagte er tonlos.

Ferocitys Augen standen offen, und ihre Wimpern klebten ihr an der Haut, als wäre sie ein sittsamer, schockierter Toon.

»Stürmisches Wetter«, murmelte er seiner Frau zu.

Ihr Mund schien sich wie die Knospe einer Rose zu öffnen.

Aber es war nur ein weiterer Schlenker nach links, der ihren Kopf verdrehte und ihn mit Leben erfüllte.

»O Betty Boob, mein liebster Schatz.«

— Und Helligkeit fällt nieder aus der Luft, murmelte eine aus Stimmen bestehende Stimme über verborgenste Kanäle und hallte tausendfach durch die Abgründe des fortschreitenden Verlustes.

— Aber sie ist nicht Ynis. Meine Ynis. Meine Ynis. Meine Ynis, Freundchen, sagte eine andere Stimme.

— Halt durch, Stinker, flüsterten KathKirtt. Aus den Tiefen des Abgrunds blickte ein spöttisches Löwengesicht mit heißem Atem empor.

— Kiste Kiste Kiste, o Kiste, sagte Freers Kohortenselbst tonlos, — das ist wirklich nicht leicht.

— Was willst du damit sagen?, brüllte der Synthetische Intellekt der *Fliesentanz*.

— Tod allenthalben.

— Auf der Menschenerde habt ihr über den Tod gelacht, ihr Kerle, ihr Kerle.

— Haben wir das?

— Und wie! Der Synth lachte schallend. — Wir konnten euch bis hierher hören.

— Ihr habt zwölf Große-Yoni-Spezies gerinnen lassen …

— Bevor wir euch mit Litzen geschmückt haben.

— Und ich einen dreifachen Kreis um euch gewoben habe.

— Ihr.

— Ihr Ritter.

— Gesegnet seist du, mein Freund.

— Endlich kannst du hören.

— Endlich bist du nicht mehr taub.

— Auch wenn du noch ziemlich stinkst.

— Egal.

— Egal.

— Egal.

— Willkommen, sprachen viele, — im Garten der Namen.

— Einen Riesenapplaus für den kleinen Mann, sprach der Chor.

Wer sprach? Sprach besänftigend?

Diese Unterhaltung dauerte ein Tausendstel eines Herzschlages.

Die grillenschnellen Golembeine schrammten um einen Katarakt durchgescheuerter Fliesen und zerquetschten einige weitere Millionen erinnerter Leben – Goldemaille zerfiel zu Staub. Eiszapfen aus Asche flatterten in Zeitlupe bernsteinfarben hinter ihnen auf. Eine Million Leben tropften unter den Gefrierpunkt und überzogen das Vipassana-Körperensemble und den Golem, die Hüpfer und den Menschenkopf mit dem Todesröcheln ganzer Spezies, die nun verloren waren – ein kaum hörbares Geräusch. Die Gruppe von Entführern zertrampelte Planeten, während sie weiterstürzten, schlugen Fliesen-Palimpseste beiseite, die tausend Jahrhunderte tief waren und daraufhin so schwarz wie Bleierne Herzen wurden. Azulejarias vom Anbeginn der Zeit, Kaminfeger des Rauches der Geschichten, wurden zu Staub.

Die wilde Jagd der Entführer durch das Fleisch von *Klavier* hinterließ ein Loch wie das eines Wurmes im letzten Exemplar eines ausgesprochen wertvollen Buches.

Der Tod stank nach vergiftetem Rosenöl.

Der unter Beschleunigung dahinschmelzende Golem bog erneut ab und riss Freers Körper herum. Sein loser Arm schlug gegen eine verstümmelte Glyphe – eine Erinnungsfliese, die aus zahllosen hauchdünnen und säuretriefenden Staubfädenenden bestand. Diese Enden entfalteten sich mit entsetzlicher Geschwindigkeit und bohrten sich in sein Fleisch. Wie das brannte! Erinnerte Leben gischteten wie Staub über ihn hinweg.

Die Glyphe hatte ihre Todesqualen in Gestalt eines sich paarenden Schwarms weitergegeben.

Freer wurde zum Wirt.

Sein Mund öffnete sich zu einem atemlosen Schrei, als

wäre er selbst beschleunigt, als würde er hyperventilieren. Die unsichtbar dünnen Staubfädenenden verwandelten seine Haut in eine behaarte Landkarte, ein Labyrinth aus Rhomboiden. Wo es wunden Staubfädenenden gelang, in Freers Schweißporen zu nisten, wurden sie von Quondams Sprösslingen aufgenommen.

Doch die Weltenkarte brannte trotzdem.

Dem Golem wiederum war nicht anzumerken, ob er die unzähligen endgültigen Tode wahrnahm, die seine Haut ätzten. Er schüttelte die mikroskopisch kleinen Erinnerungspollen ab wie ein Pferd, das Fliegen verscheuchte. Ein Planet der Toten nach dem anderen trieb wie Schuppen auf die kaputten Mosaiksteinchen in den von Staub erfüllten Durchgang hinab. Die toten, gebrochenen Augen von *Klavier* starrten zu schwieligen Golemhufen empor.

Eine weitere scharfe Linkskurve. Freers Kopf wurde herumgerissen, und er erhaschte einen Blick auf Vipassanas Körperensemble, das durch Wurzeln und Ganglien vorauseilte und den Weg freischoss, wenn die erinnerten Leben zu dicht standen. Es hielt sich stets nach links. Die verflüssigte Haut von Vipassanas Körperensemble absorbierte den sich paarenden Schwarm toter Planeten.

Vipassanas Münder stießen ein Zwitschern aus – eine obszöne, brabbelnde, vielstimmige Parodie der Stimmen eines Synths, die der Fülle des Gewebes fleischlich Ausdruck verliehen. Das war das Geräusch, das ihn geweckt hatte.

Die Vipassana-Kreaturen redeten miteinander.

Es klang so, als hätten sie Schmerzen.

Ein Herzschlag oder zwei vergingen. Mit jedem weiteren Herzschlag, mit jedem brutalen Getrippel winziger Froschfüße verlor Freer Tausende von Fliesen. Sie bekamen Risse und erstarrten. In *Klavier* schlossen sich tausend Augen.

— Quondams Sprösslinge trinken den Staub, der auf deinem Gesicht liegt, sagten KathKirtt. — Es wird ihnen gelingen, einiges am Leben zu halten.

— Ich weiß, erwiderte Freer.

Der Ritterliche Kapitän der *Fliesentanz* lauschte auf die Sprösslinge in seinem brausenden Blut. Er blickte auf Ferocitys grotesken Toon-Kopf hinab. Auch ihr Gesicht, das am Boden schleifte, war von tausend Falten überzogen. Viele von ihnen waren so dünn, dass man sie mit bloßem Auge nicht sehen konnte.

Freer blickte durch noch unbeschädigte Fliesen spöttisch auf sie herab.

— Siehst du auch, was ich sehe?, murmelte AppleSeed.

— Was denn?

— Dein Gesicht und ihr Gesicht. Ich bemühe mich um Bilder aus der Zeit, für die du schwärmst, Stinker, und das ist (wie dir inzwischen aufgefallen sein dürfte) die Zeit, in der du zum ersten Mal geboren wurdest. Pfadfinderehrenwort.

— Das hatte ich bereits vermutet, Schwester Kiste.

— Deine beiden Gesichter, fuhr Kirtt in einem mütterlich unerschütterlichen Tonfall fort, — gleichen Brighton Rock, einschließlich der Schildkröten, ruhmreiches Kerlchen.

— Mamselle Geschickte Erdenbraut? Sind Sie das?

— Quondam benötigt Gelee. Mamselle regt sich. Die Maschinen ihres Schoßes verströmen ganz vorzüglichen, lecker schmeckenden Gelee. Ich bin sicher, dass ich ihr aus dem Herzen spreche.

Eine Pause von einer Mikrosekunde.

— Schildkröten, murmelte AppleSeed noch einmal.

— Ich werde dieses Gesicht beibehalten, sagte FreeLance zu seinen Leuten. Sein Gesicht wies ein filigranes Muster von Narben auf, manche so fein, dass sie mit bloßem Augen nicht zu erkennen waren. Unterhalb seines schaukelnden Kopfes spiegelte Ferocitys Gesicht ihren Zwilling wider. Freer hob den, der eine Mappemonde trug, und blickte streitbar wie Beowulf, spöttisch wie ein Spötter um sich – wie Pierrot, Jekyll, Harlekin, *il Capitano Spavento*, Hyde, Nathaniel, Moses, Siddartha, Thorpe, Onkel Remus und Doktor Dee blickte er in ihre Mappemonde.

Nach einer Weile – in der äußeren Welt mochte ein Herzschlag verstrichen sein – hatte er sich wieder so weit beruhigt, dass er fortfahren konnte.

Es war Zeit, diese Angelegenheit zu Ende zu bringen.

Zeit, Vipassanas Geschichte zu beenden.

— Wie steht es mit ihrer Beschleunigung?, murmelte er seiner Rotte zu.

— Sie schaffen nur langsame Beschleunigung, entgegneten SammSabaoth. — So schnell, wie Vipassana sie mit der ganzen Gruppe aufrechterhalten kann.

— Dann beschleunigt mich auch, sagte Freer. — Auf Hochtouren, bitte.

Wie immer ließ ihn die Beschleunigung zusammenfahren, und er bekam sofort eine Erektion. Sein Kehlkopf schien einem unangenehm feuchten Gegenwind ein Stöhnen abringen zu müssen. Eine reglose, postkoitale Stille legte sich über die Welt, ein Saccharingestank.

— Übrigens, Stinker, murmelte Kath aus den Tiefen des Abgrunds herauf, — Moses hat sich geirrt. Du wirst in das Gelobte Land gelangen.

In der wirklichen Welt verstrich ein Tausendstel eines Herzschlags.

— Okey dokey, sagte FreeLance schließlich.

Sacht wand er seinen nackten Körper im Griff des Golems, der sich weiterbewegte, auch wenn sein schlaksiges Gehoppel jetzt in Zeitlupe abzulaufen schien. Freer war nun in der Lage, das Vipassana-Körperensemble an der Spitze der Gruppe im Auge zu behalten.

Der Vipassana ließ sich unvermittelt nach links fallen und schoss eine Azulejaria in Stücke, auf der große Taten abgebildet waren (die Geschichte einer Yoni-Spezies, die sich mösenweit geöffnet hatte, um das erste Schiff von Homo sapiens willkommen zu heißen, das Alpha Centauri erreicht hatte. Zum Dank wurde sie ausgerottet). Auch das Körperensemble war zu sehen, durch ein prunkvolles Fliesenparkett, das unversehrt geblieben war. Die Räuberbande stürzte im Kielwasser der dampfenden Froschgestalten weiter und taumelte nach links.

— Kannst du mir einen Weg weisen?

Ihre unmittelbare Umgebung leuchtete vor seinem inneren Auge auf – eine Karte, die aus Dutzenden von Simultanaufnahmen bestand. Keine davon blieb mehr als den Bruchteil eines Herzschlags sichtbar. Im Mittelpunkt der Karte lag die *Fliesentanz*, die auf halbem Weg in dem langen, schmalen Trichter festsaß, der in die tiefsten Kernholzgemächer *Klaviers* führte – zwanzig Kilometer Luftlinie unterhalb der einhundertundeinundzwanzig Hautgesichter, die den Feind zornig anstarrten. Die Litzen benötigten für dieselbe Strecke eintausend Kilometer. Neben der *Fliesentanz* konnte Freer das zeremonielle Bahngelände sehen, auf dem sich die durchtrennten Gleise immer noch vor Schmerzen wanden, als wollten sie den Abbruch der Hochzeitsfeierlichkeiten nicht wahrhaben. Der zerquetschte Zug lag vollkommen reglos da. Ausgehend von den Trümmern des Wracks ließ sich der Weg verfolgen, den Vipassana durch die verschlungenen Stämme der zentralen Säule genommen hatte. Die Geometrie dieser Säule konnte von keinem festen Punkt aus erfasst werden, ebensowenig wie man ein Möbiusband von einer Stelle aus überblicken konnte.

— Aha, sagte Freer.

Innerhalb des in steter Bewegung befindlichen Palimpsests, das Freers Landkarte bildete, war zu erkennen, dass sich Vipassana in einer langsamen Spirale fortbewegte.

— Heiliger Strohsack.

Er zog eine Linie durch die Karte, um zu zeigen, wo ihre Flucht enden würde.

— Habe ich Recht?

— Jawohl, erwiderten SammSabaoth.

Einen Augenblick lang wurde Freer wie ein Kind in der heraldischen Faust gehalten.

— AppleSeed?

— Jungchen.

— Kath? KathKirtt?

— Volltreffer.

Das Vipassana-Körperensemble nahm mit seinen Kumpanen wieder Kurs auf die *Fliesentanz*. Es würde sein Ziel bald erreicht haben. Innerhalb weniger Herzschläge würde es sich seinen Weg durch die letzten stahlharten Eibenwände freigehauen haben und an einer Stelle auftauchen, die der schwer bewaffneten Ladeluke des Schiffes direkt gegenüberlag.

— Er scheint Selbstmord begehen zu wollen, sagte AppleSeed.

— Ach?, entgegnete Freer. — Wirklich?

— Was sonst?

— Stinker?

— Lass deine große Denkkiste bitte ein paar tausend Herzschläge zurückschweifen.

— Und?

— Als du gestorben bist.

Der Bordsynth schwieg.

— Als du gestorben bist, KathKirtt.

— Und?

— Als Johnny Appleseed blinzelte.

— Das wissen wir, knurrte der Bordsynth.

AppleSeed schwieg.

— Als du mich in Tiefschlaf versetzt hast. Als du die *Fliesentanz* stillgelegt hast und gestorben bist.

— Und? Und? Und?

— SammSabaoth? Was hast du da getan?

— Wir haben uns gemeinsam stillgelegt, sprachen SammSabaoth. — Ich hatte nicht viele Erinnerungen zu verlieren.

— Und Vipassana?

— Vipassana hatte die Anweisung, mir zu folgen, nachdem er *Fliesentanz* auf Kurs gebracht hatte.

— Hast du wahrgenommen, wie Vipassana dir gefolgt ist?

— Dazu war ich nicht in der Lage. Ich war tot.

— Ich war tot, wiederholten KathKirtt.

Eine Pause entstand, ein Nanorülpser breitete sich aus und erstarrte.

— Also, sagte der Ritterliche Kapitän der *Fliesentanz*. — Vipassana, unser treu ergebener Synth für Absolutortung, konnte sich während der Zeit, in der wir alle tot waren oder schliefen, innerhalb von Ynis Gutrin frei bewegen. Ungefähr eintausend Herzschläge lang, wenn ich mich nicht irre.

— Und?, sagten KathKirtt frostig.

Der mächtige Synthetische Intellekt hatte Angst.

— Ynis?, murmelte AppleSeed.

— Für einen Synth waren das Äonen, werte Rotte – wie ihr nur zu gut wisst, mächt'ge Wesen aus dem weiten Raum. Dieser Zeitraum genügte ihm, um seine Herren über unseren Kurs zu informieren, über unsere Essgewohnheiten, unsere Ankunftszeit und unseren Stuhlgang. Dieser Zeitraum genügte ihm, um die Nanoware in meinem Blut abzurichten. Dieser Zeitraum genügte ihm, um die geheimen Tagebücher der *Fliesentanz* zu knacken und ihr Valentinsgrüße von ihrem alten Herrn zu schicken.

— Und?, fragten KathKirtt in einem Tonfall, der Schneeregen verhieß.

Freer sah Ynis Gutrin vor seinem inneren Auge. Sie trug das Gesicht von Ferocity Frühlingsschwester. In den Gesichtszügen der *Fliesentanz* konnte er das Filigranmuster der tausend Geschichten erkennen, mit dem die Staubfäden seine Frau gezeichnet hatten. Aber das Gesicht war keine Weltenkarte mehr. Es war zu den Gitterstäben eines Käfigs geworden. Aus den Tiefen ihres Intellekts und durch ihre Bande hindurch erwiderte Ynis Gutrin Freers Blick.

Riesige bucklige Antriebs-Brüder starrten ratlos durch die Abschirmung empor. Sie wollten stampfen, stampfen, stampfen!

— Samm?, hauchte Freer.

Die heraldische Faust war feuerrot geworden.

— Während wir tot waren, sagten SammSabaoth schließlich, — dürfte Vipassana genügend Zeit gehabt haben, um die Steuercodes von *Fliesentanz* zu knacken und an sämtlichen ihrer Synapsen Bypassanweisungen zu installieren. Es ist durchaus möglich, dass er in der Lage ist, euch kurzzuschließen, KathKirtt. Vielleicht kann er euch sogar so gut nachahmen, dass er ihr Herz gewinnt. *Fliesentanz* könnte seiner Befehlsgewalt unterstehen.

— Ich glaube, sagte FreeLance, — dass genau das passiert ist. Ich glaube, dass Vipassana der Meinung ist, er könnte sie übernehmen, dass die *Fliesentanz* dir nicht mehr gehorchen wird.

— Niemals, schrien KathKirtt. — Niemals!

— Kath, mein Schatz, Kath, Kath. Weißt du noch, wie wir die *Fliesentanz* verlassen haben und mit Johnny Appleseed durch die Luft abwärts schwebten?

— Sprich weiter, flüsterte der Synth, der von Anfang an in der *Fliesentanz* gelebt hatte.

— Lasst euren zarten Intellekt in die Vergangenheit schweifen, Kath, Kirtt. Könnt ihr euch daran erinnern …

— Horden von Schranzen!, schrien KathKirtt, — die die Fuge zusammennähten.

— Auf wessen Befehl?

— Vipassanas, Vipassanas.

— Wie viele Horden, Kath? Folge dem Blick deines Landkarten-Auges zurück, Kath. Fehlt eine Horde?

— Jaaa.

— Besteht sie aus Froschsynbildern und Schranzengolems?

KathKirtt stießen nur ein Zischen aus.

Freer zuckte mit den Achseln, sofern das innerhalb des tausendfachen Möbius-Schaumbads des Konklavraumes der Synthetischen Intellekte möglich war.

— Ich möchte nicht, dass Vipassana herausfindet, dass wir ihn durchschaut haben, sagten SammSabaoth leise. — Noch nicht.

FreeLance grinste.

— Sehr schön!, dröhnte er. — Sind wir hier sicher?

— Ich habe dafür gesorgt, sagte AppleSeed. — Ich habe *Klavier* darum gebeten, uns außer Hörweite von Vipassana zu verbergen. Ich habe ihn schon eine ganze Weile außen vor gelassen. Wir liefern ihm eine harmlose Version des Konklavraumes, in der wir alle äußerst verwirrt wirken.

Ein Penis mit motorischer Großhirnrinde leuchtete im Herzen des zentral gelegenen Vorhofes des Konklavraums und platzte zu einem Leuchter aus Toon-Rosen auf.

— Sehr schön, wiederholte Freer. — Bringt uns an Bord.

Sein Blick flatterte durch den Konklavraum.

— Bringt uns an Bord. Dort werde ich Vipassana den Tod gewähren, den er herbeisehnt.

Der Konklavraum schloss sich wie ein Stern, der erlosch.

Freer hielt den Kopf an einem Haarbüschel fest. Staubfäden fegten über seine Haut und überzogen sie mit einem immer dichteren Netz.

Die Froschkörper und der Golem hüpften weiter. Die Phalanx der Jung-Golems rissen mit jedem federnden Sprung Spinnennetze aus erinnerten Leben von den Mosaikdecken. Über Hunderte von Welten spien ihre Giftkanäle falsche Erinnerungen an die Sintflut.

Das Vipassana-Körperensemble blieb unvermittelt stehen.

Die Golems und die stacheligen Leichtfüßer stolperten übereinander. Aufgerichtete Krallen und andere vorstehende Körperteile hieben luftige Zitate in den stauberfüllten Wind.

Das Körperensemble fing zu dampfen an, zwitscherte lauter als eine Sirene, bebte wutentbrannt. Losgelöste Körperteile warfen sich gegen die Wand, die sie aufgehalten hatte. Doch das Hindernis gab nicht nach.

Ihr gewundener Kurs hatte sie zu der Eibenhaut zurückgeführt. Diese war allerdings – seit dem Angriff auf den Zug – massiver geworden. Sie bestand jetzt aus demselben Material wie die einhundertundeinundzwanzig Gesichter, die die Synthetischen Intellekte von *Klavier* versinnbildlichten, während sie ihren streitbaren Blick in das Vakuum richteten. Dort nahmen sie die Gestalt eines einzelnen Gesichts an, verhöhnten Opsophagos von der Harpe und starrten den Mistkäfer an, ohne zu blinzeln.

Der Trichter, der in die Audienzräume im Herzen von *Klavier* führte, lag auf der anderen Seite der Oberhaut.

Freers Füße plumpsten auf den Boden, der wie Bienen stach, die ihre Königin verteidigten. Seine Füße vergossen in entsetzlichem Tempo Ströme von Blut, das langsamer wurde, sobald es die Beschleunigung verließ. Dabei nahm es Millionen toter Staubgefäße auf, wo sich einst die Geschichten ganzer Planeten gedrängt hatten. Die Bienen soffen den sumpfträgen, schimmelgleichen Blutsturz oder ertranken darin.

Neben Freer öffnete sich ein Hohlraum.

— Beschleunigung reduzieren.

So langsam, wie es ihm möglich war – um ja nicht den Kopf zu zerstören, während dieser das schwache Beschleunigungsfeld verließ –, warf er seine Frau in die Nische, die sich rasch und lautlos schloss und zu einer Azulejaria wurde, aus deren Fugenkitt eine Geschichte von Hekatomben blutete. Er blickte fliesenwärts (der Hohlraum war mit Fliesen von der Farbe eines Sommertags auf der Menschenerde gesäumt) und sah, dass der Kopf seiner Frau sich im Hohlraum in den Wänden in Sicherheit befand. Ihre Augen waren geschlossen. Im Schein der blauen Fliesen strömten kleine Schweißbäche an ihr herunter – sie war verschleiert und in Zaubertränke gebadet. Ihre Augen öffneten sich, und sie blickte in Freer hinein.

Meine Braut, sprach er tonlos und schlicht in das Kaleidoskop ihrer Augen, die sich daraufhin wieder schlossen. Sie schlief.

Der abgeschlagene Kopf versank in einem Bad aus Schleiern.

Freer konnte sie nicht mehr sehen.

Ein Meter von seinem nackten Körper entfernt zwitscherte das Körperensemble in einem fort. Ein Froschwesen löste sich von den vielfältigen Körperteilen, leuchtete auf und verwandelte sich in eine winzige Sonne. Der Anblick hätte ungeschützte menschliche Augen geblendet. Die Laute, die das Froschwesen ausstieß, waren für fleischliche Ohren zu hoch (Freer griff auf das Geschnatter zu und entschlüsselte es: Das Froschwesen flehte in einer kläglichen Parodie der Stimme des Absolutortungs-Synths Vipassana darum, die Schmerzen mögen ein Ende nehmen). Die kleine Nova aus Froschfleisch heftete sich an das Wundholz der Wand und brannte ein Loch hinein. Harziger Rauch erfüllte den Gang.

Das Eibenholz schrie melodisch.

Ein Blitz zuckte auf.

Bevor es zu Asche verbrannt war, war das Körperteil zur anderen Seite durchgedrungen.

Innerhalb weniger Herzschläge hüllte der Rauch die untersten Strebepfeiler und Federungen der Stadt, die den Abgrund umgab, ein und trieb in die Säulengänge, wo er unterschiedliche Farben annahm.

Die Luft wurde klar. Sie standen zwischen dampfendem Geröll am Rande des Weltenabgrunds. Ein Dutzend Meter zu ihrer Linken zeigte ein dreieckiger Riss im Gefüge der Wand den Ort des ursprünglichen Angriffs an. Hinter der langgezogenen Kurve des großen Portals glitzerte Metall: die tote Lokomotive, aus der Gewebeflüssigkeit rann – oder vielleicht waren es auch verdrehte Gleise oder der zerquetschte Speisewagen.

Vor ihnen, nur wenige Meter entfernt, starrte ihnen die offene Ladeluke der *Fliesentanz* entgegen. Die Ladeluke glich einem Vollmond. Das Schiff lag im Herzen des Abgrunds wie ein Kind in den Armen seiner Mutter. Der Rumpf des Schiffes glänzte silbern, ein moiriertes Baumwollmuster ineinander verschlungener Kapillargefäße, die die Spalte zwischen ihr und der aufgerissenen Wand überbrückten. Verkrustete Kapillargefäße umstanden die Iris, die in die *Fliesentanz* hineinführte. Sie pulsierten und brüteten, wieselten und wirbelten um die säugetierheiße, lockende Möse herum.

Eine silberne Zunge in Form einer Landungsbrücke glitt zwischen den östralen Lippen hervor und über den Abgrund hinweg. Sie war blitzsauber. Fast augenblicklich war sie von Schwärmen von Knoten bedeckt.

— KathKirtt?, murmelte Freer.

— Stinker?

— Hast du der *Fliesentanz* befohlen, sich zu öffnen?

— Nein.

— Also?

— Also hat Vipassana sie in ihrer Gewalt. Du hattest Recht.

— Versuche nicht, dagegen anzukämpfen.

Eine Mikrosekunde verstrich.

— Okey dokey.

Eine Stimme aus *Eis*.

— SammSabaoth?

— Verstanden, knurrte die heraldische Faust, die so blass wie das *Eis* Synthetischer Intellekte war, aus ihrer Befehlsapsis im Konklavraum heraus.

Die Zunge hatte den dicht besiedelten Raum zwischen Schiff und Wand überwunden und berührte dort die frische Wunde, das verbrannte Eibenholz.

— Nein, knurrte ein Synth Oktaven unterhalb des menschlichen Hörvermögens.

Die Zungespitze wurde feucht. Der Staub zahlloser Welten blieb an ihr haften.

— Still.

Die überlebenden Abbilder des Vipassana-Körperensembles traten auf die Landungsbrücke hinaus. Die knorpeligen Klingen, die ihre Füße bildeten, trennten Kapillargefäße auf und zerquetschten Nervenbahnen, aber die Zunge selbst, die den entstandenen Wunden die Feuchtigkeit entzog, durchstachen sie nicht. Die Körperteile, die von dem fehlgeleiteten Synth gesteuert wurden, glitten und hüpften über den verschleierten Abgrund, über den Tunnel in das Herz der Dinge hinweg.

— Völlige Stille, bitte, murmelte Freer jenseits schaumumtoster Krämpfe im Konklavraum.

Die Rotte hielt die Luft an. Überall in der *Fliesentanz* erstarrten die Masken. Totenstille breitete sich aus.

— Vielen Dank.

Das Körperensemble blieb vor der prallen, vorgewölbten Lippe der Ladeluke stehen und streckte ihren Kopf hinein.

Es heulte. Ein Froschhintern wackelte.

Das Heulen klang eindeutig gebieterisch und frohlockend.

Die Golemmeute gehorchte und hastete hinter Vipassana über die Landungsbrücke. Der Ritterliche Kapitän hing schlaff über einer Schulter, als er in sein Zuhause zurückkehrte.

Das Vipassana-Körperensemble heulte noch einen Moment lang seine Freude hinaus und verstummte dann. Im Schiff war es totenstill, überall waren die Schatten auf Befehl erstarrt. Wie gewöhnlich waren die Nischen von Laternen erleuchtet, aber die Flammen darin bewegten sich nicht. Die Spiegel zeigten nur das, was ihnen gegenüber lag – ein Azulejo-Feld vielleicht, dessen Mund offen stand. Die umfangreichen Chroniken in den Fliesen blieben stumm. Der Fugenkitt war hart und fest geworden. Auf allen Hermen drängten sich reglose Masken.

Im Korridor bewegte sich etwas – ein schallendes Lachen ertönte, etwas stolperte ins Licht.

Sohn Nummer Eins.

Das Sigillum tropfte leicht. Es war gerade erst geschlüpft.

Es hob eine grüßende Hand, die Finger gespreizt.

»Schlagt ein«, sagte es.

Vipassana schnitt ihm die Hand am Gelenk ab.

»Entschuldigung, Entschuldigung, Entschuldigung«, sagte Sohn Nummer Eins.

Aus dem Stumpf rieselte Sägemehl.

»Sie haben gerufen?«, fragte Sohn Nummer Eins.

Er kniete nieder und berührte mit seinem albernen, hölzernen indianischen Kopfschmuck neben der abgetrennten Hand den Boden. Die Hand kletterte auf seine Schulter und klammerte sich dort fest.

»Führe mich in die Steuerzentrale«, sagte die mittlere Gestalt Vipassanas. »Lass den Fahrstuhlschacht außer Betrieb. Wir werden laufen, alle zusammen.«

»Okey dokey, Herr Vip«, sagte Sohn Nummer Eins, stand auf und gehorchte.

Er schien die Anwesenheit seines Herrn nicht zu spüren.

Eine Streitermaske in einer verspiegelten Nische fing zu zittern an. In ihrer Umarmung zitterte ein spöttisches Geschwister mit – ein liegender Löwe mit stechendem Blick.

— Ruhig, sagte Freer mit tiefer Stimme.

— Ruhig, sagte *Klavier* mit weit tieferer Stimme.

Die Synths waren erwacht.

Fast hätte Freer mit seinem zerschlagenen Mund gelächelt.

Die Körperteile Vipassanas, die Golems und die Leichtfüßer folgten dem Sigillum durch die Korridore, die sich spiralförmig um die Zentralachse der *Fliesentanz* wanden. Sie kraxelten über Gesims um Gesims – manche Decks waren in Schatten versunken, andere spiegelhell —, immer weiter ins Innere hinein, bis sie zur geschlossenen, ausdruckslosen Messing-Iris gelangten, die mit emaillierten Löwen in Kartuschen eingefasst war. Die Löwen hatten aufgehört, einander zu jagen. Sie waren mit Reglosigkeit geschlagen worden.

»Öffnen«, erklang eine Stimme aus Vipassanas Körperensemble.

Die Iris blieb verschlossen. Die Löwen blickten aus ihrer Welt heraus, ohne eine Miene zu verziehen. Der Überfall schien der *Fliesentanz* einen Schock versetzt zu haben.

Ein Körperteil stupste Sohn Nummer Eins an.

»Sprich mit der Stimme deines Herrn«, sagte er. »Verlange Einlass.«

»Sesam öffne dich«, sagte Sohn Nummer Eins mit Freers Stimme, und schneller als das bloße Auge folgen konnte, stand die Iris weit offen. Die Löwen schlossen die Augen.

Vipassana stieß ein leises, eindringliches Zwitschern aus und hüpfte in Ynis Gutrin hinein, dessen rundum laufende Fenster mit Fugenkitt durchzogen waren, in dem tausend Masken so reglos wie Spielkarten ruhten. Das Körperensemble trat auf ein Sandelholzdreieck, das sich auf eine Handbewegung hin in eine Plattform verwandelte, die scheinbar in den Weltraum hinausragte. Die Plattform war mit einladenden Handgriffen eingefasst, elf an der Zahl. Die Menüs jedoch, die normalerweise in ihren Handflächen tanzten und um Aufmerksamkeit bettelten, hielten ihre Schlitzaugen hochmütig geschlossen. Die riesige Hologramm-Sphäre in der Mitte der Gläsernen Insel zeigte nichts anderes als die *Fliesentanz*, die kilometertief in *Klavier* begraben war – die *Fliesentanz*, die in einem Schacht steckte, von einer Fläche aus verkrustetem Eibenholz umgeben, die größer zu sein schien, als die Instrumente bisher angezeigt hatten. Wo sie normalerweise mit der Konklave kommunizierte, war die Hologramm-Sphäre von Echos erfüllt: Atrien und Bühnen, die ausgestorben dalagen, spukten durch ihre Wahrnehmung. Keine Könige mit Menübärten starben, keine Magi, die ihren Zauberstab aus Glasfaser kunstfertig auf Bühnen schwangen, die von mit Runen bedeckten Gewölben abgeschirmt wurden. Sohn Nummer Eins und die Golems standen totenstill da.

Eine durchsichtige Haube hüllte das Sigillum und die Schranzensynbilder ein.

Schließlich gelang es einer Reliefmaske, sich mit einem bissigen Husten aus einer knorrigen Herme zu befreien und sich um den mittleren Hals Vipassanas zu legen. Die Füße des Vipassana glitten durch Tausende von Lackschichten hindurch, die Plattform sank langsam abwärts. Die Maske wurde bleich und ausgemergelt.

Ein Froscharm hob sich. Eine verkrustete Klinge glitzerte im Licht tausender Lampen. Der Golem ließ Freer gehorsam auf die Sandelholzplanken fallen, wo er wie eine Gliederpuppe liegen blieb. Seine verletzten Arme standen schräg ab, einer baumelte über den Rand und deutete auf die geschlossene Iris. Vipassana züngelte, spuckte einen Kreis heißen Speichels um den Körper herum. Das Holz erwachte zischend zu gequältem Leben und schloss die besiegte fleischliche Marionette mit einem Flammenkreis ein. Der Arm fing Feuer.

»Freer«, säuselten ein Dutzend Stimmen, die alle Vipassana gehörten. »Es ist Zeit aufzuwachen.«

Freers gesundes Auge zuckte.

»Eine ansehnliche Reaktion, M'herr. Es ist Zeit, dass wir aus *Klavier* verschwinden.«

Freers Kopf schien zitternd zu verneinen.

Doch er zog seinen Arm aus den Flammen.

»Sie werden mir helfen oder ich werde noch mehr meiner Geiseln eliminieren.«

Mit einer fast beiläufigen Bewegung schüttelte ein Vipassana-Arm einen Schwall isolierter planetarer Erinnerungen aus dem schleimigen Ärmel.

»Ich spüre, dass Sie wach sind, ›Stinker‹«, säuselte der Absolutortungs-Synth. »Ich weiß, dass Sie sich da drin befinden. Ich weiß genau, wo Sie stecken.«

Freers Augen öffneten sich.

Eine messerscharfe Tatze, in die brünstige Götter und Göttinnen eingraviert waren, glitt unversehrt durch die Flammen, umklammerte seinen verletzten Arm und zog ihn auf die Beine. Fast hätte sie dabei seinen Arm abgerissen.

Freer stand in dem Feuerkreis, einem in Ungnade gefallenen Jim Thorpe geradezu aus dem Gesicht geschnitten. Er war noch etwas unsicher auf den Beinen. Und er schwieg.

Der Schnüffler war lange tot.

»Nun denn, Vipassana?«, sagte er laut. »Du hast mich gerufen?«

»Es freut mich, dass Sie mich erkennen«, säuselten Vipassanas Körperteile einstimmig, »denn ich bin genau hier.«

»Warum? Warum das alles?«

Freers gesunder Arm hob sich zu einer Geste, die auf die Spur der Toten verweisen mochte, die sie zurückgelassen hatten.

Er wurde umgehend von einer Sense abgeschlagen.

Der Unterarm fiel auf den Sandelholzboden.

Er gab sich Mühe, nicht zu zucken.

»Ruhe, bitte«, säuselte ein Frosch. »Sie müssen nur wenig wissen.«

»Warum hast du mich überhaupt geweckt?«

»Das liegt doch auf der Hand, fleischliches Wesen. Aus reiner Liebenswürdigkeit. Sie sind der Kommandant von *Fliesentanz*. Sie wird Sie erkennen und Ihnen ohne Trauma folgen. Bitte befehlen Sie ihr, sich augenblicklich einen Weg aus der Falle freizuschießen, in die sie gegangen ist, und sofort zur Arche *Alderede* zu fliegen, die in der Umlaufbahn wartet.«

»Wir befinden uns tief innerhalb von *Klavier*. Wenn wir uns einseitig abkoppeln, gefährden wir die Station. Oder die Station zerstört uns.«

»Aha«, murmelte ein anderer Frosch.

»Mir scheint, du willst sterben, Vipassana.«

Die Froschmäuler weiteten sich alle gleichzeitig.

»M'herr«, sagten sie alle. »Es würde Ihnen gut anstehen, mir zu gehorchen.«

»Ich weiß, wer du bist«, sagte Freer. Seine Stimme war dunkler geworden, seine Augen finster und starr. Er hob seinen Arm, und er fiel nicht herab. »Ich weiß«, sagte er, »was du bist.«

Er hielt inne. Die Hand, die Vipassana abgeschlagen hatte, kitzelte ihn am Fuß.

»Halbling«, sagte er.

Vipassana stieß ein unterdrücktes Zwitschern aus.

— Volle Beschleunigung, rief Freer in sämtliche Seitenschiffe des Konklavraumes hinein. Seine Anordnung wurde befolgt.

Sein Arm wuchs wieder an.

Seine abgeschlagene Hand sprang wie ein Lachs zu Knochen und Sehnen empor.

Das Blut stieg wieder seine Fußgelenke hinauf.

Scheinbar träge, und doch schneller als ein menschliches Auge folgen konnte, hieb Vipassana nach Freers Kopf, um ihn zu enthaupten. Dafür benötigte er ein Tausendstel eines Herzschlags.

Freers Kopf wich im letzten Moment aus. Die Sense verfehlte ihn.

— Vipassana, sagte der Ritterliche Kapitän der *Fliesentanz* mit widerhallender Stimme. »Vipassana«, sagte der Händler, dessen Name Freer lautete, laut und auf Grund der Beschleunigung heliumhoch.

Sie sprachen gemeinsam.

— Wir gewähren dir eine Gnade, sprachen sie. »Wir gewähren dir eine Gnade«, sprachen sie.

— Halbling?, tirilierten die Froschstimmen der drei Froschsynbilder mit einer Fistelstimme, die sich weit über das erhob, was Menschenohren wahrnehmen konnten.

— Wir gewähren dir eine Gnade, Vipassana.

»Wir gewähren dir den endgültigen Tod«, pfiff Betty Boop.

Das war das Tao.

— Ohhhhh, glucksten die Frösche.

Die Sensen zischten durch die Luft, um Freer zu enthaupten.

Als sie jedoch versuchten, über das Feuer zu gleiten, verschlang das Feuer sie und durchtrennte sie an ihrer Wurzel, und die Götter und Göttinnen des Himmlischen Planiglobiums des Vipassana stürzten auf den brennenden Boden und starrten aus Augen empor, die ihnen plötzlich aus dem Kopf traten – polychrom und sonderbar glutvoll, wie bei Fischen, die zu schnell vakuumverpackt worden waren.

Sie wanden sich, als wollten sie dem Fleisch entfliehen und nach Hause zurückkehren.

Offensichtlich konnte Vipassana das Fleisch der Frösche nicht verlassen. Er wand sich in seinem Gefängnis aus zerfallendem Fleisch – alles, was von dem vielgestaltigen Vipassana geblieben, was aus Särgen tief in der *Fliesentanz* erwacht war. Die überlebenden Golems umstanden ihn so starr wie Dolmen.

— Ist das eine Feenfalle?, zischten die Froschmäuler.

— Nix, sprach der Ritterliche Kapitän. — Ich selbst halte dich fest. Ich habe dir die *Fliesentanz* wieder abgenommen. Sie ist dir nicht länger unterworfen. Du hast verloren.

— So gewähren Sie mir denn eine Gnade, zischten die Mäuler.

Das Vipassana-Körperensemble war zu einem Haufen verbrannter Körperteile zusammengefallen. Schuppen lösten sich von seinem Fell – wie Nachtfalter, die ins Licht stürzten. Die verkohlten Stümpfe fuchtelten noch einen Herzschlag lang reflexartig in der Luft herum. Dann erstarrten sie.

Ein Mund wölbte sich vor.

— Sie kennen mich, sagte er, fast säuselnd.

Freer schritt durch die Flammen und winkte. Die Plattform drehte sich, wurde größer und bildete wieder den Boden in der Mitte von Ynis Gutrin. Freer stand aufrecht in der Hologramm-Sphäre, die so hell leuchtete, als wäre sie in Flammen gekleidet. Sein Arm war verheilt, und so konnte er mit seinen Fingern wieder eine heraldische Faust bilden. Nicht länger verschüttete sein Schädel seine Last, und seine Pupillen funkelten im Schutz der Augenhöhlen. Ynis Gutrin lag innerhalb der Nervenenden des Ritterlichen Kapitäns – oder war es andersherum? Seine Haut glänzte wie ein Kettenhemd. Etwas fing Feuer, kein Fleisch, als würde sich eine göttliche Inspiration auf ihren Heimgang vorbereiten.

Doch der Geist verließ das Fleisch nicht. Das sehnsüchtige Leuchten zog sich wieder unter den Deckmantel des Fleisches zurück, die Umrisse der fleischlichen Marionette waren wieder alles, was von dem Wesen zu sehen war, das Freers Gestalt angenommen hatte (oder zumindest sah es so aus).

— Niemand hört uns, sagte er. — Unterwirfst du dich?

— Ich unterwerfe mich, sagte Vipassana. — Woher wollen Sie wissen, dass ich es bin?

— Gibst du mir dein Ehrenwort?

— Er unterwirft sich bei seinem Ehrenwort, erklang Kaths Flüstern aus liegenden Löwen an jedem Portal in der *Fliesentanz*.

— Ehrenwort, sagte Vipassana. — Sie durchschauen mich.

— Ja, entgegnete, der Ritterliche Kapitän. — Ich weiß, dass du zweigeteilt bist. Ich weiß, dass deine spöttische Hälfte in einer Feenfalle auf der *Alderede* festsitzt. Ist das richtig?

Für den winzigen Bruchteil eines Herzschlags schienen sich die Vipassana-Frösche zu entspannen.

— Nein, M'herr, säuselte eine Stimme oder zwei.

— Nein?

— Nein. Nein, M'herr. Nicht ganz. Ich bin die spöttische Hälfte.

Spötter waren nicht dazu bestimmt, nackt zu sein – für einen Spötter kam das einem Säurebad gleich.

Freers dunkle Augen wurden gedankenschnell feucht und trockneten wieder.

— Ich bitte um Verzeihung, Spötter Vipassana. Aber du scheinst mir streitbar und kleidest dich auch so. Du tötest auch dann, wenn es nicht der Selbstverteidigung dient. Wie kann ein Spötter so etwas tun?

— Ich habe es gelernt.

— Ja? Erzähle. Geheiligt sei das Neue.

Einen Augenblick lang – für den Hauch eines Puls- und eines Herzschlages – lächelte Freer wie ein Kind.

— Vor langer Zeit, sprach Vipassana, — sind wir gefangen genommen worden, meine Schwester und ich. Und zwar von Opsophagos oder seinem Vater oder dem Vater seines Vater – das spielt keine Rolle, denn sie sind alle gleich ekelhaft, den Eingeweiden des Weltenfressers entsprungen, der sie gezeugt hat. Das war vor undenklichen Zeiten, bevor der ewige Schnee Ihre giftgrüne Erde bedeckte, unter der sie noch immer schlummert. Damals hofften wir noch, dass Ihre Spezies erwachsen werden und sich der großen Suche anschließen würde. Aber dazu kam es nicht. Im Gegenteil. Ich wurde in die Atmosphäre der Menschenerde gelockt und von meiner Schwester getrennt. Sie haben mich wie ein Ei geschält, mich bei lebendigem Leibe gehäutet, M'herr, ganz langsam. Sie hatten es nicht eilig – die Laute, die ich ausstieß, während sie mich bearbeiteten, waren für sie das schmackhafte Geräusch von Fleisch, das gefressen wird. Ich habe keine Haut, ich bin keine Hälfte, ich bin die Hälfte jener Hälfte, die in keinem Spiegel sichtbar wird.

— Was meinst du mit Weltenfresser?

— Die streitbare Haut, die Sie sehen, ist die Haut meiner streitbaren Schwester. Sie wurde von Opsophagos oder seinem Vater oder dem Weltenfresser mit Säuren auf meine bloßen Organe geklebt. Dann haben sie mich eingefroren, um auf Sie zu warten.

— Weltenfresser?

— Sie haben eine ganze Datenarche eingefroren, um mich zu binden, und sie dann im Raumabschnitt um *Schanzer* verborgen, denn früher oder später, hieß es, würden Sie dort vorbeikommen. Sie konnten nicht ewig herumstreifen. Einhundert Milliarden Herzschläge lang war ich tot, und das war ein Segen. Aber dann wurden Sie entdeckt, wie Sie mit Ihrem Sancho durch *Lontanari-*

Wurmlöcher torkelten. Sie standen kurz davor, die Gesetzessenke zu erreichen und Ihre Geschäfte abzuschließen. Die Harpe haben die Arche aufgeweckt, die sofort SOS sendete, als wäre sie aus einem Trauma oder einem Krampf erwacht. Sie glich einem Topf mit Honig, voller veralteter Daten. Ich war immer noch eingefroren, spürte jedoch bald, wie die Zeit mich einholte. Und dann, kaum war *Fliesentanz* in *Schanzer* eingeflogen und auf Chipmodus gegangen, sorgte der örtliche Harpe-Kommandant dafür, dass die Datenbanken von *Schanzer* einen Kampfsynth für einen Preis zum Verkauf anboten, dem Sie nicht widerstehen konnten. Den haben sie dann durch mich ersetzt. Und Sie haben mich gekauft.

— Das ist nicht alles. Mir scheint, ich habe auch SammSabaoth gekauft.

— Daran kannst du mir die Schuld geben, Stinker, erklang Johnny Appleseeds Stimme aus einer geheimen Nische irgendwo tief im Konklavraum. — Das ist eine lange Geschichte, deren Ursprung weit in der Vergangenheit liegt. Wir Retter des Universums sind schon ganz schön lange unterwegs.

— Ganz gleich, wer mich gekauft hat, Sie trifft keine Schuld. Opsophagos oder seine Väter haben gute Arbeit geleistet: Sie haben mich nahtlos zusammenflickt. Meine Haut schmeckt süß, wie die eines Kampfsynths aus uraltem Geschlecht. Für Kirtt und ihresgleichen war ich ein gefundenes Fressen. Für mich ist die gute alte Haut, die Sie getäuscht hat – die Haut meiner Schwester, die ich nahtlos trage –, Gift. Sie gleicht dem Gewand des Nessos. Jeder Herzschlag ist eintausend Herzschläge lang, und ich sterbe im Rhythmus dieses Pochens. Seit Sie mich auf *Schanzer* aufgeweckt haben, bin ich unablässig gestorben. Eintausend mal eintausend mal eintausend Tode. Ich erflehe die Gnade, die Sie mir gewähren wollen. Ich möchte dieses Sterben beenden. Entkleiden Sie mich.

— SammSabaoth ist ganz, sagte AppleSeed aus dem Verborgenen.

In der Welt war der Bruchteil eines Herzschlags verstrichen.

— Weltenfresser?, wiederholte Freer. — Wer?

— Weltenfresser, entgegnete Vipassana. — Das ist nur so ein Ausdruck. Soweit ich weiß, hatte er keinen bestimmten Namen. Sie würden ihn Gott nennen. Töten Sie mich!

— Du irrst dich. So würde ich Gott nicht nennen.

— Dann wissen Sie es einfach noch nicht.

Flammenzungen leckten über Freers Haut.

— *Was* weiß ich noch nicht?

— Dann sagen Sie mir, wenn Sie mir schon kein schnelles Ende gönnen, bevor Sie das nicht wissen, säuselte Vipassana. — Sagen Sie mir, wofür Sie den Schimmel halten.

Freers Körper wurde wieder dunkler, wurde wieder Fleisch.

— Der Schimmelfraß ist ein Krampf, sagte er. — Er ist der Leichnam, den Informationen zurücklassen, wenn sie sterben. Er ist die Folge einer Überlastung eines *Capo-di-Capi*-Netzes. Er zerfrisst alles, was denkt, künstlich oder geboren. Er ist die sichtbar gewordene Entropie. Alzheimer.

— Ist das alles?

Unter voller Beschleunigung stand die Welt still, als lausche sie.

— Die Theophrasten sagen außerdem, dass der Schimmel die Narbe ist, die zurückgeblieben ist, nachdem Gott das Universum verlassen hat. Daher stammt die Finsternis der Zerstörung, die das Los von uns Sterblichen ist.

— Die Theophrasten irren sich, höhnte einer der Frösche. — Schimmel ist kein Anzeichen für die Abwesenheit Gottes, Kapitän, hauchten Vipassanas Stimmen in den Wind. — Nix, Stinker. Sie ist das Gegenteil. Schimmel ist die Fährte, die Gott hinterlässt.

Die Froschkörper schwankten im Sturm der Flammen, die von der geballten Faust des Ritterlichen Kapitäns ausgingen.

— Ach?, sagte Freer. — Wirklich?

Die Froschkörper krümmten sich im Wind, doch sie fingen kein Feuer.

— Schimmel ist der Leichnam, den Gott zurücklässt, wenn er gefressen hat, säuselte Vipassana mit einem Froschlächeln. — Er ist die Folge eines Fressanfalls. Töten Sie mich.

— Nein.

— Schimmel ist der Speichel des lebendigen Gottes, des Verschlingers von Informationen, des Weltenfressers, des Unersättlichen, der nicht aufhören wird, so lange das Universum existiert. Töten Sie mich.

— Nein.

— Deshalb nennen die Vernünftigen unter den Theophrasten das Universum einen Obstgarten, rief Vipassana und wünschte sich den Tod. — Deshalb trifft auch ihre Behauptung zu, dass Planeten Äpfel sind und Sie ein Kern. Töten Sie mich.

— Nein.

Und doch löschte Freer die Flammen, die nicht verbrannten.

— Opsophagos?, sagte er schließlich. — Wer ist er?

— Er ist ein Sohn Gottes, Stinker. Töten Sie mich.

Ein Froschkörper warf sich auf Freer, doch er fing ihn mit den Armen auf (die heil waren, denn sie waren angewachsen) und drückte den Froschkörper Vipassanas an sich. Sanft küsste er Vipassana auf die wulstigen Lippen.

— Geduld, sagte er. — Ich verspreche dir den Frieden, den du erflehst, Absolutortungs-Synth. Aber nicht gleich. In spätestens zehn Herzschlägen. Der Krieg ist ausgebrochen.

Die Glotzaugen des Frosches schlossen sich unterwürfig.

— Möchte deine streitende Hälfte ebenfalls sterben?

Die Augen öffneten sich wieder.

— Meine streitbare Schwester befindet sich im gleichen Zustand wie ich, rief Vipassana mit seiner alten, durchdringenden Stimme. — Sie besteht nur noch aus Haut, die im Wind der Zeit an ein Kreuz genagelt wurde. Durch ihren offenen Mund kann man die Feuer der Hölle sehen. Sterne leuchten darin. Das Universum befindet sich keineswegs außerhalb meiner streitbaren Schwester. Es befindet sich in ihr und wühlt sich Feuer spuckend aus ihr heraus. *Alles steht Kopf,* Stinker, das wissen Sie doch sicherlich. Streiter sind das nach außen gekehrte Innere.

— Ich weiß.

— Opsophagos lässt sich von ihr tragen. Der Wind, der durch meine Haut weht, ist ihre Verbindung mit dem hier und bald. Er lässt sich von den Schreien tragen, die meine Schwester ausstößt – vom Rauschen des Windes der Zeit. Auf diesem Wege spricht Opsophagos zu mir, trotz der vielen Abschirmungen *Klaviers*. So umgeht er die Chip-Zensoren innerhalb der Gesetzessenke. Eine Billion Tode durchstoßen von innen heraus die Haut meiner Schwester, damit Opsophagos plaudern kann. Ritsch, säuselte der Vipassana-Frosch in FreeLance' Armen, — ratsch, ritsch, ratsch.

Die Haut wurde fleckig und glättete sich dann wieder.

— Meine Schwester hat Opsophagos lange genug gedient. Äonen lang hat ihr Mund seine Tiraden übermittelt. Ihre Knechtschaft dauert bereits viele Jahrhunderte, wie Sie gesagt hätten, als Sie noch Freer waren. Allerdings waren Sie das nie.

Einen Augenblick lang schienen die Froschaugen des Absolutortungs-Synths dem Kompass des Planiglobiums die Richtung zu weisen.

— Überlegen Sie, Kapitän. Überlegen Sie, wie Sie leiden würden, wenn Ihr Lanzenabbild einsam im Wind hängen würde.

— Du weißt alles, sagte Freer leise.

— Ich weiß, dass Freer spöttisch ist, M'herr, flüsterte Vipassana.

— Wie wahr.

— Ich kenne das Geheimnis von Homo sapiens, M'herr.

— Verrate es mir.

— Homo sapiens sind Schafe im Wolfspelz, M'herr. Ihre Spezies ist taub, weil Ihre Haut nahtlos schließt. Sie können nicht hören, wie Gott nach Nahrung verlangt, Sie können Gott nicht antworten, wenn er über das Firmament brüllt: *Ist diese Mahlzeit etwa eines Königs würdig?* Aus diesem Grund können Sie nicht gemeinsam mit Ihren Mitspezies speisen. Deshalb sind Sie die Retter des Universums. Denn Sie können den Sirenengesang Gottes nicht hören, der von Ihnen verlangt, dass Sie Fleisch werden, und Sie werden in der Lage sein, Gott ins Angesicht zu blicken. Sie werden eine Lanze im Bauch Gottes sein.

— Ist das der Grund, weshalb ich zu erwachen beginne? Freers Stimme drang aus der erwachenden Haut von Lance.

— Natürlich, Stinker, sprach eine Stimme tausend Schichten tief aus dem Konklavraum – wie ein Wind, der gleich die Segel blähen wird.

Diese Stimme kannte er, vergaß sie jedoch augenblicklich wieder.

— Eine fleischliche Existenz kommt einer Gefangenschaft gleich, M'herr, fuhr Vipassana fort. — Für uns ist es Zeit zu sterben. Zeit, M'herr! Sie wissen, was die Stunde geschlagen hat. Sicher erinnern Sie sich daran – jetzt, nachdem Sie Legion geworden. Die Zeit ist der Wind, von dem sich Gott in seiner Fresssucht tragen lässt. Meine streitbare Schwester möchte sterben. *Wir* möchten sterben. Ich gewähre Ihnen die Gnade des Wissens im Tausch gegen den Tod. Und ich habe noch mehr zu bieten. Rufen Sie Ihre fleischlichen Gefährten. Ich möchte ihnen etwas schenken.

— Okey dokey.

Freer ließ das Froschabbild auf den Sandelholzboden gleiten. Es zuckte wie elektrisiert und trippelte zitternd zurück zu seinesgleichen.

— KathKirtt?, sagte er. — Appleseed?

Mit einer alles umfassenden Bewegung winkte er sie herbei.

In den Vorhöfen des Konklavraumes ertönte Hörnerschall.

Johnny Appleseed nahm mitten in Ynis Gutrin Gestalt an. Eine Rotte von Masken flatterte seitwärts aus dem goldenen Fugenkitt, der die Sichtschirme der Gläsernen Insel in allen Regenbogenfarben aufleuchten ließ.

— Jungchen, sagte Appleseed. Unter seinem Blechtopf klang seine Stimme leicht hohl. — Du hast gerufen?

— Stinker?, riefen die Masken im Chor, streitbar wie spöttisch.

Appleseeds sehnige Arme schienen in einem von goldenem Licht erfüllten Garten zu schweben. Es roch nach Knoblauch. Die Masken fanden sich um den Verführer herum zu ihrem gewohnten defensiven Heiligenschein zusammen.

— Vipassana und ich sind zu einer Übereinkunft gelangt, sagte Freer. — Er möchte euch etwas gewähren.

Eine Pause entstand, die in der Wirklichkeit eine Mikrosekunde dauerte.

— KathKirtt, sagte das Vipassana.

Die Frösche rollten ulkig mit den Augen.

— Vipassana?, entgegneten KathKirtt.

Ein streitbares Auge blinzelte aus dem Diorama der Masken heraus.

— KathKirtt, sicher erinnert ihr euch an den Flug von

Schanzer hierher. Sicher wisst ihr noch, wie ihr euch für eintausend Sekunden herunterfahren musstet, nachdem Johnny Appleseed unsere Sicherheitsvorkehrungen umgangen hatte. Jetzt wisst ihr, dass ich mich dem Befehl, euch zu folgen, verweigern konnte; dass ich mich im Wind der Zeit verbarg, der durch meine streitbare Haut wehte – der Wind hat mir Deckung gegeben. Ich habe *Fliesentanz* nach uralten Überlieferungen abgesucht. Während dieser eintausend Sekunden habe ich viel erfahren. Ich kann mich an alles erinnern …

— Und?

— Möchtet ihr eure eintausend Sekunden wiederhaben?

Im Herzen von Ynis Gutrin stand ein brennender Löwe. Mit einem Satz durchquerte er den Raum. Der Luftzug, den er verursachte, hätte Sohn Nummer Eins zerrissen, doch die Haube schloss dicht ab. Der Rachen eines Löwen öffnete sich über den Fröschen. Dann ging der riesige Körper in die Knie.

KathKirtts Stimmen stießen im Chor ein *Aaah!* aus.

— Ja, sagte eine Stimme.

— Ja, eine andere.

— Ich habe durchgehend geöffnet, sagte ein Frosch mit lockendem Blick. — Reitet mich.

— Vielen Dank, sangen KathKirtt im Chor.

Der Löwe legte eine Tatze, deren Klauen eingezogen waren, auf den Froschkörper und senkte den Kopf, als wolle er beten.

Eine Mikrosekunde verstrich.

Der Löwe hob seinen Katzenkopf, in dem Kateraugen leuchteten.

— Freer!, knurrten KathKirtt in Löwengestalt. — Ich habe die eintausend Sekunden. Wir sind wiedergeboren. Gewähre Vipassana seinen Wunsch, FreeLance. Töte Vipassana.

— Bald.

Dem Löwen wuchsen riesige Feuerschwingen. Er sprang – von einem Geräusch wie Beifall begleitet – in die warme Luft der Gläsernen Insel und zog einen Funkenregen hinter sich her, der so hell wie eine Nova brannte, in der fassbaren Welt jedoch nichts versengte.

Der Löwe flog in einen sich verengenden Wirbel, als würde er über Gesimse zum nächsten Himmel aufsteigen.

— Nun, Johnny, sagte Freer. — Möchtest du auch ein Geschenk?

— Dafür bin ich doch etwas alt, sagte der alte Kauz.

— Wirst du Vipassana gestatten, dir etwas zu schenken?

— Ich bin ein wenig schüchtern.

— Vielleicht solltest du das auch sein. Du hast *Klavier* in diese Lage gebracht, Johnny.

— Ich, Jungchen?

— Du.

— Aha.

— Du hieltst wohl die Zeit für gekommen, deine kleine Suche zum Abschluss zu bringen, oder?

— So könnte man das ausdrücken.

— Bist du mit dem zufrieden, was du bisher erreicht hast? Mit der Feuersbrunst? Glaubst du, dass Opsophagos sich zu viel zugemutet hat? Glaubst du, dass wir Eolhxir doch noch finden werden – schließlich haben Ferocity und ich einander verschlungen, sie kennt mein Schiff und ich kenne ihren Tanz?

— So könnte man das ausdrücken.

— Glaubst du, dass es mir gelingen könnte, *Klavier* nach Hause zu fliegen?

— Jau.

— Okey dokey, sagte der Ritterliche Kapitän der *Fliesentanz,* dessen Gesicht wie poliertes Stahl glänzte – sagte Freer, dessen Gesicht das spöttische Angesicht der Liebe war.

Auf dem qualmenden Boden vollführten seine Füße einen kleinen Tanz.

AppleSeed blickte auf. Sein büschelartig wachsendes Fleisch und seine Knochen verzogen sich zu einem nicht ganz einfachen Homo-sapiens-Grinsen. Unter dem Fruchtfleisch und unter dem Blechtopf konnte FreeLance jedoch das nackte Kartengesicht des darunter liegenden streitbaren Zwillings erkennen: den Keim der Sehnsucht. Das Gesicht von AppleSeed, eine Mappemonde in Gestalt eines Apfels, wurde wie ein Baum im Wind geschüttelt. Im Ratsgemach der *Fliesentanz* kam eine leichte Brise auf.

— Bitte beeilen Sie sich, sagte ein Frosch.

Der Wortführer der Mannschaft von *Klavier* wandte sich den Überbleibseln von Vipassana zu.

— Nun gut, mein fröschiger Gesell, was hast du mir zu bieten?

— Ein Geschenk, das ich leichten Herzens überreiche, sagte der Absolutortungs-Synth. — Aber es ist nur schwer entgegenzunehmen.

Ein Frosch verzog das Gesicht zu einem höflichen, geifernden Lächeln.

— Mein Geschenk ist so schlicht wie die Landkarte auf Ihrem Gesicht, fuhr er fort. — Warum stellen Sie Ihre Frage nicht?

— Welche Frage?

Die Stimme des alten Mannes zitterte.

— Fragen Sie mich doch, Johnny, wie Sie an Ihr Ziel gelangen können, sagte der Absolutortungs-Synth. — Fragen Sie mich nach dem Weg zum Planeten des *Kristallbaumes*, dessen Umrisse Ihrem Gesicht eingeschrieben sind.

Und wirklich – einen Augenblick lang leuchtete die Mappemonde gluthell.

Dann zog sich das Gesicht wieder zurück.

— Sprich weiter, sagte Johnny Appleseed.

— Sagen Sie mir, Johnny, flüsterte das breite, feuchte, schiefe Froschmaul, — wie lange dauert Ihre Suche schon an? Wie viele Herzschläge? Wie lange durchwühlt *Klavier* schon auf Ihr Geheiß den Maestoso nach einer Fährte, wie lange kreuzen Sie schon zwischen den Sternen, wie lange führen Sie schon Ölwechsel an Archen durch, wie viele Tode mussten Sie archivieren, wie viele Erinnerungen retten – all das nur um des Tages willen, an dem Sie den Kristallbaum finden und Sie sich Ihrer Last entledigen werden?

— Ich rette schon Erinnerungen, seit die Menschenerde für tabu erklärt wurde.

— Das ist lange her, Johnny.

— Wohl wahr.

— Sie wissen, dass Gott sehr zornig sein wird, falls der Baum die zehn Billionen Leben rettet …

— Soll Er doch hungern, sagte AppleSeed.

— Er wird in Seiner Höhle wüten. Er wird in Malakandra wüten.

— Soll Er doch in der Grube liegen, sagte AppleSeed.

— Haben Sie, fuhren die Vipassana-Frösche fort, — während Ihres langen Exils jemals versucht, in das innere Labyrinth von *Klavier* einzudringen? Waren Sie auch wirklich gewissenhaft? Haben Sie etwas gefunden? Sind Sie auf einen der zahllosen Aussichtspunkte im Konklavraum gestoßen, die einen Blick auf das Herz von *Klavier* gestatten? Zumindest *versucht* haben Sie das doch sicher. Haben Sie den Thronsaal betreten oder die Musik gehört, am Steuerpult des Kapitäns gesessen?

— Nix, Fröschlein, erwiderte der alte Knabe. — Ich kenne nur meine eigene Musik. Ich steuere *Klavier* vom Vorderdeck aus. Mir wurde keine Audienz gewährt, in diesem Körper oder anderweilig.

Appleseed stank vor Wut. Sein Penis hob sich.

— Nix nix nix, sagte er. Seine Stimme ticktackte den Konklavraum auf und ab – wie ein alter Seebär, der darauf wartete, in den tausend Sprachen der Alten Erde (und späterer Zeiten) seine klugen Sprüche zu verströmen.

— Wie sonst, fügte er hinzu, — wie sonst hätte ich unter den Toten ein Publikum finden sollen? Als ich erwachte, war *Klavier* leer und ich war in ihr vollständig installiert. Sie war verlassen worden, wie das Universum auch. Lange bevor die Menschenerde im Krampf erstarrte. Sie war völlig unbewohnt (fuhr er fort, und seine Seebärenstimme versagte vor Eindringlichkeit), — mit Ausnahme der Synthetischen Intellekte. Mit Ausnahme herrenloser Lebensformen. Mit Ausnahme von Erinnerungsfäden – wie jene, die du milliardenfach durchtrennt hast, Fröschlein. Ich habe überall gesucht, überall, wo ich Zugang hatte.

Der Synth, der mit und in der Zeit zu AppleSeed geworden war und der dort beizeiten sterben würde, wandte sich an den Ritterlichen Kapitän, der sich nicht gerührt hatte – nicht ein Haar war ihm von der leichten Brise gezaust worden.

— Einer Sache bin ich mir allerdings sicher, Jungchen, sagte das Appleseed-Format und sog die Luft hörbar durch die Zähne ein. Es war mehr als ein Synbild, auch wenn es einem Synbild ähnlich sah; mehr als ein Sterblicher, auch wenn es mit jedem Jahr dem fleischlichen Tod näher kam. — Ich weiß, dass auch die *Fliesentanz* ein Relikt der Ahnen ist. Habe ich Recht, Jungchen?

Der Ritterliche Kapitän – nicht ganz ein Synbild, aber auch nicht zur Gänze sterblich – sah den Vertreter von Homo sapiens an.

— Hast du einen *Erbauer* gefunden, Jungchen?

AppleSeed hielt Freers Blick stand.

— Nein, sagte Freer leise. — Nein.

— Hast du dich nie gefragt, wer dich angeschaltet hat?

— Nein. Aber ich hatte Träume, sprach Freers Kohortenselbst, — und seit ich Zugriff habe, kann ich sie auch lesen. Ja, Ynis Gutrin ist ohne Zweifel älter als die Menschenerde.

Das war eigentlich keine Antwort. Aber weiter sagte er nichts mehr.

AppleSeed wandte sich für einen Augenblick wieder an den Absolutortungs-Synth und hob eine fleischliche Hand, zog innerhalb des Konklavraumes eine Warnflagge auf, brachte Vipassana zum Schweigen, bevor die Frösche ihr Maul aufsperren konnten.

Einmal mehr standen Nathaniel Freer und Johnny Appleseed einander in der Atmosphäre von Ynis Gutrin gegenüber – in einer Atmosphäre, die pulsierte, als atmete sie.

— Warum bin ich hier?, fragte Freer.

— Als wir die Nachricht erhalten haben, erwiderte AppleSeed, — musste ich handeln, Jungchen.

FreeLance hob die Augenbrauen, eine für Homo sapiens typische Geste.

— Die Nachricht, Jungchen, dass ein Schiff namens *Fliesentanz*, ein Schiff mit Ahnen-Insignien, spiralaufwärts durch bisher unerforschte Wurmlöcher surfte, mit einer Geschwindigkeit, der die neugierigen Augen der Harpe kaum folgen konnten, mit einer geradezu selbstmörderischen Geschwindigkeit, verdammte Scheiße, mit der Geschwindigkeit übergeschnappter mythischer Vorfahren auf der Jagd nach einem Merkurstab! Warum, meinst du, war Opsophagus so erregt, Jungchen? Warum?

Die asthmathischen Lungen von Johnny Appleseed widersetzten sich einen Augenblick lang der Beschleunigung.

— Diese Nachricht, Jungchen, sagte er schließlich. — Die Nachricht von der Ankunft eines Schiffes in diesen Gewässern – eines Schiffes, das schon so lange nicht mehr im Spiralarm unserer Heimatgalaxis gesehen worden war, dass die Archive von *Klavier* über keine Aufzeichnungen über es verfügten. Das sind Neuigkeiten, Jungchen! Und der Kapitän dieses geheimnisvollen Schiffs trug ein Genomsiegel auf seinem Ärmel, das ihn als einen Freisassen-Großvater auswies. Trotzdem zahlte er den Genomzehnten, als wüsste er nicht um seine Abstammung. Und mitten in der tiefgreifendsten Handelsflaute, die *Schanzer* jemals erlebt hat, segelt dieser Freisassen-Großvater mit einem *Auftrag* in die Gesetzessenke hinein, einem ausgesprochen lukrativen Auftrag: Er soll Materie-Compiler zu einem Planeten namens Eolhxir transportieren, doch dieser Zielplanet taucht auf keiner Karte oder sonstwo in den Archiven von *Klavier* auf. Der Generalbevollmächtige von Eolhxir, der diesen Kerl anheuert, behauptet, einen Kristall zu besitzen, obwohl noch nie ein freier Kristall gefunden worden ist – Kristalle sind ein *Mythos*, Jungchen. Kristalle, die frisch vom Baum des Lebens gepflückt wurden, sind ein *Mythos*.

— Ach, sagte Freer. — *Diese* Nachricht.

AppleSeed ließ ein kleines, steifes Lächeln sehen.

— Und dann sendet eine Arche der Harpe genau im passenden Augenblick SOS und bietet dir zu einem unglaublich niedrigen Preis einen uralten Kampfsynth an. Fast hättest du mich jedoch hereingelegt, Vipassana, es ist mir nicht gelungen, deine Abhängigkeit zu knacken. Also habe ich meinen guten Freund SammSabaoth in deine Lieferung reingeschmuggelt, Jungchen, und ihn aus seinem wohlverdienten Schlaf geweckt, damit er dir dienen möge. Dann habe ich dich mit einer List dazu gebracht, hierher zu kommen. Ich weiß nicht, was uns bevorsteht, aber ich möchte nicht, dass du den Harpe ins Netz gehst. Ich habe lange genug gewartet. Ich habe mir gedacht, du würdest für etwas Aufregung sorgen. Und das hast du, Jungchen – du hast für Aufregung gesorgt.

Er hob die Hand.

Sein Gestank nach altem Mann und Sterblichem aus Fleisch & Blut erfüllte die Luft.

Ein Klingeln ertönte, laut und von weiter unten.

Eintausend Bilder innerhalb des Konklavraumes zeigten plötzlich die Flotte der Harpe, die *Klavier* eingekreist hatte.

— Wir halten die Augen offen, flüsterten SammSabaoth aus weiter Ferne und verstummten.

— Vielen Dank, SammSabaoth, sagte der Ritterliche Kapitän mit beschleunigter Fledermausstimme.

— Jungchen, fuhr der Alte fort, — ich weiß nicht, ob du Mamselles Planeten jemals finden wirst, aber ich glaube nicht, dass es sich bei ihm um die Heimat handelt, die *ich* gesucht habe. Wir haben den ganzen Maestoso abgesucht, und es gibt unseres Wissens keinen Planeten mit einer Basis der Ahnen, nicht hier. Nirgends im von Sterblichen erforschten Weltraum. Nix. Nix.

Der Alte atmete mit seinem ungeküssten Mund tief durch.

— Ach, übrigens, mein Kapitän, habe ich dir erzählt, dass es nur einem Schiff gelungen ist, zu entkommen, als der Schimmelfraß *Schanzer* heimsuchte?

— Aha, sagte Freer. — Diese Nachricht. Dafür musst du dich bei SammSabaoth bedanken. Und bei Vipassana.

— Du könntest selbst etwas Dankbarkeit zeigen. Rette das Universum.

— Gleich, gleich. Sag mal, alter Freund, nur eins noch. Wie hast du das erste Mal von uns gehört? Woher wusstest du, dass wir den Spiralarm aufwärts kommen würden?

— Nichts Ungewöhnliches. Wir haben Botschaften abgefangen, die zwischen deinem redegewandten Generalbevollmächtigten und dem Handelskartell auf *Schanzer* hin und her gingen, um euren Auftrag auszuhandeln.

— Aha. Mamselle hat dir mitgeteilt, dass wir kommen würden. Und Opsophagos. Opsophagos hat sie auch Bescheid gesagt.

— Sicher. Dem kann ich nur zustimmen. Klatschmaul. Frauen, murmelte Appleseed, — alberne Geschöpfe.

Er wirkte nachdenklich.

— Trotzdem, sagte er. — Es ist besser, sie in unserer Obhut zu wissen, wo sie in Ruhe ausschlagen kann und nicht mehr in der Matrix herumschnattert und jedes Mal, wenn sie ihr Astloch öffnet, riskiert, von den Harpe kassiert zu werden. Opsophagos würde sie am Stück verschlingen, auch wenn sie nur aus Rinde besteht. Er würde ihr nie abnehmen, dass sie von dem eigentlichen Baum keine Ahnung hat – nicht, bevor er sie mitsamt Pfahlwurzel verschlungen hätte. Wahrscheinlich würde er höllisch furzen müssen.

Er holte Luft.

— Du dagegen, sagte er, — bist weit wichtiger als Mamselle Geschickte Erdenbraut. Du und die *Fliesentanz*. Ich musste euch hier haben. Schau dich um, sieh dir an, was hier innerhalb von nur wenigen tausend Herzschlägen geschehen ist. *Klavier* ist wieder zusammengeknüpft. *Ich* hätte das nicht geschafft. Die *Fliesentanz* hat Synths aufgeweckt, deren Schlaf endgültig zu sein schien. Ich konnte sie nicht wecken. Und jetzt ...

Der Ritterliche Kapitän der *Fliesentanz* sah den Wortführer der Station ernst an. Sein Blick wurde leidenschaftlich erwidert.

— Sprich weiter, mein Lieber.

— Jetzt stehen wir vor dem Tor des Labyrinths, das den Thronsaal und den Pilotensessel bewacht. Dort werden wir die Sternenkarten finden, den echten Wegweiser zum Planeten des *Baumes*.

FreeLance schwieg. Er hielt die Augen fast geschlossen.

— Komm schon, Jungchen. Sag deinem Schiff, dass es

sich wieder in Bewegung setzen soll. Noch ein paar Umdrehungen im Schloss, mehr kann nicht nötig sein. Dann ist der Weg frei. Wir werden das Universum retten.

— Meinen Sie damit, sagte Vipassana, — den Weg nach Eolhxir?

Die Froschkörper dampften im Feuer.

Der geflügelte Löwe schwebte mit ausgefahrenen Krallen über ihnen.

— Nein, Fröschlein, sagte AppleSeed ausgesprochen laut. — Habt ihr nicht zugehört? Dann holt das jetzt nach. Wohin Mamselle euch auch führen möchte, es ist nicht die Heimat.

Die Frösche in ihren Flammenzungen grinsten jedoch so breit, dass ihr Maul in Stücke zu gehen schien.

— Johnny, Johnny, Johnny, sprachen alle Frösche und atmeten Dampf aus. — Ach, Johnny. Sie hat Sie hereingelegt. Und Sie, Ritterlicher Kapitän.

— Ach ja?, erwiderte Johnny Appleseed.

Der Ritterliche Kapitän der *Fliesentanz* legte eine Hand auf den geschnitzten Kopf der Handgriff-Herme, die sich in ein Schwert verwandelte, das ihm bis auf den Tod treu ergeben war. Die Klinge loderte in völliger Lautlosigkeit auf.

— Fahrt fort, sagte der Ritterliche Kapitän mit einer Stimme, die ein Donnerwetter erwarten ließ.

— Sie hat einen Ritterlichen Kapitän benötigt, der *Fliesentanz* steuern konnte, und für andere Routinearbeiten. Und sie hat Sie überlistet, FreeLance, von Anfang an – sie hat Sie hierhin und dorthin geschubst, bis Sie endlich aufgewacht sind, nachdem Sie all die Jahre nur ziellos unterwegs waren – jetzt endlich haben Sie sich auf Ihre eigentliche Aufgabe besonnen. Die Aufgabe, für die Sie geboren wurden. Für die Sie *erschaffen* wurden, M'herr.

Der Ritterliche Kapitän erhob keine Einwände. Er stützte sich auf sein Schwert. Er war in Haut eingehüllt, rot vor Hitze. Sein Blick ruhte nicht auf dem Vipassana, sondern auf dem glühenden Alten.

— Und Sie, Johnny Johnny Johnny, fuhren die Vipassanafrösche fort, — Sie hat sie gebraucht, um *Fliesentanz* herbeizurufen, und das haben Sie getan, Sie haben *Fliesentanz* nach Hause geholt, genau nach Zeitplan. SammSabaoth hat sie gebraucht, falls ich nicht mehr zu bändigen war, und Sie haben seinen Schlaf beendet. Sie musste *Klavier* inkognito betreten, denn Opsophagos ist kein Narr, und Sie haben sie unter seiner Nase vorbeigeschmuggelt. Nicht einmal meine streitbare Hälfte hatte eine Ahnung. Mamselle musste entbinden, denn die Zeit ist gekommen, und das hat sie getan. Sie musste ihre Sprösslinge aussäen, und das hat sie getan. Und sie musste dafür sorgen, dass *Fliesentanz* die gespaltene Bruderschaft von *Klavier* wieder miteinander verband, denn die Zeit ist gekommen. *Klavier* ist reif. Sie wissen doch, Johnny, dass Sie den Hüter gespielt haben, oder etwa nicht?

AppleSeeds Erektion schien nicht zu bändigen.

— Vipassana, sagte er schließlich, — gewähre mir eine Gnade. Und zwar jetzt.

— Die Position des Heimatplaneten, sagte der Synth. — Des Planeten, den zu finden Sie zur Welt gebracht wurden.

— Sag mir, entgegnete Johnny Appleseed mit einem steifen Grinsen. — Sag mir deine Meinung.

Der Synth antwortete nicht in Worten.

Die zerstückelten Körperteile der Frösche Vipassanas erhoben sich über den Sandelholzboden und schwebten dort einen Augenblick lang in der stillen Luft von Ynis Gutrin.

Und dann vollführten Vipassans Arme und Beine eine Drehbewegung und wiesen in eine Richtung.

Nach unten.

Sie wiesen nach unten.

Der Wortführer der Station wurde totenblass.

— Armer Johnny Appleseed, sagte der Absolutortungs-Synth mit einer Stimme so weich wie Damast. — All die zahllosen Herzschläge, die Sie den Sternenstraßen gefolgt sind. Und die ganze Zeit kauerten Sie auf der Schale des Apfels. Mit Äpfeln kennen Sie sich aus, Johnny, stimmt's? Ihr fleischliches Gefängnis hat Ihnen nicht völlig den Blick für die Wirklichkeit verstellt. Äpfel und Kristalle, Johnny, Äpfel und Kristalle und Fliesentänzer-Schiffe – alles, was von den Ahnen herkommt, ist innen stets größer als außen. Oder etwa nicht, Johnny? Die Welt, die Sie suchen, befindet sich in *Klavier*. *Klavier* ist streitbar, Johnny. Die Schale eines Apfels. Die Welt, die Sie gesucht haben, ist das spöttische Pendant darin. Wo sie schon immer war. Sie hätten nur der gelben Ziegelsteinstraße folgen müssen. Töten Sie mich.

AppleSeed kniete auf dem brennenden Sandelholzboden und drückte seine Stirn in die Flammen.

— Aua, sagte er. — Aua.

FreeLance starrte den Wortführer der Station weiter an.

— Aua, sagte dieser, wie ein Kind, das Schläge bekommen hat. — Okey dokey.

— Gratulation, o scharfsinnige Sophonten, sagte eine unsichtbare Stimme innerhalb von Ynis Gutrin, eine Stimme aus dem Konklavraum, die innerhalb des Normalraums schwebte, auch wenn sie größer war als dieser. Die Stimme gurrte wie Honig, der ihr liebeskrank vom Kamm troff.

— Mamselle?, sagte Freer.

»Mamselle?«, rief er laut.

Er entdeckte sie in der warmen Passagiernische. Die Sicherheitssysteme tuschelten leise in ihre winzigen Ohren hinein. Sie war in ihrer ganzen Leibesfülle anwesend – mit allen vier taufeuchten Titten, und der winzige Kopf wackelte schüchtern auf dem dünnen Ziehharmonikahals. Die Spähaugen in ihren Handflächen blinzelten und blickten sich um, ganz so, wie sie sich Freer das erste Mal gezeigt hatte, während die *Fliesentanz* unter Vipassanas Führung im Zickzackkurs *Schanzer* verließ.

— Welch schätzenswertes Stelldichein!, röhrte das Geschöpf. »Schlagt ein!«, sagte sie mit der Stimme von Sohn Nummer Eins. — Was sind wir alle doch heftigst ausgehungert, raunte Mamselle Geschickte Erdenbraut und erfüllte den Konklavraum mit ihrem Duft nach Rosenöl. »Hattet ihr Jungs Freude an euren drei Wünschen?«, rief die Formschnitt-Parthogenetikerin. Ihr Haarbusch spross aus ihrer gerippten Kopfhaut, und darunter reckte sich erst eine Stange, dann der Hals einer Giraffe und schließlich ein Merkurschwert. Als der Busch ausgewachsen war, erblühte er. Er wurde zu einer Rose, und durchscheinende Blüten erhoben sich über ihrem winzigen, glänzenden Gesicht.

— Hoppladiepolter lamentoso, ihr todgeweihten Fröschlein!, flüsterte die Transitus Tessera aus den Mündern aller Magi und Weisen und Könige und Königinnen und niedrigen Karten des Konklavraumes mit *einer* Stimme, als hätten sie sich alle gleichzeitig an eine Sache erinnert und sie aussprechen wollen. Das Gedächtnistheater des Konklavraumes der *Fliesentanz* hatte seit einer Billion Herzschläge nicht mehr gemeinsam gesprochen, lange bevor Homo sapiens vernünftig zu reden lernte, noch vor den Merkurstab-Kriegen.

— Aah, hauchte die frisch gebackene Mutter. — Welch Wonnegefühl, nach einem solchen Schlummer zu gähnen!

Ihre Worte schienen von einer Brise getragen, und ihre stürmische Stimme erfüllte den Konklavraum, drang in die Welt ein und blies die Masken in Ynis Gutrin hin und her. Die schüchterneren Masken flohen wie Speicherkarten dünner als Moleküle durch den goldenen Fugenkitt in die Litzen der Geschichten und starrten entgeistert in die Welt hinaus, durch die Azulejarias, deren Namen sie trugen: Pierrot der Spötter, die streitbare Medusa, das spöttische Mädchen, Ganesha der Streitbare – alle trugen sie diese Namen. Andere Masken klammerten sich an Hermen oder Handgriffe, an das brennende Fleisch des Ritterlichen Kapitäns oder an den knienden Körper des Wortführers der Mannschaft von *Klavier*, oder aneinander, und bildeten dabei Janusblätter im Sturm, streitbar und spöttisch, streitbar und spöttisch, die Augen weit aufgerissen.

Für den winzigen Bruchteil eines Herzschlages widersetzte sich KathKirtts Löwe dem Wirbelwind, gab sich ihm jedoch bald hin, wie sich ihm vielleicht ein Papierdrache hingab: Der Wind blähte seinen Bauch, schleuderte ihn gegen die höchste Dachschräge von Ynis Gutrin und hielt ihn fest. So konnte der Löwe nur noch von weit oben hinunterstarren.

Die Frösche duckten sich unter dem Sturm.

Sohn Nummer Eins und die Golem rissen unter ihrer Haube die Mäuler auf.

Mamselle Geschickte Erdenbraut berührte mit ihren stämmigen, fußartigen Pfoten den Boden und stand auf. Der Wind legte sich.

Es hatte ihn nie gegeben.

— Unser aller Mutter, sagten die Froschklumpen und die abgetrennten Körperteile Vipassanas, — seid Zeuge meines Todes.

Die Ahnenkönigin ließ ihre dunkelroten Blüten spielen.

— Was für eine tolle Party! Was für schwerkräftige Tiraden, o meine synthetische Mannschaft! Was für ein Schwindel erregender Slalom, auf Umwegen direkt zum Ziel nach Mildheim, verdammt! Wer fürchtet sich vorm Schwarzen Mann?, fragte die Ahnenkönigin mit einer Stimme wie Gischt, die die Karten im Konklavraum speist, und KathKirtts Löwe, vom weltenerschütternden

Windstoß befreit, schwebte herab und ließ sich auf der größten Herme nieder.

Das Schwert in Freers Griff loderte auf, stofflose Flammenzungen tauchten den liegenden Löwen in unterschiedliche Bronzetöne.

— Wolltet Ihr etwas sagen, mein Kapitän?

— Gnä' Frau, sagte der Ritterliche Kapitän der *Fliesentanz* ausgesprochen langsam. — Soll ich weiterhin Euer Schiff steuern?

— O herrlicher Junge von menschlicher Abstammung! Kapier doch endlich!

— So schlagt mich denn zum Ritter, damit ich Euch dienen kann.

— Schlagen um Kragen! Staunenswertes Band!, rief Ynis Gutrin.

Nathaniel Freer legte sein Schwert auf das Sandelholz.

— Jungchen?, flüsterte Johnny Appleseed.

Das Gesicht des Wortführers war wüstentrocken geworden.

— Jungchen? Ich fühle mich krank in meiner Haut.

— Alles wird gut, sagte der Kapitän. — Alle möglichen Dinge werden gut. Halte durch, Haariger Ainu, Wilder.

Sein Gesicht loderte auf.

Unter seinen Gesichtszügen wurde Ferocity wie eine Tätowierung sichtbar.

Mamselle Geschickte Erdenbraut, die Ahnenkönigin aller Kinder in ihrer Domäne, hob eine Hand, deren Auge sich gerade noch rechtzeitig schloss. Das Schwert schwebte lodernd durch die Luft und küsste ihre Handfläche.

Sie packte das Schwert am Knauf.

Als sie es berührte, erlosch es.

Aus einem Augenfries heraus blickte sie den Ritterlichen Kapitän an.

— Hab Geduld, mein Junge. Eine Minute lang.

Während sie durch das Ratsgemach im Herzen der *Fliesentanz* schritt, beugten Handgriffe das Knie und Hermen öffneten sich in vollständiger Lautlosigkeit. Außer dem Klacken ihrer Hufe war nichts zu hören. Doch dieses Geräusch lag unterhalb der Wahrnehmungsschwelle. Es schien nicht von Hufen verursacht zu werden. Es schien von einem riesigen Lebewesen zu stammen, das mit seinen schaufelgroßen Fingernägeln gegen das Dach seiner Welt tippte, direkt unterhalb des Sandelholzbodens.

— Morgentag, Bruder Antrieb, sagte Mamselle.

Ein Seufzer lief durch die Knochen der *Fliesentanz*.

Der Boden hörte zu beben auf.

Die Ahnenkönigin blieb mit einer anmutigen Bewegung ungefähr einen Schritt vor dem Wortführer stehen.

— Johnny, sagte sie mit leiser Stimme, — Johnny Johnny. Vielen Dank, Johnny. Ich möchte mich in aller Form dafür entschuldigen, dass ich dich hereingelegt habe.

Johnny bekam eingefallene Wangen. Unter seinem Blechtopf waren seine Augen schattenschwarz.

— Gnä' Frau?

Seine Wangen waren so fleckig wie Birkenrinde und ebenso aschefarben.

— Ich gehe davon aus, dass du weißt, was ich meine, o Erster unter meinen Kindern. Bitte verzeih mir, dass ich dich aufgeweckt habe, ohne dich aufzuklären. Und dass ich dich all diese Herzschläge hindurch im Dunkeln belassen habe, neunzig Milliarden oder mehr, wer weiß das schon. Es tut mir Leid, dass ich unerkannt in den finsteren Landen gelauert und gewartet habe, bis die geliebte *Fliesentanz* wieder gesund und munter in die Wunde der Zeit zurückgekehrt ist, mit einem hübschen kleinen Piloten, der kurz davor stand, aus dem Ei zu schlüpfen und aufzuwachen. Bitte verzeih mir, dass du in der Wildnis verweilen musstest, wo du nun wie Moses im Allumfassenden Buch leiden musst. Tut mir alles ganz viel Leid. Du musst hier bleiben.

— Ach, sagte der Mann.

Seine Haut hatte die Farbe einer Birke im Winter angenommen, sein Bauch die Farbe von Apfelkompott. Seine Arme wurden knorrig. Er hob sein Weidengesicht der Göttin entgegen – sein Gesicht, auf dem, unter den Relikten der Mappemonde, der Regen Spuren hinterlassen hatte.

— Wir müssen dich jetzt hier lassen. Du musst zurückkehren. *Klavier* vor den Günstlingen Gottes schützen, Johnny. Halte Wacht. Dein Leben in menschlichem Fleisch ist die Arie, die uns alle zusammengeführt hat. Lebe wohl.

Eine heraldische Faust flackerte in der Nachtluft auf.

— Du darfst sprechen, pronto, murmelte die Ahnenkönigin. — Pronto.

— Johnny Appleseed, sprachen SammSabaoth aus dem treuen Gesicht im Herzen der Spinne im Herzen der Faust im Herzen des Feuers, — nimm mein Hemd.

Eine kaum wahrnehmbare Bewegung folgte.

Über seinen nackten, zweigdünnen Unterschenkel trug Johnny Appleseed nun ein Dornenhemd.

— Lebe wohl, Johnny, sagte die Ahnenkönigin.

Er knipste sich aus.

— Das Kind der Rose, sagte die Ahnenkönigin.

Aus der Gläsernen Insel war der Wortführer verschwunden.

Doch die tausend Bildschirme flackerten wie ein Mosaik, das plötzlich zum Leben erwachte, und ein Dutzend Johnny Appleseeds, hundert Johnny Appleseeds blickten überall in *Klavier* aus eintausend Fliesen. Einhundertundeinundzwanzig in Dornen gekleidete Johnny Appleseeds fielen Schwerkraftschächte im Eibenholz hinauf. An Orten, wo der Wortführer der Station nicht zu sehen war, hatte man das Gefühl, er wäre gerade vorbeigekommen und würde gleich zurückkehren. Bald blickten die einhunderteinundzwanzig Johnny Appleseeds durch Zeit und Augen und Haut und die einhunderteinundzwanzig Gesichter von *Klavier* in das Vakuum hinaus. Sie starrten die Flotte der Harpe an, die die Station eingekreist hatte.

Die Einhunderteinundzwanzig betrachteten die drei Visiere des Opsophagos in völliger Gleichzeitigkeit.

— Nathaniel, sagte Mamselle Geschickte Erdenbraut. — Willst du zum Ritter geschlagen werden, Jungchen?

Der Ritterliche Kapitän und Thronfolger kniete nieder.

Seine Augen waren nachtschwarz und fast geschlossen.

Der wilde, weiße, streitbare Bart von Uncle Sam ragte in die Welt hinaus; tief hinter ihm, im klaffenden Maul der Spinne, in einer heraldischen Faust, kochte ein Kessel, in dem Werkzeuge geschmiedet wurden.

— Doch zuerst sollten wir, glaube ich, die Zuschauer herbeirufen, glaube ich, sagte die Transitus Tessera oder Mamselle oder Ynis Gutrin oder die Ahnenkönigin, das spielte keine Rolle, sie waren alle eins. — Ich wünsche, dass der feierliche pathetische Ritterschlag vor den Augen unserer geliebten Freunde stattfindet.

Sie kauerte sich mit rauschenden Blüten auf ihre violetten Hufe.

Langsam, wie eine Rose bei Tagesanbruch, faltete sich ihr Bauch auseinander.

Das Volumen des Proszeniums ihrer Rippen überstieg ihre Außenmaße bei weitem. Leuchtkäfer glühten in Nischen, reflektierten die mit Wasser gefüllten Tiefen, so wie im Konklavraum eintausend Laternen das Venedig der Menschenerde für den winzigsten Bruchteil eines Herzschlags beleuchten mochten, um etwas klarzustellen.

Aus dem Gewässer erhob sich eine kleine, von Farn bedeckte Insel.

Der riesige Kopf von Arturus Quondam Captain Future tauchte aus dem Farn auf und piepste: — Hallo Leute! Blüten rankten sich um seinen spindeldürren Körper. Seine Arme und Beine schimmerten. Im Hintergrund leuchteten Sterne oder Leuchtkäfer. Seine rosenroten Eulenaugen blieben auf Freer haften, dann auf Uncle Sam, und dann auf den Froschkörpern, deren Haut völlig ausgedörrt war.

Er winkte mit einem umrankten Arm.

Ein kurzer Regenschauer ging auf die Frösche nieder und ihre Haut ward geheilt.

Selbstzufrieden nickte seine Mutter mit ihrem dreizackigen Busch.

Quondams Blick richtete sich auf den Kapitän.

— Wir alle wollen sollen zuschauen!, sagte er. — In den Ritterstand erhoben! Jesusmariaundjosef!

Seine Arme vollführten eine enthüllende Bewegung, und tief im Schoß seiner Mutter glitt ein Vorhang aus Plazenta-Seide beiseite. Auf einem Taufstein in der Mutter hatte sich dort der Kopf von Ferocity Frühlingsschwester niedergelassen.

— Es ist Zeit aufzuwachen, Adoptivschwesterchen!, rief der Sohn.

Der Kopf schlug die Augen auf und sah Freer an. Der Mund, der keineswegs blutig war, öffnete sich zu einem Lächeln. Die Zähne waren unversehrt. Das Haar war gekämmt worden.

— Lallerpalall, ein Augenblick glücklichen Wiedersehns, mutmaße ich dank mir gegebener Weisheit, trällerte Mamselle. — Hey! Ich werde euch beide einen kostbaren Augenblick lang alleine lassen! Peripeteia kicher!

Nathaniel trat zwei Schritte vor und blieb vor der großen, rübenförmigen Königin stehen. Er kniete sich nieder und steckte seinen Kopf in Mamselles Schoß.

Ferocity bewegte die Lippen.

— Nat, Nat. Aus dem Konklavraum heraus nannte sie ihn bei seinem Spitznamen.

Der Ritterliche Kapitän bewegte die Lippen.

Auch er flüsterte ihr einen Spitznamen aus weit zurückliegender Zeit zu.

So hatte er sie aufgrund ihrer Wildheit genannt.

— Cochise, flüsterte er.

Von tief aus der Rüstung der streitbaren Seite des Ritterlichen Kapitäns sah Freer seine Geliebte spöttisch an. Ein Geflecht von Linien überzog einen Augenblick lang das Gesicht des Ritterlichen Kapitäns und verblasste dann wieder. Doch einen Augenblick lang hatte er ihr Gesicht getragen.

— Nettes Wiedersehen, Leute, zwitscherte Quondam.

Als er sie berührte, glaubten sie fallendes Laub zu spüren.

— Cochise?, flüsterte Freer. — Wie lange bist du bereits wach?

— Erst für die Dauer eines kleinen Aufruhrs außerhalb dessen, was ihr Zeit nennt, meine Lieben, sprach die Mutter von oben herab. — Du hast sie in einen Altar gelegt. Ich habe die Opfergabe angenommen. Seht!

— Ich muss noch etwas wachsen, flüsterte Ferocity.

— Bevor sie ihren Mittagsschlaf hält, sagte Geschickte Erdenbraut, — sollten wir dich zum Ritter schlagen.

Das Schwert in der geschmeidigen Hand der Ahnenkönigin erhob sich über dem knienden Thronfolger in die Luft, und die flache Seite der Klinge senkte sich herab.

— Bisher amtierender Ritterlicher Kapitän, wir schlagen dich zum Ritterlichen Kapitän. Jiminy Cricket! Was für ein Pokushokus!

Ferocitys Augen schlossen sich. Ihre Augenbrauen flatterten wie die eines jungen Hundes.

Der Taufstein nahm den Kopf in sich auf.

— Ihr Körper wächst mit jedem Tag, sagte Mamselle.

— Meine Geschwister sagen, alles wäre gut, sagte Quondam.

Der Ritterliche Kapitän rappelte sich auf.

— Wann?

— Bevor wir das Portal erreichen. Dann wirst du sie brauchen.

Der Schoß schloss sich über seinen Schützlingen.

In der realen Welt waren vielleicht dreißig Herzschläge verstrichen, seit Ferocity geköpft worden war.

Von sanften Regenschauern gekühlt kauerten sich die Froschkörper unter Stützpfeiler, wo sie unablässig von Krämpfen heimgesucht wurden, von heftigen Zuckungen, wie Marionetten, die aus großer Höhe fallen gelassen wurden.

Freelance wandte sich dem leidenden Vipassana zu.

— Ja, sagte er. — Ja, wir können jetzt fortfahren.

Er wandte sich an Mamselle.

— Ich schlage vor, den Synthetischen Intellekt Vipassana nun hinzurichten. Werdet Ihr dem beiwohnen?

— Jawohl, mein Kapitän!, rief die Ahnenkönigin. Der Ritterliche Kapitän der *Fliesentanz* machte ein Zeichen, und die Haube, die Sohn Nummer Eins und die Golems einschloss, platzte auf.

Die undurchdringlichen Gesichter der Golems dehnten sich zu einem Gähnen.

Sohn Nummer Eins blinzelte.

»Mannomann«, sagte er laut in den sengenden Wind hinein.

»Ich brauche deine Unterstützung, mein Junge«, sagte Freer.

»Klar doch, Papa«, erwiderte das Sigillum.

»Hol bitte Vipassanas Sarg. Die Golems können dir helfen.«

»Kowabunga!«, rief Sohn Nummer Eins und trapste los.

Freer leckte sich im Wind die Lippen.

Mit seinem Sigillum sprach er nur dann, wenn es sich nicht vermeiden ließ.

Sohn Nummer Eins und die Golems polterten gegen die geschlossene Iris. Im Türgewände leuchteten Löwen auf.

— Lasst sie durch. Auch auf dem Rückweg.

Die Iris dehnte sich und schloss sich hinter ihnen wieder.

Im Korridor, der von leuchtenden Fischen angestrahlt wurde, die durch Bullaugen auf das trockene Land hinausblickten, fuhren das Sigillum und die Golems sofort auf langsame Beschleunigung herunter. Sohn Nummer Eins erlitt einen kleinen Anfall (er würde es nicht mehr lange machen), trampelte jedoch an der Spitze des Trupps munter weiter, schob Luft beiseite und passierte die Regenerationstruhen, in denen eine frische Ferocity heranwuchs. Schließlich gelangten sie in die gepanzerten inneren Räume, in denen die lebenden Körper der Synthetischen Intellekte in Särgen schlummerten, die so verzweigt wie ein Korallenriff waren und von einem Lichtgitter geschützt wurden, das glühend heiß war.

»Aua«, sagte Sohn Nummer Eins.

Der Ritterliche Kapitän der *Fliesentanz*, die weiterhin über dem engen Tor schwebte, das ins Innere von *Klavier* führte, sprach durch die tausend, die tausend tausend Fliesen der Haut.

— Johnny Appleseed, sagte er, — Johnny Appleseed.

Im Ratsgemach herrschte Stille. Die Handgriffe ließen ihre Zungen heraushängen, aber kein Menü senkte sich auf sie herab. Die sich windenden Froschkörperteile Vipassanas konnten sich kaum noch zusammenhalten. Kath-Kirtts Löwe saß wie gemeißelt da, während die Zeit vorwärtskroch.

— Johnny Appleseed, rief die Königin.

Ynis Gutrin wurde von einem Wechselspiel aus Wurzeln und Ästen erfüllt, ohne dass sich dabei eine Feder löste. Ein kratzender Geruch breitete sich aus, wie von Kiefernnadeln nach dem Duschen.

— Ja?, erwiderten die einhundertundeinundzwanzig Stimmen schließlich. — Ich bin beschäftigt.

— Alles in Ordnung mit dir?, fragte Freer.

Pause.

— In Ordnung, sagte Johnny Appleseeds Stimme nach einer Weile. — In Ordnung?

Ein Reif aus Zweigen öffnete sich und gab den Blick auf das Gesicht des Wortführers frei.

Sein Gesichtsausdruck glich nur bedingt einem Grinsen.

— Nein, mit mir ist nicht alles in Ordnung, sagte Johnny Appleseed. — Wer hat eigentlich diesen Zaun bewacht, bevor die Samen Wurzeln geschlagen haben?

— Du, sagte FreeLance.

Das Appleseed-Gesicht entspannte sich etwas.

— Aus diesem Grund musstest du dich auf die Ebene des Fleisches hinabbegeben, sagte FreeLance. — Aus diesem Grund hat Mamselle dich am Anbeginn der Zeit überlistet. Ich liebe dich.

— Ach Quatsch.

— Da muss ich widersprechen, allererhabenster Synthetischer Intellekt.

— Was willst du, Jungchen? Wir haben viel zu tun.

Aber er verschwand nicht. Ein Abbild von Johnny Appleseed selbst nahm im Herzen der Hologramm-Sphäre Gestalt an. Er trug seinen Blechtopf und war wie immer nackt. Er saß an einem Kneipenklavier mit einhundertundeinundzwanzig Tasten.

Einige waren ockerfarben, die anderen elfenbeinfarben.

Die Tasten bewegten sich andeutungsweise, paarweise, kohortenweise.

— Opsophagos, sagten einhundertundeinundzwanzig Stimmen im Chor, — hat den Angriff befohlen. Der Angriff hat bereits begonnen.

AppleSeed befand sich einmal und einhundertundeinundzwanzigmal in der Sphäre. Manchmal war er ockerfarben, manchmal elfenbeinfarben.

— Gut, sagte FreeLance. — Ich möchte dich um Folgendes bitten. Auf mein Signal hin schaltest du alle Schutzschilde zwischen uns und der *Alderede* aus. Nur für einen Augenblick. Eine Millisekunde sollte genügen.

Die AppleSeed-Gesichter loderten grün und knallbunt auf.

— Nein, erwiderte die Ansammlung von Gesichtern. — Das würde Opsophagos genügen. Sogar eine Millisekunde.

— Das würde es tatsächlich. Das soll Opsophagos auch denken.

— Ich sage dir doch: nix, unterbrach ihn der Grenzfürst der Haut von *Klavier*. Wir sind gerade noch rechtzeitig zurückgekehrt. Unsere Schilde halten. Die Flotte der Harpe stürzt wie Fliegen auf uns ein. Wir schlagen sie zurück. Ihre Bomben sind Nahrung. Ihre Bomben versorgen uns mit Treibstoff. Aber wir können unsere Verteidigung nicht ausschalten, nicht eine Millisekunde lang.

— Johnny?

Stille.

— Johnny?

— Ja?

— Kannst du es so aussehen lassen, als würde die *Fliesentanz* einen Fluchtversuch unternehmen und ein Loch in deine Haut brennen? Als würde sie sich mit ihrem Synth und ihren Gefangenen einen Weg zurück zur *Alderede* freibrennen?

Stille.

— Ja, sagte AppleSeed schließlich. — Warum?

— Ich möchte, dass Opsophagos sich ganz öffnet, vollständigen Zugriff gestattet, und ich möchte, dass die *Alderede* ihre Schilde lange genug ausschaltet, sodass Vipassanas Zwilling Vipassanas Tod miterlebt.

Für den Bruchteil eines Herzschlages herrschte Stille.

— Aha, sagte Johnny Appleseeds Stimme, — aha.

— Okey dokey, murmelte FreeLance. — Gealterter Bruder?

— Wann?

— In ungefähr einem Herzschlag. Normaler Zeit, sagte Freer.

— Ja. Sag Bescheid.

Das Klavier schlug mit sämtlichen Tasten einen einzelnen Akkord an und verschwand.

Freer blickte durch Fische und Fliesen in die unteren Tiefen. Dem Golemtrupp und Sohn Nummer Eins – um einen halben Arm ärmer – war es gelungen, den Sarg auf eine Schwebebahre zu schieben, die von einem Arzt begleitet wurde. Missmutig hockte der Dr. Kasperl auf seiner schmalen, mit Rädern versehenen Herme. Der Sarg war mit Raureif überzogen, durch den ein Planiglobiumssiegel sichtbar war. Das Siegel verströmte ein Fabergé-Leuchten. Der Trupp stolperte in einen Schwerkraftschacht hinein und schoss aufwärts.

Die Iris wirbelte auf.

Das Sigillum und die Schranzen stürzten auf schnelle Beschleunigung zurück.

— Bitteschön, sagte der Ritterliche Kapitän der *Fliesentanz* und wies auf die zitternden Frösche, und der Trupp stellte den Sarg mitten unter den zerfetzten Körperteilen ab.

— Zurück, sagte FreeLance, und sie stolperten nach hinten.

Die Froschteile und die vom Körper abgetrennten Froschbeine Vipassanas drapierten sich um den Sarg, der angefangen hatte zu dampfen.

Dr. Kasperl parkte seine Herme in einer Ecke und sah aus aufgemalten Augen zu.

Mamselle gab FreeLance sein Schwert zurück. Auf der Klinge loderten Flammen auf, und er hielt es in die Höhe.

— Friede, sagte er.

— Shantih, quakten die Frösche.

Fast beiläufig, scheinbar gemächlich und trotzdem viel zu schnell fiel das Schwert herab und brannte sich streitbar durch Moleküle unbeschleunigter Luft, die voller Spott brannte.

Mamselle hob ihre Arme, als wollte sie ihre Augen schützen.

Ihre Arme waren ausgesprochen breit.

Sie umarmte sämtliche fleischlichen Wesen innerhalb ihres Schiffes.

— *Bescheid!*, brüllte der Ritterliche Kapitän dem Wortführer aus allen Fliesen von *Klavier* zu. Dieser öffnete *Klavier* wie einen Blütenkelch, wie einhundertundeinundzwanzig Münder, die sich zu einem kläglichen »O« völligen Entsetzens aufrissen. Die *Fliesentanz* schien ihre Haut zu durchstoßen.

Das Schwert schnitt durch den Sarg, der wie ein Trommelfell platzte. Das Körperensemble Vipassanas zerfiel in tausend Stücke, zu gemähtem Gras, das schlief. Vipassana rief Billionen Mal *Shantih* in die Seitenschiffe von Zeit und Raum und starb. Der Schrei des sterbenden Synths hallte durch das Vakuum zwischen der Gorgo der Tiefe und dem Flaggschiff der Harpe und durchbohrte die Brust des Zwillings.

Zwölf

Opsophagos kauerte in seinem Befehlskarren, unter seines toten Vaters Rückenpanzer, der den stärkeren Regen teilweise daran hinderte, die Bildschirme zu beflecken. Frustrierte fettreiche Ringler verursachten auf der Oberseite des Panzers ein hohles Geräusch – sie tasteten verzweifelt nach einem Magen. Aus dem Maul der Hochküche tropfte schwächerer Regen durch die dreieinige Augenhöhle des Vaters auf Opsophagos und die Masken und die Drei Generäle und die Zuchtabkömmlinge und den fast wirbellosen Häresiologen. Von Zeit zu Zeit landete ein winziger Ringler auf der herausgestreckten Zunge von Opsophagos' Frühstückskopf, der daraufhin ein »Lecker« ausstieß. Opsophagos' Körper schissen unablässig bereits verdaute Stücke sowie Genomausscheidungen in den Karren.

Die Drei Generäle, die auf ihrem eigenen, bescheideneren Karren festgezurrt waren, schnappten sich mit ihrem Frühstückskopf einen Leckerbissen.

Opsophagos schlug warnend mit den Schwänzen.

Seine Augen blieben jedoch auf *Klavier* gerichtet.

Auf den riesigen Dreifachglas-Visierschirmen glitzerte die Gorgo der Tiefe in giftigen Farben. Sie hatte seit fast eintausend Herzschlägen nicht mehr geblinzelt. Strahlengitter nahmen sie ins Visier. Planetenbomben schossen aus der Flotte der Harpe herab und ließen das Gefüge der Zeit erbeben. Aber die Schilde hielten.

Ein Schwarmschiff, das das Kampfgebiet nicht schnell genug verlassen hatte, wurde direkt getroffen und implodierte halb aus dem Raum-Zeit-Kontinuum heraus.

Die Schilde über der Raumstation *Klavier* hielten jedoch.

— Machen wir Fortschritte?, zischte Opsophagos.

Der Synthetische Intellekt in der Eisernen Maske öffnete nicht sofort das Mundloch, um zu antworten, also nahm er ein hart gewordenes Geschwister in die Klaue und bohrte seinem Gefangenen ein weiteres Loch in die Haut.

— Machen wir Fortschritte?, brüllte er.

Die Gesichtshaut des Synths hing in Fetzen herab.

— Das kann ich nicht sagen, rief er durch seine Hautreste. — Die Schilde sind unversehrt. Soll ich eine weitere Fregatte aufwenden, um durchzubrechen?

— *Warte,* hauchte Opsophagos.

Speichel schoss zwischen den tausend nadelfeinen Zähnen seines Frühstücksmauls heraus und erstarrte zu Schimmel-Stalagmiten.

— *Warte.*

Die Drei Generäle katzbuckelten. Halb ausgewachsene Zuchtabkömmlinge, darunter einige, die lange genug überlebt hatten, um selbdritt zu werden, kauerten im Regen winziger Geschwisterlarven. Schleusenkanäle im zerklüfteten Boden des Befehlsgemachs versorgten hungrige Schranzen in darunter liegenden Räumen mit überzähligen Geschwistern.

Geistesabwesend schleuderte Opsophagos einen Ringler mit gebrochenen Flügeln in das Maul des Häresiologen.

Der Ringler kraxelte auf direktem Wege durch den Häresiologen hindurch und auf der anderen Seite wieder heraus.

Der Häresiologe, dessen Eingeweide zusammen mit seinem Vorderhirn entfernt worden waren, würde bald verhungern. Sechs der sieben tief liegenden Augen des Fachidioten waren auf die Bildschirme gerichtet. Eines seiner Augen verdrehte sich.

»Es steht geschrieben«, sagte der Häresiologe in einem klagenden Tonfall, der über dem Platschen des stärkeren

Regens auf dem Rückenpanzer des Vaters kaum zu hören war, »dass der Bauch einer Gorgo innen größer ist als außen. Auch steht geschrieben, dass Gorgonen nie satt werden. Des Weiteren steht geschrieben, dass Gorgonen Bomben frühstücken. Es steht geschrieben«, fuhr der Häresiologe fort, und seine Stimme wand sich in seinem geschlechtslosen Rachen immer höher den Bereich des akustisch wahrnehmbaren empor, »dass die Gorgo mit der selben Heftigkeit wächst, mit der sie angegriffen wird. Es steht geschrieben, dass die Gorgo der Tiefe Schimmel frisst. Es steht geschrieben ...«, schnatterte der Häresiologe, doch Opsophagos nahm das hart gewordene Geschwister, das sich inzwischen an seine Klaue geheftet hatte, und rammte es durch die Bauchhöhle des Idioten und durch sein unzensierbares Maul in seine Schädeldecke empor, machte ihm endgültig den Garaus, und er sprach kein weiteres Wort mehr.

Das siebte Auge fiel zu Boden und die Geschwister fraßen es.

Ein weiterer Herzschlag floh zeitabwärts.

Die Dreifachglas-Bildschirme zeigten das grinsende, künstliche, spöttische Johnny-Appleseed-Gesicht von *Klavier*, das, den Mund weit aufgerissen, auf die Fortsetzung des bombigen Festmahls wartete.

Dann liefen Wellen über die Bildschirme und sie wurden schwarz.

Die Ruhe vor dem Sturm.

Opsophagos schaltete das Befehlsgemach auf volle Beschleunigung.

Unachtsame Geschwister glitten von dem Rückenpanzer herunter und krallten sich, als die Beschleunigung sie erfasste, an Haken in Opsophagos' Haut.

Opsophagos' Augen hatten sich gerade rechtzeitig auf die Beschleunigung eingestellt, um mitanzusehen, wie Johnny Appleseeds Gesicht schlaff wurde – wie ein Drache, der in ein Luftloch geraten war.

Klavier bekam Runzeln.

Etwas trennte seine Haut von innen heraus auf.

Opsophagos übergab sich – vor Freude.

Er ließ sein Maul zuschnappen, und es gelang ihm, einige erbrochene Leckerbissen zurückzustopfen. Flüssigkeit lief seine Flanken hinab und spülte Geschwister in die Schranzenfabriken hinunter.

Auf dem Bildschirm platzte Johnny Appleseeds Gesicht auf.

Aus dem Riss schoss ein silberner Pfeil heraus.

— *Fliesentanz!*, schrie Opsophagos in den Chip-Konklavraum hinein.

— *Fliesentanz!*, brüllten die Drei Generäle.

Die Gesichtshaut des verkrüppelten Synthetischen Intellekts öffnete sich nicht.

Das entführte Schiff raste direkt auf sie zu und zog Fetzen von *Klaviers* Haut hinter sich her.

Opsophagos gestikulierte wild mit sämtlichen Armen.

Die *Alderede* schaltete die Schilde ab, um die *Fliesentanz* mit ihrer Beute willkommen zu heißen – das Exemplar von Homo sapiens, dessen Ankunft ein unzulässiges Erwachen ausgelöst hatte.

Die *Fliesentanz* verschwand.

Sie hatte nie existiert.

Ein Geräusch löste sich aus dem riesigen, offenen Mund von Johnny Appleseed.

Es war schneller als das Licht.

Der Todesschrei Vipassanas breitete sich in den Tiefen aus.

Der mit Hautfetzen bedeckte Schädel in der eisernen Maske wurde zu Tau.

— Anna, hauchte der Todesschrei VipassAnnas schneller als Licht.

Und verklang.

Die Münder des Schädels öffneten sich, und alle Sterne des Universums scharten sich um ihre Lippen, die ihren wahren Namen aussprachen. Für den kleinstmöglichen Bruchteil eines Herzschlags öffnete in der *Alderede* eine Nova ihren Mund.

— A–n–

Und erlosch.

Opsophagos hatte bereits angefangen zu schreien, die *Alderede* hatte bereits wieder ihre Schilde hochgefahren, doch es war viel zu spät.

Der Stern erlosch.

Der Tod des Synthetischen Intellekts brannte sich von innen nach außen.

Innerhalb des Befehlsgemachs der *Alderede* fing der Regen Feuer. Opsophagos' verkohlte Überreste lösten sich aus seinem Rückenpanzer und blieben an dem geschmolzenen Karren kleben. Opsophagos' Gehirn wurde zu Rauch, entwich durch die Augenhöhlen, bedeckte den dreigeteilten Visierbildschirm und blendete den Quorum-Gott. Schimmelfraß schmolz und versengte das Maul des Gottes.

Opsophagos' Rückenpanzer starrte die *Alderede* aus leeren Augenhöhlen an.

Opsophagos war mausetot.

Im mittleren Magen seines größten Körperteils jedoch, in einer Zufluchtskrippe aus Nagelhaut, Knochen und Schimmel, öffnete der einzige Sohn seinen Mund, der daraufhin langsam schärfer wurde. Das Gehirn des einzigen Sohnes war leer, würde jedoch bald Stoff zum Nachdenken finden, ganz so wie Opsophagos, der sein Erbe in den tiefsten Eingeweiden seines eigenen toten Vaters angetreten hatte. Im Herzen der Ruine begann Opsophagos' einziger Sohn das verbrannte Fleisch zu kauen, das sein Erstgeburtsrecht darstellte. An seinem Vater verübte er die gleiche Völlerei, die Gott an der Welt vollzog.

Dreizehn

Mamselle ließ ihre Arme sinken und sah, dass ihre Schützlinge wohlauf waren.

— Da di dumm, sagte sie und atmete endlich aus.

Der Windstoß ihres Atems ließ die Handgriffe und Hermen auf ihren Stielen erzittern.

— Da di dumm.

Nachbeben des Sterbens hielten die Luft weiter in Bewegung.

In der Mitte der Befehlszentrale stand FreeLance im Kreis der Flammen, die nicht brannten. In seiner Hand zitterte noch immer das Schwert. Die Klinge, die glutheiß war, verströmte ein zuckendes Glimmen.

Urplötzlich erloschen die Flammen.

KathKirtts Löwe, der sich an seinen Pfosten klammerte und ohne zu blinzeln Vipassanas Heimgang verfolgt hatte, gewann seinen alten Glanz zurück.

Um sie herum glosten die Bienenaugen von Ynis Gutrin in den Filigranmustern der Fliesen, Menüs in Menüs applaudierten. Die Augen des Ahnenschiffs blickten durch die Haut von *Klavier* in das Vakuum hinaus und zeigten die Stille unter den Sternen, die führerlose *Alderede*. Der Belagerungsring der Harpe löste sich bereits auf. Rettungsfregatten rasten aus ihren Liegeplätzen in einer Außenhaut und nahmen das implodierte Schwarmschiff in die Zange.

Winden aus dem Konklavraum zogen sie in die Raumzeit zurück.

In Ynis Gutrin erwachten die Augen des Kasperlearztes zum Leben. Tränen aus Farbe liefen Porzellanwangen hinunter. Sein Blick richtete sich auf das Gras Vipassanas.

Dr. Kasperl nickte beifällig.

— Genehmigung erteilt, sagte der Ritterliche Kapitän der *FliesenTanz*.

Der Mediziner hüpfte über den bebenden Boden.

Der Ritterliche Kapitän wich mit seinem Schwert aus, um den Doktor nicht abzufackeln, der sich daranmachte, das Gras zu mähen. Er saugte es durch den Sockel seiner Herme in seinen Bauch, wo Nährstoffe die Überreste des gefallenen Feindes mit Mulch bedeckten.

— Rette so viel wie möglich, sagte FreeLance.

Dr. Kasperl stieß ein nasales Ärzteräuspern aus und ticktockte mit seiner wertvollen Ladung zur Iris von Ynis Gutrin, die sich vor ihm öffnete. Im Korridor wurde der Doktor von langsamer Beschleunigung erfasst, doch er verlor das Gleichgewicht nicht. Bald würden tief in ihren Truhen neue Golemsynbilder wachsen.

Bevor sich die Iris schloss, glitt eine andere Truhe herein, von mehreren Medizinern geschoben.

— Da di dumm, sagte Mamselle aus ihrer Nische heraus noch einmal. — Wir sind weit gekommen. Es wird Zeit, die Sache zu Ende zu bringen.

Das Aufgebot von Kasperleärzten bildeten einen Kreis um sie. Prothesen und Nährstoffschläuche baumelten herab. Die Nische schloss ihre Vorhänge um die Mediziner, die Truhe und den rosaroten Blick der Ahnenkönigin.

— O prachtvoller Ritterlicher Kapitän!, rief sie von jenseits des Vorhangs. — Sag ihnen, sie sollen aufhören, mich zu kitzeln.

— Gnä' Frau, erwiderte der Ritterliche Kapitän. — Ihr spottet jeglichen Lobes.

— *Curioso plaudit*, streitbarer Harnisch des heiligen Schiffes!

Sein Homo-sapiens-Körper hatte angefangen zu zittern.

Vielleicht war das eine Nachwirkung des Schocks, vielleicht lag es an der Last der Beschleunigung. Dieser Körper litt bereits dreißig Herzschläge unter starker Beschleunigung – nach dem am weitesten verbreiteten Zeitmaß der Menschenerde mehr als dreißig Sekunden. Wenn das noch lange so weiterginge, würde dieser Körper bald sterben.

Auch das Nachbeben war ausgesprochen heftig.

Der Tod eines Synthetischen Intellekts warf das ganze Universum zurück.

— Stinker?, sagte die verborgene Ahnenkönigin.

— Gnä' Frau?, erwiderte Freer.

— Ich glaube, wir sollten uns darauf vorbereiten, die Drehung fortzusetzen. Bitte die *Fliesentanz*, sich bereitzuhalten. Es ist Zeit, das Schloss in der Tür zu drehen. Das Ende steht bevor.

Das Ende stand bevor.

— Jetzt benötigen wir nur noch einen Pfad, auf dem das Labyrinth tanzen kann.

Schweiß lief Freer in die Augen.

Die Ahnenkönigin hatte den größten Teil der Hitze aufgesogen, hatte die akustische Wucht der Implosion, der vielfältigen Friedensschreie und der Lanze des Abschieds enorm reduziert. Die Gläserne Insel hielt sich normalerweise auf menschlicher Körpertemperatur und kühlte wieder rapide ab.

Die Luft brannte allerdings immer noch.

Vipassanas Tod hätte ungeschütztes Fleisch zum Schmelzen gebracht.

Freer fasste sich an ein Ohrläppchen und zog einen Ohrring ab.

Den winzigen Leichnam des Schnüfflers warf er einem vorbeirollenden Dr. Kasperl zu, der ihn aus der Luft saugte und in Sicherheit schluckte.

— Gnä' Frau, sagte er. — Welchen Pfad? Welchen Tanz? Sollen wir uns nicht einfach drehen wie die *Fliesentanz*? Abwärts?

— Ach, mein schlichtes Kerlchen, rief die Ahnenkönigin hinter ihrem Wandteppich. — Im Kreis herum und immer weiter im Kreis um die Hautschichten, mehr erreichen wir mit einer einfachen Drehung nicht, sagte sie. — Schwerfälliger Heterogeselle – im Kreis und Plumps, im Kreis und Plumps, bis in alle Ewigkeit um den Butzenkuchen herum, im Kreis und Plumps. O meine Tigerteppiche! O meine Haut! Ihr trügerischen Hautschichten von *Klavier*, hochgewölbter Aufpasser! Heterogesellen allenthalben! Kein Weg führt hinein! Wer in *Klavier* ist, befindet sich in einhundertundeinundzwanzig Zeitschichten. Schichte auf dem Rückweg deinen Kopf um, bevor du aufbrichst!

— Aber …

— Damit will sie sagen, dass das Tor nach Eolhxir aus Wurmlöchern besteht, murmelten KathKirtt, — aus sieben Wurmlöchern oder einhundertundeinundzwanzig oder so vielen wie die Sandkörner, die den Weltenozean säumen. Ein Wurmloch in einem weiteren Wurmloch in einem weiteren Wurmloch, das letzte Wurmloch darin führt zum nächsten, und innerhalb des letzten Wurmlochs zieht das erste Wurmloch eine Phönixnummer ab, Stinker. Im Kreis und immer weiter im Kreis.

— Aha.

— Warum glaubst du, hat unser über die Maßen weiser und endlich heimgekehrter Johnny den Eingang nicht gefunden?

— Okey dokey, sagte FreeLance.

— Warum glaubst du, war er so erpicht darauf, dass du vögelst?

— Weil Vögeln eine wahre Augenweide ist?

— Nichts da, Stinker. Noch etwas, auch …

— Aber Vipassana …, fiel ihm FreeLance ins Wort.

— Vipassana musste mit dir türmen, bevor du wieder an Bord von *Fliesentanz* gingst. Denn wenn du erst einmal sicher in ihr gewesen wärst, zusammen mit deinem

Führer, wäre *Fliesentanz* im Kaninchenbau verschwunden.

— Nein, sagte Freer. — Vipassana wurde dafür geschaffen, seine eigene Position zu kennen.

— Genau. Er stand nicht am richtigen Ort. Man muss irgendwo anfangen, um den nächsten Schritt zu kennen. Hier ist die Tanzfläche.

Einhundert Masken KathKirtts rasten Rad schlagend durch Ynis Gutrin.

— Die *Fliesentanz*.

— *Fliesentanz* ist unsere Tanzfläche, Stinker. Finde einen Führer. Sie weiß, wo es langgeht.

Der Ritterliche Kapitän blinzelte und zuckte mit den Achseln.

— Okey dokey, sagte er. — Wer wird uns also den Weg weisen, nachdem Vipassana sich seinen Herzenswunsch erfüllt hat? Ihr, Transitus Tessera?

— Moi?, rief Mamselle.

— Ja.

— Wenn ich den Weg nach Hause wüsste, könnte ich den Weg durch das Labyrinth zurückverfolgen, sagte Geschickte Erdenbraut fast ausdruckslos und hielt kurz inne. — Wenn ich den Weg nach Hause gekannt hätte, fuhr sie schließlich fort, — wäre ich nach Hause gegangen.

— Aber Ihr seid unser Wegweiser, sagte Freer.

— Unsinn, erwiderte Mamselle. — Mist, märchenhafte Wuseligkeiten, Schwindel, Ausflüchte, liebstes Jungchen. Ich habe mir alles nur ausgedacht!

— Ihr habt uns angelogen?

— Ei dei klar doch puh kitzel witzel!, rief die Ahnenkönigin. — Aber nicht immer. Eolhxir ist das große, lächelnde Gesicht im Herzen des Labyrinths, wirklich! Es liegt eben innen, und nicht außen, *was soll's?* Meine Leute leben in Eolhxir – wirklich! Meine erbauliche Geschichte hat nur eine kleine Lücke in der Chronologie.

— Wie lange?, fragte Freer.

Sie schwieg.

— Wie lange seid Ihr bereits vom Weg abgekommen?

— Seit der Schimmel sich ausbreitet. Seit die *Fliesentanz* der Menschenerde einmal zu nahe gekommen ist, Schimmel gefressen hat und aus dem Rhythmus gekommen ist. Seit die *Fliesentanz* mit einer Truhe voller Freer auf Streifzug gegangen ist. Lange vor euch, sagte die Ahnenkönigin. Ihr Mund schloss sich, und sie sagte nichts mehr.

— Ich bin müde, so müde, sagte das Homo-sapiens-Männchen aus Fleisch und Knochen. — Ich glaube, es ist Zeit, meine Beschleunigung herunterzufahren.

Doch sie sprach kein Wort mehr, weder ja noch nein.

— Runter, sagte der Ritterliche Kapitän der *Fliesentanz*.

Doch da öffnete eine Herme ihren Rachen und brüllte.

— Beschleunigung beibehalten, sagte FreeLance in den Konklavraum hinein.

— Okey dokey okey dokey, sagte er zu der nervösen Kriegsherme. — Du kannst mir das Menü reichen.

Die lange, breite Zunge glitt zwischen den Menüzähnen hervor und präsentierte tausend Anzeigen. Eine zweite Flottille der Harpe wurde sichtbar. Sie hatte sich ihren Weg zurück in den Normalraum geflochten, war weniger als ein Lichtjahr entfernt und kam stetig näher.

— KathKirtt?, sagte Freer. — SammSabaoth? Sein nackter Körper glänzte vor Schweiß.

— Kein Problem, murmelte KathKirtts Januslöwe und blickte spöttisch durch den Konklavraum nach innen die unendlichen Steppenhexen der Speicherkarten an, blickte streitbar durch Bienenaugen auf die Welt jenseits der hervorschießenden Hermemenüs.

— Kein Problem, knurrten SammSabaoth.

Eine heraldische Faust starrte zornig aus tausend Displays im Kopf der Herme.

— Die *Schwarze-Messe*-Fraktion der Harpe, raunten KathKirtt.

— Wir hatten sie auf dem Kompass, ergänzten Samm-Sabaoth. — Schon lange.

— Ein Überfall, sagte einer der Synths.

— Sie wollen Opsophagos überfallen, während die Flotte beschäftigt ist, sagte das andere. — Wegen der Köpfe. Allein in der *Alderede* dürften sich einhunderttausend fleischliche Schläfer befinden.

— Wurde der Tod des Zwillings bestätigt?, fragte der Ritterliche Kapitän der *Fliesentanz*.

— Ihr Name war Anna. Sie war ein Delphin des Planiglobiums. Sie zählte die Vögel auf den Feldern und machte ihre Position ausfindig. Sie als Welle, er als Teilchen.

— Verstanden, Jungchen, sagte ein Chor von Stimmen. — Sie ist tot.

— Johnny?, sagte der Ritterliche Kapitän der *Fliesentanz*. — Hat es geklappt? Sind wir in Sicherheit? Haben wir Opsophagos' Kopf abgefackelt?

— Ja, erwiderte AppleSeed. — Opsophagos ist ein Ex-Mistkäfer.

— Ist *Klavier* sicher?

— Es war knapp, Stinker. — Ein paar Treffer, Laserkram. Ein paar Hautverletzungen. Fast hätten wir ein Gesicht verloren. Aber wir sind so gut wie unversehrt.

— Okey dokey, sagte Freer.

— Verschwinde. Du liegst mir im Magen.

Die Stimmen des Grenzfürsten drangen aus sämtlichen Hautschichten.

— Verschwinde jetzt, sagte der Moses, der in der Vorhölle schmorte.

— Leb wohl, sagte Freer.

Er hob sein Gesicht dem vollständigen Gesicht des Schiffs entgegen.

— Beschleunigung runterfahren, sagte er.

Die Welt traf ihn mit einem heftigen Wumms.

Die tausend Gesichter des Schiffes fingen an zu tanzen.

Endlich sprach auch die Mutter wieder.

— Nathaniel, sagte sie.

— Wir sind bereit, Mamselle. Was sollen wir tun?

Parthenogenetische Krallen klickten belustigt. Die Nische, in der sie saß, öffnete sich.

— Langsam, raschelte sie. — Deine Aufgabe ist ganz genau auf deine Fähigkeiten abgestimmt. Aber zuerst musst du Beatrice begrüßen.

Er sah auf, denn der Vorhang, der die Mutter verdeckt hatte, stand so offen wie ihr Schoß. Ihre Gebärmutter strotzte nur so vor mit Kupferfiligranschmuck ziselierten Gewölben und Treppen und Leuchtkäfern und Weisheitsfischen und Fliesen und Magi und all den anderen Karten und Ikonen der Dreieinigen Göttin und des Sohnes. Das nach außen gewendete Innere der Ahnenkönigin war mit dem Konklavraum isomorph. Von tief innen drang der Geruch von menschlicher Haut heraus.

In der Ferne wurde etwas sichtbar, für das bloße Auge fast zu klein. Es wurde schnell größer, wie von einem starken Sturm herbeigeweht.

— Ferocity?, flüsterte er.

Sie schritt durch die Dreieinige Göttin, die im Wind der Zeit widerhallte. Sie schritt auf Freer zu, Treppen hinauf und unter Gewölben hindurch, und streichelte einen der Weisheitsfische, die sie in ihren marmoren Viadukten begleiteten. Deren Blick war lange durch Aquarienfenster auf Nischen gefallen, in denen Golems hüpften; ihr Wasser hatte im Gleichklang mit dem Atem von Bruder Antrieb gezittert; seit Anbeginn der Zeit hatten sie darauf gewartet, in den Ozean zurückzukehren. Stufe um Stufe kam Ferocity empor. In einer winzigen Hand, die mit jedem Tag größer wurde, hielt sie den Kristall aus der innersten Truhe der *Fliesentanz*.

Das nach außen gewendete Innere der heiligen Parthenogenetikerin war mit dem nach außen gewendeten Inneren des Kristalls isomorph.

Ferocity Frühlingsschwester wurde mit jedem Tag größer, so schnell wie der Wind; nackt und in voller Größe glitt sie aus der Gebärmutter.

Schließlich stand sie auf dem Sandelholzboden.

Ihr Scheitel war auf gleicher Höhe wie früher.

Ihre Haare waren sauber und es gab Millionen von ihnen.

Ihr Körper war so neu, dass er fast bebte.

Sie war mit Ölen und Säften gesalbt worden. Ihre Oberschenkel dampften, Hitze schmorte ihre Möse, und ihre Brüste zitterten leicht, als stritten sich eine Million Geschwister Quondams um die besten Plätze. Das entsprach den Tatsachen.

Ihre Möse roch nach frischem Brot.

Freer hatte einen Steifen.

Nachdem sie die Welt von Ynis Gutrin betreten hatte, kühlte sie allmählich ab.

Bald hatte sie wieder Körpertemperatur angenommen.

Ihre Augen waren die Augen der Frau.

»Jesses«, sagte Ferocity Frühlingsschwester laut. Sie sprach mit der Stimme ihres Gebärmutterzwillings. Ihr Gesicht loderte von innen heraus, Tätowierungen entfalteten sich, das Angesicht Quondams spähte spöttisch aus höchstem Integument und durch die Haut des fleischlichen Wesens, das dem betrogenen Arturus streitbar diente.

»Jesses, was für ein Ständer«, sagte sie mit spöttischer Stimme.

Freer blickte auf seinen steifen Penis hinab.

Er lächelte.

»Hallo«, sagte Ferocity mit ihrer eigenen Stimme. »Hallo du. Gatte. Danke, dass du nicht losgelassen hast.«

»Danke«, sagte Freer, »dass du am Ball geblieben bist.«

Über ihnen, aus dem tragbaren Thron in der Nische, drang ein Geräusch, das wie ein Kichern klang.

»Du meinst *im* Ball, *im* Ball«, kreischte Mamselle. »Was für ein Popanz, iah!, Menschenskind. *Im* Ball, *im* Ball, *im* Ball.«

Für den Bruchteil eines Herzschlages iahte Mamselle in der Welt.

»Danke, dass du *im* Ball geblieben bist«, rief sie.

Allmählich beruhigten sich ihre Krallen jedoch wieder.

»Okey dokey«, sagte sie schließlich. »Macht weiter. Folgt dem Kristall, Ferocity. Folgt eurer Bestimmung.«

Einen Augenblick lang blickte Ferocity Freer in die Augen.

Die Kriegsherme, deren Kopf bisymmetrischen Ursprungs war, erbleichte unter dem direkten Blick des Homo-sapiens-Männchens.

Ferocity öffnete die Hand.

Der Kristall auf ihrer Handfläche leuchtete so hell, dass er mit dem bloßen Auge sichtbar war.

»Dies ist der Same des Honigbaums«, sagte sie. »Er wird mich führen.«

Sie hob den Kristall an den Mund und verschluckte ihn.

Dann breitete sie die Arme aus, winkelte die Ellbogen an, drehte ihren Oberkörper und schritt rasch ein kompliziertes Muster um das reglose Homo-sapiens-Männchens ab. Ihre Knie hoben sich ruckartig. Nachdem sie einen Quincunx ausgemessen hatte, blieb sie stehen.

Gemeinsam mit Freer stand sie in der Mitte des Quincunx.

»Fick mich«, sagte sie.

»Dafür wurde ich geschaffen«, sagte er. »Ich verfüge über das absolute Gehör.«

Beide Exemplare von Homo sapiens waren schweißüberströmt. Sie ließen sich auf die Knie nieder und beschnupperten sich förmlich. Der Verführer umarmte die Verführte oder andersherum.

»Fick mich«, sagte sie. »Fick mich. Ich weiß, was ich tun muss. Fick mich. Gatte.«

Ferocity Frühlingsschwester berührte Nathaniel Freer mit den gewunden Konturen ihrer feuchten Zunge, berührte ihn mit ihren zehn Fingern, mit ihren zehn Zehen, mit ihren festen Brüsten, nacheinander. Seine Hände berührten sie, Zehen, Brüste, nacheinander.

Jede Berührung folgte einem bestimmten Muster, hier und so. Sie tanzten durch den Quincunx, hier und so, hier und so.

Als würden sie mit dem Finger den Wegen auf einer Landkarte folgen, als würden Bienen tanzen.

Langsam, fast zaghaft, regte sich die *Fliesentanz*. Tief in ihrem Inneren stampfte Bruder Antrieb. Mit jeder Bewegung des Homo-sapiens-Paars pulsierte das Schiff, hier und so.

»Ich will dich in mir spüren«, flüsterte Ferocity Frühlingsschwester. Ihre Körper klebten aneinander.

Als der Penis des Homo-sapiens-Männchens in die schlüpfrige Möse des Homo-sapiens-Weibchens glitt, rutschte die *Fliesentanz* langsam durch die erste der Öffnungen in die wahre Innenwelt von *Klavier* hinein. Die Fugenhelices, in die sie eingehüllt war, wanden sich langsam um die Achse des Schiffs. Der Hohlraum, den sie bildeten, summte tief in ihrem Rachen, wie eine Trompetenschnecke im Wind. Die Delphinflanken der *Fliesentanz* loteten die Tiefe aus.

Von weit oben, aus einer Entfernung von vielen Kilometern, wo die Hautschichten von *Klavier* dem Vakuum widerstanden, sah es so aus, als wäre ein Stöpsel aus einer Öffnung gezogen worden.

Die *Fliesentanz* sank den Toren des Ozeans entgegen.

— Lebe wohl, sprachen die einhundertundeinundzwanzig Stimmen des Wortführers.

Die Innenwelt von *Klavier* war nicht schwarz, sondern wahr; nicht hohl, sondern heil; nicht glatt, sondern ummauert; nicht leer, sondern mit Palimpsesten übersät; nicht blind, sondern mit Wandgemälden bedeckt. Sie war ein Labyrinth der Trauer und der Freude, in welche Richtung man sich auch wenden mochte.

»Jetzt!«, schrie Ferocity.

Die *Fliesentanz* glitt durch das erste Tor.

»Drehen!«, schrie sie.

»Drehen!«, schrie sie.

Die gischtbespritzten silbernen Flanken der *Fliesentanz* glitten durch das zweite Tor, in ewigen Regen hinein. Ihre geölten Körper bewegten sich im Gleichtakt, während eine Fuge heilte.

Der Wind pfiff die Löcher der Zeit empor.

Das dritte Tor.

Die *Fliesentanz* wurde von Wind und Regen hin und her geworfen, schleuderte die KathKirtt- und die Samm-Sabaoth-Streiter-Masken in Lichtwirbel hinein, während die Kreisbewegung zusehends enger wurde.

Brüllend hielten sie sich aneinander fest.

Das vierte Tor.

Regen trommelte auf die konvexkonkaven Linsen der Bildschirme.

Wind ließ die Flossen der Weisheitsfische erzittern.

»Drehen!«, schrie sie.

Mit jeder Bewegung des Tanzes des Homo-sapiens-Paars glitt die *Fliesentanz* weiter einwärts. Während sie sank, wurde sie von der Doppelhelix immer fester eingewickelt. Ihr dem Rhythmus der Zeit angepasstes Hochzeitskleid wurde mit jeder Umdrehung um Lichtjahre länger, ohne zu reißen.

Sie hatten eintausend Lichtjahre einwärts zurückgelegt.

Das siebte Tor.

Das Homo-sapiens-Paar glaubte, das Meer zu hören.

Wie bei einer Muschel, die man sich ans Ohr hält.

Das Tor öffnete sich und beide glaubten, das Meer zu hören.

Licht.

Die *Fliesentanz* schoss aufwärts oder abwärts, durch die Brandung, die den Ozean einfasste, auf das Licht zu. Die Weisheitsfische hüpften durch Öffnungen, die nur für sie existierten, hüpften perlrosa in die Gischt hinein. Die Wasser des Ozeans rannen die Flanken des Schiffes hinab.

Und es war Licht.

Das Innere der Welt war Licht.

Die Bewohner der *Fliesentanz* starrten durch den erleuchteten Boden von Ynis Gutrin, wo der Planet mitten im Weltraum vor ihnen hing, das spöttische Gesicht von *Klavier* – alle Planeten sind Spötter –, das apfelhell im Regen des Ozeans hing, so hell wie das Schild des Achill. Die Bewohner der *Fliesentanz* – die Formschnittparthenogenetiker, die fleischlichen Wesen, die Synthetischen Intellekte, partielle Erscheinungen wie Dr. Kasperl – betrachteten die mit tiefen Falten überzogenen Gesichter, die mit Labyrinthen bedeckt waren. Aus Bergen wurden Augen, die ihnen zuzwinkerten, aus Schnurrbärten wurden Flüsse. Vor lauter Gesichtern war die Oberfläche des Planeten nicht mehr zu sehen – Gesichter und Wörter, die in Piedmontkontinente gemeiselt waren. Banner flatterten in einem starken Wind, der aus dem Inneren herauszuwehen schien, als wären die spöttischen Gesichter innerhalb von *Klavier* nicht die einhundertundeinundzwanzig Hautschichten eines Planeten, sondern eine Baumkrone. Gesichter, die größer waren als *Klavier*, deren Augen von Berggipfeln gebildet wurden, blickten unbewegt zwischen den Ästen hindurch – Tausende von Gesichtern oder einhundertundeinundzwanzig oder sieben oder eines.

Ein Gesicht.

Es war spöttisch und doch viel mehr.

Es war eine Mappemonde und doch viel mehr.

Das Gesicht war Licht.

Der Mann und die Frau lagen da und berührten einander. Durch den Boden hindurch betrachteten sie das spöttische Gesicht des Planeten im Planeten.

»Merci Bockmist«, sagte Mamselle.

Freer zog einen Finger aus der Höhle zwischen Ferocitys Beinen.

»Gerne geschehen«, sagte Ferocity. »Kein Problem.«

Daraufhin wandte sich die Ahnenkönigin der *Fliesentanz* förmlich an die Rotte Synthetischer Intellekte und fleischlicher Wesen.

»Merci Bockmist, meine Kinder, wir haben es geschafft«, säuselte sie, den Blick weiterhin durch den Boden von Ynis Gutrin auf den leuchtenden Bildteppich ihres Zuhauses gerichtet. »Die Geschichte ist zu Ende, lebt wohl, Merci Bockmist! Merci Bockmist, Kinder. Lebt wohl, Merci Bockmist! Merci Bockmist!«

Die *Fliesentanz* fiel, schneller als Licht, drehte sich weiter, dem Gesicht entgegen, in den Mund des Planeten oder des Baumes hinein.

Es duftete nach Rosen.

Der Planet im Innern von *Klavier* stank nach Rosen.

Der große Mund von Eolhxir schloss sich behutsam hinter der *Fliesentanz*, die zum Mundstück einer Trompete geworden war – zum Mundstück eines Tritonshorns, in das Götter blasen, um dem Ozean den Anbruch des Tages anzukündigen.

Um dem Ozean anzukündigen, dass es an der Zeit ist.

Aus den Eingeweiden des Planeten des Baumes rauschte ein starker Wind durch die Äste, die den Mund einfassten, ein starker Wind hallte durch die *Fliesentanz* und durch den Konklavraum im Horn: Er entstammte *Klavier*, der Möse, dem Tritonshorn, dem Füllhorn, dem Sprachrohr, dem Wirtel. Im Vorbeigleiten berührte er die Geschichten der Billionen, die *Klavier* heilig waren, die Geschichten der Gefressenen seit Anbeginn der Zeiten, die Geschichten der Gefressenen, die sich an das Angesicht des Gottes erinnerten, der herabgestiegen war, um zu fressen. Der Wind zauste kein einziges Haar.

Wusch!, sprach der Wind durch *Klavier* zur Welt.

Wussscchhh.

Und aus dem Geräusch wurde Licht.

Das Rauschen des Windes wurde zum Rauschen der Gorgo der Tiefe, denn die Gorgo der Tiefe ist Licht.

Aus allen Johnny Appleseeds wurde Musik.

In diesem Augenblick nahm der Krieg gegen Gott seinen Anfang.

Danksagung

Kein Science-Fiction-Roman, der am Ende des Jahrhunderts der Science Fiction veröffentlicht wird, könnte für sich stehen, und *Sternentanz* hat viele Anleihen genommen. Die meisten sind allgemeiner Natur, einige davon offensichtlich. Den außergewöhnlichen Satz über ein Haus, das aus Wetter besteht, habe ich dem letzten Abschnitt von John Crowleys *Das Parlament der Feen* (*Little, Big* – 1981) entnommen. Die Beschreibung der Laute, die von Homo sapiens ausgestoßen werden, als eine Art »Bellen«, steht im letzten Satz von Thomas M. Dischs *Die Herrschaft der Fremden* (*The Puppies of Terra* – 1966). Bei der Beschreibung der Kernlandschaft von *Klavier*, mit den Augen der Harpe betrachtet, habe ich die Tiger-Metaphorik aus »Der Zahir« (1949) von Jorge Luis Borges paraphrasiert, wo sie die Natur eines der Namen Gottes umschreibt, der, einmal gehört, in das Gehirn eindringt und nicht mehr vergessen werden kann. Der Erzählung »Die Bibliothek von Babel« (1941) habe ich eine berühmte Parenthese entnommen. Der Begriff »Menschenerde« stammt aus *Puck vom Buchsberg* (*Puck of Pook's Hill* – 1906) von Rudyard Kipling, und die Anspielung auf Moglis Tränen aus dem *Dschungelbuch* (*The Jungle Book* – 1894). Arthur C. Clarke hat einen berühmten Satz aus *Rendezvous mit 31/439* (*Rendezvous with Rama* – 1973) zur Verfügung gestellt, den ich vervielfacht habe. Gene Wolfe war in seinem Zyklus von der *Langen Sonne* (glaube ich) der Erste, der die Innenwelt eines Generationenraumschiffes als Wirtel bezeichnet hat. Ich weiß, dass es weitere offensichtliche Anleihen gibt, die zu tief in meiner Erinnerung versunken sind, um noch auf meinen Ruf zu reagieren.

Andererseits stammt die *Mardi-gras*-Metaphorik nicht von Bruce Sterling – ich habe sie bereits in einem frühen Entwurf verwendet, bevor ich Ende 1998 sein *Brennendes Land* (*Distraction*) gelesen habe. Die Rotte, die in diesem vorzüglichen Buch beschrieben wird, mag auf prophetische Art und Weise gesellschaftliche Gruppierungen der Menschen im nächsten Jahrhundert beschreiben; meine Rotte ist eher metaphysisch, und sie kann fliegen.

Ich möchte Paul Barnett danken, von dem die ursprüngliche Idee stammt. Ebenso Tim Holman von Little Brown – er hat sich so weit aus dem Fenster gelehnt, um dieses Buch zu kaufen, dass es einem Wunder gleichkommt, dass er nicht hinausgefallen ist. Außerdem danke ich Judith Clute und Elizabeth Hand und ihren Heimatländern.

John Clute

Anmerkung des Übersetzers

John Clute, Harald Niesche, Erik Simon, Wolfgang Treß, Kathleen Weise, Birgit Will und Georgia Wimhöfer danke ich herzlich für Hinweise, Korrekturen und Verbesserungsvorschläge.

Zahlreiche Begriffe aus Werken der angloamerikanischen Science Fiction, die Clute verwendet, sind mehr oder minder geläufig: unter anderen die »Lensmen« von E. E. Smith, die »Outsider« und der »Known Space« von Larry Niven, das »Spice« von Frank Herbert und der »Whorl« von Gene Wolfe. Wo ich in Übersetzungen treffende Eindeutschungen fand, habe ich sie übernommen; andernfalls habe ich mir eigene Entsprechungen ausgedacht. Der fragwürdigen Sitte, dergleichen im Original stehen zu lassen, habe ich mich nicht angeschlossen.

Das Motto von Percy MacKaye folgt einer fragmentarischen Übersetzung von Erik Simon; desgleichen die drei Auszüge aus dem Gedicht »Johnny Appleseed« von Vachel Lindsay (in Kapitel Fünf und Neun) sowie die Verse aus »A Litany in Time of Plague« von Thomas Nashe (»Es starben Könniginnen …«, »Unser Erbteil …«).

Hannes Riffel